U0924981

刘心武文粹

命中相遇

刘心武——著

译林出版社

1958年发表出第一篇文章时

给宗璞大姐庆生的水彩画

总序

这套26卷的《刘心武文粹》，是应凤凰壹力文化发展有限公司之邀，从我历年来的作品中精选出来的。之前我虽然出版过《文集》《文存》，但这套《文粹》却并不是简单地从那两套书里截取出来的，当中收入了《文集》《文存》都来不及收入的最新作品，比如2015年1月才发表的短篇小说《土茉莉》。

《文粹》收入了我八部长篇小说中的七部。因为《飘窗》和《无尽的长廊》两部篇幅相对比较短，因此合并为一卷。其中有我的“三楼系列”即《钟鼓楼》《四牌楼》《栖凤楼》,我自己最满意的是《四牌楼》。《刘心武续〈红楼梦〉》这部特别的长篇小说,我把它放在关于《红楼梦》研究各卷的最后。我将历年来的中篇小说和短篇小说各选为四卷，再加上一卷儿童文学小说和两卷小小说，这十七卷小说展现出我“小说树”上的累累硕果。我的小说创作基本上还是写实主义的，但在上世纪八十年代，改革开放，国门大开，原来不熟悉、不知道、没见识过的外国文学理论和作品蜂拥而入，现代主义、后现代主义引起文学创作的借鉴、变革之风，举凡荒诞、魔幻、变形、拼贴、意识流、时空交错、文本颠覆甚至文字游戏都成为一时之胜，我作为文学编辑，对种种文学实验都抱包容的态度，自己也尝试吸收一些现代主义、后现代主义的手法，写些实验性的作品，像小长篇《无尽的长廊》，中篇《戳破》，短篇《贼》《吉日》《袜子上的鲜花》《水锚》《最后金蛇》等，就是这种情势的产物，至于意识流、时空交错等手法，也常见于我那一时期的小说创作中，但总体而言，写实主义，始终还是我最钟情，写起来也最顺手的。短篇小说里，《班主任》固然敝帚自珍，自己最满意的，还是《我爱每一片绿叶》《白牙》等；中篇小说里，《如意》《立体交叉桥》《木变石戒指》《小墩子》《尘与汗》《站冰》等是比较耐读的吧。我的中篇小说里有“北海三部曲”《九龙壁》《五龙亭》《仙人承露盘》，是探索性心理的，其中《仙人承露盘》探索了女同心理；另外有“红楼三钗”系列《秦可卿之死》《贾元春之死》《妙玉之死》。短篇小说里则有“我与明星”系列《歌星和我》《画星和我》《笑星和我》《影星和我》，这展示出我在题材上的多方面尝试。但我写得最多的还是普通人的生活，特别是底层市民、农民工的生存境况和他们的内心世界，长篇小说里不消说了，像中篇小说《泼妇鸡丁》，短篇小说《护城河边的灰姑娘》，还有小小说中大量的篇什，都是如此。我希望《文粹》中从自己“小说树”上摘取的果实排列起来，能够形成一幅当代的“清明上河图”。

我的写作是“种四棵树”。除了“小说树”，还有“散文随笔树”“《红楼梦》研究树”和“建筑评论树”。《文粹》的第17卷至21卷是“《红楼梦》研究树”的成果。虽然这些文章此前都出过书，但是这次在收进《文粹》时又经过一番修订，吸收了若干善意批评者的合理意见，尽量使自己的立论更加严谨。第22卷《从〈金瓶梅〉说开去》是新编的，其中收入了我研究《金瓶梅》的若干成果，可供参考。这也是我的一本文史类随笔。第23卷收入我两部自己珍爱的散文作品《献给命运的紫罗兰》《私人照相簿》。第24卷《命中相遇》收入的散文，记录的是我生命中难以忘怀的岁月、事件和人物。第25卷《心里难过》则收入的是与自己生命成长相关的散文，其作为卷名的一篇曾经人录为配乐朗诵放到网上，广为流传，也获得不少点赞，我也很高兴自己的文字不仅能以纸制品流传，也能数码化后云存在，从而拥有更多的受众。

第26卷则把我此前由中国建筑工业出版社出版的《我眼中的建筑与环境》，以及由中国建材工业出版社出版的《材质之美》合并在一起，还搜集了那以后散发的建筑评论。我的建筑评论从建筑美学、城市规划、对具体建筑的评论……一直延伸到建筑材料、施工，以至家居装修装饰等领域，展示出我“建筑评论树”上果实满枝，蔚成大观。

购买这套《文粹》的人士，不仅可以阅读到我“四棵树”上的文字，还可以看到我历年来的画作，以水彩画为主，也有别的品种。春风催花，夏阳暖果，不以秋叶飘落为悲，不以冬雪压枝为苦，在生命四季的轮回中，我感觉自己创造的风帆还在鼓胀，《文粹》只是总结而非终结，祝福自己在命运之河中继续航行，感谢所有善待我的人士！

2015 年 4 月 23 日　温榆斋

目录

CONTENTS

十二幅画

第一幅：兰畦之路 003

第二幅：王小波，晚上能来喝酒吗？ 010

第三幅：风雪夜归正逢时 021

第四幅：宇宙中最脆弱的 036

第五幅：人需纸几何 046

第六幅：记忆需要营养 057

第七幅画：那边多美呀！ 070

第八幅：暂不置评 081

第九幅：唯痴迷者能解味 092

第十幅：谁在唱 100

第十一幅：守候吉日 112

第十二幅：心灵深处 126

人生有信

冰心·母亲·红豆 143

神会立交桥 152

从卍的奥秘说起 164

相忆于江湖 172

挖煤·小高·胡宅 180

目录 CONTENTS

陋于知人心 188

被春雪融尽了的足迹 195

好一趟六合拳 203

斧凿音响，熊熊火光 214

歌剧剧本《老舍之死》诞生记 231

红故事 259

附录　刘心武文学活动大事记 276

十二幅画

第一幅：兰畦之路

1957年初冬，我十五岁那年，忽然有个妇女出现在我家小厨房门外。我望着她，她也望着我。我不知道她在想什么，我在想的是：她算孃孃，还是婆婆？

那时候我家住在北京钱粮胡同海关宿舍里。那宿舍原是大富人家的带花园的四合院。我家住在有垂花门的内院里，但小厨房是另搭在一边的，一株很高很大的合欢树，像巨伞一样罩住小厨房和住房外的部分院落。走拢小厨房的那位妇女，穿着陈旧的衣衫，戴着一顶那个时代流行的八角帽（帽顶有八处摺角，带帽檐），她脸上尽管有明显的皱纹，但眼睛很大很亮，那时我随父母从重庆来到北京，还保持着重庆地区的话语习惯，对较为年轻的妇女唤孃孃，对上了年纪的妇女唤婆婆，但是眼前的这位妇女，年纪介乎二者之间，我望着她只是发愣。她望够了我，一笑："像天演啊！你是他幺儿吧？"我父亲名天演，显然，这位妇女是来我家做客，我就朝厨房里大喊一声："妈！有客来！"妈妈闻声提着锅铲出得厨房，一见那妇女，似乎有些意外，但很快露出真诚的微笑，而那妇女则唤妈妈："刘三姐，好久没见了啊！"妈妈忙把她引进正屋，我就管自跑开去找小朋友玩去了。

我妈妈姓王，在她那一辈里大排行第三，因为嫁给了我爸爸，同辈亲友都唤她刘三姐，后来广西民族歌剧《刘三姐》唱红了，又拍了电影，有来我家来拜访的人士跟传达室说"找刘三姐"，常引出"你开什么玩笑"的误会，但我从小听惯了人家那么称呼妈妈，看电影《刘三姐》绝无关于妈妈的联想。

我玩到天擦黑才回到家里，那时爸爸下班回来了，那位妇女还没有走，爸爸妈妈留她吃晚饭，她就跟我们同桌吃饭，这时妈妈才让我唤她胡孃孃，我唤她，她笑，笑起来样子很好看，特别是她摘下了八角帽，一头黑黑的短发还很丰茂。

我家常有客来，留饭也是常事。爸爸妈妈跟客人交谈，我从来不听，至于客人的身份，有的直到今天我也搞不清。

但是就在胡孃孃来过后的一个星期天，妈妈责备我到处撂下书报杂志，督促我整理清爽，我懒洋洋地应对，妈妈就亲自清理床上的书，其中一本是长篇小说《福玛·高捷耶夫》，妈妈正看那封面，我一把抢过去："正经好书！高尔基写的！"妈妈就说："啊，高尔基，那胡孃孃当年很熟的呀！"我撇嘴："我说的是苏联大文豪高尔基啊！你莫弄错啊！"妈妈很肯定："当然是那个高尔基，他常请胡孃孃去他家讲谈文学的啊！"我发蒙，这怎么可能呢？

我那时候虽然还只是个中学生，但是人小心大，读文学书，爱读翻译小说，高尔基的《福玛·高捷耶夫》有的成年人读起来也觉得枯燥难啃，我却偏读得下去。妈妈又拿起一本法国作家巴比塞的《火线下》，说："啊，巴比塞，胡孃孃跟他就更熟了啊。"我大喊："天方夜谭！"妈妈不跟我争论，只是说："好，好，你看完一本再看一本吧，不管看没看完都要放整齐，再莫东摆西丢的！"

胡孃孃没有再到我家来。我没有故意偷听，但偶尔爸爸妈妈的窃窃私语，还是会传进我的耳朵。关于胡孃孃，大体而言，是划成右派分子，送到什么地方劳动改造去了。爸爸提到四川作家李劼人，"也鸣放了，有言论啊，可是保下来了，没划右"，很为其庆幸的声调，妈妈就提到胡孃孃："她也该保啊！那陈毅怎么就不出来为她说句话呢？"爸爸就叹气："难啊！"他们用家乡话交谈，"毅"发"硬"的音，但我还是听出了说的是谁，非常吃惊，不过我懒得跳出来问他们个究竟。

1983 年，爸爸已经去世五年，妈妈住到我北京的寓所，记不得是哪天，我忽然想起了胡孃孃，问妈妈，她跟我细说端详。论起来，大家都是同乡。在上个世纪的历史潮流里，爸爸妈妈上一辈及那一辈的不少男女，走出穷乡僻壤，投入更广阔的生活，也就都有了更复杂扭结的人际关系。胡孃孃名胡兰畦，她虽有过一次婚姻，但遇上了陈毅，两个人沉入爱河，在亲友中那并不是秘密，他们山盟海誓，在时代大潮中分别后，互等三年，若三年后都还未婚，则结为连理。胡兰畦生于 1901 年，1925 年大革命时期，活跃在广州，后来国民党分裂，胡兰畦追随国民党左派何香凝，何香凝让儿子廖承志先期去了德国，胡兰畦不久也去了德国,并在那里由廖承志介绍加入了德国共产党,组成了一个“中国支部”，积极投入了国际共产主义运动。1933 年德国纳粹党上台，疯狂打击共产主义分子,廖承志和胡兰畦先后分别被逮捕入狱。那一年何香凝去了法国，并到德国将廖承志营救出狱，何先生与廖承志回到巴黎以后，就和我姑妈刘天素住在一起。我姑妈刘天素到法国留学，也是何先生安排的，不久入狱三个月的胡兰畦也被营救出狱，也流亡到了巴黎，在那里写出了《在德国女牢中》，这个作品先在法国著名作家巴比塞主编的《世界报》上以法文连载，很快又出版了单行本，并被翻译成了俄、英、德、西班牙文，在世界流布。那时候的苏联文学界，能阅读中文原著的人士几乎为零，汉学家虽有，翻译中国当代作家作品的很少。他们也许知道鲁迅，却未必知道冰心，丁玲在当时的中国才刚露头角，更不为他们所知，但他们却都读了俄文版的《在德国女牢中》。这虽然是部纪实性的作品，但有文学性，那时世界共产主义运动密切关注德国纳粹的动向，这部作品也恰好碰到阅读热点上。于是，1934 年苏联召开第一次全苏作家大会，就向寓居巴黎的胡兰畦发出邀请，她成为唯一从境外请去的“中国著名作家”，参加了那次盛会。(当时中国诗人萧三常住苏联，参加了大会并致贺词。)

胡兰畦命途多舛，但寿数堪羡，她熬过了沦落岁月，活到了改革开放时期，得到平反,恢复党籍,1996 年含笑去世。她在复出以后写出了《胡兰畦回忆录》，但到 1997 年才正式出版，尽管关注这本书的人至今不多，留下的宝贵历史资料却弥足珍贵。1934 年胡兰畦到了莫斯科，那次全苏作家大会邀请了世界上许多著名作家为嘉宾，虽然多数是左翼作家，开列出那名单来一看也够壮观的。胡兰畦是来自中国并且作品广为人知的女作家,那一年才 33 岁,端庄美丽，落落大方，成为会上一大亮点。那次大会选举高尔基为第一任作协主席，他对胡兰畦非常欣赏，除了大会活动中主动与胡交谈，还多次邀请胡到他城外别墅做客，一次高尔基大声向其他客人这样介绍胡兰畦:“她是一个真正的人!”那时候胡所接触的苏联官员与文化界人士中赫赫有名的除高尔基外还有布哈林、莫洛托夫、日丹诺夫等，像爱伦堡、法捷耶夫等都还不足以与她齐肩。因为作为共产主义作家，西欧对胡限制入境，苏联政府就为她在莫斯科安排了独立单元住房，说养起来都不足以概括对其的礼遇，实际上简直是供了起来。1936年高尔基去世，尽管历史界对他的死亡是否系斯大林的一个阴谋有争议，但当时的情况是，斯大林亲自主持了高尔基的丧事，出殡时，斯大林亲自参与抬棺。那时有多少人出于崇拜也好虚荣也好，都希望能成为棺木左右执绋人之一，但名额有限，最后的名单由政治局，实际上也就是由斯大林亲自圈定，而“来自中国的著名女作家胡兰畦”被钦定为执绋人之一。

“人生最风光的日子，也就那么几年！”这是十几年前一位仁兄在我面前发出的喟叹。他举出的例子里有浩然。他说有的人争来论去地褒贬浩然，其实浩然的悲苦在于，他最风光的日子，往多了算，也就是 1963 到 1966，以及 1973 到 1976 那么六七年。胡兰畦作为“国际大作家”在莫斯科活动的日子，只有不到两整年的时光。

1936 年年底胡兰畦回到中国。1937 年到 1949 年这十二年里，她的活动让我这个后辈实在搞不懂。国共联合抗日，她公开身份是在国民党一边，作为战地服务团团长，蒋介石给她授了少将军衔，成为中国近代史上的第一个女将军。她为共产党暗中做了许多策反一类的事情，但她的共产党员资格却被地下组织轻率取缔，这期间她与陈毅有几次遇合，爱得死去活来，但盟誓三年之后他们失却联系，陈最后与张茜缔结良缘，并携手穿越历史风雨白头偕老。1949 年中华人民共和国成立，这应该也是胡兰畦此前奋力追求的一个胜利果实，但她的身份却变得格外尴尬。她算什么？国际共产主义运动的斗士？但能证明她这一身份的人要么已经不在人世，要么也已经在这个运动的流变中成为了可疑之人甚至“叛徒”。她算苏联人民的朋友？跟她一起照过相谈过话来往过的如布哈林等人在 1937 年斯大林的大肃反中已被处决，一些也曾被斯大林养起来的外国文化人在大肃反中也被视为西方间谍驱逐出境，实际上她后来也被“克格勃”怀疑。她算“中国著名作家”？她那本《在德国女牢中》后来虽然也在中国出版，但并没产生什么大的动静。她算共产党的地下工作者？谁来证明她有那样的身份？她一度是宋庆龄的助手，但宋和何香凝、廖承志一样，多年没见过她，不能证明，陈毅跟她之间只有隐私没有工作联系，又能证明什么？上海解放后，陈毅担任第一届市长，她顺理成章地写信到市政府请求会面，很快有了回音，约她去谈，但出面的不是陈毅而是副市长潘汉年。潘汉年多年来担任共产党谍报机关负责人，却并未将胡纳入过他的体系，他告诉胡陈已娶妻生子，“你不要再来干扰他”，胡只好悻悻离去。1950 年以后她在北京工业大学找到一份工作，不是担任教职，只是一个总务处的职员。那时候北京工业大学在皇城根原中法大学的旧址，离我家所住的钱粮胡同很近。当她灰头土脸地走过隆福寺前往我家时，街上有谁会注意到她呢？谁能想象得到这曾经是一个在中国革命大潮乃至国际大舞台上叱咤风云的巾帼英雄呢？谁知道她在 1927 年大革命时期的事迹，被茅盾取为素材，以她为模特儿塑造为小说《虹》中的女主角呢？更有谁知道她曾经和蓝苹也就是江青，以及其他当年美女一样，登上过《良友》画报的封面呢？

就是这样一位女性，五十几年前，出现在我面前，妈妈让我唤她胡孃孃。那时从爸爸妈妈的窃窃私语里，我就知道，胡孃孃“日子难过”，“三反五反”运动里，她因管理大学食堂伙食，在并无证据的情况下被定为“老虎”（贪污犯），关过黑屋子；“肃清胡风反革命集团”时，她又被定成“胡风分子”，其实她根本不认识胡风，她倒是与远比胡风著名的国际大作家有交往，苏联的那些不说了，像德国的安娜·西格斯（其《第七个十字架》《死者青春常在》等长篇小说在新中国成立后翻译过来风靡一时），就是她的密友，那可是坚定的左派啊，可谁听得进她那些离奇的辩护呢？她的国民党将军头衔虽然是在国共合作时期获得的，但“肃反运动”一起，她不算“历史反革命”谁算？到了“反右运动”，像她那样的“货色”，有没有言论都不重要了，不把她率先划进去划谁？她实在是比热锅上的蚂蚁还难熬啊！她到我家来找“刘三姐”，连我那么个少年都看穿了，除了享受温情，实际上也是来借钱的，在那个革命浪潮涌动的年代，像我爸爸妈妈那样还能接待她的人士，实在已经属于凤毛麟角。

在胡孃孃波澜壮阔的一生里，我爸爸妈妈其实只是她复杂人际关系里最边缘的一隅，但我爸爸妈妈在人际圈里，确实有“心眼最好”的口碑。在那个事事都要讲究阶级立场，对每个人都该追究阶级成分的历史时期，我的爸爸妈妈也是很注意不能犯政治错误的，在我的印象里，他们衷心地认同新中国、拥护共产党，但是他们对具体的人和事，却不放弃基于良知的独立判断。比如除了这位胡孃孃，还曾有位蓝孃孃（蓝素琴），在“肃反运动”里被判刑入狱，刑满释放后，无处可去，且不说其身份不雅，她是个老处女，脾气很古怪，纵使没有那样的政治污点，哪个亲友愿意收留她呢？但她辗转找到“刘三姐”，爸爸妈妈竟让她住进我家，供吃供喝，直到政府终于把她安置到一个学校里去工作。据说当时组织上也曾找爸爸谈话，问他怎么回事？他坦然地说，蓝女士在德国留学时期，与周恩来、朱德都很熟的，也算是个社会主义者，不过后来她参与的派别是错的，解放后对她的历史进行清算，我是理解的，但她的罪不重，这从刑期不长且提前释放可以看出来，她还是可以进行思想改造，把她化学方面的一技之长发挥出来，贡献给新中国的，我们暂时收留他，也给国家如何对她妥善安置，留下了充裕的考虑时间，觉得还是一件应该做的事。爸爸妈妈公然收留蓝孃孃一事胡孃孃当然知道，那么到了她走投无路时，来到我家求助，也就毫不奇怪了。即使在最苛酷的斗争风暴里，也还保持一份对个体生命的温情与怜惜，这是爸爸妈妈给予我最宝贵的心灵遗产，他们相继去世多年，我感谢他们，使我穿越过那么多仇恨与狂暴，仍没有丧失大悲悯的情怀。

最近我抽暇整理近二十几年来陆陆续续画出的水彩画和油性笔线画，把其中自己比较满意的装进定制的画框里。装好了，自我欣赏的过程里，我往往浮想联翩。我有一幅田野写生画的是田间小路。那是2002年春天，中央电视台纪录片板块拍摄一组《一个人和一座城市》，让我作为“一个人”来讲北京这个城，他们在我乡村书房温榆斋录完访谈，又随我到藕田旁的野地，我画水彩写生，他们录了些镜头，后来用在了完成片里。我画这条乡间小路时，想到的是自己似乎曲折的命运。但是现在再端详这幅画，忽然想到了胡兰畦，她的生活道路，那才是真的万分曲折、千般坎坷、百般诡谲呀！兰畦之路，几乎贯穿一个世纪，折射出多少白云苍狗、河东河西、沧海桑田！……忽然想缄默下来，咀嚼于心的深处。

2008年11月4日写完于绿叶居

第二幅：王小波，晚上能来喝酒吗？

北京有三座金刚宝座塔。一座在蜚声中外的风景名胜地香山碧云寺里。碧云寺的金刚宝座塔非常抢眼，特别是孙中山的衣冠冢设在了那里，不仅一般游客重视，更是政要们常去拜谒的圣地。另一座金刚宝座塔在五塔寺里，虽然离城区很近，就在西直门外动物园后面长河北岸，却因为不靠着通衢而鲜为人知，一般旅游者很少到那里去。五塔寺，是以里面的金刚宝座塔来命名的俗称，它在明朝的正式名称是真觉寺，到了清朝雍正时期，因为雍正名胤禛，“禛”字以及与其同音的字别人都不许用了，需“避讳”，这座寺院又更名为大正觉寺。所谓金刚宝座塔，就是在高大宽阔的石座上，中心一座大的，四角各一座较小的，五个石砌宝塔构成一种巍峨肃穆的阵式。攀登它，需从石座下的券洞拾级而上，入口则在一座琉璃瓦顶的石亭中。北京的第三座金刚宝座塔在西黄寺里，那座庙几十年来一直被包含在部队驻地，不对外开放。打个比方，碧云寺好比著名作家，五塔寺好比尚未引人注意的作家，而西黄寺则类似根本无发表的人士。

五塔寺的金刚宝座塔前面，东边西边各有一株银杏树，非常古老，至少有五百年树龄了。如今北京城市绿化多采用这一树种，因为不仅树型挺拔、叶片形态有趣，而且夏日青葱秋天金黄，可以把市容点染得富于诗意。不过，银杏树是雌雄异体的树，如果将雌树雄树就近栽种，则秋天会结出累累银杏，俗称白果，此果虽可入药、配菜甚至烘焙后当作零食，但含小毒，为避免果实坠落增加清扫压力以及预防市民特别是儿童不慎捡食中毒，现在当作绿化树的银杏树都有意只种单性，不使雌雄相杂。但古人在五塔寺金刚宝座塔两侧栽种银杏

时，却是有意成就一对夫妻，岁岁相伴，年年生育，到今天已是夏如绿陵秋如金丘，银杏成熟时，风过果落，铺满一地。

至今还记得十九年前深秋到五塔寺水彩写生的情景。此寺已作为北京石刻博物馆对外开放，在金刚宝座塔周遭，搜集来不少历经沧桑的残缺石碑、石雕，有相当的观赏与研究价值。但那天下午的游人只有十来位，空旷的寺庙里，多亏有许多飞禽穿梭鸣唱，才使我摆脱了灵魂深处寂寞咬啮的痛楚，把对沟通的向往通过画笔铺排在对银杏树的描摹中。

雌雄异体，单独存在，人与银杏其实非常相近。个体生命必须与他人，与群体，同处于世。为什么有的人自杀？多半是，他或她，觉得已经完全失却了与他人、群体之间沟通的可能。爱情是一种灵肉融合的沟通，亲情是必要的精神链接，但即使有了爱情与亲情，人还是难以满足，总还渴望获得友情，那么，什么是友情？友情的最浅白的定义是“谈得来”，尽管我们每天会身处他人、群体之中，但真的谈得来的，能有几个？

一位曾到农村“插队”的“知青”，和我说起，那时候，生活的艰苦于他真算不了什么，最大的苦闷是周围的人里，没一个能成为“谈伴”的，于是，每到难得的休息日，他就会徒步翻过五座山岭，去找一位曾是他邻居，当时插队在山那边农村的“谈伴”。到了那里，“谈伴”见到他，会把多日积攒下的柴鸡蛋，一股脑煎给他以为招待，而那浓郁的煎蛋香所引出的并非食欲而是“谈欲”，没等对方把鸡蛋煎妥，他就忍不住“开谈”，而对方也就边做事边跟他“对阵”。他们的话题，在那样的地方那样的政治环境下，往往会显得非常怪诞，比如：“佛祖和耶稣的故事，会不会是一个来源两个版本？”当然也会有犯忌的讨论：“如果鲁迅看到《多余的话》，还会视瞿秋白为人生知己吗？”他们漫步田野，登山兀坐，直谈到天色昏暗，所议及的大小话题往往并不能形成共识，分手时，不禁“执手相看泪眼”，但那跟我回忆的“知青”肯定地说，尽管他返回自己那个村子时双腿累得发麻，但他获得了极大的心理满足，那甚至可以说是支撑他继续存活下去的主要动力！

人生苦短，得一“谈伴”甚难。但人生的苦寻中，觅得“谈伴”的快乐，是无法形容的。

“谈伴”的出现，又往往是偶然的。

记得那是 1996 年初秋，我懒懒地散步于安定门外蒋宅口一带，发现街边一家私营小书店，有一搭没一搭地迈进去，店面很窄，陈列的书不多，瞥来瞥去，净是些纯粹消遣消闲的花花绿绿的东西，不过终于发现有一格塞着些文学书，其中有一本是《黄金时代》。“又是教人如何‘日进斗金’的‘发财经’吧？怎么搁在了这里？”顺手抽出，随便一翻，才知确是小说，作者署名王小波。书里是几个中篇小说，头一篇即《黄金时代》。我试着读了一页，呀，竟欲罢不能，就那么着，站在书架前，一口气把它读完。我要买下那书，却懊丧地发现自己出来时并未揣上钱包。从书店往家走，还回味着读过的文字。多年来没有这样的阅读快感了。我无法评论。只觉得心灵受到冲击。那文字的语感，或者说叙述方式，真太好了。似乎漫不经心，其实深具功力。人性，人性，人性，这是我一直寄望于文学，也是自己写作中一再注意要去探究、揭橥的，没想到这位王小波在似乎并未刻意用力的情况下，“毫无心肝”给书写得如此令人“毛骨悚然”。故事之外，似乎什么也没说，又似乎说了太多太多。

也不是完全没听说过王小波。我从那以前的好几年起，就基本上再不参加文学界的种种活动，但也还经常联系着几位年轻的作家、评论家，他们有时会跟我说起他们参加种种活动的见闻，其中就提到过“还有王小波，他总是闷坐一边，很少发言”。因此，我也模模糊糊地知道，王小波是一个“写小说的业余作者”。

真没想到这位“业余作者”的小说《黄金时代》如此“专业”，震了！盖了帽了！必须刮目相看。

那天晚饭后，忽来兴致，打了一圈电话，接电话的人都很惊讶，因为我的主题是：“你能告诉我联系王小波的电话号码吗？”广种薄收的结果是，其中一位告诉了我一个号码：“不过我从没打过，你试试吧。”

那时候还没有“粉丝”的称谓，现在想起来，我的作为，实在堪称“王小波的超级粉丝”。

我迫不及待地拨了那个得来不易的电话号码。那边是一个懒懒的声音：“谁啊？”

我报上姓名。那边依然懒懒的：“唔。”

我应该怎么介绍自己？《班主任》的作者？第二届茅盾文学奖获奖作品《钟鼓楼》的作者？《人民文学》杂志前主编？他难道会没听说过我这么个人吗？我想他不至于清高到那般程度。

我就直截了当地说：“看了《黄金时代》，想认识你，跟你聊聊。”

他居然还是懒洋洋的：“好吧。”语气虽然出乎我的意料，传递过来的信息却令我欣慰。

我就问他第二天下午有没有时间，他说有，我就告诉他我住在哪里，下午三点半希望他来。

第二天下午他基本准时，到了我家。坦白地说，乍见到他，把我吓了一跳。我没想到他那么高，都站着，我得仰头跟他说话。请他坐到沙发上后，面对着他，不客气地说，觉得丑，而且丑相中还带有些凶样。

可是一开始对话，我就越来越感受到他的丰富多彩。开头，觉得他憨厚，再一会儿，感受到他的睿智，两杯茶过后，竟觉得他越看越顺眼，那也许是因为，他逐步展示出了其优美的灵魂。

我把在小书店立读《黄金时代》的情形讲给他听，提及因为没带钱所以没买下那本书，书里其他几篇都还没来得及读哩。说着我注意到他手里一直拎着一个最简陋的薄薄的透明塑料袋，里面正是一本《黄金时代》。我问："是带给我的吗？"他就掏出来递给我，我一翻："怎么，都不给我签上名？"我找来笔递过去，他也就在扉页上给我签了名。我拍着那书告诉他："你写得实在好。不可以这样好！你让我嫉妒！"

从表情上看，他很重视我的嫉妒。

我已经不记得随后又聊了些什么。只记得渐渐地，从我说得多，到他说得多。确实投机。我真的有个新"谈伴"了。他也会把我当作一个"谈伴"吗？

眼见天色转暗，到吃饭的时候了，我邀他到楼下附近一家小餐馆吃饭，他允诺，于是我们一起下楼。

楼下不远那个三星餐厅，我现在写下它的字号，绝无代为广告之嫌，因为它早已关张，但是这家小小的餐厅，却会永远嵌在我的人生记忆之中，也不光是因为和王小波在那里喝过酒畅谈过，还有其他一些朋友，包括来自海外的，我都曾邀他们在那里小酌。三星餐厅的老板并不经常来店监管视察，就由厨师服务员经营，去多了，就知道顾客付的钱，他们收了都装进一个大饼干听里，老板大约每周来一两次，把那饼干听里的钱取走。这样的合作模式很富人情味儿。厨师做的菜，特别是干烧鱼，水平不让大酒楼，而且上菜很快，服务周到，生意很好。它的关张，是由于位置正在居民楼一层，煎炒烹炸，油烟很大，虽然有通往楼顶的烟道，楼上居民仍然投书有关部门，认为不该在那个位置设这样的餐厅。记得它关张前，我最后一次去用餐，厨师已经很熟了，跑到我跟前跟我商量，说老板决意收盘，他却可以拿出积蓄投资，当然还不够，希望我能加盟，维持这个餐厅，只要投十万改造好烟道，符合法律要求，楼上居民也告不倒我们。他指指那个我已经很熟悉的饼干桶说："您放心让我们经营，绝不会亏了您的。"我实在无心参与任何生意，婉言拒绝了。餐厅关闭不久，那个空间被改造为一个牙科诊所，先尽情饕餮再医治不堪饫甘餍肥的牙齿，这更迭是否具有反讽意味？可惜王小波已经不在，我们无法就此展开饶有兴味的漫谈。

记得我和王小波头一次到三星餐厅喝酒吃餐，选了里头一张靠犄角的餐桌，我们面对面坐下，要了一瓶北京最大众化的牛栏山二锅头，还有若干凉菜和热菜，其中自然少不了厨师最拿手的干烧鱼，一边乱侃一边对酌起来。我不知道王小波为什么能跟我聊得那么欢。我们之间的差异实在太大。那一年我五十四岁，他比我小十岁。我自己也很惊异，我跟他哪来那么多的"共同语言"？"共同语言"之所以要打引号，是因为就交谈的实质而言，我们双方多半是在陈述并不共同的想法。但我们双方偏都听得进对方的"不和谐音"，甚至还越听越感觉兴趣盎然。我们并没有多少争论。他的语速，近乎慢条斯理，但语言链却非常坚韧。他的幽默全是软的冷的，我忍不住笑，他不笑，但面容会变得格外温和，我心中暗想，乍见他时所感到的那分凶猛，怎么竟被交谈化解为蔼然可亲了呢？

那一晚我们喝得吃得忘记了时间，也忘记了地点。每人都喝了半斤高度白酒。微醺中，我忽然发现熟悉的厨师站到我身边，弯下腰望我。我才惊醒过来——原来是在饭馆里呀！我问："几点了？"厨师指指墙上的挂钟，呀，过十一点了！再环顾周围，其他顾客早无踪影，厅堂里一些桌椅已然拼成临时床铺，有的上面已经搬来了被褥——人家早该打烊，困倦的小伙子们正耐住性子等待我们结束神侃离去好睡个痛快觉呢！我酒醒了一半，立刻道歉、付账，王小波也就站起来。

出了餐厅，夜风吹到身上，凉意沁人。我望望王小波，问他："你穿得够吗？你还赶得上末班车吗？"他淡淡地说："太不是问题。我流浪惯了。"我又问："我们还能一起喝酒吗？如果我再给你打电话？"他点头："那当然。"我们也没有握手，他就转身离去了，步伐很慢，像是在享受秋凉。我望着他背影有半分钟，他没有回头张望。回到家里，我沏一杯乌龙茶，坐在灯下慢慢呷着，感到十分满足。这一天我没有白过，我多了一个"谈伴"，无所谓受益不受益，甚至可以说并无特别收获，但一个生命在与另一个生命的随意的、绝无功利的交谈中，觉得舒畅，感到愉快，这命运的赐予，不就应该合掌感激吗？

在以后的几个月里，我不但把《黄金时代》整本书细读了，也自己到书店买了能买到的王小波其他著作，那时候他陆续在某些报纸副刊上发表随笔，我遇上必读。坦白地说，以后的阅读，再没有产生出头次立读《黄金时代》时那样的惊诧与钦佩。但我没有资格说“他最好的作品到头来还是《黄金时代》”，而且，我更没有什么资格要求他“越写越好”，他随便去写，我随便地读，各随其便，这是人与人之间能以成为“谈伴”即朋友的最关键的条件。

我又打电话约王小波来喝酒，他又来了。我们仍旧有聊不尽的话题。

有一回，我觉得王小波的有趣，应该让更多的人分享。谁说他是木讷的？口拙的？寡言的？语塞的？为什么在有些所谓的研讨会上，他会给一些人留下了那样的印象？我就不信换了另一种情境，他还会那样，人们还见不到他闪光的一面。于是，我就召集一个饭局，自然还是在三星餐厅，自然还是以大尾的干烧鱼为主菜，以牛栏山二锅头和燕京啤酒佐餐，请来王小波，以及五六个“小朋友”，拼桌欢聚。那一阵，我常自费请客，当然请不起也没必要请鲍翅宴，至多是烤鸭涮肉，多半就让“小朋友”们将就我，到我住处楼下的三星餐厅吃家常菜。常赏光的，有北京大学的张颐武（那时候还是副教授）、小说家邱华栋（那时还在报社编副刊）等。跟王小波聚的那一回，张、邱二位外，还有三四位年轻的评论家和报刊文学编辑。那回聚餐，席间也是随便乱聊。我召集的这类聚餐，在侃聊上有两个显著的特点，一是不涉官场文坛的“仕途经济”，一是没有荤段子，也不是事先“约法三章”，而是大家自觉自愿地摒弃那类“俗套”。但话题往往也会是尖锐的。记得那次就有好一阵在议论《中国可以说不》。有趣的是《中国可以说不》的“炮制者”也名小波，即张小波，偏张小波也是我的一个“谈伴”。我本来想把张小波也拉来，让两位小波“浪打浪”，后来觉得“条件尚未成熟，相会仍需择日”，就没约张小波来。《中国可以说不》是本内容与编辑方式都颇杂驳的书。算政论？不大像。算杂文随笔集？却又颇具系统。张小波原是上世纪八十年代大学里的“校园诗人”,后来成为“个体书商”，依我对他的了解，就他内心深处的认知而言，他并非一个民族主义鼓吹者，更无“仇美情绪”，但他敏锐地捕捉到了那时候青年人当中开始涌动的民族主义情结，于是攒出这样一本“拟愤青体”的《说不》，既满足了有相关情绪的读者的表述需求，也向社会传达出一种值得警惕的动向，并引发出了关于中国如何面对西方、融入世界的热烈讨论。这本书一出就引起轰动，一时洛阳纸贵，连续加印，张小波因此也完成了资本初期积累，在那基础上，他的图书公司现在已经成为京城中民营出版业的翘楚。

王小波对世界、对人类的认知，是与《说不》那本书的宣示相拗的。记得那次他在席间说——语速舒缓，绝无批判的声调，然而态度十分明确——“说不，这不好。一说不，就把门关了，把路堵了，把桥拆了。”引号里的是原话，当时大家都静下来听他说，我记得特别清楚。然后——我现在只能引其大意——他回顾了人类在几个关键历史时期的“文明碰撞”，表述出这样的思路：到头来，还得坐下来谈，即使是战胜国接受战败国投降，再苛刻的条件里，也还是要包含着“不”以外的容忍与接纳，因此，人类应该聪明起来，提前在对抗里揉进对话与交涉，在冲突里预设让步与双存。

王小波喜欢有深度的交谈。所谓深度，不是故作高深，而是坦率地把长时间思考而始终不能释然的心结，陈述出来，听取谈伴那往往是“牛蹄子，两瓣子”的歧见怪论，纵使到头来未必得到启发，也还是会因为心灵的良性碰撞而欣喜。记得我们两个对酌时，谈到宗教信仰的问题。我说到那时为止，我对基督教、佛教、伊斯兰教都很尊重，但无论哪一种，也都还没有皈依的冲动。不过，相对而言，《圣经》是吸引人的，也许，基督教的感召力毕竟要大些？他就问我：“既然读过《圣经》，那么，你对基督被钉死在十字架上以后，又分明复活的记载，能从心底里相信吗？”我说：“愿意相信，但到目前为止，还是不怎么相信。”他就说：“这是许多中国人不能真正皈依基督教的关键。一般中国人更相信轮回，就是人死了，他会托生为别的，也许是某种动物，也许还是人，但即使托生为人，也还需要从婴儿重新发育一遍——二十年后又是一条好汉嘛！”我说：“基督是主的儿子，是主的使者，不是一般意义上的人。但他具有人的形态。他死而复活，不需要把那以前的生命重来一遍。这样的记载确实与中国传统文化里所记载的生命现象差别很大。”我们就这样饶有兴味地聊了好久。

聊到生命的奥秘，自然也就涉及到性。王小波夫人是性学专家，当时去英国做访问学者。我知道王小波跟李银河一起从事过对中国当下同性恋现象的调查研究，而且还出版了专著。王小波编剧的《东宫·西宫》被导演张元拍成电影以后，在阿根廷的一个国际电影节上获得了最佳编剧奖。张元执导的处女作

《北京杂种》，我从编剧唐大年那里得到录像带，看了以后很兴奋，写了一篇《你只能面对》的评论，投给了《读书》杂志。当时《读书》由沈昌文主编，他把那篇文章作为头题刊出，产生了一定影响，张元对我很感激，因此，他拍好《东宫·西宫》以后，有一天就请我到他家去，给我放由胶片翻转的录像带看。那时候我已经联系上了王小波，见到王小波，自然要毫无保留地对《东宫·西宫》褒贬一番。我问王小波自己是否有过同性恋经验，他说没有。我就说，作家写作，当然可以写自己并无实践经验的生活，艺术想象与概念出发的区别，我以为在于"无痕"与"有痕"，可惜的是，《东宫·西宫》为了揭示主人公"受虐为甜"的心理，用了一个"笨"办法，就是使用平行蒙太奇的电影语言，把主人公的"求得受虐"，与京剧《女起解》里苏三带枷趱行的镜头，交叉重叠，这就"痕迹过明"了！其实这样的拍法可能张元的意志体现得更多，王小波却微笑着听取我的批评，不辩一词。出演《东宫·西宫》男一号的演员是真的同性恋者，拍完这部影片他就和瑞典驻华使馆一位卸任的同性外交官去往瑞典哥德堡同居了，他有真实的生命体验，难怪表演得那么自然"无痕"。说起这事，我和王小波都祝福他们安享互爱的安宁。

王小波留学美国时，在匹兹堡大学从学于许倬云教授攻硕士学位，他说他对许导师十分佩服，许教授有残疾，双手畸形，王小波比划给我看，说许导师精神上的健美给予了他宝贵的滋养。王小波回国后先后在北京大学和中国人民大学任教，但是到头来他毅然辞去教职，选择了自由写作。想起有的人把他称为"业余作者"，不禁哑然失笑。难道所有不在作家协会编制里的写作者就都该称为"业余作者"吗？其实我见到王小波时，他是一个真正的专业作家。他别的事基本上全不干，就是热衷于写作。他跟我说起正想进行跟《黄金时代》迥异的文本实验，讲了关于《红拂夜奔》和《万寿寺》的写作心得，听来似乎十分"脱离现实"，但我理解，那其实是他心灵对现实的特殊解读。他强调文学应该是有趣的，理性应该寓于漫不经心的"童言"里。

那时候王小波发表作品已经不甚困难，但靠写作生存，显然仍会拮据。我说反正你有李银河为后盾，他说他也还有别的谋生手段，他有开载重车的驾照，必要的时候他可以上路挣钱。

1997 年初春，大约下午两点，我照例打电话约王小波："晚上能来喝酒吗？"他回答说："不行了，中午老同学聚会，喝高了，现在头还在疼，晚上没法跟你喝了。"我没大在意，嘱咐了一句："你还是注意别喝高了好。"也就算了。

大约一周以后，忽然接到一个电话，声音很生，称是"王小波的哥们儿"，直截了当地告诉我："王小波去世了。"我本能地反应是："玩笑可不能这样开呀！"但那竟是事实。李银河去英国后，王小波一个人独居。他去世那夜，有邻居听见他在屋里大喊了一声。总之，当人们打开他的房门以后，发现他已经僵硬。医学鉴定他是猝死于心肌梗塞。王小波也是"大院里的孩子"，他是在教育部的宿舍大院里长大的，大院里的同龄人即使后来各奔西东，也始终保持着联系。为他操办后事的大院"哥们儿"发现，在王小波电话机旁遗留下的号码本里，记录着我的名字和号码，所以他们打来电话："没想到小波跟您走得这么近。"

骤然失去王小波这样一个"谈伴"，我的悲痛难以用语言表达。

生前，王小波只相当于五塔寺，冷寂无声。死后，他却仿佛成了碧云寺，热闹非凡，甚至还出现了关于他为什么生前被冷落的问责浪潮。几年后，一位熟人特意给我发来"伊妹儿"，让我看附件中的文章，那篇文章里提到我，摘录如下：

> 王小波将会和鲁迅一样地影响几代人，并且成为中国文化的经典。王小波在相对说来落寞的情况下死去。死去之后被媒体和读者所认可。他本来在生前早就应该达到这样的高度，但由于评论家的缺席，让他那几年几乎被掩没。看来我们真不应该随便否定这冷漠的商业社会，更不应该随便蔑视媒体记者们，金钱有时比评论家更有人性，更懂得文学的价值。……为什么要这样？我们没有权利去批评王蒙、刘心武（两人都在王小波死后为他写过文章）……他们的主要任务不是发表评论，而是创作。……

这篇署名九丹、阿伯的文章标题是《卑微的王小波》，文章在我引录的段落之后点名举例责备了官方与学院的评论家。这当然是研究王小波的可资参考的材料之一。不知九丹、阿伯在王小波生前与其交往的程度如何，但他们想象中的我只会在王小波死后写文章（似有“凑热闹”之嫌），虽放弃了对王蒙和我的批评，而把板子打往职业评论家的屁股，却引得我不能不说几句感想。王小波“卑微”？以我和王小波的接触（应该说具有一定深度，这大概远超出九丹、阿伯的想象），我的印象是，他一点也不卑微，他不谦卑，也不谦虚，当然，他也不狂傲，他是一个内向的，平和的，对自己平等、对他人也平等的，灵魂丰富多彩的，特立独行的写作者。他之所以应邀参加一些文学杂志编辑部召集的讨论会，微笑着默默地坐在一隅，并不是谦卑地期待着官方评论家或学院专家的“首肯”，那只不过是他参与社会、体味人生百态的方式之一。他对商业社会的看法从不用愤激、反讽的声调表述，在我们交谈中涉及到这个话题时，他以幽默的角度表达出对历史进程的“看穿”，常令我有醍醐灌顶的快感。

王小波伟大（九丹、阿伯的文章里这样说)？是又一个鲁迅？其作品是“中国文化的经典”？的确，我不是评论家，对此无法置喙。庆幸的是，当我想认识王小波时，我没有意识到他“伟大”而且是“鲁迅”，倘若那时候有“不缺席的评论家”那样宣谕了，我是一定不会转着圈打听他的电话号码的。

面对着我在五塔寺的水彩写生，那银杏树里仿佛浮现出王小波的面容，我忍不住轻轻召唤：王小波，晚上能来喝酒吗？

2008 年 12 月 1 日完稿于绿叶居

第三幅：风雪夜归正逢时

“丫就是一中学教员！呸！啐他一口绿痰！”

这是2007年我在互联网上看到的一则针对我的“帖子”。

我真的没有想到，奔七十岁去的人，还能再次引发出轰动，这就是2005年至2008年，在中央电视台《百家讲坛》栏目里断续播出了四十四讲《刘心武揭秘〈红楼梦〉》。这是我一生中的第几次轰动？第一次，是1977年11月在《人民文学》杂志发表了短篇小说《班主任》，尽管事后的轰动程度出乎我自己意料，但我得承认，那效应正是我谋求的。我写出、投出《班主任》时，知道自己在做什么，在当时的社会情景下，那真是一次冒险，而幸运的是，只遭受到一些虚惊，总的来说，是“好风频借力，送我上青云”了。第二次，是1985年，我的第一部长篇小说《钟鼓楼》获得第二届茅盾文学奖，我又在《人民文学》上连续发表了纪实小说《5·19长镜头》和《公共汽车咏叹调》，前一篇至今仍让许多球迷难以忘怀，有人说那是中国大陆“足球文学”的开篇作之一；后一篇则被认为是较早捕捉到改革所引发的人民内部矛盾，而试图以相互体谅来化解社会戾气的代表作。正当“春风得意马蹄疾”时，1987年我刚当上《人民文学》杂志主编，就爆发了“舌苔事件”，中央电视台《新闻联播》以“本台刚刚收到的一条消息”宣布，我因此被停职检查。第二天国内几乎所有报纸都将这一条新闻放在头版，跟着，我在境外的“知名度”暴增，这样的轰动对于我自己和我的家人来说，那是名副其实的惊心动魄。有谁会羡慕这样的轰动呢？从此低调做人，再不轰动才好。可是，没想到，花甲后竟又“无心插柳柳成行”，因《揭秘〈红楼梦〉》再次轰动。

我曾对不止一个传媒记者说过，我上《百家讲坛》是非常偶然的。但竟没有一家媒体把我相关的叙述刊登出来。这是为什么？不去探究也罢。现在我要借这篇文章把情况简略地描述一下。我研究《红楼梦》很久了，从 1992 年就开始发表相关文章，又陆续出了好几本书。2004 年，我应现代文学馆傅光明邀请，去那里讲了一次自己从秦可卿这个角色入手理解《红楼梦》的心得。其实傅光明那以前一直在组织关于《红楼梦》的讲座，业界的权威以及有影响的业余研究者，他几乎都一网打尽了，那时现代文学馆是跟《百家讲坛》合作，每次演讲电视台都同步录像，然后拿回去剪辑成一期节目，那些节目也都陆续播出，只是收视率比较低，有的据说几乎为零收视。傅光明耐心邀请我多次，都被我拒绝，直到 2004 年秋天，我被他的韧性感化，去讲了。当时也不清楚那些录像师是哪儿的，心想多半是文学馆自己录下来当资料。后来才明白那就是《百家讲坛》的人士。《百家讲坛》把我的讲座和另外五个人的讲座剪辑成一组《红楼六人谈》，我的是两集。播出时我看了，只觉得编导下了功夫，弄得挺抓人的。没想到过些天编导来联系，希望我把那两集的内容扩大，讲详细些。他们的理由很简单，就是我那两集的收视率出乎意料地高。电视节目不讲收视率不行啊，观众是在自己家里看，稍觉枯燥，一定用遥控器点开。我想展开一下也好，我并不觉得自己的研究一定高明，但《红楼梦》作为中国古典文化的高峰，先引发出观众，特别是青年观众阅读它的兴趣，是我应尽的社会义务。我录制讲座时，以蔡元培“多歧为贵，不取苟同”为基本格调，以袁枚“苔花如米小，也学牡丹开”为贯穿姿态，为吸引人听，我设计了悬念，使用了现场交流口吻，每讲结束，必设一“扣子”，待下一讲再抖落“包袱”，这样做，引出了不小的收视热潮。后来有传媒称我录制节目时，常被编导打断，要求我设悬念、掀高潮云云，这完全是误传，我从未被编导打断过，所谓“《百家讲坛》是‘魔鬼的床’，你长把你锯短，你短把你拉长”，这体验我一点也没有，总之，编导们让我愿意怎么讲就怎么讲，从未进行过干涉。当然，他们在剪辑、嵌入解说词、配画、配音等方面，贡献出聪明才智，才使我的《揭秘》系列播出后，出现了自称是“柳丝”的“粉丝群”。

前些时一位美国来的朋友约我到建国饭店餐聚，餐后饮咖啡时，她说朱虹要来看她，听说我在，希望能见上一面。朱虹原是中国社会科学院外国文学研究所英语文学部分的负责人，她基本上不搞英译中而擅长中译英，她先生柳鸣九则是法国文学专家，两口子都毕业于名牌大学，工作于名牌机构，到国外也是到名牌学府做访问学者，或与当地文化名流直接对话。我对他们都很崇敬。但在他们面前也总有些自觉形秽。我就对美国来的朋友推托说，替我问朱虹好吧，我还是要先走一步。谁知就在这时，朱虹已经翩然而至。她坐下来就说，是我《揭秘〈红楼梦〉》的“粉丝”，柳鸣九没有她那么痴迷，但也一再说“当今若从八十回后续《红楼梦》，非刘心武莫属”。又说，为了看每天中午十二点四十五开播的《百家讲坛》，她总是提前吃好午餐，后来发现中央电视台四频道有下午四点半的《百家讲坛》，就为自己安排相应的下午茶，边饮边看，“作为一种享受”。我听了受宠若惊。她可不是一般的“粉丝”啊。她又说特意为我带来了美国电影《时光》的光盘，里面的英国作家维吉尼亚·伍尔芙由影星妮可·基德曼饰演。为什么推荐我看这部电影？她说伍尔芙的遁世正是“沉海”。莎士比亚《哈姆雷特》里塑造的奥菲利亚是“沉溪”。她觉得我根据古本线索分析出曹雪芹所构思的林黛玉的结局为“沉湖”，有一定道理：“古今中外，薄命女子多丧水域，或许其中有某些规律，也未可知！”交谈到这个份上，我不能不相信，朱虹女士对我的红学研究的鼓励是认真的，绝非客气。

正当我获得极大心理满足时，朱虹忽然淡淡地来了句：“你当年是北京师院毕业的吧？”

这就戳到了我的痛处。不知道她和那位美国朋友是否看出我的尴尬。还好，朱虹并没有等待我的回答，又说起别的来。

有一利必有一弊。轰动会引来“粉丝”也会引来“愤丝”。讨厌我、抨击我的人士里，有的就“打蛇打七寸”，不跟我讨论观点，只追究我的“资格”，文章开头所引的那个“热帖”就是一例。

我“学历羞涩”。我 1959 年进入、1961 年毕业于北京师范专科学校。尽管这所学校后来部分并入了北京师范学院（现首都师范大学），但我只念了两年专科就分配到北京十三中担任语文教师。至今我填写任何表格，上面若有“学历”一栏，都无法填入“大本”，只能老老实实地写明“大专”。

从北京师专毕业到北京十三中任教，吸粉笔末有十三年之久。之所以能写出《班主任》，当然与这十三年的生命体验有关。但我执笔写出和发表出《班主任》的时候，已经不在十三中了，我那时已经是北京人民出版社（现北京出版社）文艺编辑室的一名编辑。最近纪念改革开放三十年，一些报导提到 1977 年 11 月《人民文学》出版社刊登出《班主任》，还说“作者当时是中学教师”。《班主任》刊发后很轰动，那时候社会各阶层的许多人士都读过它，但后来许多人或兴趣转移或没有空闲很少甚至不再阅读文学作品，任凭我如何辛勤创作，持续发表作品，乃至于写出长篇小说获得茅盾文学奖，对不起，他们只对《班主任》有印象，因此遇到我不免就问：“你在哪个中学教书呀？”改革开放以后，大城市的中学，尤其是所谓重点中学，包括我曾任教的北京十三中，教师的受尊重程度和工作报酬都大幅提升，但总体而言，中学教师在社会文化格局里，仍属于比较下层的弱势群体。“他不就是一个中学教师吗？”听话听声，锣鼓听音，这样的话语还算客气的，像我文章开头的那一声恨骂，“丫”是北京土话“丫头养的”的简缩，含义是“非婚私生子”，“中学教员”被骂者视为“贱货”，他这样对我恶骂，似有深仇大恨，其实我真不知道究竟我于他有何妨碍。说要啐我“绿痰”，倒让我忍俊不禁了，能啐出“绿痰”，他得先让自己的肺脓烂到何种程度，才能够兑现啊？

师专学历，中学教员出身，这是我的“软肋”，鄙我厌我恨我嫉我的人士，总是哪里软往哪里出拳。

也有绝无恶意的说法，指出我和《百家讲坛》上的一些讲述者因为曾经当过或现在仍是中学教师，所以“嘴皮子能说”。中学教师面对的是少男少女，深入必须浅出，寓教于乐才能受到学生欢迎。而电视观众的平均文化水准正是“初中”，作为一档必须通俗化而且具备一定娱乐性的节目，《百家讲坛》找几位因教中学而练就的“能说会道”者充当讲述者，实属正常。

但在一些人意识里，不正常的是，“不就是教中学的嘛”，却因这一档节目而获得暴红的社会知名度，由节目整理出的著作热销，名利双收，是可忍孰不可忍？

就我而言，“曾经沧海难为水”，去录制《百家讲坛》，有一搭没一搭的，我早在1977年就出过名了，以前的书虽然都没有《揭秘》那么畅销，但种类多，累计的稿费版税也很不少，名呀利呀早双收了，这绝不是“得了便宜卖乖”，因《揭秘》闹出的风波很令我烦心，我始终躲着传媒，尽量少出镜，躲到一隅求个清净。但“树欲静而风不止”，是非总要惹上身来。别的且不论，我的低学历又被人拎出来鄙夷，确实心里不痛快。

“那么，1959年你考大学的时候，怎么就只考上了师专呢？”这是无恶意者常跟我提出的问题。很长时间里，我无法圆满地回答。因为，在北京六十五中上高中的时候，我的各科成绩一直不错。是高考时失误了吗？考完后，对过标准答案，挺自信的。是志愿填得不合理？很可能是这个原因吧。那时候，我们那一代青年人，到头来以服从国家分配为己任，只考上个师专，倒霉，但还是乖乖地去报到。

没想到去报到那天，在学校前楼的门厅里，遇到了六十五中同届不同班的一位同学，他也被师专录取，我跟他打招呼，他却爱搭不理，满脸鄙夷不屑，我再试图跟他搭话，他从鼻子里哼出一声：“你也有今天？”然后大步离开我，仿佛逃避瘟疫。

我深受刺激。但事后细想，也不奇怪。就在两三个月前，大家准备高考的时候，中央人民广播电台《小喇叭》节目播出了广播剧《咕咚》，那剧本就是我编写的。在那以前，高二的时候，《读书》杂志刊出我一篇书评《评〈第四十一〉》，到高三，我的短诗、小小说，常见于《北京晚报》《五色土》副刊版面。那位同届不同班的同学，高考前见到我满脸艳羡、钦佩的谄笑，甚至说：“北京大学中文系不招你招谁啊？”但是，等到揭榜，他认为自己被师专录取毫不奇怪，而我竟沦落到跟他一起跑去报到，真是“今古奇观”，那是我的“现世报”，也是他的“精神胜利”——他终于从我也有那样的“今天”里，获得了一种原来失却的心理平衡。

记得收到师专录取通知书那天，我拿给母亲看，她说了句：“我总觉得我的孩子能上北大。”

我伤了母亲的心。然而最深的痛楚还是在我的身上。在六十五中时，我和同班的马国馨最要好，他被清华大学建筑系录取，他到清华报到后立即往师专给我寄了封信，希望继续保持联系，我把那封信撕了，直到三十多年后，才再次跟他见面，那时候他已经是建筑大师、中国工程院院士，设计出了亚运会启用的国家奥林匹克体育中心建筑群，而我那时不仅凭借小说获得名声，也从事建筑评论，在由中国建筑工业出版社出版的《我眼中的建筑与环境》一书里，我高度评价了他的作品。记得应邀参加一次建筑界的活动结束后，我约他和他的夫人——也是一位建筑师——到天伦王朝饭店大堂茶叙，他这样向他的夫人介绍我："六十五中同班的，他那时候功课棒着啦！"我很感激他说出了这样一个事实，这其实也就意味着他并不认为我那时候就只配被师专录取。

上师专，教中学，这也许是我的宿命。我从少年时代就想当作家。"帝王将相，宁有种乎"，没上成北京大学或别的名校，难道我就不能自学成才吗？何况北京大学或别的名校的中文系也并不承担培养作家的任务。记得老早就看到过孙犁的说法，大意是写文学作品不一定需要高学历，具备初中文化水平就可以尝试。我激赏孙犁的中篇小说《铁木前传》，认同他的说法。是的，作家的养成主要靠社会这所大学校，作家最必需的素养是对人的理解，对生活的热爱。构思作品时有悟性，驾驭文字时有灵性，就可能成为不错的作家。我在"师专生"、"教中学"的压抑性环境中顽强努力，终于成为一个无论如何无法一笔抹杀的作家而自立于社会。我知道有的人无法承认我以作家而存在的事实，甚至恨不能将我撕成两半，但也确实感受到有不少人喜欢我的作品，包括我对《红楼梦》的揭秘，乃至喜欢我这个人本身。天地不仁，以万物为刍狗，但天地又有仁，它让"有志者事竟成"的故事一再上演。

1988 年 3 月，香港《大公报》纪念复刊四十周年，邀请内地一些人士为参与纪念活动的嘉宾，受邀的有费孝通夫妇、钱伟长夫妇、吴冷西夫妇，另外是两位不带夫人的相对年轻许多的人士，其中年龄最小（四十五岁）的是我。吴冷西当时是中国新闻界的老领导、大权威，他的夫人肖岩，曾任北京师范专科学校校长，我上师专时，常坐在下面听她在台上作报告。此前我从未近距离地接触肖岩校长，更不曾设想能跟她平起平坐，寒暄对话。肖岩知道我写过《班主任》，获得过茅盾文学奖，并且是《人民文学》杂志的主编（我在 1987 年初惹出的"舌苔事件"那时已经了结，我在 1987 年 9 月复职），把我当作一个"文坛新秀”十分尊重，但有一点是她未曾知道的，我主动告诉她：“肖校长，我是您的学生，是 1961 年北京师专中文科的毕业生。”这让她吃了一惊。她微笑地望着我，迟疑了一下，说道：“啊呀，真是鸡窝里飞出了凤凰啊。”我听了感慨万千。怎么连肖岩校长也认为北京师专是个“鸡窝”？

是的。我从“鸡窝”里飞出。当然，我未必是凤凰。但能展翅飞翔、开阔视野，也就有幸接触到一些原来对我来说只存在于文学史和教科书的大作家：冰心、叶圣陶、茅盾、巴金、丁玲、艾青、艾芜、沙汀、萧军、孙犁、周立波、秦牧……当然，许多见面都是托赖中国作家协会那时候的一些安排，比如让我和丁玲一起接受外国记者采访、和艾青一起到某国大使馆赴宴……主动被邀请到家里做客的，则是吴祖光和新凤霞伉俪。

大约是在 1980 年的某一天，我接到电话，是吴祖光打来的，邀请我去他家做客。我欣然前往。那回吴老还邀请了另一位中年作家。还有一位美国汉学家在座，他是专门研究中国评剧的，对新凤霞推崇备至。从那以后我就和吴老有了较密切的来往。我发现他和新凤霞是一对最喜欢自费请客吃饭的文化人。1955 年 4 月 3 日他们曾在北京饭店请夏衍、潘汉年吃饭，饭局结束不久，潘汉年即由毛泽东主席亲自下令予以逮捕，成为一桩流传甚广的“巧事”。

我早在少年时代就心仪吴祖光。在北京六十五中上高中时，我每天从钱粮胡同的家里步行去学校，总要路过北京人民艺术剧院，近水楼台嘛，我也就往往“先得月”，屡屡购票观看新排剧目的首场演出。记得 1956 年北京人艺演出了吴祖光的《风雪夜归人》，我看得上瘾，首场看了，后来又买票去看。那出戏演的是京剧男旦和豪门姨太太自由恋爱遭到迫害的故事，像我那么大的中学生一般是不爱看甚至看不懂的，但也许是受到父母兄姊喜爱京剧的熏陶，我却觉得那戏有滋有味。至今我还记得北京人艺当年演出的那些场景乃至细节。张瞳和杨薇分饰的男女主角，他们的一招一式固然记忆犹新，就连舒绣文、赵韫如扮演的戏迷小配角，我也闭眼如见。那时头晚看了演出，第二天到了学校，课余时间，我便会和同学们眉飞色舞地聊上一阵。《风雪夜归人》这出戏北京人艺直到 1957 年夏天反右运动初期，还在上演，我大概去看了第三次，看完聊兴更浓。

吴祖光一生结交甚广，我在他的人际网络中不占分量。他的经历事迹自有研究者描述，对他的评价更有通人发布，我本无资格置喙，但在和他的接触中，有些细琐的事情和只言片语，总牢牢地嵌在记忆里，也许略述一二，能丰富人们对吴先生的认知。

有一次他在他家楼下一家餐馆宴客，我去晚了，记得在座的有香港《明报》记者林翠芬，还有他弟弟吴祖强。闲聊中，我说少年时代读过他的剧本《少年游》，被感动，还记得剧里有一件贯穿性的道具——孔雀翎。他说那时候写剧本，一口气，几天就完成，也不用再改，《少年游》他自己也很看重，可惜上演不多。又说人们多半把他定位于剧作家，其实他自己觉得，他是个电影导演。我说当然啦，《梅兰芳的舞台艺术》嘛，还有程砚秋的《荒山泪》。我年纪小，只知道解放后吴先生导演过那样一些戏曲艺术片，林翠芬虽然来自香港，生得也晚，和我一样，并不清楚吴先生上世纪四十年代，在香港是一位重要的文艺片导演，像《虾球传》《莫负青春》等贴近社会现实的影片，他导起来都得心应手。吴先生说解放后他从香港回到内地，分配到的单位是北京电影制片厂，职务就是导演，而且开头也并不把他视为适合拍摄戏曲艺术片的导演，给他的第一个任务，是拍摄表现天津搬运工人与资本家斗争的故事片《六号门》。他看了剧本，觉得是个好剧本，应该能够拍成一部出色的影片，但是他跟电影厂领导说，可惜他对这部戏所表现的生活和人物都不熟悉，那也不是短时间“下生活”就能解决问题的，总而言之，“不对路”，于是敬谢不敏。那时候，许多从旧社会过来的电影从业人员，都积极地“转型”。拿演员来说，像原来擅长演资产阶级太太的上官云珠，努力去转型演了《南岛风云》里的共产党战士；以出演资产阶级“泼妇”而著名的舒绣文，则刻意去扮演了歌颂劳动模范的《女司机》。一些原来只熟悉小资产阶级生活的导演，则去导演了表现工农兵的影片。吴祖光怎么就不能转型呢？厂领导一再动员，吴先生也带摄制组去了天津，但开机不久，他还是打了退堂鼓。《六号门》最后由别的导演接手，最后拍成了一部很不错的影片。

一次在吴先生家书房，见到一样奇怪的东西，他告诉说是钉书器。怎么会有一尺长的钉书器啊？他家有什么东西需要用它来钉啊？原来，他家不远就是蓝岛商厦，他常去闲逛，有一天到了卖文具的地方，见到这玩意，他觉得真有趣，售货员认出他来，不知怎么地连哄带劝，最后竟说动他买下。他把那活像铡刀的东西扛在肩膀上回到家，把新凤霞吓了一跳。但吴先生并不后悔这次购物。“买东西不就图个高兴吗？”他笑着说，“你要不要？你使得着，我割爱！”我自然婉谢。那一回，更觉得吴老是个大儿童。

有回他从湖南访问回来，说起参观领袖故居的情况。在刘少奇故居，他触景生情，想起这位国家主席死得那么惨，坐在故居床上珠泪涟涟。有一起去参观的人，回到宾馆问他：你好像也没被刘少奇接见过啊？是的，他跟刘少奇没什么接触，更谈不到有什么知遇之恩，但那位那么一问，他仍觉得心酸，连说：“太惨了，太惨了。”眼里又泛出泪光。后来又去参观毛主席故居，他从留言簿上看到王光美不久前写下的留言，签名前，王给自己加了个定语“您的学生”，吴先生说他对此不解。最近我重读1995年河北人民出版社第一版的《吴祖光选集》，吴老在前面的自序里说，他划右后在北大荒，与难友王正编写了《卫星城》和《回春曲》两部话剧，从剧名就可看出，当然是歌颂“大跃进”的，按我们晚辈的想法，弃如敝屣也无所谓，但吴老却说：“这两个剧本是我们这两个‘右派’在北大荒的艰难岁月里，并未灰心丧气，而是淬励奋发，力争上游，充满生活情趣与泥土气息，寓有地方特点的剧作。然而由于时迁岁改，人天变幻，这两个剧本既没有发表，也不会出版，更谈不到在舞台上演出了。”我就想，个体生命镶嵌在一定的时空里，身心都无法逭逃的，王光美“文革”后下笔自称“您的学生”，和到了1995年吴先生仍珍爱自己划右后劳改中的颂歌式作品，其实是可以用同一把钥匙揭秘的。

到晚年，吴老常约浩亮、庄则栋等“文革”后政治上沦落的人士餐聚。有人不解，他不是“文革”中文化部系统钉死的“老右派”吗？那时浩亮是有权有势的文化部副部长，何尝对他施行仁政？吴老自己跟我说到，他是文化部“五七干校”里学龄最长的学员，到最后，全“干校”只剩张庚和他两位还没给落实政策，他脱掉“牛鬼蛇神”的身份，是很晚的事情。但他后来却只把浩亮当成一个“打小看着出息”的“大武生”看待，有回去他家，见浩亮正在厨房里炒拿手菜，但人已患病，体态虚胖，吴老小声对来客们说：“可惜了呀，难得的大武生啊！如今有几个比得上的？”

自恃和吴老比较熟了，有次我就问：“您总这么请客，从来不开发票，您的稿费就经得起这么花吗？”他爽快地回答我：“我这人倒是从来没缺过钱花。我从来自费。”说着从抽屉抓出一把出租车司机撕给他的小票，笑着说：“据说我都能拿去报，可我报销它们干吗？留下它们，原是为了记录每次的行踪，现在发现根本起不到那样作用。”随手就把那些“的票”扔进纸篓。我知道一些餐馆老板对吴老优惠，有家烤鸭店请他题写店名，在那里请客免单，我也曾去过那里的饭局。有人提醒吴老，如此利用他的名人价值，而且往往加上新凤霞，利用“双名人”效应开拓生意，应该签约，让对方付出应有的报酬才是，怎能进餐免单就将他们打发？吴老却置若罔闻。我也曾进言：“您能多富有呢？怎么能如此大方？”他竟干脆给我一个透明度：“把所有的钱加起来，有十来万吧！”那已经是上世纪九十年代，十来万算什么富有？但吴老和新老二位在待客上依然那么毫不吝惜。

1996年春天，六十五中高中同班同学里的热心人，组织老同学聚会。地点是在当年班长李希菲家里。李希菲和她先生是同一研究所的研究员，都有学科方面的专著问世。他们享受到四室一厅的住房待遇，在她家聚会有足可令大家都舒适的开阔空间。从她家窗户外望，玉泉山的宝塔清晰入目。参加那天聚会的有十几位同窗。大家回忆起1956年至1958年的青春岁月，感慨良多。李希菲准备了丰盛的自助餐，大家不客气，觥筹交错，足吃足喝，十分热闹。过了午，李希菲把我单独叫到她家一间离聚会处最远的房间，进了屋，她还关上门，我真不知道她为什么要那么神神秘秘的。

“你知道高中毕业后你为什么没考上好大学吗？”李希菲问我。

事情过去三十七年了。没考上好大学，我现在也有相当于教授、研究员的编审职称，而且，在文学上也算取得了一定成绩，尽管那是我的隐痛，但命运给予的补偿也足够令我心平气和、不再追究了。

李希菲却偏要告诉我究竟。看得出，她憋了三十七年，她觉得到了必须对我和盘托出的时候了。

她细说端详。原来，起因竟是《风雪夜归人》！是吴祖光！

1957年夏天，那时上高二，一天中午，在教室里，我和一些中午不回家的同学，吃学校食堂给熥热的自带饭食，闲聊里，我又说到北京人艺演出的《风雪夜归人》如何精彩，正在兴头上，忽有一同学截断我说："你别吹捧《风雪夜归人》啦！吴祖光是个大右派！"

据说，当时我不但不接受其警告，仍然继续坚持宣扬《风雪夜归人》如何好看，甚至说出了这样的话："是吗？吴祖光是右派？啊，吴祖光要是右派，那我也要当右派！"

这样的言论，事后被那警告我的同学，汇报给了组织。

到1959年高中毕业前夕，要给每一位同学写政治鉴定。操行评语是与本人见面的，政治鉴定却是背靠背的。那一年，对于政治上有问题的毕业生，在鉴定最后，要写上"不宜大学录取"字样。李希菲虽然不是政治鉴定的执笔人，但写每个人鉴定时，作为可信赖的青年团员、班长，她在场。她见证了那一刻：因为有我说过"吴祖光要是右派，那我也要当右派"的文字材料，于是，我的政治鉴定的最后一句就是"不宜大学录取"。

那一年我们班有若干同学的政治鉴定的最后一句和我一样。最惨的是全班功课最好、成绩最拔尖的一位女生。她是青年团员。据说，她的问题之一，是那天我眉飞色舞地大谈《风雪夜归人》，而且说出"反动言论"时，她不仅没有以青年团员应有的战斗性对我予以严词批驳，还一直在微笑着听我乱聊。

那我怎么又还是捞了个师专上呢？后来知道，是那一年师范类院校招不满，于是，只好从写有"不宜大学录取"字样的档案里，再检索一遍，从中拣回一些考分较高而"问题言行"尚可"从宽"的考生，分别分配到一些师范类院校。

而那位那天自己并无不妥言论，只是面对我的"反动言论"微笑的女同窗，却因为作为青年团员"严重丧失政治立场"，连师专都不要，她接到不录取通知书后，就去科学院一个研究室的实验室当了洗试管的女工。1996年春天李希菲家里的聚会她也去了。在李希菲把我叫去个别谈话之前，大家聊起三十七年来走过的路时，她告诉大家，后来她自学了大学课程，通过了所有相关的考试，取得了本科文凭，如今也获得了副研究员的职称。后来有同窗告诉我，她近年来还为自己的研究成果取得了专利登记。她与命运抗争，付出了怎样艰辛的代价啊，而这些代价，竟是为她那个中午面对我的短暂微笑而付出的！

李希菲提供的信息令我震惊。特别是我还牵连到一位女同窗这一情况。

我会在那天说出“吴祖光要是右派，我也要当右派”那样惊心动魄的“反动言论”吗？会不会是汇报者把我的糊涂言论予以“精加工”，才构成了那样一个句子呢？又有谁来找我核对过呢？但这一切都不值得追究了。我，还有那位女同窗，以及另外若干遭遇“不宜大学录取”恶谥的同龄人，毕竟没有就此沉沦，终于穿越历史烟尘，迎来了新的历史阶段，为社会作出了各自的贡献，也从社会得到了应有的回报。

当然也有悲壮的牺牲者。六十五中那一届跟我不同班的一位叫遇罗克的，他敏感地意识到，他之被大学拒之门外——他 1959 年以后又连着考了几次，无论他考分多高，都无改收到不录取通知书的结局——是政治歧视造成的，而就他个人的具体情况而言，是出身不好——他母亲是资本家，父亲是右派。于是，到了“文革”期间，他逮着一个机会，就在《中学文革报》上发表了《出身论》，试图以马克思主义的原理，来解除以出身把人分别对待的“错误做法”。就因为这篇文章，他被逮捕，并于 1970 年被戴上脚镣手铐押到工人体育场示众批斗，然后直接拉往刑场枪毙。1980 年他得到平反，但再无机会跟我们一起享受新的岁月。

话说那天李希菲把我单独请到一间屋子里，揭破一个笼罩了我三十七年的谜团，我听得发愣，她却意犹未尽，跟我说：“你知道是谁揭发你的吗？我清楚。你要我告诉你吗？”

我立即制止了她。

“事情过去那么久了，你知道一下就行了，你现在也功成名就了，你还会记恨人家吗？”

“不。如果你告诉我，我会恨。所以，恳求你千万不要告诉我告发我的是谁。事情过去三十七年了，我记忆已经非常模糊。除了你说出的那位受我牵连的女同学，我完全不记得那天中午还有谁在教室里。今天晚上，我会失眠。我难免要努力去猜测，告发我的是谁呢？是男生，还是女生？那时候像六十五中那样的男女合校而且合班的中学，是很少的。这也好。在是男是女上，就够我瞎琢磨的。但我一定得不到准确答案，即便我锁定了几个当年对我不友好的同学，也终于还是没有办法把我的愤恨落到实处。这样，没有多久，我的探究兴趣，就会被生活里接二连三的新事物消磨。到头来我无人可恨。慢慢的，我会更加心平气和。真的恳求你，千万别告诉我。也永远别告诉别的同学。我们都需要平静，不是吗？”

李希菲懂得了我。她叹了口气说：“也好。其实说出那名字，对我来说也不是轻松的事。我们应该原谅。那时候就是那样的。好在一切都已经过去了。你已经不怕那样的人了。你不是茅盾文学奖都得了吗？什么时候送我一本签名的《钟鼓楼》？”

我们的谈话渐渐走出沉重。我告诉她：“其实我最好的作品还不是《钟鼓楼》，而是《四牌楼》。《四牌楼》里有我们青春期的印迹。我会送你一本《四牌楼》，希望你一定通读。”

李希菲和我回到大家中间。似乎没有什么人在意我们的一度离开。那天的同窗聚会经历了怀旧、伤感、戏谑、兴奋，最后以一派达观结束。

过了些日子，我见到吴老，把三十七年前的这段故事讲给他听。听完，他喟叹：“没想到，我竟连累到你——还是个孩子啊！”

这个“孩子”长大成人，而且，现在也成了一个老人。

吴老晚年最喜欢写的四个字是“生正逢时”，他将这一主题的书法作品赠予了很多朋友。

在他于我诞生的那一年——1942 年——创作的话剧《风雪夜归人》末尾，两个争取个人自由的主人公虽然都在风雪中回到原来他们相爱的空间，但一个冻饿而死，一个不知所终。这比唐代诗人刘长卿那“日暮苍山远，天寒白屋贫。柴门闻犬吠，风雪夜归人”的意境悲惨多了。唐诗里风雪夜的归来者尽管饱受严寒饥渴，最后总算进入了温暖的空间，在那里面等候他的不仅会有热茶热饭，更会有亲情友情乃至爱情。生正逢时，也就是尽管有坎坷有挫折，但毕竟穿越风雪迎来了温暖赢得了真情。

现在回想往事，我甚至想深深感谢那位告发我的同窗。如果不是他或她的告发，我也许就不会有后来的生命轨迹；我如果没有上师专，没当中学教员，后来又怎么写得出成名作《班主任》？风雪夜归，正逢吉时。

我现在时时深感遗憾的，反倒是我的自我遮蔽。因为《班主任》引出的反响过度强烈，遮蔽了我后来的所有努力。因为《钟鼓楼》获得了茅盾文学奖，遮蔽了我更好的长篇小说《四牌楼》。尽管我一直在坚持写小说，更有大量随笔，还写建筑评论，但因为《百家讲坛》连续播出《刘心武揭秘〈红楼梦〉》，同名的四部书畅销，又遮蔽了我的其他文字，“你现在为什么不写小说，改行搞红学了？”这是近来随时会遇到的提问。

至于他人对我的刻意遮蔽，比如尽管我当过出版社编辑，当过《人民文学》杂志主编，有编审职称，但总还是以师专学历和“不就是个教中学的嘛”来鄙夷我，我已经习惯。但我相信只要不自弃，那么，我的生命之河，“青山遮不住，毕竟东流去”。

当然，以己度人，我需要深深检讨的是：自己是否恶意地遮蔽过别人？我在《四牌楼》里，就挖掘过自己内心的恶，并为此进行忏悔。到了生命的这个阶段，我不应再计较他人对我的施恶，而应为自己曾伤害过他人——哪怕是无意中，哪怕是因大环境而左右——而深深忏悔，以此救赎。

《四牌楼》里的一章《蓝夜叉》，可以独立成篇。2006年，巴黎出版了它的法译本，我为这个译本绘制了独家插图。其中一幅是小说中的“我”——以我自己为原型——以忏悔的双臂高举象征性的“月洞门”，挣扎于救赎的心灵攀登中。

我不知道会有几多人抛开我的其他文字，找本《四牌楼》来读。我另外还有本《树与林同在》，在其中《走出贝勒府》一章里，我就“文革”中一位女教师自杀，进行了自我心灵拷问。但《四牌楼》也好，《树与林同在》也好，都并没有产生出“一部分人喜欢得要命，一部分人恨得牙痒”的效应。一颗愿意忏悔的心，是寂寞的。我感到深深的孤独。

2008年12月27日完稿于绿叶居

第四幅：宇宙中最脆弱的

2008 年初冬，二哥从成都来电话告诉我：孙四叔去世了。二哥问我是否还和黄粤生保持联系？喟叹说：这一家人啊，前两辈就剩黄粤生一个了啊！

我祖父刘云门是孙炳文的好友。我在二十多年前发表的《私人照相簿》里，公开了祖父和孙炳文、李贞白的合影，以及孙炳文和任锐在北京什刹海会贤楼举行婚礼的照片，孙、任结婚我祖父是证婚人。

祖父和孙炳文在日本留学时都加入了同盟会。上世纪二十年代初，孙炳文和朱德赴德国留学之前，在我家什刹海北岸的寓所借住了多日。我父亲刘天演那时大约十六七岁，朱德见他骑自行车很顺溜，就提出来让他教骑自行车，父亲也就真的手把手教了起来，朱德没几下也就学会，这事给父亲留下非常美好的记忆。解放后，父亲从重庆调往北京海关总署任统计处副处长时，曾往中南海给朱德写去一封信，朱德马上回信约他去叙旧，父亲去了，朱德先把学骑自行车的往事讲出，高兴地呵呵大笑。朱德、康克清留他吃晚饭后，回到家来，讲起会面的情况，妈妈和我们子女都很兴奋。虽然临告别时朱德亲切地对父亲说，以后有事可以找他，但那以后父亲再没有主动去联系过。父亲有的朋友曾问他：如此重要的社会关系，为什么不再主动维系？父亲说，一次足矣。父亲深知在朱德波澜壮阔的一生中，他与朱德的那点接触，轻微得完全可以忽略不计。何况建国后作为中央领导朱德日理万机，自己一个渺小的存在，怎能再去打扰？

孙炳文和朱德在德国见到周恩来，周介绍他们加入了中国共产党。他们没多久就一起回国，投入了第一次国共合作的大革命。作为意志如钢的政治人物，

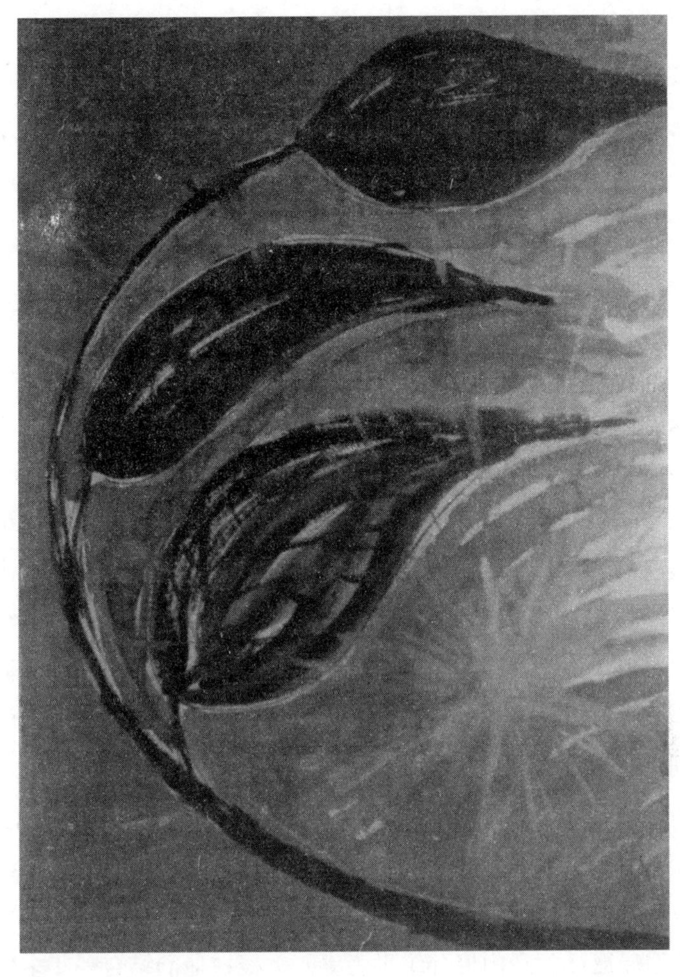

他们也有很柔情的非政治行为。那时我祖父先一步到广州投入大革命，任教于中山大学。我父亲为生计漂泊在外。留在北京的后婆婆对我母亲非常不好，孙炳文和任锐听说，就写了一封信给我母亲，让母亲离开苛酷的后婆婆，住到他们家。母亲到孙家不久，孙炳文、任锐夫妇也奔赴广州，但他们对我母亲作出了妥善安排，让她再住到任锐妹妹家去，而任锐妹妹任载坤，即著名哲学家冯友兰的夫人。我妈妈说起这些社会关系，不以男方为坐标，她管任锐叫二姨，冯夫人为三姨，大姨呢，是嫁给了后来四川天府煤矿总经理兼总工程师的黄志烜（黄爷爷是祖父的忘年交）。孙、冯两家，以及三位姨妈，还有两家的孩子，对我母亲都非常好。在孙家，那时长子孙宁世还是个少年，就热爱《红楼梦》，不仅读《红楼梦》本身，所有能找到的关于《红楼梦》的文字都读。三女孙维世还是个儿童，很喜欢当众唱歌跳舞，大方活泼。在冯家，三姨后来生下一个女儿名叫冯钟璞。后来我父亲结束漂泊找到稳定工作，才把妈妈从冯家接走。

你看我家这些七穿八达的社会关系！

这些社会关系，也确实给我家带来过不少乐趣。

大约是 1951 年，那一年我九岁。父母带我到现在仍存在的那个剧场——在东华门外路南，现在叫中国儿童艺术剧院——去看歌剧《王贵与李香香》，检票员怎么也不让我进。那时剧场入口处墙边有个刻度，我不够那个高度，人家说这戏不让小孩进，再说小孩也看不懂的。我急得直哭，后来母亲跟他们说，我们这票是导演孙维世送的。检票的望了望我父母，觉得不会是撒谎，就放我跟他们一起进去了。开演前母亲嘱咐我：一定要像大人那样欣赏演出，不许顽皮！戏开演了，我看得入神。还记得那戏里有首主题曲："一杆子红旗，满天下红……"后来，我再大些，孙维世又送票，我随父母去看了她导演的俄罗斯名剧《钦差大臣》《万尼亚舅舅》，对我进入纯艺术领域是一种宝贵的启蒙。不过我没看到孙维世导演的《保尔·柯察金》，是她没有赠票，还是赠了票父母偏没带我去，已无从考证。我长大成人后才知道，孙维世导演《保尔·柯察金》的过程里，爱上了饰演保尔的，比她足足大十岁的金山，而那时金山的妻子张瑞芳，恰被安排饰演保尔的初恋女友冬妮亚！孙维世被认为是"第三者插足"。后来张瑞芳忍痛退让，金山娶孙维世为妻。大概在他们结合一年多以后，邀请我父亲去他们家做了一次客。毕竟我祖父是孙维世父亲的挚友，又是其父母结婚时的证婚人，这份世交之谊她还是认的。父亲赴宴归家带回一瓶葡萄酒，告诉母亲和我们："维世送的。知道她哪里来的吗？是总理给她的！"那时候人们都知道，孙维世是周恩来的干女儿，爱如掌上明珠。那瓶酒在我家多次展示给客人，客人们得知来历，都很羡慕，有的说："你们怎么舍得喝啊！"但是，到过春节的时候，父亲还是开启瓶盖，给家人分饮了。

孙炳文在 1927 年国共分裂的"四·一二政变"中，被蒋介石亲自下令，被残暴地腰斩于上海龙华。我祖父写了《哀江南》长诗，痛斥蒋对孙中山的背叛。那时任锐刚生下小女儿，从广州抱到上海不久，据说反动派来搜查住所时，刺刀挑起尿片，气势汹汹，倘若那刺刀稍一偏斜，那小女儿也就结束其生存了。任锐为继续革命东躲西藏，无法抚养小女儿，就把她送到大姐，也就是我母亲所称的大姨即黄婆婆那里，因为这个小女儿生在广州，就取名为黄粤生。

大约 1956 年初秋，忽然又有人到钱粮胡同海关宿舍大院找“刘三姐”。我在《兰畦之路》里解释过了，我母亲何以被亲友们一贯以“刘三姐”称谓。就像我二哥告诉我“孙四叔去世了”，“孙四叔”也是孙家大排行的称谓，其实他是孙炳文和任锐的二儿子，孙维世和黄粤生的二哥，她们还有一位三哥孙名世。且说那次来找“刘三姐”的是一位风华正茂、脸蛋红苹果般放光、穿着“布拉吉”（苏联式连衣裙）的女子，她走近我家，母亲迎出还没站稳，她就热情地扑过去紧紧拥抱，还重重地一左一右亲吻母亲的脸颊。我在母亲身后看得吃惊，因为那样的见面礼只在外国电影里见过，偶然目睹的邻居也觉扎眼。那位来客就是黄粤生。她在黄家长大后，养父母告诉了她的亲生父母是谁。父亲牺牲许久了，母亲任锐曾与姐姐孙维世和哥哥孙名世齐赴延安，同入马列学院学习，两代三人成为革命学府的同学，一时传为佳话。任锐在 1949 年初病逝于天津，未能等到五星红旗在天安门广场升起。孙名世则牺牲在解放战争的淮海战役中。父母和三哥的牺牲是容易理解的，也是足可自豪的。孙维世后来到苏联学习戏剧，解放后年纪轻轻就担任了中国青年艺术剧院的总导演。黄粤生 1949 年从重庆转道香港到达北京，携着姐姐的亲笔信到中南海找到邓颖超，也被接纳为义女，在周总理出国访问的时候，一度就睡在周总理的床上。后来黄粤生到苏联列宁格勒大学攻读俄罗斯与苏联文学，她那次来看望“刘三姐”，是已学成回国，并已被安排到北京大学曹靖华担任系主任的俄罗斯语言文学系担任讲师。

我祖父在 1932 年著名的“一·二八事变”中于上海在日本飞机轰炸中罹难。我祖父在生命的后期已经从政治潮流中边缘化，我父母以政治坐标论，更是越来越边缘。但我家虽在边缘，却也总是与社会中心人物有着若即若离的剪不断的联系。抗日战争胜利后，我家住在重庆，父母有时会带我到黄爷爷黄婆婆家，也就是黄粤生养父养母家做客，在我童年记忆里，有这样的画面：黄家举行婚礼，不记得是黄粤生那一辈的谁的婚礼，少女黄粤生充当伴娘，我呢，和一位小姑娘，各提一只装满鲜花的花篮，在婚礼中走在新郎新娘和伴郎伴娘前面，那时候，粤姑姑——这是父母教给我的对黄粤生的叫法——全盘西化的装束，像西洋画上的天使下凡，仿佛全身闪着银光。那几年里我母亲和粤姑姑走得很近。粤姑姑苏联学成归国来看望“刘三姐”，见面惊呼并且热烈拥抱亲吻，显然完全出自真情。

人世间有些事情真是巧上加巧。粤姑姑到北大俄罗斯语言文学系任教，听她的课的学生里，就有我的小哥刘心化。小哥又影响了我，使还是个中学生的我，就读了许多俄罗斯古典名著和苏联文学作品，而且还生发出许多心得。1958 年，我自发投稿，给《读书》杂志寄去了一篇《谈〈第四十一〉》，竟被刊登了出来。那一年我才十六岁。《第四十一》是苏联“同路人”作家拉甫涅尼约夫的一部小说，由曹靖华翻译为中文。而就在刊登我文章的那一期，《读书》编辑部约请黄粤生写了一篇介绍苏联小说《我们来自穷乡僻壤》的文章，凑巧就跟我的文章印在前后页码上。

新中国建国后被派往苏联留学的，基本上是两种人，一种是中共高干或高级“民主人士”的子女，一种是经得起推敲的工人或贫下中农的后代。这两种家庭背景的留学生，有的在苏联留学期间相爱，毕业后确定关系并结婚，一起回国为国效劳。我祖父的另一位忘年交邓作楷，父母让我唤邓伯伯，他的女儿，我叫她邓姐姐，就是这样。邓伯伯是全国政协委员，邓姐姐在留苏期间好上、回国后结婚的夫君，父母就还都在农村，是地道的贫农。黄粤生因其家庭背景比邓姐姐更加显赫，人们都以为她必定会在高干子弟中觅一如意郎君，没想到她爱上的也是贫农子弟，叫李宗昌。她回国后将自己的恋情向“总理爸爸”和“小超妈妈”公开，得到赞同，遂与李宗昌缔结连理。

黄粤生在 1966 年 6 月以前，生活非常顺遂幸福。她当然常出入中南海西花厅，与姐姐孙维世同享“总理爸爸”和“小超妈妈”的温暖呵护，但她也还跟某些从整个社会坐标系来衡量属于比较低下相当边缘的人物来往，比如邀请一位中学教师到她家做客。那位中学教师就是我。大概是 1964 年，那时候我父母已经到张家口去了，我因 1959 年高考失利，只被北京师范专科学校录取，毕业后分配到北京十三中教书。得到粤姑姑邀请，我很高兴。那时她住在中关村，那套单元应该是李宗昌（她让我叫他李叔叔）分到的。李叔叔在中国科学院某研究所工作。那时他们的两个女儿好像都已经上学。他们给我看留苏时的照片，留我吃饭。那次我不记得在他们家都聊了些什么，只留下一种温馨的氛围记忆。

但是 1966 年 6 月爆发了“文化大革命”。1967 年，街头出现了“打倒朱德”的大标语。有的标语更恶毒地把“朱”写成“猪”。我知道，粤姑姑的大哥孙宁世后来公开使用的名字是孙泱，曾任朱德的秘书，后来任中国人民大学党委副书记和副校长。没几天，街头又出现“打倒三反分子孙泱”的大标语。所谓“三反”是指“反党反社会主义反毛泽东思想”。再没几天，街头出现了“反革命修正主义分子孙泱自绝于人民罪该万死”的大标语。后来知道，孙泱被残酷批斗，拒不认罪，被囚地下室中，他的尸体被发现时，呈现在暖气管上用绳索套住脖子的勒毙状态。究竟他是自杀，还是有人把他折磨死了以后用那样的办法掩饰他杀真相，成为一个永久之谜。

1967 年秋父母所在的张家口解放军外语学院大乱，两派武斗使人们无法正常生活，父母就逃到北京暂住姐姐姐夫居所。我们私下议论到朱德的被辱、孙泱的死亡，父母不胜唏嘘。那时候还不知道孙维世和黄粤生的情况。我安慰父母说，直到“文革”爆发后的夏末，孙维世在大庆编导并由真正的石油工人家属演出的话剧《初升的太阳》还在上演，可见她应该还安全。母亲就说：“朱德自己被炮轰，救不了孙泱。周总理还说得上话，他会保护维世的啊。”至于黄粤生，尽管都知道北京大学运动搞得惨烈，但她不仅根正苗红，自己既不是“当权派”也还够不上“反动权威”，无论如何总不至于把她当作“牛鬼蛇神”揪出来。那时我父母为孙维世担心，主要是觉得她会受到金山连累，因为金山，众所周知，是三十年代上海滩的电影明星，主演过《夜半歌声》那样的电影，身上的问题一抓一大把，比“维吾尔族姑娘的辫子”还多！

我家直到“四人帮”垮台以后，才知道孙维世竟已在 1968 年就被逮捕入狱，并惨死狱中。谁也救不了她。谁也没有救她。关于她的死，现在从网络上可以查到许多资料，我浏览时常常不忍卒读。是否准确，难以判断。但多数资料，应该还是可信的吧。阅读那些可供参考的资料时，我常常陷于沉痛的思索。政治因素当然是重要的，但也有许多因素，来自人性阴暗面的深处。我祖父的挚友孙炳文一家两代七口，他本人和四子孙名世，死于国民党的铡刀与枪弹，任锐是积劳成疾而殁，都令人钦佩且可以想通，但孙泱与孙维世的惨死，却是共产党自身“党内路线斗争”造成的，这自家内部的斗争，何以会如此狰狞、如此怪诞、如此残暴、如此令人心寒？就没有另外的办法，来达到使“路线正确”的目的吗？

因为是世交，我家很早就知道任锐曾写过这样一首诗：“儿父临刑曾大呼：我今就义亦从容！寄语天涯小儿女：莫将血恨付东风！”粉碎“四人帮”以后，我们家的人在《人民日报》上看到了金山悼念孙维世的文章，题目就是《莫将血恨付东风》。文章真可谓字字血、声声泪，指出孙维世的被害，正是江青一手造成的。我母亲见到金山复出而且写出这样的文章，感慨万端，她坦率地说：“原以为金山熬不出来，没想到他倒熬出来了，维世却死得那么惨！”

对“四人帮”的公开审判，由电视转播。那时候电视机还不流行，我们家的人分别找到看电视的地方，全神贯注地观看审判实况。我们都期待着审判江青时跟她清算害死孙维世的人命案。这理应是给她判罪的典型案例啊。审判中终于进入到江青迫害文艺界人士这一环节了。公诉方提出了上海电影导演郑君理被害一事。“红卫兵”对郑家抄了个底儿翻，郑被投入监狱，后病死在狱中。郑君理夫人黄晨出庭作证。江青一见黄晨露面，竟亲热地唤她“阿晨”，黄晨当然怒目以对，控诉她对郑及自己一家的迫害。没想到江青一脸无辜的表情，辩称对上海“红卫兵”抄郑家事一无所知，对郑的被逮入狱更无责任。法官当然呵斥了江青。那么，是否接下去公诉方会举出孙维世的案例呢？我等待着，却并没有“莫将血恨付东风“的内容出现。事后我与家里其他人交换观审心得，都有点纳闷。为什么略去江青迫害孙维世被害惨死的重大罪行？

我们家的人毕竟都是些不懂政治的最凡庸的生命存在。对于我们不知、不懂的事情，也就止于纳闷和茫然。

既然“四人帮”已经垮台，进入改革开放新时期，我们就好好珍惜，好好生活吧。大约在 1981 年夏天，那时我已经发表过《班主任》，进入了文艺界，被北京市文联接收为专业作家，忽然有一天，我接到电话，是黄粤生打来的，很亲热地问我:“还记得粤姑姑吗?”怎么会不记得呢?她约我去她的住处见面,我问还在中关村吗?她说现在住在南沙沟。告诉了具体的地址。

北京钓鱼台国宾馆附近的南沙沟,那时候盖出了不少高档住宅,分配给副部级以上的干部或民主人士及个别社会知名人物居住。我按图索骥,找到了粤姑姑居住的地方。她开门迎客。渡过劫波,她略显憔悴,但风度不让当年,脸蛋依然红苹果一般。她把我让进去坐。在她去张罗茶点的时候,我随手翻了翻书房里书架上的书,记得有一套几十本组合成的世界美术史,是日文的,里面丰富的插图令人兴奋艳羡。不经意中,我发现手中那本书的扉页上有金山藏书的印章。难道这是金山的住宅?说实在的,我对后来粤姑姑的生活变化一无所知,因此,当她请我喝茶吃点心时,我还问:“李叔叔呢?”粤姑姑就告诉我,宗昌叔叔已经因癌症去世了。我不禁长叹。她主动说起粉碎“四人帮”后的生活变化。她重新见到了邓妈妈。邓妈妈关于孙泱和孙维世之死这样开导她:“革命嘛,总会有人牺牲。”她说她恢复了最早的名字:孙新世。李叔叔去世以后,两个女儿都到外面上学去了。因为姐姐惨死,姐夫金山身心也备受摧残,她就搬到金山这里照顾金山。最初,是他们各在一室,晚上如果金山身体出现问题了,就按电铃,她闻声赶到金山身边照顾。“后来,觉得这样很麻烦……你懂,我们也产生了感情……我们就住到一个房间了……现在,我们正式结婚了。”说完最关键,显然也是她说出来最感吃力的这几句,她望着我,我虽确实有些吃惊,迟疑了一下,也就说:“能理解。这样也好,你们可以——”她不等我说完就接过去:“相依为命吧!”

把最关键的话说出来,底下就更好交流了。她亲切地问起我父亲“天演哥”和母亲“刘三姐”的情况,我告诉她父亲已在1978年仙去,母亲还健在,眼下住在成都二哥那里。她说她和金山都读过《班主任》,祝贺我正式进入文学界。希望我和他们多联系。“现在孙家、刘家剩下的人别断了联系,世交嘛。”她的亲切使我颇为感动。

在她和我把该说的话几乎全说完的时候,金山“恰巧”从外面回来了。金山热情地伸出手和我紧握。我不知道该怎么称呼金山,就以微笑代替称呼,金山也不计较。他们留饭,保姆做出一桌菜,金山还请我喝酒,我们干了几杯。

席间我们聊些当时文艺界的事情，比如中国青年艺术剧院那出喜剧《枫叶红了的时候》好在哪里差在哪里什么的。吃过饭，我告辞，他们都亲切地告别，嘱咐我一定有空去玩。

但是我后来再没有跟粤姑姑即孙新世保持联系。我倒是跟冯钟璞交往甚多。我们在1979年全国第一届优秀短篇小说评奖中一起获奖。她获奖的篇目是《弦上的梦》。我叫冯钟璞“宗璞大姐”（她发表小说用宗璞的笔名）。我母亲和二哥知道后，责备我“不应乱了辈分”，确实，按世交辈分序列，她和我父母同辈，我应该叫她“宗璞姑姑”才对。但宗璞知悉我就是曾寄居她家的“刘三姐”的幺儿后，只是一笑，说：“我们是文友。你还是叫我宗璞大姐好。”我们在一起时，就文学艺术充分地交换意见，如对《红楼梦》的理解，常展开争鸣，但我们从不涉及她的大姨、二姨两家的人与事。

孙炳文、任锐的二子孙济世解放后一度到北京任绒线胡同四川饭店经理，朱德、邓小平、吴玉章、陈毅常去那里吃饭。我父亲也曾被邀去品尝过精品川菜。后来孙济世在成都任职，粉碎“四人帮”后，已定居成都多年的我二哥刘心人跟孙济世来往颇多，二哥叫他“孙四叔”。

孙四叔去世的消息，搅动了我平静的心。孙家前两辈只剩黄粤生即孙新世一位了。她早已离开北大，1982年金山病逝后，听说她曾组建公司开拓中苏文化交流。年老退休后，常到定居美国的女儿家长住。算起来，到2009年，她进入八十三岁的高龄了。往事联翩浮过心头，我百感交集。祝愿孙家这一辈仅存的生命，能幸福安康，越过百岁。

我后来为什么没有与粤姑姑和金山保持联系？对此我也说不清道不明。孙泱，特别是孙维世的惨死，令我有“高处不胜寒”之感。还是离中心远一些为好。

还是比如默默无闻地当一个中学教师为好。还是不要攀附“高枝”的好。还是不要寻求“过硬背景”的好。还是凭借自己的能力“自发投稿”去获取录用的好。还是“江湖”比“庙堂”更具坚韧的人情。还是不要孙维世那样的牺牲为好。原来“红色公主”并不一定有可持续的幸福。原来“金枝玉叶”也会在诡谲的政治旋涡里被侮辱被损害以至沦落陨灭。

宇宙里最脆弱的是人的生命。人的生命中最脆弱的是心灵。心灵最脆弱的表现是委曲求全。而人性中有阴骘的部分，专对脆弱的存在下狠毒之手。个体生命的生存发展真是不易。

于是寻出自己的一幅画——《阳光下的三片树叶》。我爱每一片绿叶，无论是大片的绿叶，还是小片的绿叶，包括不幸出现蛀眼的叶片。每一片绿叶都企盼阳光雨露。但阳光不要太强烈啊，过强的阳光会灼伤绿叶。雨水也不要太猛烈啊，疾风暴雨会折断叶梗使叶片如孤魂般飘零。愿世道人心，能像我这幅画一样，虽然达不到完美，却至少给人以祥和的期许与温煦的慰藉。

2009 年 1 月 27 日完稿于北京绿叶居

第五幅：人需纸几何

那是一只细瓷茶杯，外壁有金色花纹，当我因为顽皮把它碰落地下以后，发出一声脆响，立刻碎成许多“指甲盖”，而迸飞门边的把手，让我觉得很像弯屈的小拇指。

“哦嗬，这下不成套了！”陈伯伯望着地下的碎片，乐呵呵地说。

坐在他对面的爸爸没有责备我。稍停了一下，就继续跟陈伯伯聊天。

那是在北京北新桥陈伯伯的居所里，当时他还没有接来家眷，一个人独居。那一年，他大概刚刚五十出头，而爸爸四十八岁，我呢，十一岁。

记忆里这一点非常清晰：那是一整套精美的瓷器，放在一个很大的礼品盒里，那放在餐桌上的礼品盒是在爸爸带我去做客时，陈伯伯才将其打开，嘱咐保姆取出茶壶和三只茶杯，将其洗净，沏上香茶，先来使用；其余的，好像还不止是茶具，应该还有碗盘什么的，都还搁在盒子里，而塞在瓷器当中防止互相磕碰的大团纸丝，被掏出来的部分，还没从盒盖边清走。

那套瓷器不是爸爸带去的礼物。应该是另外什么人送给陈伯伯的。爸爸和陈伯伯互相拜访，从不带礼物。随着岁月的流逝，我渐渐懂得，从这样的非常琐屑的细节，可以证明他们不是一般的交情。陈伯伯竟然对我碰落跌碎昂贵的细瓷毫无愠色一笑了之，爸爸竟然并不以为应该对此礼节性地致歉也懒得责备我几句，这说明，他们相聚交谈的快乐，达到物我两忘的境地。

陈伯伯名陈晓岚，上个世纪初出生在四川。他的老家跟爸爸妈妈的老家离得很近。他们相识相交得很早，属于青春期的朋友。爸爸妈妈大约二十岁出头

结婚，一年后生下我大哥，那是1925年，爷爷到广州参加大革命去了，后婆婆对爸爸妈妈非常不好，等于是把他们扫地出门了，爸爸直到1926年才终于有了稳定的职业，可以把妈妈和大哥接去共同生活。那么，有一段时间，妈妈就带着刚出生不久的大哥，借住在离沙滩不远的一条胡同里的陈伯伯家。那时候陈伯伯在沙滩北京大学（俗称“红楼”）化学系读书，他比爸爸妈妈先一步结婚，是老家的父母包办的，他到北京读大学，是带家眷来的，所谓他家，其实是在北京胡同四合院里租的房子。他的妻子，1925年早于我大哥生下了一个女儿。我1942年才出生，对于1925年的事情，很难想象。陈晓岚夫妇自己有襁褓中的婴儿，却不怕麻烦累赘，接纳一个朋友的妻子抱着一个襁褓中的婴儿，加入自己的生活，这在那个时代，是多见的吗？我现在已经六十七岁了，以我懂事以后的六十多年的生活阅历，还找不出相近的事例。伸出援手，予人温暖，说起来容易，做起来，在任何时代都是件往往心有余力不足的事。但遥想当年陈伯伯家对我家的帮助，竟是力未必足而心竟有余，“古道热肠”这个语汇，被他们的行为阐释得无以复加。

回忆往事，涉及童年阶段，我行文习惯称爸爸妈妈，到进入青春期后，则多愿以父亲母亲谓之。大约 1983 年，我已不惑，年近八十的母亲住在我北京劲松居所，谈及当年陈伯伯陈伯母的种种事情，记忆犹新。她说 1919 年 5 月 4 日那天，她跟着自己所在的女子中学的队伍，也走向了街头，在街上，迎面见到一所男子中学的队伍，一眼瞥见了陈晓岚——那时他课余常到我爷爷家去——在队伍中举着竖长的标语纸旗，穿着长衫，跳着脚高声领呼口号。后来陈伯伯考上北京大学，虽然主修化学，但对社会科学包括文学艺术都有兴趣，他常去听李大钊的课，有次他听完课，来到什刹海北岸我爷爷家，那时候我亲婆婆还在，一大家子人，我父亲，我姑妈，我母亲（那时还未和我父亲成婚，属于童养媳性质，但我爷爷婆婆待她如亲女，她与我父亲青梅竹马早有感情）……陈晓岚把课堂上从李大钊那里听来的新鲜议论，学舌一番，兴奋得不行。1920 年，李大钊就在北大组建了共产主义小组，陈晓岚入北大后参加了小组的活动。那时候，陈晓岚还写诗，正如我父亲青春期尝试写长篇章回小说《铁兰花》一样，他们沉浸在为社会变革献身，以及将才华化为美文的激情之中。母亲说，陈晓岚最不开心的是，他妻子是个小脚妇女。你现在读一些明代、清代的诗文，会发现那个时代的主流审美意识，是以小脚裹成“三寸金莲”为美，男人对女性的欣赏，往往会体现在把玩“金莲”上。但辛亥革命后的知识青年，则以“金莲”为丑为耻。陈晓岚曾推心置腹地跟母亲说：“你嫂子（指他原配妻子）没读过书，这还好弥补，可是她没有你那样的天足，如何弥补得了？天演（指我父亲）命甜，我命苦啊！”到 1925 年我母亲带着大哥借住到他们家时，母亲就发现，陈大嫂每天起床后的第一件事，就是弄妥一双塞好棉花的天足鞋，然后小心翼翼地把自己的“金莲”穿进去隐匿起来，但走起路来，还是无法呈现“天然状”，为此陈大嫂常对母亲长吁短叹，母亲也不知该如何安慰她才好。

母亲借住在陈家的那段时间里，陈伯伯仍然是个政治情绪浓酽的热血青年。

他曾被军阀逮捕，报纸上刊登出标题耸听的新闻，把陈伯母急得不行，但很快被保释了出来。大家都知道北京大学校长蔡元培曾在1919年"五四运动"军阀政府逮捕学生后，挺身而出，营救被捕学生，待学生全部被释后，毅然辞去由那政府任命的校长职务。当然后来由于蔡的威望及北大师生的通力挽留，他又继续担任了下去。那以后北京大学有学生因政治行为被捕，蔡元培仍出面营救。但陈晓岚逐渐冷静下来。他减少了政治活动，抓紧了专业修炼，对文学艺术也由染指变为旁观。母亲不记得听他表白过什么，但从他的行为可以看出来，他最后给自己的人生，定位于以实用知识和科学技术来服务国家，使其繁荣富强。他1927年以优异成绩从北京大学化学系毕业，后赴德国留学，在寇顿工业学院学成先进的造纸技术，1933年他学成回国，在上海与杭州之间的一座颇具规模的造纸厂任总工程师。那时候西方烟草公司在中国大肆推销洋烟。有的中国民族资本家希望能生产完全国货的香烟，但苦于中国自己生产不出需要很高级技术的卷烟纸，是陈晓岚通过反复实验，终于解决了这个问题，于是中国有了从烟叶到卷烟纸全部国产化的香烟，得以跟洋烟争夺市场，并频频告捷。

陈晓岚从德国归国后，把家安在了上海，自己来往于上海和沪杭线上的纸厂之间。这期间资本家分给了他工厂股份，他也成了半个资本家，经济上更加富裕，他的发妻和两个女儿不仅衣食无忧，可以说过上了很不错的中产阶级生活。1937年抗日战争爆发。陈晓岚把妻女留在上海，自己到了四川大后方，在乐山附近的一个大造纸厂任职。他归国以后一直和我家保持联系。说来也巧，我二哥在抗战胜利后，在乐山技术专科学校学习，恰是学的造纸专业，而陈晓岚作为兼职教师，在抗战时期曾到乐山技专授课，后来他知道老朋友刘天演的二儿子学造纸，非常高兴。二哥刘心人回忆，抗战时期生活十分艰苦，工农业生产都遇到很多困难，拿造纸来说，那时候国土一天天沦丧，进口纸浆不可能了，四川本身的森林资源又十分有限，但国难当头，纸张的重要性不亚于枪炮，特别是学生们不能中断学业，要印教科书，要有练习本，怎么办？是陈晓岚，开发出稻草造纸的路数，以低成本、高产出，提供给社会一种虽然轻薄黄脆，却足可印制教材、用以学习的"抗日纸"。

我对陈伯伯开始留下鲜明印象，是上世纪五十年代末，我家住在钱粮胡同海关宿舍大院的时候。他常来我家，一来，就待上一整天。他那时五十五左右。俗话说："男子五十五，胜过下山虎。"那时的陈伯伯身板挺拔，浑身洋溢着阳刚之气，总理着小平头，浓眉大眼，笑声爽朗，每次来做客总穿着质地优异做工精细的皮夹克，脚穿颜色相配的高级皮鞋，实在不是恭维，其虎虎生气、风流倜傥，赛过电影明星。那时他心情舒畅。1949 年新中国成立以后，他得到重用，被任命为轻工业部设计院的副院长兼总工程师，还被安排为全国人民代表大会代表。还有一项令他开心的事，是在全国解放前夕，他和造纸厂老厨师的孙女儿，一位美丽的姑娘，产生了爱情，就纳其为妾。他很怕解放后这事影响他的前程，没想到新政权对他那样的人物的这一"旧社会遗留的家庭问题"并不加罪，他并不需要跟在上海的原配离婚，只是担负起原配和前面两个女儿的生活供给，自己在北京和所爱的女人过起稳定的婚姻生活，连续生下了三个儿女。因为定的级别工资很高，大约有三百多万人民币（这是旧币值，折合新币有三百多元）——那时一般职工一个月的工资有的还不到三十元——因此不少人知道后都有"天文数字"之叹。再加上，他解放前在造纸厂有股份，解放初仍按时分红，公私合营后，还有定息，经济上的强大，使他供养两家人不觉吃力。

当下的社会里，人民对官员富商"包二奶"深恶痛绝。这种正义感是必须支持的。但解放初虽然通过并推行了《婚姻法》，在一部分中共干部和统战人士中又确实呈现了复杂的婚姻状态。那时候有位剧作家岳野创作了一部话剧《同甘共苦》，由孙维世执导搬上了舞台，表现的就是一位革命干部（舒强扮演），离开家乡包办婚姻的妻子（刘燕瑾扮演），穿越战斗的风云，在革命途程中和一位知识妇女（于蓝扮演）自由恋爱，共同生活，解放后他重返故乡，打算跟原配离婚，却发现那农村妇女已经在当地的革命进程中成长为一位可爱可敬的基层干部，于是，他和后来的恋人都陷入了两难境地，两位妇女之间也发生了许多难以避免的心理碰撞。这部戏最后表达了一个引出激烈争论的主题，就是人们应该对革命引发的这类人的情感与人际关系的复杂局面，持宽容与互让的旷达态度，强调大家朝前看，同甘共苦再奔前程。《同甘共苦》没演多久就演不下去了，因为它确实有悖于《婚姻法》的推广。但我眼前的陈伯伯却把与上海原配大太太和北京后娶爱妻的“同甘共苦”，一直活生生地持续着。

那阶段陈伯伯来我家做客，总是自己一个人来，从未带那位年轻的妻子和孩子来过。不消说，我母亲从情感上，是完全倾向上海的那位陈大嫂的。她们共同生活过啊。当然，陈伯伯总自己一个人来，也未必是因为害怕携新夫人来会引出我母亲的不快。他来，除了跟我父亲聊天享受友情，还有一个非常重要的目的，就是“打牙祭”。那时候尽管陈伯伯收入不菲，但钱都归他的新夫人掌握，据说每月发给他的零花钱，仅仅二十元。那位新夫人的厨师爷爷跟他们一起生活，但巧厨难为无料炊，新夫人为自己和孩子们前途计，必须储钱备荒，在伙食上十分俭省，对陈伯伯算很优待了，每顿饭专为他提供一份肉食，但陈伯伯嘴馋，哪里能够满足？于是，那阶段他几乎每个星期天都来我家，而我母亲，会在厨房里忙上几个小时，烹制出一满桌的佳肴，令他大快朵颐！

在全国人民代表大会开会期间，当中的休会日，陈伯伯也会来到我家。母亲就笑他：“你那会议餐厅什么好吃的没有，怎么还来这里？”他就老实回答：“原材料自然都属上乘，做出来确确实实没有你刘三姐的那么香啊！”母亲并不谦虚：“那个自然。我有秘法哩！”但母亲的秘法烹制，往往要用很长的时间，她会从午后做起，直到晚上七点左右才能开宴。我那时常常心里暗恨陈伯伯，都是因为他来，弄得我肚子饿得咕咕叫还不能开饭，有次陈伯伯似乎看出了我的烦躁不耐，就乐呵呵地说：“今天有两位最高级的厨师啊，一位是刘三姐不消说了，还有一位——听说过西方这句谚语吗：饥饿，是最好的厨师！”

母亲终于把头轮菜肴布上餐桌了，是若干精制凉菜，每只盘子里的菜，都像餐馆一样，摆放成悦目的形态。于是爸爸斟酒，跟陈伯伯，往往还有另外一两个朋友，先喝起酒来。而我，就还得再等候一时，才有热菜送来，可以就饭。

热菜往往很多，多到再来几位豪客也吃不完的程度。那时候家里没有冰箱，剩菜是怎么妥善保存的，我从未关注过，现在想起来，不禁发愣。记忆中的美味热菜：珍珠丸子、葱烧海参、香辣牛尾、豆瓣鲤鱼、麻婆豆腐、芙蓉鸡片、干煸四季豆、香菇烧菜心……甜味的则有枣泥烧白肉、拔丝山药，而每次少不了，也总是引得陈伯伯赞不绝口的，是家乡渣肉（米粉肉）。

大人们会大吃大喝一直到晚上十点钟。餐后还要再沏香茶，倾心交谈。

那是一些多么惬意的日子啊！

那几年有时会一两个月不见陈伯伯身影。他是出国援建造纸厂去了。他肯定去过缅甸。因为在我父母的遗物里有他所赠的，在仰光大金塔和大卧佛前拍摄的照片。记得他还去过印度尼西亚、老挝、柬埔寨。他不仅在国内造纸事业方面贡献突出，他也把中国相对先进的造纸技术传播到了那样一些国家。

但是来到我家，笑眯眯的陈伯伯似乎很少谈论政治和他的专业。那阶段常来我家的还有另一位瘦高身材的陈伯伯，也是爸爸的老朋友，他们三个人在等候我母亲烹制美味佳肴的过程里，常坐在一起打“戳牌”，就是一种叶子牌，也不知他们是从哪里买到那种散发着浓烈桐油气味的手工制品的。那实际是流行于四川农村的一种牌戏。1958 年，我偶尔听到两位陈伯伯的一段议论，大概内容是，瘦高的陈伯伯抱怨，买到的书，那纸好粗糙好黑好臭，健美的陈伯伯就说，他们那一界也有人搞大跃进搞得头脑发热，非说可以用一种土办法解决一项重要的造纸工艺，既大大节约成本又可以高产，他怎么劝说也不听，批他保守，让他靠边站，结果，就生产出了这么让人败兴的纸张！后来，过了几年，市面上的图书纸张又恢复白净了，想必是陈伯伯作为造纸界技术权威，他的发言权又恢复了，那错误的土办法取消了。

1960 年我家情况发生了很大变化。父亲调到张家口解放军外语学院任教，母亲跟他同往，那时我已入北京师范专科学校住校学习，父母把单位的房子悉数上交，没有给我留下哪怕一间小屋。母亲给我买了一只颇大的人造革箱子，供我装四季衣服及其他必要的用品。那只箱子在我学校的宿舍里很难安放，于是，就如同 1925 年我母亲借住到陈伯伯家一样，我把那只大箱子，借放到了陈伯伯家。

之所以借放在陈伯伯家，也是因为，那时他家住在右安门轻工业部宿舍，而那里离北京师范专科学校所在的南横街相当近，我可以很方便地去他家从箱子里取东西。

更巧的是，我二哥刘心人那一年从东北开山屯造纸厂调到北京轻工业干部学校任教，地点在白家庄，不久以后那里改成轻工业部设计院，二哥又成了设计院的工作人员，而陈晓岚伯伯正是他的顶头上司——设计院副院长兼总工程师。

那时候，我才见到陈伯伯的第二位太太。她比陈伯伯小很多，比我二哥略大，我比二哥小十五岁，她在我眼里当然够得上老辈子，因此，我唤她陈伯母并不觉得勉强。他们家待我很好。每次我去陈家取放东西，即使陈伯伯不在家，陈伯母也总是很热情。我见到陈伯母的祖父，那时应该年事很高了，是一个矮个子的老头，不知该怎么称呼，就含混点头，他们也不计较。有时陈伯母会留我吃饭，记得他们总是一大锅菜汤为主，配两三盘味重的小菜，就那么下饭吃。陈伯母总充满歉意地说："你妈妈刘三姐的菜饭多好吃啊，光听你陈伯伯形容，我就口水直流哩。你在我们这里只能将就啦！"我就总是真诚地说："哪里哪里。很好很好。谢谢谢谢。"那时候社会进入"三年困难时期"，几乎所有东西不管是吃的用的，全凭票供应，妈妈在张家口，纵使有种种烹调秘法，也是巧妇难为无米之炊。那时候陈家不收我粮票，留我吃饭管饱，仔细想来，跟1925年慨然收留抱着我大哥的母亲，是一样地古道热肠令人感动。

偶尔二哥会跟我约齐，一起拜访陈伯伯。陈伯伯对陈、刘两家的世谊并不避讳，但二哥总怕同事知道会认为他是"浮上水"，行动十分谨慎。有一回我们同去做客，在他家那宽敞的客厅里，陈伯伯坐在一个单人沙发上，陈伯母就坐在沙发扶手（那种有米色卡其布套的苏式沙发扶手很宽很牢）上，把一只胳膊很自然地环在陈伯伯肩头，我们同陈伯伯交谈，她不插嘴，从他们两个人的表情上看，都体现出幸福与满足——那一场景给我留下了如同油画般的深刻印象。

父亲在学校放寒暑假期间，会到北京来，住在南池子部队招待所，当然要拜访陈伯伯。记得有一次父亲约上那位瘦高的陈伯伯，一起到陈晓岚右安门住所去叙旧。我也去了。那时陈晓岚伯伯已经略显苍老。他们交谈，我也没太注意听。但有一段话，我听见了，略为心动。瘦高的陈伯伯年纪最大，说起他的子女大都成材独立，但最小的一个，应是我的同龄人，患有癫痫症，久治不愈。“我和他妈闭眼以后，谁来管他啊！”陈晓岚和眼前这位陈伯母的第一个孩子，因小儿麻痹症，从小架拐，他和另外两个孩子，那时候都还在上小学，陈伯伯说起来，也有隐忧：“我要走了，他们能不能独立生存，也是个问题啊！”于是两位陈伯伯都望着父亲，表达同一个意思：你的几个孩子，包括幺儿，都能在社会上立足了，羡慕啊！那时候我已经是北京十三中的教员，自己有工资，偶尔还能发表点小文章得个五元十元的小稿费，时不时还会给父母寄上点钱。本来，我常为自己没上成好大学，没得到比中学教师更体面的职业而烦恼，旁听了他们的议论，我安心了许多。

1966年夏天，“文化大革命”爆发了。陈晓岚首当其冲，成为轻工业设计院率先被揪出的“牛鬼蛇神”。据二哥说，开头批斗他，他很倔强，一万个不服。说他是“走资本主义当权派”，他辩称虽有副院长头衔，但决策都是党委拍板，而党委又怎么“走资”了呢？他实不解。说他是“反动学术权威”，他承认自己确实算得上中国造纸专业的权威，但绝不“反动”。但后来根本不给他辩解的空隙，就是急风暴雨般地批斗，人身侮辱加肆意体罚，然后押入“牛棚”。在昏暗的牛棚里，“造反派”递给一叠他最熟悉的东西——纸，勒令他“老实交代自己的罪行”。

那场运动，光大字报大标语，就耗费了多少纸张啊！

直到运动中最狂暴的阶段过去，我才敢到白家庄的轻工业设计院里的宿舍楼看望二哥。二哥噤若寒蝉。他与陈晓岚有某种世交关系，被揭发出来，勒令他揭发批判陈晓岚的大字报就贴在他那栋宿舍楼外的墙面上。我找到二哥，和他一起下楼，想不被人注意地溜出那个院落，一起到街上去透气，再找个僻静的角落，倾诉各自的处境与心中的惶惑。下得一楼，在一楼楼道里，我一眼看到了陈伯伯。他穿着肮脏的衣服，头发胡须乱蓬蓬，脊背已经习惯性弯曲，拿着一把大笤帚，默默地扫着楼道地面。

我不知道二哥当时怎么想的。我站在那里，离他大约十米远，想马上挪动脚步离开他远去，却不知为什么双腿像灌了铅水一般沉重，僵在那里，足有好几分钟。

分明是陈伯伯。但真的是陈伯伯么？是那个在 1919 年 5 月 4 日当天，在游行队伍中激动地跳起双脚，高喊爱国口号的激昂生命么？是那个在钱粮胡同我家，形象健美衣着光鲜，常以一串爽朗的笑声引发欢欣的活泼生命么？是那个曾在仰光镏金大佛塔前，满脸自豪地留影的那个庄严的生命么？是那个坐在家里沙发上，爱妻将丰满的胳膊围搭在他肩头，恣意地享受着情爱的那个惬意的生命么？……后来知道，那时候虽然他家已经搬到白家庄轻工设计院附近的宿舍楼里，住房条件更加优越，但他被揪出以后，已经不允许回家，家人也不能探望……

随着运动的发展，一度陈伯伯那样的“死老虎”已不在旋涡中心。但到“清理阶级队伍”阶段，他又被冲到了风口浪尖。他被指认为“资本家吸血鬼”。他解放前在造纸厂确有股份，解放后很长时间里他领取定息。他在“革命委员会”给他的纸张上，写下为自己辩护的话，他认为自己拥有股份和领取定息，都是心安理得的，那是厂方，包括后来国家有关部门，对他知识与技术上的奉献给予的一种工资以外的酬劳方式。他又被指认为“共产党的大叛徒”。专案组从旧报纸上查到了“昨北大共党分子陈晓岚被捕校方紧急营救”一类的新闻。他在专案组提审时试图解释，他虽然在 1923 年到 1926 年参加过李大钊组织的共产主义小组的活动，但那并不是 1921 年在上海秘密成立的共产党的一个组成部分，实际上北京大学的共产主义小组成立于 1920 年，比中国共产党还要早，参加活动的人士可以每次必到，也可以选择参加，更可以自动离开。他说李大钊作为中国共产党北方局的领导，是严格保密的，他并不知情。他那时确实醉心于共产主义，参与一些相关的社会活动，反动军阀将他以“共党分子”逮捕，报馆称他为“共党分子”，都是那个时代常有之事。他既然并没有参加过 1921 年在上海成立的那个共产党，他又怎么会是共产党的叛徒呢？……他的辩解给他带来的只有拍桌痛斥与拉出批斗。

二哥后来以解决两地分居为由，自动离开北京到成都与二嫂会合，一直定居那里。1975年他因事来到北京，去轻工设计院看看，对他友善的前同事跟他说：你早来几个小时就好了，我们刚开完陈晓岚的追悼会。原来陈晓岚伯伯大约在1973年宣布“解放”，但饱受冲击折磨的他已经患了喉癌，虽然回到家里亲人身边，却不能出声说话了。1975年他在医院去世，弥留前，宣布为他“平反”，就是说，终于承认，他既不是“走资派”也不是“反动学术权威”，当然更不是“吸血鬼”和“狗叛徒”，不是“不耻于人类的狗屎堆”，不用再把他“打翻在地，再踏上一万只脚”。

父母那一辈的人，已经全都谢幕，到我难以揣想的后台去了。他们在上个世纪的种种故事，不应该忘记。我们告别二十世纪，前提是必须保持对二十世纪的记忆。有人说，纸张越来越不重要，因为有了电脑，有了网络，数字化的电子产品将取代所有的纸质品。对此我不参与争论。我只是记得，有一位陈伯伯，他为在中国生产纸张，奉献了他的一生。他生命如纸。他的一生引发出我痛切的思索，人的一生，究竟需要消费多少纸张？在这些纸张上，有几多承载了真实的心声，又有几多是违心的，甚至是用来损人害人以至抉心自噬的？

我现在使用电脑写作，投稿都以电子邮件传送电子版。但我仍在用纸作画。我2007年在北京怀柔水库画过夕阳残照。现在我拣出这幅画献给陈晓岚伯伯。我想告慰他的是：并非陨落消失的都会被人遗忘，拼力将人生记忆真实地记录传递下去，是现在所有仍具良知的生命的自觉使命。

2009年2月14日完稿于绿叶居

第六幅：记忆需要营养

1

那一年还住在劲松。那一年母亲从成都来北京住在我处。有一天巫丹丽和她母亲来看望我母亲。互相该有二十几年没见过面了吧？那么，是怎么联系上的?

回忆起来，就很费力。

那一时期我没有日记。我是在使用电脑以后，才开始在电脑里设置“大事记”的文件夹的。那时不记日记，是觉得没有必要——重要的事情，以后我一定能回忆起来。现在我回忆跟巫家的交往，却无法将印象锁定为准确的时间，是因为不重要?

巫丹丽的父亲，叫巫竞放。我四五岁的时候，在重庆，那时父亲是重庆海关总务处的主任，巫竞放伯伯是他的一个下属，我留有模糊的记忆：巫伯伯巫伯母带着巫丹丽来我家做客，巫伯伯人高马大，西服革履；巫伯母身材苗条，旗袍闪亮；巫丹丽比我小，但也能满地跑了，见了我家蔷薇花丛下的鹅，就敢去追……

当然，以下情况是我长大以后才知晓的：解放军来到山城重庆，军代表进驻重庆海关，海官旧职员有的被逮捕，有的被遣散，有的被留用，留用的人员中，有的还被重用，比如我父亲，他被重用，是因为海关地下党组织证明，他为不让海关的物资——其中有许多是新中国极需的特殊物资——被国民党带走，以及因为带不走就想毁坏，配合地下党，做了工作，妥善地保护了这些物资，完整地交付给了进驻的军管小组。

接收重庆海关的军管小组一进驻，就宣布了接收小组的名单，巫竞放和另几位地下党员立即公开了身份，进入接收小组，而我父亲，是旧海关职员里唯一一位非地下党而被吸收到接收小组里的人士。

新中国决定在北京成立海关总署，对全国海关建制进行大调整。重庆海关被撤消。重庆海关里的地下党员林大琪、巫竞放等保荐父亲到北京海关总署任职。那是1950年秋天。就这样，我随父母从重庆迁居北京，从那以后，我再也没有离开过北京。

父亲被任命为新中国海关总署统计处副处长。我童年记忆里，从重庆乘轮船到武汉，以及从武汉乘火车到北京一路上，包括到达北京后的头几个月里，父亲都还是穿的西装。但印象里，重庆一解放，巫伯伯就换了一身“干部服”，和从解放区来的那些接收干部穿戴得一模一样，巫伯母呢，则立即是一身“列宁装”，这是那个时代革命女干部的一种服装，很难用文字形容，必须看那时候的照片才能明白。至于为什么革命女士的服装要叫作“列宁装”，我至今不甚了了。还要特别指出的是，着“列宁装”必须戴“八角帽”，那时一看是戴“八角帽”的女性，就知道非一般家庭妇女，多半是“女干部”。每次大的社会变革总避免不了会形成大规模的“易服”。我父亲那样的“留用人员”的易服是慢好几拍的。但地下党员一旦公开身份，则都是“立地换装”。记得父亲曾跟我们子女私下说，那时因为工作关系常会见到外贸部的副部长卢绪章和江明，这二位解放前的公开身份是贸易大亨——改革开放以后拍摄过一部故事片《与魔鬼打交道的人》，就是以他们特别是卢为原型的——他们因为穿惯了西装，乍换上干部服不要说自己总表现出不那么适应，就是外人，比如我父亲从旁看来，也总觉得他们要么领子不对头，要么手抻袖口不顺当，总之多少有点滑稽。

巫竞放伯伯是和父亲前后到北京任职的吗？我那时太小，不懂大人任职这类的事。如今有了网络真好，可以从网上查到许多资料。我查到一条关于巫伯伯的，很简短，说他是江苏武进人，1937年到延安，1938年入党，历任延安边区银行科长、中央财经部主任秘书、重庆海关职员、东北空军后勤部长、北京海关关长、国家旅游局副局长。面对这条资料，我发愣。为什么把他在解放区和国统区的职务混列呢？“中央财经部”应该是延安解放区的机构，重庆海关却是国民党治下的啊。

2

打电话给成都的二哥，请教他。

二哥生于1927年，比我大十五岁。

我：巫伯伯去过延安，还在那里入党、任职。那他以后怎么还能到重庆海关做事？

二哥：据我了解，巫伯伯是上海税务专门学校毕业的，毕业后就在海关当小职员。咱们爸爸手里曾有很古老的海关职员名录，我记得那里头就有巫伯伯的名字。那时候中国海关被外国人控制，总税务司都由西方人担任，他们禁止任何党派在海关里活动，无论国民党还是共产党，都不能在海关里建支部。1937年巫伯伯应该是三十岁出头，估计他是向海关请了假，然后去了延安，后来，大概在四十年代初，又回到海关工作。那应该是国共合作的时期。

我：海关怎么能允许他回来工作呢？他去了延安，入了党，还在延安银行等部门任过职，他竟又在国民党政治中心的重庆海关获得工作，就算他把去延安等事实隐瞒起来，难道人家就不查他吗？我读《红岩》，获得的印象是重庆的国民党统治是非常森严的啊……

二哥：我也解释不了。可惜爸爸妈妈全过世了，现在问谁去？我的印象是，当时巫伯伯巫伯母隐蔽得非常好。拿平日穿着来说，咱们爸爸算得讲究，妈妈就总是很不讲究。那时的巫伯母——后来知道，她是跟巫伯伯一起去延安，一起再回到国统区，也是地下党——穿着打扮，举手投足，完全是“高级职员太太”的作派，谁会想到，几年以前，她是在延安窑洞内外纺棉花的“大生产运动”的积极分子呢？

我：那么，爸爸知道他们的真实身份吗？

二哥：我想是很快猜出来了。但大家心照不宣。其实国民党方面也还是来人查问过巫伯伯他们的。我记得爸爸有一次说，他就派巫伯伯作为海关派驻邮局的一个特派员，那样的特派员只设一个，平时也不在海关露面，工作比较清闲，行动也可以相对自便，这当然是对巫伯伯的保护。

我：怪不得解放后巫伯伯他们地下党的对爸爸那么好，力荐他到北京海关总署任职。

二哥：不过 1957 年以后，他们来往少了。你知道爸爸在“鸣放”时有言论，他说旧海关的有些规章制度还是好的，不要全盘否定。他没有划右。但“内部排队”算“中右”。当然不再适合担任统计处副处长这样重要的行政职务了，就另任命为专员，后来去编译中国海关史资料，当然，待遇不变。我想，保他的人里，应该也有巫伯伯。但巫伯伯的仕途继续高升，到 1965 年他当上了国家旅游局副局长。那时候咱们和大部分西方国家还都没有建立外交关系，一些西方前政要就都以旅游者身份来华活动，记得那时候从报纸上看到新闻，毛主席接见了某西方前政要，陪同接见的官员里，就有巫竞放的名字。估计巫伯伯心里还是会保留对爸爸的好感的，但不便联系了。爸爸起码是出于自尊心，也不会再去找他了。

3

我知道肯定有不少读者对我这种文章回忆的人物提不起兴趣。巫伯伯巫伯母毕竟都不是中国政治史上名声显赫的人物。但于我来说，人到晚年，回忆成为一种不可或缺的精神需求。人只能存活一世。人在存活中涉及到的他者，纵使很多，到头来也仅是浩荡历史长河里的一波一浪。但这些与己有关的一波一浪，牵动着生命的歌哭，忘记是不应该的。

但是历经了许多沧桑岁月，关于巫家，回忆中，只能萤光般闪出些斑斑点点，很难构成轨迹，更难洞察底里。

斑点之一，是在紫禁城里的太和殿。那是哪一年？记忆需要营养，这营养不仅是令神经元敏锐的物质，更是我们生命流动中的心理需求。往往是，因为在现实功利之外，我们就早将其“忘记在爪哇国”了。其实，真正地享受回忆之厚味，恰应在现实功利之外，但这确是一个悖论：记忆营养需要功利性的心理刺激，没有这一刺激，就会造成遗忘，而过分功利地调动回忆，则往往会化为一种偏离事实原生态的创作。

关于太和殿的回忆是超功利的。大概是 1952 年。那一天刘巫两家联袂游览故宫。我那一年十岁，巫丹丽可能八岁。那时太和殿是可以走进去细观的。我看到金銮宝座，没产生什么不得了的感觉。可是我记得父亲说："这可是金銮宝殿呀，以前哪里允许普通老百姓进入呀！"巫伯伯也说："随便跑进来，那时候是要抓起来杀头的呀！可是现在，你们——"他指我和巫丹丽，"——可以在这金銮殿里打滚啊！"记得母亲和巫伯母也都快活地笑出声来。巫伯母说："丹丽，你可以在这里打滚的！"巫丹丽淘气向来超过我，她立即在地上打了个滚。我岂甘落后，也故意在地上滚了一下。大人们呵呵地笑。另外的游客，似没有介意的，也站住脚笑。

再后来，是关于一本刊物的回忆。那时候我上初中了。那本刊物是《中国青年》杂志。那一期上刊发了一篇"读者来信"，写信的是巫丹丽的母亲。她说自己的女儿巫丹丽总是不能被批准加入中国少年先锋队，对此她很有意见。她认为自己女儿只不过比较有个性，是不应该被拒之于少先队门外的。编辑部发表出这封来信，加了按语，大意是这种因为孩子有小缺点，甚至只不过是因为比较有个性，就不给入队的情况，在全国许多地方都存在，这是值得注意的一个问题，少先队应该对所有的孩子敞开大门。那本刊物不是我发现的。不记得是父亲还是母亲还是哥哥姐姐中的哪一位发现的。总之，至少有一个晚上，在晚饭时，父母带头议论了这件事。母亲说这真奇怪，丹丽是延安干部的孩子啊，怎么还会连入少先队也被卡住呢？我们家的这位（指我）那么一大堆毛病，入队晚是晚了些，也应该晚，但到底还是戴上红领巾了嘛！父亲就说丹丽母亲的信写得好，少先队员不该是些失去了活泼的孩子。不过，父亲又认为，有人不在乎父母的革命资历背景，就孩子论孩子，倒也说明，现在有些人还真是很讲原则的，尽管他对那原则的理解偏了些。我当时心里想的，是巫丹丽真够倒霉。我耳边似乎又响起她的大嗓门来，眼前似乎又见她在金銮殿带头打滚。

4

最近有个“80后”的小伙子告诉我，他知道有人主张用“第二次文化大革命”（或者叫把1976年被突然中断的“文化大革命”“进行到底”），来“毕其功于一役”地解决当下中国的诸如腐败、贫富差距、工人下岗、农民失地以及买房难、看病难、上学难等社会问题。我承认自己是个关心政治、有政治倾向，但不懂政治，更不搞政治的社会边缘人物。我现在已经早过“耳顺”之年。小伙子问我对他提供的资讯是否“大吃一惊”，视为“天方夜谭”，我说既不吃惊也不奇怪。实际上从我自己的阅读及耳闻中，也早感觉到如今有各种各样的“解决方案”浮现，有主张回到1956年以前的，有主张回到1962年“千万不要忘记”的纲上的，那么，以中国人之多，想法之杂，有人主张回到“文革”，也用不着闻之惊咋。但那小伙子跟着告诉我，听说这一派的领军人物，是当年一家大型国企的领导，在1957年曾划为“右派”。这倒令我哑然失笑。因为如果要肯定“文革”，势必全盘肯定“文革”前历次政治运动，首先就必须肯定“反右”。既然是那么有模有样的“大右派”，那么，即使真要“将文化大革命进行到底”，也轮不到他来插嘴插手，更轮不到他来领军。

这就是中国的诡谲之处。也是人的命运的诡谲之处。“文化大革命”初期，我所在的中学，就有“右派分子”出来积极参与，他觉得既然“运动重点是整党内走资本主义的当权派”，那么，正是那些当权派给他划的“右派”，这运动不正代表着他的利益吗？是他带头揭露打倒“当权派”的时候了！也有群众造反组织，吸收他参加。但很快的，包括他自己在内的所有人就懂得，“右派”是不能翻天的，“地富反坏右”是不可能通过造“走资派”的反获得正面价值的，而且，还会被指认为“走资派”的社会基础，如活跃起来，更会被指认为群众组织的“黑手”。我们中学的那位“右派”在运动进行到几个月后，命运就很惨。派革命群众组织说他“翻案”揪住他不放，吸收他的另一派革命群众组织决不保他，将他抛出，批斗得更狠，以显示阶级立场的正确。

这些记忆，将其保持下去，也并不容易。需要社会性营养。

为什么忽然说到这些？就是想起来，巫伯伯，他的追求，他的人生，正结束在“文革”之中。

“文革”初期，我父亲已经在张家口解放军外语学院任教将近六年，当时他们那所学校还没大乱，他到北京来，还曾去看望过巫伯伯，据父亲说，巫伯伯见到他很高兴。在巫伯伯仕途上不断高升时，父亲并没有去联系他，那么，在 1967 年“文革”已经起来，几乎每一个共产党干部都面临冲击时，父亲找到他家去看望他，显然，是一种关心。父亲所见到的巫伯伯很健康，很乐观，说一方面接受群众批判，一方面继续抓工作。相对而言，巫伯伯那时候处境是比较好的。因为他 1965 年才调到国旅局，群众冲击多是朝老领导而去。

“文革”大潮是否将贪污腐化迅速涤荡，立即呈现出一个理想世界？以我有限的见闻，就足以化解这种简单的认知。当然，对于被打倒的干部来说，他们可能会产生“今后我可绝对不敢再脱离群众搞腐败”的想法，但是，打倒一批，又立起一批，权力的转移，往往使获权者人性中的阴暗面迅速膨胀。我看到首批“红卫兵”“破四旧”抄家后，有的——当然不是所有的，仅是其中少数，却也绝非个别——就把抄来的现金、珠宝、金条据为己有。后来，进驻了军宣队、工宣队。这些解放军和工人师傅，其中绝大多数给我留下了非常好的印象。但是，由于权力集中到了这样一些人手中，他们的权力在一定期间和空间里并不能得到有效监控，也就出现了一些腐败现象。再后来，作为教师，我的一项重要任务，就是动员和组织学生上山下乡，当然出现了很多感人的事情，却也出现了腐败——看看上海女作家竹林的长篇小说《生活的路》吧，那里面有很真实的描写，就是有的基层干部，也会借“文革”之机，占有知识女青年。后来各地出现了各级“革命委员会”，新的权力结构里，也出现了新的腐败，而且，那时候，你眼睁睁看着那样的人物腐败，却毫无办法。我那时教书的中学就在北海公园附近，北海公园在“文革”中被关闭了好多年，人民群众不准入内，但江青一伙却可以在里面骑马。那时每当走过对老百姓关闭的北海公园，在那高墙外，我对“文革”就不免腹诽，而当有人向我炫耀，说他有幸走门路进入了北海公园，见到了骑马的“小谢”（谢静宜），我就对一度迷信的“无产阶级下继续革命”的理论产生出幻灭之感。

就金钱和其他物质财富而言，现在的贪官的侵贪度，确实是过去任何一个腐败的干部都无法相比的，但现在能有人凭借权势把北海公园那样巨大的本应由公众共享的空间，轻松地当作只许自己和极少数“坚定的革命派”享受的溜马场吗？

因此，后来我就逐步形成了一个想法，不相信社会能通过“毕其功于一役”的暴力手段达到真正的进步。人类社会进步之难，其实最深层的原因，是人性中的阴暗面。而使人性中的善美面终于得以压抑住丑恶面，是一项必须持之以恒的慢工细活。我认为人类社会中之所以存在文学艺术，往低处说是娱乐需求，往高处说就是改善人性。我对直接的政治关心而不参与，但我觉得自己参与文学艺术活动，能间接促进好政治的发展、坏政治的衰落。

“文革”进行到1968年，提出了“文革”的实质是国民党与共产党斗争的继续，于是开展了“清理阶级队伍”的阶段性斗争。那时我所在中学里，群众组织也是战犹酣地“打派仗”。每派都指望对立面那一派“一朝覆灭”。关于那些日子的回忆，也需要特殊的营养。否则，一句冷冷的“提那些干什么”，就会让事实全都沉默在时间里。我现在回忆到此，对任何方面都没有追究之意。我是要忏悔自己。

记得有一天，我们那一派群众组织的一位“战友”兴奋地跑来告诉我：“他们要完蛋啦！他们那派的骨干吴自爱是‘黑手’！军宣队马上就要开会当众宣布啦！”

吴自爱是一位教数学的女教师。当时大约三十多岁。我和她不是一个教研组的，也从未教过同一班级，只打过招呼，没有过交谈。她很傲气。确实是他们那一派群众组织里敢说敢为的一位，很不好对付。但她怎么会是“黑手”呢？

我听了“战友”所透露的“好消息”，虽然多少有些将信将疑，但总体反应，竟是胸臆大快！呀！好啊！军宣队既然揪出了对方群众组织里的“黑手”，那等于就宣布他们那个组织整个儿站错了队，而这也就反证出我们这个群众组织属于“路线正确”！

在军宣队召集师生大会之前，吴自爱就被隔离起来了。终于开大会了，军宣队长厉声宣布：“现已查明，国家旅游局死不改悔的‘走资派’巫竞放，是重庆国民党区分部的委员，他通过他的侄女吴自爱，破坏我们学校的文化大革命。现在我向广大革命师生宣布:巫竞放和吴自爱,就是伸向我校的罪恶黑手!”

我一下子蒙了。吴自爱是巫竞放的侄女?!啊，一定是吴自爱嫌“巫”不好听，早把姓氏改成“吴”了。但巫竞放明明是延安干部，是重庆地下党，他怎么会是重庆国民党区分部的委员呢?他身为国家旅游局的干部，犯得上来操纵一个中学的运动吗?……

耳边响起轰雷般的“打倒巫竞放!”和“打倒吴自爱!”的口号声。我只能是举拳跟着喊。

第二天，先召开背对背的大批判。我惊讶地看到，吴自爱那一派的成员，批判她的力度，那声嘶力竭的吼叫，竟超过了我们一派。宣布再过一天就把她揪出来示众，让她当众交代巫竞放通过她破坏我们学校运动的所有罪行!

但是，就在那一晚，她趁看守她的女教师实在忍不住打瞌睡，找到一瓶杀蚊子的“滴滴畏”，一饮而尽。揪斗她的会没能开成，只能是高呼一通“吴自爱自绝人民罪该万死!”的口号。

没等到真相大白，没到“文革”结束，我就为自己乍听到“吴自爱是黑手”的消息时那种高兴得几乎跳起来的状态，而痛觉羞耻，深深忏悔。

即使她不是巫竞放的侄女，即使她真有军宣队不能容忍的观点与作为，她是一条命啊!对待一个生命，怎么可以随便圈禁起来?怎么可以粗暴对待?她为自己的尊严不惜饮药自尽，为什么还要对她“批倒批臭”?而我，怎么会仅仅因为她的揪出能以使“对立面”失势，就那么样地欣喜若狂?我还是我自己吗?我人性中的恶，怎么会膨胀到如此程度?难道可以全推到客观政治形势上头吗?

5

吴自爱自杀不久，父母因为张家口解放军外语学院两派武斗，已经无法在那里生活，跑到北京住到姐姐家躲避。我跟他们说学校里有个女教师自杀，他们听了很麻木，因为他们那个学院里运动起来后也有人自杀。但是，我不得不压抑住不忍之心，告知他们这事跟巫竞放有关系。母亲当时一语未发，但我从她表情上可以看出，她非常痛苦。父亲只简单地说了句："我从来不知道他是国民党区分部委员。"父亲把他内心的东西隐藏得很深。他不愿意就此再说什么。我也就再没说什么。

不久父母回到张家口，他们那所学院也开始"清理阶级队伍"，在前期运动里被人忽略的父亲，这次终于被揪了出来。据母亲后来告诉我，父亲早有思想准备，因为如果这个世道连巫竞放也不放过，那么，他的被揪，实在是顺理成章——父亲在重庆海关时，尽管海关本身不容许党派公开活动，但国民党政府以"高级技术人员培训"名义，将父亲那样的海关高级职员短期借调出去集训，在集训中不管你个人意愿如何，一律集体加入国民党。（尽管他一解放就跟组织上交代得清清楚楚，但把"文革"视为国共两党斗争继续的"最高指示"一出，那么这笔历史旧账立即严加重罚。）

我的父母总算看到了"四人帮"的垮台。巫竞放伯伯却在1975年病故。在已经是海关职员的情况下，他究竟是怎么到延安去的？又究竟是怎么回到海关工作的？他究竟是否曾为了开展地下工作方便，在党组织批准下，获得重庆国民党区分部委员的身份，以有更好的保护色，还是那个说法完全是运动中整他的人对他的无端诬陷？究竟为什么我们学校的军宣队会把他说成是伸向我们学校的"黑手"？……我心中至今梗着许多的谜团。但有两点我心里是明白的：吴自爱不知道我家跟巫竞放家的关系，而且，即使那时吴自爱见到巫竞放（应该是她叔叔），讲到些学校里的事情，巫伯伯也并不知道我恰好与他侄女在同一所中学里任教。

吴自爱死了以后，学校里很少再有人提到她。在她死了几个月以后，有一回我见到一位男子，推着个自行车，低着头往校门外走。有同事在我身边低声告诉我，那是吴自爱的丈夫。军宣队和革委会刚找他谈过话。那位男子现在应该还健在。他们有孩子吗？如果有，应该已经很大了，或者早有第三代了。想到这些受到伤害的生命，尽管吴自爱之死与我并没有关系，我却愿再一次向他们忏悔——我不该在听到将她揪出时，一度那么样地狂喜。

巫伯伯，除了他的至亲，如今又有谁还记得他呢？这曾是一个充满理想的生命。在上世纪三十年代初，能进入海关工作，薪酬福利都是颇高的，相对于动荡的社会其他方面，海关是稳定、舒适的一角。但是巫伯伯和巫伯母毅然中断了那样的生活，自愿投奔了延安。他们后来重返海关，而且是到重庆海关，显然是组织上给予的任务，处境其实是万分凶险的。他们顺利地完成了任务，高兴地迎来了新中国，看到一个驱逐掉西方税务司的人民海关的创建。但是打击一大片的“文革”却把巫伯伯也搭了进去。在我父母留下的老照片里，还能找到他的遗像。我们两家曾经非常亲密。

6

真的不记得，巫伯母和巫丹丽是怎么找到劲松我家里的。

也许，是因为那时候，我出了名。出名的人总是在明处，不难找到。

记忆需要营养。其中一种营养是勇气。

那次劫后邂逅，我本应积极应对，本应留下很深的印痕，却到头来，模模糊糊。

只记得，母亲和巫伯母面对面时，没有“惊呼热衷肠”，平静得有些可怕。

记得巫伯母说，巫伯伯在 1979 年得到平反。她呢，那时是老干部处处长。解放后她似乎从来都并不与巫伯伯在一个单位。她也当领导。她最后担任老干部处处长的那个单位是什么单位？我没有留下记忆。

还记得,巫丹丽嗓门还是那么粗那么大。她说,父亲平反以前,她备受歧视，但是她顽强生存。她和她母亲后来似乎住在一个机关大院里，她“文革”初期似乎参过军，后来父亲被打倒，部队把她清退了，回到大院里，也没人给她分配个工作，她就自己找事情做。比如秋天大院里的人们都要吃苹果，总务部门用大卡车运来苹果，没人有耐心分发那些苹果，她就主动去为大家分苹果。她分得很仔细，大小、好赖，包括颜色深浅，她全分配得很均衡，体现出最高程度的公平，于是，开始赢来一些人的好评、好感。

但是，她到我家来时，究竟又从事什么工作呢？似乎穿着军装，但我现在不能确定。

我是怎么回事？因为出了点名，就把她们母女不看在眼里了？

确实不是。

那一天在她们面前，我心灵备受煎熬。

我要不要跟她们提起吴自爱？那应该是巫丹丽的一位堂姐。

母亲和巫伯母形成一个谈话区，巫丹丽和我是另一个谈话区。我一心二用，偏着耳朵听母亲说话。也许，母亲会想起我们学校的事情来？但是，母亲只是跟巫伯母讲父亲1978年去世前的一些事情。母亲肯定把吴自爱什么的忘记了。那也确实不应该由她来记忆。

几次，关于吴自爱的事情，话都到了嘴边上，我又将其吞回去了。

那天，直到巫家母女告别，我始终神情恍惚。我没有说到吴自爱。她们告别时，强调以后要经常联络，母亲积极响应，我也频频赞同。她们离开后，母亲和我感叹了好久。母亲还是没有想起吴自爱，我也绝不提及。

7

后来，我并没有跟巫伯母和巫丹丽保持联系。

我也很少再忆及与巫伯伯一家，包括吴自爱的事情。

保持记忆，真不是件简单的事。忏悔就更不简单。

往往是，任有过的事情成为一片空白，最安全，最稳妥。

但是，个人保持记忆，是生命尊严的核心。集体保持记忆，是民族活力的源泉。

应该给记忆以必要的营养。

找出一幅我的静物画。芍药花十分美丽，也十分脆弱。无论是地栽的，还是瓶插的，开放的芍药花停留的时间都很暂短。但是，如果给予充分的营养，心上的芍药一旦开放，应该如这幅画一样，把曾经有过的定格在牢固的记忆里。

2009年3月17日完稿于北京绿叶居

第七幅画：那边多美呀！

1

我妻吕晓歌2009年4月22日晚仙去。

我不能承认这个事实。我不能适应没有晓歌的世界。

一些亲友在劝我节哀的时候，也嘱我写出悼念晓歌的文字。最近一个时期，我写了不少祭奠性文章，忆丁玲，悼雷加，怀念孙轶青，颂扬林斤澜……敲击电脑键盘，文字自动下泄，丝丝缕缕感触，很快结茧，而胸臆中的升华，也很容易地就破茧而出，仿佛飞蛾展翅……但是，提笔想写写晓歌，却无论如何无法理清心中乱麻，只觉得有无数往事纷至沓来、丛聚重叠，欲冲出心口，却形不成片言只语。

晓歌一生不曾有过任何功名。对于我和我的儿子儿媳，她是一个伟大的存在，但对于社会来说，她实在过于平凡。人们对悼念文字的兴趣，多半与被悼念者的公众性程度所牵引。晓歌的公众性几等于零。这也是她的福分。

王蒙从济南书市回到北京，从电子邮件中获得消息，立刻赶到我家，我扑到他肩上恸哭，他给予我兄长般的紧紧拥抱。维熙和紫兰伉俪来了，维熙兄递我一份手书慰问信，字字真切，句句浸心。燕祥兄来电话慈音暖魂。李黎从美国斯坦福发来诗一般的电子邮件。再复兄从美国科罗拉多来电赐予形而上的哲思。湛秋从悉尼送来长叹。我五本著作的法译本译者，也是挚友的戴鹤白君，说他们全家会去巴黎教堂为晓歌祈祷……他们都是公众人物，他们都接触过平凡的晓歌，他们都告诉我对晓歌的印象是纯洁、善良、正直、文雅。老友小孔、

小为及其儿子明明更撰来挽联："荣辱不惊，风雨不悔，红尘修得三生幸；音容长在，世谊长存，青鸟衔来廿载情。"但是唯有我知道得太多太多，可我该如何诉说？

忘年交们，颐武、华栋、祝勇、小波和小何、李辉和应红……我让他们过些时再来，他们都以电子邮件表示会随叫随到。我知道我们大家都处在一个世态越见诡谲、歧见越发丛滋、人际难以始终的历史篇页中，但我坚信仍有某些最古朴最本真的因素把我们心灵中最柔软的部分黏合在一起。这个世界每天有多少人在死亡，但他们仍真诚地为一个平凡到极点的师母晓歌的仙去而吃惊，为夕阳西下的我的生理心理状态担忧，这该是我对这世界仍应感到不舍的牵系吧？

温榆斋那边的村友三儿从老远的村子赶到城里的绿叶居，一贯不善于以肢体语言交流的他，这次见到我就拉过我的双手，用他那粗大的手掌握了拍，拍了揉，揉了再握，憨憨地连连说："这是怎么说的？"

和三儿对坐下来以后，我跟他说："三儿，我想写写你婶，可就是没法下笔。"没想到他说："就别写呗。"三儿告诉我："我爹我妈特好。就跟你跟婶那么好。特好，就不用说什么话。"三儿爹妈相继去世十来年了。他说他还记得有一天的事情。那一年他大概十来岁。他妈给他爹刚做得一双新鞋。鞋底是用麻线在厚厚的布壳帛上纳成的，鞋面又黑又亮。那天晌午暴热，他爹光着膀子，穿条勉裆裤，系条青布腰带，穿着那双新鞋出门去了。忽然变了天，下起瓢泼大雨。他妈就叹气，那新鞋真没福气！过了一阵，他爹回家来了。浑身淋得落汤鸡一般。他爹光着脚，满脚趾渍着烂泥。新鞋呢？三儿妈和三儿都望着三儿爹。三儿爹身姿很奇怪。他两只胳膊紧紧压着胳肢窝，胳膊上的肌肉和胸脯子肉都鼓起老高绷得发硬。

他也没说什么，三儿看出名堂来了，就过去，从爹胳肢窝里先一边再一边，取出了紧紧夹在那里面没有打湿的新布鞋来。三儿妈从三儿手里接过那双鞋，往炕底下一放，就跑过去捶了三儿爹脊背一下，接着就找毛巾给他擦满身雨水……

是呀，三儿爹和三儿妈，包括三儿，在那个场面里，甚至并没有一句语言，但是，那是多么真切的家庭之爱！

我听到此，强忍许久的泪水忽然泉涌。晓歌仙去后，我多次背诵唐朝元稹悼亡妻的《遣悲怀》。"昔日戏言身后意，今朝都到眼前来。""诚知此恨人人有，贫贱夫妻百事哀。""独坐悲君亦自悲，百年都是几多时！""唯将终夜长开眼，报答平生未展眉。"……越过千年，穿过三儿爹妈暴雨时的场景，直达我失去晓歌的心底深处，始信有些情愫确属永恒。

我要将关于我和晓歌共同生活岁月里的那些宝贵的东西，像三儿爹把三儿妈新鞋紧夹在腋下不使暴雨侵蚀一样珍藏。"就别写呗"，我心如矿。

2

晓歌仙去后，多日无法安眠。蒙兄郑重地劝我用药。终于还是没用。十天后，渐渐可以断续入睡。总盼梦中能与晓歌重逢，但连日梦里来了一些平日忘掉的人，却并无晓歌身影。

直到晓歌仙去后的第二十三天，应该已经是5月15日早上了，我睡在床上，忽然听到窸窸窣窣的声音，那正是晓歌以往在卧室走动的衣衫摩擦声，多么熟悉，多么亲切！我睁开眼，呀，分明是晓歌回来了！我就从被窝里伸出一只手，招呼她："晓歌，你回来了么？"晓歌就走过来，蹲下，握住我的手！呀！那是多么幸福的一瞬！……然后，晓歌就站在梳妆台前，梳她的头发。她什么也没说。她又何必说什么！

……忽然又是在我们新婚后居住的柳荫街小院里，耳边似有当年邻居高大妈李大婶说话的声音，晓歌继续梳头，我看不到她面容，只觉得她垂下的头发又长又密又黑，她就站在那边默默地用梳子梳理着……我就发现晓歌买来了新菜，一种是带着一点黄花的微微发紫的芥兰菜，一种似乎是芹菜，量不大，根根清晰，体现出她一贯少而精的原则，我自觉地把菜放到水盆里去清洗……

……忽然我又躺在床上，仍有窸窸窣窣至为亲切的声音……多好啊！但……忽然想到那天我亲吻她遗体的额头，以及跟她遗体告别……那才是梦吧？我挣扎着从床铺上坐起来，仔细地想：究竟哪一种才是梦？……

……不知道为什么从床上下来后，竟面对一条长长的走廊，我顺那走廊跑，开始绝望：原来晓歌回家是梦！……

于是醒过来。晓歌真的没有了。再不会有她走动时衣衫发出窸窸窣窣的声响了。想痛哭。哭不出来。

才顿悟，原来，她于我，最珍贵的，莫过于日常生活里那窸窸窣窣的声响，包括衣衫摩擦声，也包括鞋底移动声，还有梳头声……

自从三儿给予"就别写呗"的至理箴言，我就决定将那许多许多的珍贵回忆深藏为矿。儿子远远试图引我回忆我和他妈妈的那些酸甜苦辣，我也只跟他讲到一个镜头——

那是1974年，他三岁，我和晓歌带他回四川探望爷爷奶奶，爷爷奶奶那时候被遣返到祖籍安岳县，需先坐火车到成都再转长途汽车方能到达。在成都，挤公共汽车的时候，我把他们母子推塞进了车门，自己却怎么也挤不上去了，被甩在了车下。那时成都的公共汽车秩序一片混乱，一辆来过，下一辆什么时候来，或者干脆再不来了，谁也说不清。我心急如灌沸汤。弱妻幼子，他们在成都完全找不到方向，那时候哪有手机，他们和我失去了联系，天已放黑，如何是好？总算又来了一辆摇摇晃晃的公共汽车，总算在站前停下，但我们等车的挤作一团，谁也挤不上去！那汽车竟又开走了。我绝望了！我想我不如徒步去往要到达的那一站。但那需要多长时间？他们母子就算平安地到站下了车，该在那里等我多久？天完全暗了下来，那时街灯多被打碎，一片漆黑！忽然，又来了一辆公共汽车，有人喊："末班末班！"为了妻儿，我拼足全部生命力往上挤，我挤上去了！

我在目的地那站挤下了车，我一眼看见了我的妻儿站在那里等候我，妻拉着儿一只手，表情看不清，但儿子却使用了鲜明的肢体语言——他一只手没有脱离妈妈，另一只手使劲挥舞，而且，他抬起一只脚，再重重地落到地上……我迎上去，儿子另一只小手立即伸过来让我紧紧地握住……我们，大时代里三个卑微的生命，经过一段椎心的离别，终于又会合到了一起，并为这样的重聚而感到深深的欣慰……我对已经快到不惑之年的儿子说：远远，我们就是这样，穿越岁月的风雨，作为三粒尘埃，依偎着生存过来的，而现在，一粒尘已经仙去，我们两粒还在人间，尽管对人生的意义有许多弘大的理论严厉的训诫深奥的探讨，但我以为，记住那次我们短暂而漫长的离别与卑微而深沉的重逢之乐，也许也就理解了亲情在人生中的全部意义……

远儿说他完全不记得三岁时的那次失散与重聚。但听了以后他热泪盈眶。

我把他妈妈第一次梦回的情形讲述给他。我找出宋朝苏轼的《江城子》词读给他听："……夜来幽梦忽还乡，小轩窗，正梳妆……"

亲爱的晓歌，愿你常回家，在你的梳妆台前窸窸窣窣地梳理你的长发……

3

"针线犹存未忍开。"晓歌的遗物，应该清理，却不忍清理。

我和晓歌是新式夫妻。我们互相尊重对方的隐私。晓歌嫁给我以后没带过来什么隐私物品，但她后来有自己的一些笔记本，她会从报纸上剪贴下一些自己觉得喜欢或可资参考的文章图片夹在里面，也会写下一些给自己看的话语，她应该断断续续地记过一些日记，还有我们一起旅游归来后的一些追忆性文字，我猜想也会有一些我跟她争吵后（有几次非常激烈很伤感情）她对我的怨言甚至意欲分手的气话。我们的争吵究竟源于什么？追忆起来似乎真是“风起于青萍之末”，都属于“蝴蝶效应”，比如一件东西究竟是放在卧室衣橱里好还是搁到阳台杂物柜里好，可能就是一场大风暴的起始点，我或是正碰到文章写不顺发不畅之类的情况，自以为烦躁有理，她或是生理上恰失平衡正在难受，于是话赶话，抬硬杠，越吵越离奇，直到她气得咽哭，我才会幡然悔悟，到最后，总是我真城地去抱着她双肩频频认罪忏悔，过一阵她似乎也确实原谅了我。但在她仙去后，这些令我痛苦的回忆越发地凸现出我性格中的劣质成分，使我意识到，从某种角度看，我实在是一个社会畸零人和家庭怪人，难为晓歌几十年竟终于还是宽厚地容纳了我。

我惹过多少事啊！光“舌苔事件”，试想一下，你家的电视机里播放着《新闻联播》，忽然新闻主播表情严肃到极点地告知全世界：“现在播出一条刚刚收到的消息……”这条消息点了你家男主人的名，他惹了泼天大祸，被停职检查，那女主人会怎么样？那一天，我作为被点名的男主人，尽管还算镇定，心里也还是有些个发慌，而作为女主人的晓歌呢？我已经记不得她的具体表现，总之，她让我非常舒服，完全没有在外面压力上再增添哪怕一丁点儿家里的压力或抑郁……凡遇大事她总如此，她会为一样东西不该让我鲁莽地扔进阳台储物柜跟我动气，却绝没有为我在社会上惹出的祸事上给予我一句的埋怨和一丝反常的脸色——其实往往明明株连到她。

晓歌也曾偶一为之地将她隐私笔记本里的一段文字抄录给我——尽管那时我已经使用电脑处理文字，她却始终还使用纸笔——表示愿意公开，我读了后一字未动地代她投给了《羊城晚报》，而他们也就原封未动地在《花地》副刊上刊出。那是晓歌在 1997 年和我一起应日本基金会邀请访问日本后，在 1998 年写成的。我将其录入了电脑，现在引用在下面：

宫岛的鹿

吕晓歌

去秋，我随先生前往日本访问。去濑户内海的游览胜地——宫岛那天，太阳躲在灰暗的云层里，散落着细细的雨丝。我们乘游轮抵达宫岛,进入游览区宽敞的售票大厅。鹿！几只小鹿！我一时惊喜万分！这之前，陪同的翻译山根小姐虽已向我们介绍过宫岛上有许多鹿，但如此地开门见山是不曾预料到的。几只鹿正徘徊在过往的游人间，那温和的目光像是在期待着什么，还有几只鸽子在鹿的脚边觅食。我感到很惊讶，原来人与动物能这般地互不干扰，这般地和谐么？这时我发现有一只鹿正从果皮箱口处拽出一张纸片在咀嚼着，它们一定是饿了。我自幼喜爱动物，那鹿饥饿的样子，令我心中不忍，于是赶忙走到大厅一角的小卖部用了三百日元购得一包饼干，走过去给那几只鹿喂食，一片片递到它们口中。开始我有些紧张，虽然知道鹿是以植物为食且性格温顺的反刍类动物，但如此没有阻隔地与它们接触，却是有生以来第一次。但我很快就发现它们灵巧得很，在接受食物时，叨食准确却又对人秋毫无犯。我坦然喂食，倏地不知从哪里一下子冒出来十几只大大小小的鹿，它们闻风而来，将我紧紧围住，争着获取我手中的食物。我这才有些惶恐，担心招架不住它们，但更多占据心灵的仍是快乐，那无与伦比的快乐！我将手中最后一块饼干投给了一只只及人膝盖高的小鹿，然后向它们挥挥手，对不起，山根小姐在等待我们上路了。

进入宫岛内,展现在我们面前的是一幅十分壮观秀美的“浮世绘”:蔚蓝色的大海环抱着郁郁葱葱高达五百三十米的弥山，山上分布着多个天然公园，那里有浓荫蔽日的原始森林，有四季盛开的鲜花、碧青的草、翠绿的松和多彩的秋叶，其间掩映着大大小小体现着日本独特风格的宗教建筑——神社、寺院和茶室，真是如诗如画的人间仙境。我与先生都已到了知天命的年龄，自然放弃了登山，由山根小姐指引，漫步在山脚下一条蜿蜒的小路上。这时你会发现所经之处与目光所及的地方，路旁、树下、溪边、山坡上、草丛中……时时可见到那俏丽多姿的鹿影。它们是这岛上放养的小型鹿，体态轻盈玲珑，最大的不超过人的胸，通体浅棕色，背上带有白色的斑点。天公奇妙地赋予了这些生灵们华美的盛装，雄鹿头上都伸展着一对丰硕的杈角，它们都有一双温静如水的眼睛，一副安安然然的体态，它们以生命的美丽点缀着大自然的山山水水，也给游人带来无尽的欢趣。

原来这岛上出售一种专为游人提供喂鹿的食物，只要五十日元一包，打开看里面是一些面包干，我买了几包一路上投喂它们，当时心想：假如身边有一群孩子，我定会让他们人手一份，使他们从小懂得要关爱这些大自然的生灵。

不觉中，我们步入了一条热闹的商业小街，街两旁充满了出售琳琅满目的旅游纪念品的摊档小店，及具有地方风味的餐厅、茶室，就在这条人来客往、熙熙攘攘的小街上，鹿仍然可以畅通无阻，不见有人驱赶它们，而它们也十分守规矩，尽管那些店铺的大门都是敞开的，它们并不贸然入内。有的鹿像嘴馋的小孩，一路上跟着我们要吃的，久久不肯离去，个别顽皮的还将头碰碰你。先生是个谨慎从事的人，他一边挥动着雨伞企图阻止前来“冒犯”的小鹿，一边说：“当心啊！它们毕竟是兽，是缺乏理性的！”他的忠告也许是对的，但我却不以为然，狼食小孩的故事虽由来已久，但那却是久远的事了，现代人将地球上的动物都快杀光吃尽了，却还大言不惭地声言人是理性的，细想起来，人生在世所受的种种伤害，有多少是来自缺乏理性的动物呢？

一阵急促的雨点落下，我们顺势进入一家茶店坐下来休息品茶。山根小姐说：“前些时，曾有人嫌宫岛上的鹿日益增多，提出要予以裁减，但遭到热爱动物人士的坚决抵制，”她边说边巡视着窗外，“不过今天显然比以往看到的鹿少多了。”啊？！我感到浑身一阵发紧，继而，山根小姐转过身与正在忙碌的女老板对话，然后对我们说：“问过了，鹿一只都不少，今天因为是雨天，它们大都在山里没有出来。”

听了她的解释，我一颗悬起的心才慢慢地平复下来。我手捧着碧绿、清香的日本煎茶，心中默念着：“宫岛的鹿，祝你们永远平安！”

在离开宫岛前，我精心选购了一对木制的、上面有着精美鹿影的壁挂带回北京，将这段记忆永存。

和我一起重读这篇文章后，儿子说：其实妈妈写得比你好，这才真是文如其人啊！

是的，直到她仙去的前一天，晚饭后她还提着小纸袋去给楼区里的流浪猫送猫粮和干净的饮水。这个蔚蓝色的纸袋以及里面剩余的猫饼干和水瓶，我们现在搁在她遗像下。

但我和儿子都还不忍去触动她床头柜抽屉里的那些包括大小不一的笔记本等遗物。我们也许会永远保留，却并不翻阅。

4

我自己一直保留着一些从十三岁以来的大小不一的笔记本。从婚前一直保留到婚后。其间由于种种原因丢失损毁了一些，加上旧书信旧照片，现在也还足可填满书柜的一格。除旧照片不算隐私早已公开外，其余的东西晓歌从不曾过问，我也一直没有拿给她看过。

2008 年，我曾想把一个 1955 年的读书笔记本拿给她看，跟她预告过，她也表示有兴趣，但因为种种原因，未能实现这项交流。

那是我现存最早的一个笔记本。是十三岁时候的东西。

笔记本很小，长 15 厘米宽 10.5 厘米大小，厚约 1 厘米，并没有写满。里面粘贴了一些从报纸上剪下的作家像，有鲁迅、普希金、海涅、雨果、塞万提斯、惠特曼、聂鲁达……

那时候我读到些什么？喜欢什么？

自然，第一页上我就恭楷抄录了苏联作家尼·奥斯特洛夫斯基的名言：“人最宝贵的就是生命……人的一生应该这样来度过……献给世界上最壮丽的事业——为人类的解放而斗争。”

接下去是俄罗斯作家安·契诃夫的话：“人的一切都应该是美丽的：面貌，衣裳，心灵，思想。”

我抄录了不少诗，其中有雨果的《啊，太阳》：“呵，太阳，神明的面孔/山沟里的野花/听得见音波的山涧/细草丛中飘荡着芬芳/呵，树林里四处逼人的荆棘……”也有中国那时候儿童文学作家田地的《家乡》：“一条小路沿着山脚与河岸/弯弯曲曲又细又长/就是天天走这条小路也不厌烦/因为没有比家乡更好的夏天/可以在大枫树下乘风凉/再没有比家乡更好的月亮/可以在打谷场上捉迷藏……”

我为苏联一位并不怎么著名的作家奥·哈夫金写的反映后贝加尔湖地区中学生参军在卫国战争中英勇牺牲的长篇小说《永远在一起》感动得不行，写下颇长的读后感，还抄录了书中的片段。我喜欢安徒生童话，对许多篇都写了读后感，但对王尔德的《快乐王子集》（巴金译）我这样写道：“前面有的故事说明不要自私，更不要虚荣，反映出那个时候社会的不公平，还有‘哲学其实是一团肮脏无人道的东西’……但倒数第二个故事我还不大明白，总的来说这本书不大使我满意……”

我前后提到的书计有（不按时代地区分类只按出现顺序）：《杨柳树和人行道》（苏联华希列夫斯卡娅）、《鼓手的命运》（苏联盖达尔）、《古丽亚的道路》《卓娅和舒拉的故事》（均为苏联英雄传记）、《猪的歌》（日本左翼作家高仓辉的小说）、《铁门中》（周立波）、《真正的人》（苏联波列伏依）、《绿野仙踪》（美国法兰克·鲍姆写的长篇童话）、《斯巴达克》（未记下究竟是哪个版本）、《太阳照在桑干河上》（丁玲）、《李有财板话》（赵树理）、《腐蚀》（茅盾）、《红色保险箱》（苏联反特小说）、《草叶集》（美国惠特曼诗集，楚图南译）、《儒林外史》（清朝吴敬梓）、《洋葱头历险记》（意大利儿童文学作家罗大里的长篇童话）……

我想给晓歌翻看这个笔记本，除了打算引发出我们也许有过的相同或不同的阅读记忆，找到我们之所以能走到一起并持续相伴的心灵密码，也是因为在这个小小的笔记本里，还夹着几张压平的糖果包装纸——我们少年时代都攒过糖纸；还有我从杂志上剪下来的彩色的小白兔扶着猎枪叉着腰的画像——那时候根据苏联作家米哈尔科夫创作的童话《骄傲的小白兔》拍摄的电影《小白兔》热映颇久，那“提倡集体主义反对个人主义”的主题在课堂上老师反复向我们讲述过，也让我们写过相应的作文……见到这些东西晓歌一定会莞尔……

但是，我有绝对独家的东西让她观看，那体现出我在十三岁时确实已经有着鲜明的个性，而这个性中具有优美的成分，就凭这个，晓歌后来跟我的结合应是无悔的……

那是夹在这个笔记本里的一幅钢笔画。不是临摹别人的作品。是我自己想象出来独立完成的。它画在一张薄薄的片艳纸上。那个时代我们做数学作业都使用那样的纸张。一张 16 开的片艳纸，对裁再对裁，成为 64 开的一小张，就在那上面，我画了两个姑娘，站到一个有矮矮的栅栏的悬崖上，朝前面开阔的田野和河流眺望，高一点的姑娘梳着两条长辫子，似乎在指着前方说：“那边多美呀！”矮一点的小姑娘短辫上扎着蝴蝶结，提着个小篮子，朝美好的那边望去……

我想让晓歌看这幅我十三岁时候画出来的钢笔画。画出这幅画十五年后，我们相遇并且结婚，过了一年我们有了宁馨儿远远……

我们经历过那么多风雨坎坷，我们也有过那么多甜蜜欢乐。“那边多美呀！”“那边”原来只意味着生活中尚未来临的时日，现在，晓歌仙去了，也就意味着一定有着某种生命的彼岸，晓歌先一步，我也会终于抵达……我们会在神秘的“那边”重逢，那边肯定是美好的！

我已经把这幅画复制放大，挂在我们的卧室里。晓歌，你再回来时，我又会感觉到窸窸窣窣的声响，那一定是你在一边梳头一边欣赏这幅图画。

2009 年 5 月 15 日下午至晚上一口气写成

第八幅：暂不置评

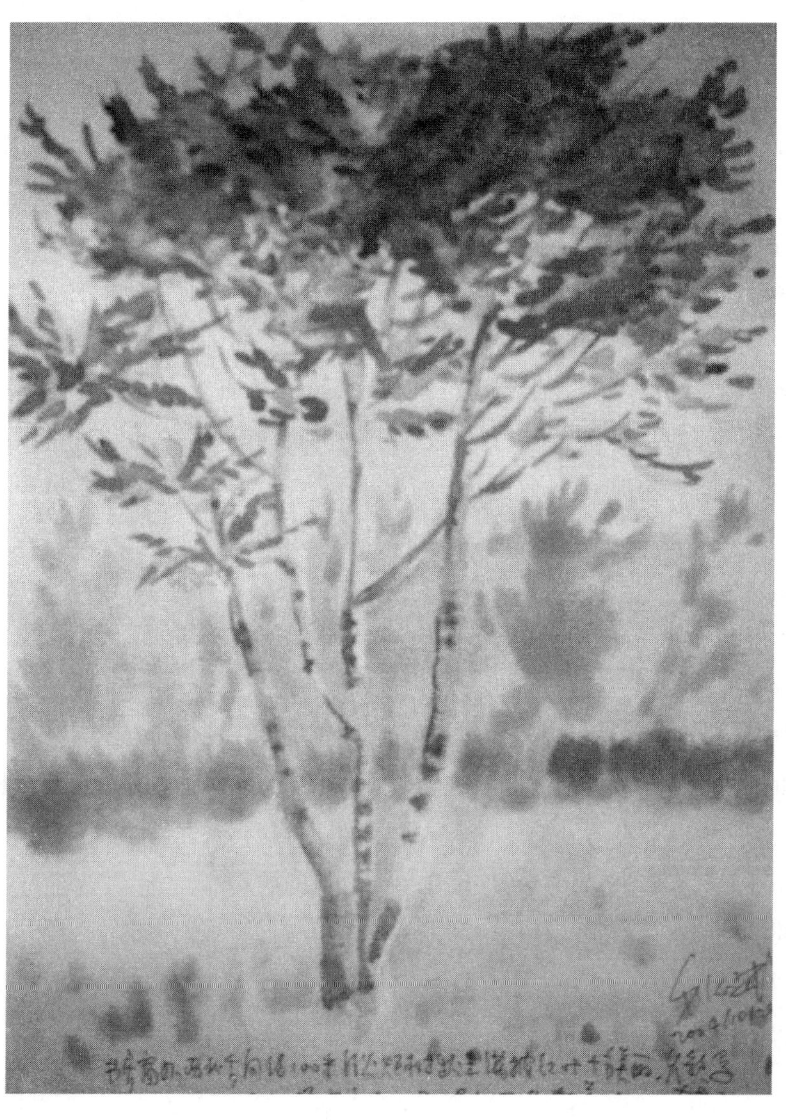

1987年，对我个人来说是最富戏剧性的一年。前半年，我在《人民文学》主编任上遭逢“舌苔事件”被停职检查，后半年，我被宣布复职，并应邀到美国访问。

那次访美，我去了美国东岸、中部和西岸的哥伦比亚大学、三一学院、耶鲁大学、麻省理工学院、哈佛大学、康乃尔大学、爱荷华大学、芝加哥大学、旧金山大学、加州大学（伯克利）、加州大学（洛杉矶）、加州大学（圣迭戈）、斯坦福大学等处，在其中十所大学发表了演讲。一所大学里在不同范围内连讲两次的，则是在哈佛。

哈佛名气最大，但我对哈佛校区的印象最差。斯坦福像一所具有西班牙风情的夏宫，康乃尔校园里就有瀑布，耶鲁古老的建筑物上密布着翠绿的藤叶，确实体现出“常春藤学院”的风采……但是哈佛的建筑却杂乱无章，也未见有多少绿色覆盖。

但是，在哈佛访问时期，住得却最惬意。是借住在华裔女学者、作家刘年龄家里。她那栋“号司”倒也平常，难得的是从后门出去就是一道密布杉树的斜坡，坡下则是碧蓝的湖泊，有木制的阶梯穿过杉林直通湖边。那是我第一次住进那样亲近大自然却又具备现代化生活设施的居所里。

环境优美，更有雅人相伴，那是怎样的生活！而雅人还不止一个。那段时间里，除了去哈佛校区，刘年龄还会开车载我们到波士顿城里及周边地区观光。说“我们”当然就不止我一个，那一位是谁？就是来自上海的李子云。

从那时到后来我一直不问刘年龄和李子云的年龄，总之，她们比我大许多，都是我的老大姐，但我也从不叫她们大姐。我怎么称呼她们的？面对面，不称呼，以微笑，以眼神替代称呼，她们唤我“心武”，我愉快应答，就那么相处，倒也自自然然，融融洽洽。

常有人误把刘年龄跟聂华苓、於梨华、王渝、李黎等定居美国的华裔女作家视为同一背景，即都是在中国大陆尚未开放时，陆续从台湾移往美国的。其实刘年龄一直在美国长大。她曾在哈佛学戏剧取得学位，也曾任教于哈佛，中国大陆开放后，她是较早到中国访问、工作的美国人之一，她曾在北京师范大学等处任教，以木令耆的笔名发表文章、出书，跟许多的中国文化人广泛交往，特别是跟一些女作家，如宗璞、谌容、张洁等过从甚密，有时到了北京，就住到张洁家里。不少中国大陆前往美东波士顿地区短期访问的文化人，都曾应邀住到她家，由她陪伴参观访问。我和李子云并非她接待的首批来自中国大陆的作家。

1987年的那个秋天，在波士顿，我跟刘年龄、李子云成为相互欣赏的谈伴。

刘年龄的长相，确实很接近达·芬奇笔下的蒙娜丽莎，如果她穿上画中人的那种衣衫，梳成那样的发型，双手摆出那样的姿势，再现出一个朦胧的微笑，拍张照片，一定很有意思。但我跟她接触时，她从未有过费人猜疑的微笑，有时她还会颇为豪放地微微仰头把头发甩一甩，那一甩，就彻底地跟蒙娜丽莎剥离了。因为后来熟稔了，我也曾当面告诉她我觉得她有一点像蒙娜丽莎，她知道我绝非恭维而只不过是道出一种真切的感觉，就并不谦词反驳也并不照单全收，而是把短发又甩了一下说：“有一点吗？”

李子云的长相很难类比。我见到她时，花期已过。一次听白桦说，上世纪五十年代初，李子云担任夏衍秘书的时候，在市委机关的女干部群里，真个是鹤立鸡群。当然立刻就有人质疑：李子云个头偏矮，怎么个“鹤立”？白桦就长叹一声说，对形容词，能那么死抠吗？据他进一步形容，李子云个子虽然不高，却绝对自成比例，皮肤白腻，眉眼鲜亮，虽然穿的也是那时候女干部千篇一律的列宁装，但她只把腰那里稍一改动，立刻就让你眼睛把她从许多女干部里挑了出来，不由得感到优美大方，如沐春风，如闻花香。于是就有人问，你那时候还没跟王蓓遇合，为什么不追她？白桦说那时候根本够不着，而且夏公说了，追小李的小伙子们，你们可想仔细了，她恐怕是谁都看不上的，莫白耽误了你们的工夫！上世纪八十年代一些作家私下聚会时，谈论已经十分开放，白桦是其中最活跃的。不知他还记不记得、承不承认曾经这样议论过李子云？

有的人，看"呆照"，甚至看录像，你都不会觉得有什么吸引力，必须你亲自接触，而且能密切交谈，方能跟品茶似的，渐渐感受到有丝丝缕缕的魅力，从容地散发出来，于是，你就会深切地感受到那独特的魅力。李子云就是这样的人。

坦率地说，在美国纽约初见李子云的时候，我并没有觉得她有什么特别的地方。她穿戴似乎并不起眼，谈吐似乎并不出众。当然，那都是在许多人共处的场合。到哈佛以后，虽然我们两个人的原始邀请并不相同，但是派生出来的一些邀请，却是相同的——我们同被邀请在哈佛和康乃尔大学演讲。

在哈佛，记得我和李子云被安排在同场演讲。那个演讲厅很大，大约总有五百多个座位。那回座无虚席，甚至还有加座，乃至站着听的。听众以华裔居多，也不乏学中文的金发碧眼的学生。我的演讲内容是通过 1977 年至 1987 年中国文学的发展透视中国社会的巨大变化，切入角度是我个人对文学运动的参与及其心路历程。李子云的演讲内容则是介绍中国当代文学中女性意识的觉醒。我因为当过中学教师，论口才是相当自傲的。在前几站演讲中，特别是在纽约哥伦比亚大学的演讲，大获成功，记得刚讲完，就有当时美国《华侨日报》副刊的主编王渝女士冲过来拥抱我并吻我脸颊，激动地说："你讲得太好了！"这给了我更多的自信，后来在哈德佛德三一学院的小型演讲和在麻省理工学院的大型演讲，我都并不完全重复在哥伦比亚大学的内容，在灵感被激活的情况下常有精彩的话语迸出。那一年我四十五岁了，真觉得自己是处在了成熟期，仿佛树上苹果浆液充足正坚实膨胀且外皮泛红。

那场演讲安排在下午。我先李后。我演讲时，李子云坐在台下前排一侧。我讲了约四十五分钟，与听众交流约二十分钟。我自己觉得发挥很好，结束后掌声非常热烈，还有人跑过来让我签名。

休息一刻钟后，李子云登台演讲，我坐到台下她坐过的位子上。说实在的，开始，我只是出于尊重与礼貌，坐在那里听。五分钟后，我被吸引。十分钟后，我开始吃惊。二十分钟后，我大佩服。她的仪态十分从容。她的普通话语音甚至比我还要规范圆润。特别是，她完全以实例说明问题，条分缕析，层层推进。那时候出国访问的一些人士，往往喜欢通过演讲与私下接触，竭力显示自己的开放程度，甚至多少有些投人所好。李子云的演讲从头到尾没有为官方以及任何机构、群体、他人代言的意味，没有投任何一方所好的气息，她就是作为一个独立的文学批评家，通过阅读思考，发表自己的独立见解，没有框框条条，没有禁忌也绝不放肆，严谨中不失幽默，幽默中又绝无油滑。那时候我尽管是《人民文学》杂志的主编，从工作角度也阅读了不少当代女作家的作品，也知道西方的女权主义包括文学上的女权批评传入了中国，也曾试图从女性话语角度去理解那时的女作家作品，但听了李子云的演讲，才知道自己是一知半解，甚至是强不知为已知。她对那时期中国大陆女作家在作品中有意无意渗透出的女性意识，揭橥中只有放大而没有夸大，既有肯定也有质疑。到答疑讨论阶段，听众提问的深度，以及讨论气氛的热烈，都超过我那前半场。主持人宣布曲终奏雅，掌声不仅热烈而且持续的时间超过了给我的。后来她款款走下台来，我迎向她，于是才猛然意识到，她那身乍看并不起眼的衣衫，是非常高级的品牌，其颜色是一种特别难以调出来的海洋色，穿在她身上，使她显得非常典雅，而她那似乎简单的发型，其实是精心梳理出来的，眼镜也非俗品……我心中一震，真是此刻才识金镶玉！

我在哈佛，还应邀到费正清研究中心去作了一次小型演讲。费正清研究中心是西方研究中国的一个学术重镇。那次访美时我才弄明白，西方的汉学家和中国问题专家除个别人外基本是两种完全不同的专业人士。汉学家是掌握中国语言文字研究中国语言文字及文化典籍包括最新人文科学现象的。中国问题专家则往往是并不能说中文甚至也不能直接阅读中国文献，却专门研究中国的历史与现状，特别是政治与社会变迁、现状的。汉学家一般离政治较远，而中国问题专家往往充任美国政府的幕僚，或至少是具备回答美国政府咨询资格的人士，在美国制定长期的对华战略和短期应变策略中扮演重要角色。大概是因为费正清研究中心那时候正在编撰《剑桥中华人民共和国史》，该书的计划是要一直写到 1982 年，因此要涉及到 1976 年后中国各方面包括文学上出现“伤痕文学”的情况，我既然是1977年以《班主任》开“伤痕文学”先河的角色，所以他们对我有一定兴趣吧。后来他们在1991年出版了《剑桥中华人民共和国史》，里面有一个半页码讲到我并有所评价，1992年中国大陆就有译本，这是后话。

且说那天我独自去了费正清研究中心，接待我的是中心的一位副主任，金发碧眼的女士，她基本上不会说中文，我基本上不会说英文，见了面除寒暄真无法作什么交流。中心把我的演讲安排在一个小厅里，时间是在午饭后，那天来的人不多，没有坐满，大约只有二十几个人。中心安排了一个翻译，也是位金发碧眼的女士，她汉语口语能力很强，但我们没机会单独交流什么，进入演讲现场，副主任就宣布开始，我就讲开了。我懂得把一层意思讲到多少句话后该停顿下来，让翻译从容地翻译，翻译偶有忘记我提及的具体事物名称的时候，我及时插入提醒，她也很快跟进，两个人配合得相当默契。

那天来听讲的，有几个中国面孔的年轻人，抢坐在最前排，有的就逼近在讲台前，我注意到其中有的还端着没吃尽的饭盒，很感谢他们能忙中来听我演讲。考虑到这是在费正清中心，听讲的以不懂中文的洋人居多，我就尽量以“讲给老美听”的口气，并尽量简约地讲出自己的观点。我告诉他们，我个人认为中国正在进行的改革开放，其实重点是开放，中国必须也已经从封闭的状态中迅速走出，这就已经并会越来越多地出现中国和西方在各方面的碰撞，中国人应该更多地了解西方，既摆脱夜郎自大也摆脱盲目自卑的情绪，西方人则必须更切实地了解中国，特别是中国正在发生的变化，摆脱西方中心和歧视中国的观念。我讲到自己在美国国内航班上一位邻座的美国人，很亲切地问我从哪里来，我让他猜，他望着我，可能觉得我一身不俗的休闲服，脖子上还有个玉质的挂件，还能略说几句英文，于是先猜我来自日本，我说“NO”，又猜我来自高丽（韩国），接下去猜我来自新加坡、马来西亚。听我连连说“NO”，他最后猜我来自“福摩沙”，我告诉他那个地方应该称为台湾，是中国的一部分，但我也不是那里来的，我来自北京。“北京？”他上下打量我，似乎不能相信。这位美国人对我是友好的，但短短的接触问答里，反映出太多的问题。主要就是对中国无知，特别是还不知道当下中国正在发生着什么样的变化。我在结束演讲时表示，尽管目前中国在朝好处变化的过程中还有许多不好的情况发生，但我对自己祖国的前景，还是有信心的。

我讲完了，主持人就让听众提问。她话音刚落，听众前排正中一位中国面孔的人士腾地站起来，非常激动地指着我鼻子谴责道："刘心武，你今天的演讲太让我失望了！"弄得我一愣。

他是谁？怎么以这样的口气跟我说话？

他旁边也是中国面孔的人士就郑重地告诉我，他是某某。似乎我一听那大名，就该肃然起敬。但我颇为迟钝，想了几秒钟，才恍然大悟。原来那是一位从国内到那里的政治活动家。啊，原来是他！我听到过他的大名，也知道他在国内的一些事情。我对他本无成见。人各有志，道路各择。我原来并不认识他，他大概也只是粗略地知道我，我们在异国他乡邂逅，即使道不同，总该互相在人格上尊重，怎么我应人家费正清中心邀请，到这里来演讲，劈头就受到他如此粗暴无理的指责呢？

在以前的演讲讨论阶段，我遇到过很尖锐的提问与很激烈的批评，但发言者都取跟我人格平等的态度，比如说："刘先生您刚才的那个观点我不赞成，我是这样看的……"没想到这回遭遇居高临下的呵斥。

当时我气不打一处来。我就这样回应他："某某先生，我到这里来演讲，没有让你满意的义务！你认为自己的观念、主张是正确的，也该听得进不同的声音呀！我原来根本不认识你，你现在怎么说起话来就仿佛我天然是你一头的，说话得符合你的标准呢？你热衷政治，想颠覆什么，建立什么，那是你的事。怎么你现在离成为中国政治领导人的位置还遥遥远远，就连我这么个人也容不得？倘若你真成了中国最高领导人，我还活不活得成了？告诉你，你管不着我！我怎么想怎么说全凭自己的良心良知，谁也别跟我舞动指挥棒！"

面前的那位自己觉得已是领袖人物的青年男子也没想到我竟是如此这般的反应，他和他的战友就你一句我一句地回应我，翻译根本无法翻译也无心翻译，那位主持演讲的副主任就立刻宣布结束，某某和他的战友悻悻然退场，我还站在那里生气，尽管我英语听力很差，这时那位副主任对翻译嘀咕的话我却听明白了，她说的是："中国人……见面总是吵！"

回到刘年龄住处，我把这场失败的演讲细讲给他们听。刘年龄感叹："某某怎会是这么个气度呢？"李子云则沉静地说："你以后会遇到更多的这类人这类事。"我们一起就此谈心，最后感叹：专制体制固然不好，专制人格更加可怕！由具有专制人格的人士来带领人们去争取民主，能争取出个什么来？

通过这次波折，其实我很受教育。从那时起，我就更加清醒，我是独立的生命体，我可以自愿认同某种理念，却不能屈服于任何胁迫去皈依某种理念。对于各色政治人物，我也就多了一份戒心。对于现实政治，我关心，也腹议，却不去搞政治。如果政治是社会的中心，那么我甘愿居于边缘。边缘生存边缘写作，更符合我的性格气质。

和李子云、刘年龄在那一段时间里的交往，我们谈政治的时候并不多，我们都觉得政治之外有更广阔的人生。往往是，刘年龄开车，我们一起去游览某处，在车上，在咖啡馆，在餐厅，在树荫下花丛旁，我们畅谈一切彼此都感兴趣的话题。

从时间总数上计，我跟李子云、刘年龄的交往上，比许许多多的同行要少很多很多。我跟宗璞的交往更是如此。我们真有点常常相忘于江湖的意味。但有一次在宗璞家里她问李子云："你还跟谁好？"李子云就说："刘心武。"宗璞听了有点意料之外情理之中地说："哎呀，没想到。我也跟刘心武好。"她们跟我好，也就是谈得来的意思。我们是相处非常愉快的谈伴。我们在一起很少谈政治，也很少谈文坛，甚至也不多谈彼此的文章。李子云只跟我认真地谈过我的《四牌楼》。《四牌楼》能获得上海优秀长篇小说大奖（这个奖只颁给在上海出版的长篇小说），李子云作为评委大力推荐是关键。我们会娓娓地谈很多人生中的细微况味。比如宗璞跟我谈猫，她说她家的猫咪小花"如果忽然开口说话，那我是一点也不会奇怪的"。再比如宗璞跟我谈花，她说她那风庐当心庭院里的铃兰花"有时会幽幽地发出吟唱之声"。宗璞还会跟我争论《红楼梦》，她认为高鹗的续书"虽不中亦不远"，而焚稿断痴情、魂归离恨天一段则"曹雪芹自己来写也不过如此"，对我判定曹雪芹轶稿中黛玉乃沉湖仙遁大不以为然。李子云则跟我谈生活之道，"逛百货公司一定要单独，吃饭一定对面要至少有一个人""牛排还是神户小牛肉煎七分熟的吃起来最像读诗"。刘年龄则会跟我讲到“对岁月的最好态度就是把它当作朋友”……

1987年在波士顿，刘年龄、李子云和我非常坦然地议论到性。李子云甚至主动分析到她的独身。她为什么到那时仍然独身？当然那以后直到她仙去始终还是独身。生命是多么神秘，即使我们自己，对独有的那一份生命依然是弄不懂拎不清。人生因此悲苦。人生也因此快乐。李叔同圆寂前道出的四个字“悲欣交集”，其实就是我们每一个生命里蕴涵的秘密，只是有人能悟出有人始终混沌罢了。

记得有一天汽车停在一处地方，大家不忙下车，刘年龄和李子云不知怎么就随口议论到了孙中山的私生活，其实那并不是什么稀罕的话题，香港中文大学中国文化研究所所长陈方正也跟我议论过，作为一种生命现象，怎么看待？作为一个政治人物，为什么对孙先生，绝大多数人都并不对他那非常浪漫的私生活在意，大体上无减于对他的崇敬，而对另一些政治人物，其实私生活的状态比孙先生远逊风骚，却会被不少人訾议？这确实能够成为一个学术性话题。那一回刘年龄坐在驾驶座，李子云坐在副驾驶座，我坐在后座，她们议论了一阵，忽然发现一贯爱插嘴的我居然半天无声，就一起回过头来问我：“你怎么看？”

我一本正经地回答：“暂不置评。”

“呀，好狡猾！”刘年龄愤愤不平。

“是呀，为什么你暂不置评？”李子云也觉得我旁听完她们的畅言深论，却居然来这么一手，确实不公平。

当然，那只是一时嗔怪。很快就过去了。不过，自那以后，我们三个人之间，就有了一句戏谑的话语：“暂不置评。”见面时，电话里，时不时地会夹杂得恰到好处，引出活泼的笑声。

我最后一次见到李子云是2006年在上海。我是去为《刘心武揭秘〈红楼梦〉》签名售书。她约我一个人到一家她精心挑选的菜馆里聚谈。菜式非常精致可口。她虽然已经离不开攏身的一个钢架，但衣着依旧那么高雅，谈吐依旧那么脱俗。

今年，2009年，春节我给她打去电话，不是一般的拜年，我说：“我想你。”她回应：“我也想你啊。”我跟她说了对一些事情的看法，都是跟别人无法交流的，她也随口把她相关的一些看法和盘托出。我们的观念还是那么相近，也还是有那么些不同。这种非应酬的电话通过以后身心俱畅。可以如此这般交流的谈伴于我而言是今生此世走一个少一个了。会遇到新的谈伴吗？我不作企盼。人生获取名利得到爱情建立家庭相对来说都不算难，最难莫过于还有不含功利成分的纯谈伴！

今年6月8日，刘年龄来电话，说在上海见到李子云，李子云说，告诉她一个不好的消息——刘心武的妻子去世了！其实我妻子晓歌仙去后陆续通知了一些朋友，却就是还没有给李子云打电话，我本想再过段时间跟她交谈丧妻之痛引发的新的人生之思，跟她细细倾诉，听取她一贯直率而睿智的话语，她大概是从我发表在《新民晚报》上的一篇文章里得悉……没想到，只隔了一天，就又接到刘年龄电话，说李子云在6月10日，她七十九岁生日前夜，猝然仙去。

李子云曾用“兰气息，玉精神”来形容宗璞。那么，应该用什么话语来形容李子云呢？昨天见到《新民晚报》上潘向黎的文章，她把李子云形容成“夏日最后的白玫瑰”。有朋友说李子云就是一朵恬淡优雅的白云。还有朋友曾说她仿佛一朵海浪色的郁金香，郁金香并无芬芳气息，只静默地开放。我找到自己画过的一幅秋树写生。我认识李子云时她已步入生命之秋。秋叶不是花，好似评论家不是小说家，但秋叶往往又红于二月花，像李子云有的评论文章，真比有的小说读起来更有韵味。我且将这幅《秋韵》献给李子云的在天之灵。

李子云本是北京富家名媛。她在少女时期就根据自己的认知参加了革命。在波士顿时她跟我和刘年龄讲述过，1948年的时候，她还在北京上高中，一天放学忽然发觉有特务跟踪，她回家就跟父母说了，他父亲解决这个问题的方法也很简单，就是过两天就举家迁到了上海，北京的小特务自然也就再寻觅不到李子云的踪影。

李子云到了上海一边读书一边继续参与地下工作。上海解放后她即成为文化部门的干部。她跟我交往中从不谈及她在历次政治运动特别是“文革”中的经历。我们共同的好朋友也是上佳谈伴的住在美国西海岸的李黎，今年春天到北京看望我和妻子晓歌时，还议论到李子云，说她那么一个似乎是为优雅而生，并且把革命理想和优雅生活融合在一起的人，“文革”时究竟是怎么支持过来的？作为一度是夏衍秘书的她，光让她揭发、交代跟夏衍有关的“罪行”就够她褪几层皮的吧？据说运动高潮时，把她揪出来打倒的大标语从上海作协那栋洋楼里的旋转楼梯顶部垂下来一直拖到地板上，好大的阵仗，但她居然也就挺撑过来了。如果不是其人格中有某种最坚韧的因素，岂能有穿越暴风骤雨的能力？

李子云用自己的一生证明，不管在什么时空里，不管遭遇到什么，只要自己坚强、努力，生命的尊严是可以保住，并且放射出光彩的。想起她我总不免想起安东·契诃夫，契诃夫无论是他的小说，戏剧也好，贯穿性的东西就是反庸俗。李子云之于革命，我以为也是将其视为一种反庸俗的社会运动，其理想的核心是使公众生活与个人心灵都在公正、公平的实现中朝高尚提升，包括近三十年的改革开放，从某种角度上说，其实也应该视为一种反庸俗的社会运动，而这运动的曲折，以及目前所遇到的问题，也都可以用高尚与庸俗之间的搏斗消长来加以诠释。李子云实实在在地实现了契诃夫的箴言："人的一切都应该是美好的：面貌，衣裳，心灵，思想。"

那么，究竟应该用什么来譬喻李子云？兰花，白云，玫瑰，郁金香，或者红于二叶花的秋树？

——暂不置评。

2009年6月18日午夜完稿于绿叶居

第九幅：唯痴迷者能解味

2009 年 3 月 29 日，我的私人助手鄂力接到手机短信，是周汝昌老前辈儿子周建临发送给他的，他立即抄录到纸上，第二天送来给我看。

鄂力是搞篆刻的。他原是吴祖光新凤霞的小朋友，后来成为我的忘年交之一，帮助我办些事。如今吴老新老都已仙去，他帮我也已达十七年之久，他眼看着我从写《五十自戒》的中年人，也进入望七之年，如果他把那短信转到我的手机，我老眼看起费力，因此抄录拿来。

我接过一看，原来是周老的赠诗：

听儿子建临读心武兄报端《蜘蛛脚与翅膀》文章心有所感律句寄怀

不见刘郎久，高居笔砚丰。
丹青窗烛彩，边角梦楼红。
观影知心健，闻音感境通。
新春快新雪，芳草遍城东。

《蜘蛛脚与翅膀》是我发表在天津《今晚报》个人专栏“多味煎饼”里的一篇文章。其中只有部分内容涉及到《红楼梦》。没想到再次引起周老对我的关怀、鼓励与鞭策。

我自 2005 年到 2008 年，在中央电视台科教频道（CCTV-10）《百家讲坛》栏目录制播出了四十五集《刘心武揭秘〈红楼梦〉》，并陆续出版了四本同名书籍，颇为轰动。在讲座中，我一再申明，自己是遵从蔡元培先贤所倡导的“多歧为

贵，不取苟同”的学术伦理的，并以清代袁枚的两句诗“苔花如米小，也学牡丹开”来为自己的发言身份定位。我也几次向听众和读者说明，我对《红楼梦》的研究，是在周汝昌前辈的影响下进行的，我的“秦学”研究里，融入了他大量的学术成果，而我所引用的周老的观点，都是先征得他的同意的。当然，我对《红楼梦》的理解与周老也有若干不同甚至抵牾的地方，他也很清楚，但他从未要求我与他保持一致，我们在“境通”的前提下，始终尊重各自的“独解”。

周老年轻时，取得燕京大学西语系本科文凭，他的英文作文水平，曾令教授惊叹赞扬。当然，他后来又入燕大中文系研究院深造，国学底子打得也很坚实。他本来凭借英文水平高的优势，可以在大学英语系任教授，或从事英译中或中译英的翻译事业，但对《红楼梦》的热爱，使他走上了一条终身爱红、护红、研红的不归路。

1947 年，周汝昌还没从大学毕业，就在报纸上就曹雪芹生卒年问题与胡适进行了答辩。胡适知道他不过是位尚未毕业的大学生以后，不但并不鄙夷他，1948 年还在家里亲切地接待了他，更慨然把自己珍藏的古本（甲戌本）借给他。周汝昌和哥哥周祜昌征得胡适同意将甲戌本过录后，在解放军已经围城，从西郊燕京大学进城非常困难的情况下，周汝昌还是赶到了城里胡宅，将甲戌本原璧归还。胡适几天后到东单临时机场登上飞机，先离北京，后转往台湾，他登机时只带了两部书，其中一部就是周汝昌归还的甲戌本。鄂力跟我闲聊时曾议论，那时周先生如将甲戌本留住，待北京和平解放、新中国建立后，将其捐给国家，岂不是立一大功吗？我说，跟周先生接触不算多，但有一种很强烈的感觉，就是他毕竟是个纯书生，绝对不懂政治，也不善人际经营，用北京土话说，就是有些个“死凿”。日伪统治天津时，他闭门在家读书，拒绝为侵略者工作，爱国情怀是无可怀疑的。日本投降消息传来，他激动万分，但他不懂政治，政治的核心是权力争夺、分配，一个懂政治的人，那时不会仅仅是爱国，会有政治头脑，进行政治站位选择，比如天津的日本鬼子投降了，那要看是谁来接收，如果是非自己所属所择的政治力量来接收，那就会冷静对待，而不会凭借朴素的爱国感情奔向街头，去迎接首批入城的战胜者。周先生那时知道日本投降了，激动地走出书斋，去欢迎胜利者，他哪里能预先知道，共产党那时出于战略考虑，军队并没有马上去天津，首先开进天津的，也并不是国民党军队，而是美国的海军陆战队。第二次世界大战，美国是反德、日法西斯的，美军是中国的盟军，这一般老百姓都是知道的，那么，既然首先进天津的是美军，那么，一般天津老百姓也就“箪食壶浆，以迎王师”，这难道应该责怪吗？周先生那时以孱弱的书生之躯，挤在街边人群中，想到日本鬼子终于失败，苦已尽甘将至，流下热泪，也就是非常自然的表现了。周先生不懂政治，但懂传统道德，借人物品，一定要归还。更何况甲戌本是珍贵的孤本，怎能留下不还胡适？胡的慨然借书和周的“完璧归赵”，与政治无关，却同是中国文人传统美德的体现。

1953年，周先生出版了在当时引出轰动的《红楼梦新证》。那时胡适已经在台湾，而且继续从政。原来书里提及胡适全是中性表述，但大家想想，在那种情况下，出版社能那么出版吗？就由编辑操刀，加了些批判的语句，而且在胡适的名字前，加上“妄人”的二字定语。转眼就到了1954年，发生了毛泽东肯定两个“小人物”批评俞平伯《红楼梦研究》的著名事件，很快又发展为对胡适的批判。于是《人民日报》上出现了周汝昌批判胡适并与之划清界限的文章。有些年轻人翻旧报纸合订本，看到了这文章，不禁大惊小怪，觉得周某人怎么能如此“忘恩负义”？你那《红楼梦新证》，从书名上看，就是承袭胡适的《红楼梦考证》的呀，你划得清界限吗？又何必去划清界限？你保持沉默不行吗？好在周先生在晚年出版了《我与胡适先生》一书，把来龙去脉交代得一清二楚。究其底细，其实应该是毛泽东本人态度的一个体现。1953年周先生《红楼梦新证》出版之际，正逢中国文化界联合会召开大会，会上几乎人手一册。从后来“文革”中毛泽东让将《红楼梦新证》中《史料稽年》印成大字本供自己阅读，又对《新索隐》中“胭脂米”一条十分感兴趣，以至找到那样的米煮粥招待来华访问的日本首相，诸如此类情况，都可以证明，毛泽东当时不仅看了《红楼梦新证》，而且起码对其中《史料稽年》和《新索隐》部分兴趣甚浓。显然，是毛泽东布置下一个任务：让周汝昌主动写文章与胡适划清界限并作自我批评，然后无事——也就是通过这个办法将他保护起来。当时周先生见批判俞平伯的火力特猛，又牵出胡适，当然紧张，焦虑中住到医院，忽然被毛泽东大力肯定的“小人物”之一李希凡飘然来至医院病床前，蔼然可亲，让他安心养病，又跟他说，他与俞平伯、胡适还是有区别的。这当然等于给周先生吃了一粒“定心丸”。从医院回到家中，不久就有《人民日报》文艺部的干部找到他家，我说周先生不懂政治，也不善人际经营，从他的回忆文章里可以找到很多例证，比如他在文章里一直说是《人民日报》的钟洛找的他，他竟浑然不知钟洛姓田，而且在文艺界几乎无人不知其笔名袁鹰，后来出任《人民日报》文艺部主任，曾以儿童诗著名，又是散文名家。他回忆那时钟洛陪他坐邓拓专车去往《人民日报》社，那是他第一次（也可能是最后一次）坐上高干汽车，到了《人民日报》社，总编辑邓拓亲切地接待他……他哪里写得出合乎要求的文章来，后来以他署名发表的文章，其实是编辑部在他底稿上几经“彻底改造”完成的。那时候中国知识分子的处境就是那样，如果认为你没资格发表批判他人的文章，你写出的文章再“好”也不会刊用，而一旦确定一定要让你以批判他人的文章来“过关”，则你的文章再“不好”，也会帮你改“好”按计划发表。周先生当年就那么“过关”了。但他竟至今不明白，邓拓对他的态度是由当时毛泽东的态度决定的，他就误以为那以后能够让邓拓记住并保持那天的亲切态度。因此，他在另外的回忆文章里，写到 1962 年举办曹雪芹逝世二百周年大展，邓拓出现时，他趋前打招呼，自报姓名，邓拓却十分冷淡，令他难堪，不禁耿耿于怀。他哪里知道，邓拓一直在政治的风口浪尖上浮沉，曾被毛泽东召到床前，毛痛斥他是“书生办报”“死人办报”，后来就从《人民日报》卸职到了北京市委在彭真领导下工作，1962 年时他心情难好，正在思考许多问题，在《北京晚报》上写《燕山夜话》专栏，哪可能与周汝昌邂逅时喜笑颜开呢？

1953 年冬天，我十二岁，因为五岁上学，所以那时已念到初中一年级。我早慧。那时受家里大人影响，已经读了《红楼梦》，而且很有兴趣。那时我家住北京钱粮胡同，胡同东口外马路对面，有家书店，我常去逛。有天在那书店里见到《红楼梦新证》，翻开看到有一幅“红楼梦人物想象图”，大吃一惊，因为我自己的想象，是从京剧舞台上衍生出来的，与那相距甚远。我就把那书买下来，回家捧读。似懂非懂，也难卒卷。但其中《迷失了的曹宣》和《一层微妙的过继关系》两节，令我有阅读侦探小说的快感。于是就跑到大人门前说嘴，惹得他们将书“没收”，拿去轮流阅读，然后我们家里就时时有关于《红楼梦》的讨论。那其实就是 1991 年（三十八年后）我开始大量发表读红心得，逐步形成“秦学”思路，以及到 2005 年推出集大成的《红楼望月》，并终于借助 CCTV-10《百家讲坛》把自己研红心得以更大力度公诸社会，引起争议，产生轰动，拥有“粉丝”，欲罢不能的“原动力”。

1991 年我在《团结报》副刊上开了一个“红楼边角”的专栏，时不时发表些谈主流红学界很少触及的“边角”话题，比如“大观园的帐幔帘子”什么的，没想到我这样一个外行人的外行话，竟引起了周先生的注意，他公开著文鼓励，更与我建立通信关系，使我获得了宝贵的动力，不为只是一粒苔花而自惭，也学牡丹，努力将自己小小的花朵胀圆。周先生对我，正如胡适当年对他，体现出学术大家对后进晚辈的无私扶持。

周先生给我的来信，均系他亲自手书。由于他早已目坏，坏到一目全盲一目仅剩0.1视力的程度，因此，他等于是摸黑在纸上写字，每个字都有铜钱那么大，而且经常是字叠字笔画叠笔画，辨认起来十分困难，但阅读他的来信，竟渐渐成为我的一大乐趣，而且过目次数多了，掌握了他下笔的规律，辨认的速度也越来越快，当然，往往时隔多日仍然不能认准的字，只能最后去请教他的女儿也是助手周伦苓女士。十多年积攒下来，已有好几十封。这些来信内容全是谈红，或是对我提出的问题的耐心回答，或是对我新的研红文章的鼓励与指正，更难能可贵的，是将他掌握的最新资料无私地提供给我，或将他最新的思路感悟直书给我。有出版社愿将周先生与我的通信出成一本书，供红迷朋友们参考，周伦苓女士也已经在电脑里录入了绝大部分通信，但一次电脑故障，排除后经格式化，竟将全部录入的资料丧失！不过相信通过再次努力，这本通信录早晚能够付梓。

我和周老虽有颇丰的书信来往，但我们见面的次数，十几年里加起来竟不过四五次而已。我去他家里拜访过他两次。他家的景况，坦率地说，破旧，寒酸，既无丰富的藏书，更无奢华的摆设，但在那里停留的时间略久，却又会感觉到有一种“辛苦才人用意搜”的氛围,一种“嶙峋更见此支离”的学术骨气，在氤氲，在喷薄。

周老原来的编制在艺术研究院红学所,他一不懂政治（大学有“大学政治”，研究所也有“学术政治”），二不善人际经营，因此申请退出红学所，人家也就乐得他退出，虽然还给他在红学会里保留虚衔，但学刊这些年基本上成了“批周园地”。也好。周老这些年一再申明，他不是什么“红学家”，更不懂何谓“红学界”。确实，周老何尝靠红学“吃饭”“升官”“发财”？他本是英文高手，上世纪八十年代他和一些人士同时被邀到美国参加关于《红楼梦》的研讨会，下了飞机，过海关，人家看见推车上那么一大堆东西，当然就欲细查，偏其他人士都不会英语，结果只好由周先生出面交涉，他告诉海关人员他们是一行什么人，为什么要携带如许多资料，因为他说出的英语竟是那么古典、规范，竟把海关工作人员震住了，这就好比有金发碧眼的美国人进入中国过海关时，忽然开口用典雅的汉语说道：“诸君，这厢有理了。我们一行均是专业研究人员，因之必定要携带参加研讨会的丰富材料，盼理解，请通融……”美国海关人员听了，立即对他们免检放行。周老还写得一手漂亮的散文，他的散文集也出了不少。研究古典文学他也不仅在《红楼梦》这一个方面，他以九十岁高龄，在CCTV-10《百家讲坛》录制播出的《周汝昌评说四大名著》，把《水浒传》《三国演义》《西游记》的研究心得也表述得见解独特、生动活泼，大受欢迎，影响深远。他选注的宋代诗人杨万里、范成大的诗集几十年来不断重印。另外我们不要忘记，周先生还是书法家，他论书法的专著，鄂力曾担任特约责任编辑，在热爱书法的群众中影响也非常之大。

我不想援引某些人士对周老那“红学泰斗”的称谓。人会被捧塌，巴掌太响亮会拍死人。周老是个普通人，他只是痴迷《红楼梦》。曹雪芹喟叹：“满纸荒唐言，一把辛酸泪。都云作者痴，谁解其中味？”周老痴迷地研究了《红楼梦》一辈子，如今过了九十大寿，竟还有新观点提出，他称自己为“解味道人”，可见他的快乐并不是想当“红学泰斗”，更不想当而且远避“红学霸主”，他只是以对《红楼梦》不懈地深入体味有所解读而心生大欢喜。

我前些年每逢元旦将至，会手绘些贺年卡分寄亲友及所尊重的前辈文化人。在2009年现代文学馆举办的冰心纪念展上，展示了我给冰心老前辈的几张自绘贺卡，我没去看展览，鄂力去了，他回来跟我形容，我想起当时确实是那么画的。我自绘贺卡是“看人下菜碟”，很少重复同一构图，总是根据所寄赠的对象，来画出给他或她以惊喜的内容。记得我曾给周汝昌老前辈画去过“一簾春雨”的意境，因为我们在通信里讨论过，简化字方案将布制的“帘”与细竹芊编成的“簾”统一为“帘”，结果古典诗词里的“一簾春雨”印成“一帘春雨”就完全不通了，因为“帘”会完全遮住门窗，只有“簾”才能因具有许多缝隙而构成“一簾春雨”的视觉效果并引发出浓郁诗意。我还就曹雪芹的好友张宜泉的诗句“有谁曳杖过烟林”画过意境图，作为贺年卡寄给周老。他每次接到我的贺卡都非常高兴，而且有诗作相赠。不过贺年卡因为要搁在邮政部门规范的信封里投寄，我绘制的尺寸都很小。但我也曾绘制过比较大幅的水彩画，如大观园沁芳亭。这样的画就只能先拍成缩照洗印出来，再粘到贺卡上。我也曾给周老寄去，他也非常高兴。

惭愧的是，虽然周老不时有诗赠我，我旧学功底太差，竟不能与他唱和。但我心里一直充满对他的敬意与感激。我只能以这样的话语答谢他——

唯痴迷者能解味，
拥知音众当久传。

2009年4月11日完稿于绿叶居

第十幅：谁在唱

1

那天乘出租车穿过一条新拓宽的街道，路牌写着金宝街，金宝！真是一个历史时期有一定的街名，如今追金逐宝竟成了堂皇之事！那条街西口各雄距着一个豪华酒店，北边是典型的现代派简约风格，南边则仿佛直接从巴黎搬来的欧陆古典建筑，不能说是相映成趣，只让人感到有了金和宝，怎么搭配都没商量。

穿过金宝街，往南拐以后，我忽然想起，这条现在唤作银街的马路东边，原有一条胡同叫无量大人胡同，是我仙去妻子吕晓歌童年居住过的地方，就问司机：可知有这样一条胡同？他摇头。我就麻烦他找街边允许停车的地方暂停，下车帮我打听一下，如就在附近，那就弯进去观览一番。司机下车去打听，问了好几位都说没听见过，后来遇上一位白髯飘飘的老大爷，听了他的问题，先是一声长叹，然后告诉他：无量大人胡同这名字早给改啦，改叫红星胡同三十年啦，可是，现在红星胡同也拆得只剩一小截啦！多一半都并入这条马路，叫做金宝街啦！回到车上的司机跟我汇报完问我：是不是再拐进金宝街去观览一番呀？我发愣，好几秒钟后才说，算了，不必。

2

无量大人胡同这名字的来历，一说是朱元璋曾派手下干将吴亮潜进元兵把守的北京城，曾在此处隐藏，把城内军情刺探得十分详尽后，又潜回朱元璋帐

下，使得攻城之战十分顺利，明朝建立后，为表彰吴亮军功，遂将当年他藏匿的胡同命名为吴亮大人胡同，到清朝，则讹变为无量大人胡同。但另一说则称明朝此处有一大官为其母祈寿，建成一无量寿庵，胡同名出于此。不管怎么说，上世纪五十年代初，这条胡同仍叫无量大人胡同。无量大人胡同 15 号是一所小巧的四合院，我妻吕晓歌上中学以前，就住在那里面。

1951 年冬天，晓歌七岁刚上小学那年，她放学回家，院子里忽然热闹起来。

原来，院里只住着她和父母一家人，从那天起，住进了另一家人——是一大家子人啊！一对夫妻，男的高大英俊，女的娇小美丽，还有一位老太太，更有两个跟晓歌年龄相仿的女孩子，后来知道，一个女孩比晓歌大一岁，一个则小一岁。那天雪花飘飞，那家人安顿好了，先响起叮咚的钢琴声，接着就有人唱起歌来，那歌声好悦耳啊！晓歌给我结合以后，回忆起来，承认那穿越湿润的雪花和薄如蝉翼的窗纸的袅袅琴音歌声，于她是人生中最初的艺术熏陶。

谁在唱？

3

1956年的时候，我十四岁，从初中升入高中。我那时住在钱粮胡同。钱粮胡同和无量大人胡同其实都在从北新桥到东单的那条贯通南北的大街，也就是如今被称作北京银街的左右，只不过钱粮胡同靠北段在其西侧，而无量大人胡同偏南段在其东侧。我那时候几乎每周都要进剧场看演出。北京人民艺术剧院专用的首都剧场离得近，走过去就行，那里的话剧我几乎每个剧目都先睹为快。看京剧那时候多半要到前门外的广和楼，需要坐有轨电车，觉得相当远。而看歌剧，就需要到比广和楼更远的天桥剧场。但是为了艺术享受，再远也觉得愉快。记得那时候在长春工作的大表姐来北京出差，我搞到两张歌剧《茶花女》的票，请大表姐一起去看，她比我还要兴奋。

灯光暗下来了，乐池里先发出嗡嗡调琴弦的声音，后来静寂下来，看到了高举的指挥棒，它猛然一动，序曲响起……幕布掀开，好一派金碧辉煌的法国古典客厅布景，宾客如云的大场面啊，有多少穿大落地长裙梳金发联垂的西洋古典美女在摇着大羽毛扇，又有多少穿笔挺燕尾服鬓角长长的西洋绅士举着高脚酒杯……哇，唱响了《饮酒歌》，陶醉啊！……

在回我家的电车上，我得意地跟大表姐说："托人买票的时候，问得清清楚楚，今天茶花女是张权来唱，果然好吧！"

那时候的说明书上，茶花女的扮演者会有好几个名字，而A角并非张权。许多买票的人总要问：我买的这场是不是张权来唱？

4

人生的剧本，究竟由谁编写？一幕幕地往下演，因为并不能偷看下一幕的内容，往往是，置身此幕时，懵懵懂懂，全然不能预测到下一幕时自己会是怎样。

我小哥刘心化，1950年随父母来到北京时，已经念完高中，单纯到极点的他，觉得自己既然向往革命，那就应该去上华北革命大学，没想到入学后才恍然大悟，那并非清华北大那样的正规大学，其学员，多是1949年以前已经上过大学或走向了社会的知识分子，其中很多是演艺人员或当过报刊出版社的编辑，他们到这所大学里来经过短期培训，再被分配到新政权下的文化单位任职。小哥比他那些同学往往要小十多岁。小哥和我家都好客。星期天，小哥常带些比他大很多的同学，从西苑到城里钱粮胡同我父母家，一起包饺子聊天。记得有回来了一位我觉得实在不能叫作姐姐只能唤作阿姨的女士，小哥跟家里人介绍说："就叫她阿姚吧！"那阿姚也就爽朗地笑着说："这么叫最好！老少咸宜！"至今我还记得她的嗓音，是粗放而略显嘶哑的。

小哥同班的学员，后来都分配得很好。比如吕恩分到北京人民艺术剧院，出演了《雷雨》中的繁漪，后来我们知道她是剧作家吴祖光先生的前妻。小哥说吕恩留给他的最深刻的印象，就是一次全班同学到颐和园东岸湖区游泳，吕恩在那种情况下，还用上海话跟另一女士说："咯个思想改造，是顶顶重要的咯！"多年后小哥跟我提及此事，还感叹：那时候他们华北革命大学的那些"旧知识分子"改造自己以使自己成为"革命知识分子"的心劲，真是执著甚至狂热的，其诚挚无可怀疑。阿姚，名姚滢澄，分配到了《文艺报》当记者。"她后来嫁给了唐挚吧？"小哥的这一误记遭到了我严厉呵斥："怎能乱点鸳鸯谱？她嫁的是唐因。唐因、唐挚是两个人！唐挚是唐达成，他的夫人叫马中行，是北京电影学校表演专业最早一届的！"

谁能想到，1988年以后，我和唐达成、唐因住进了北京安定门外东河沿的同一栋楼里，成为邻居。但那时阿姚早已不在人世。

怎么会说到阿姚？她跟《茶花女》，跟张权，有关系。性命交关啊！

5

1957 年的时候，晓歌十三岁。她家的房客，是莫家夫妇。男主人莫桂新，其妻张权。张权演《茶花女》，晓歌并没看过。她甚至不记得张权在家里唱过什么洋歌。反倒是，直到她嫁给我以后，还清楚地记得，张权反复练唱的，多是些中国民歌，像《半个月亮爬上来》《小河淌水》《蓝花花》……莫桂新偶尔也唱，他们也有不唱光弹钢琴的时候，给她记忆最深的，是一曲《牧童短笛》。以至到 1981 年，我们从柳荫街小平房搬到劲松楼里单元房后，用那时连续挣到的稿费购置了一架二手钢琴，她没弹多久车尔尼练习曲，就照着谱子硬啃高难度的《牧童短笛》，几个月后，竟然基本上拿了下来！她说，当她弹出《牧童短笛》的那些音符时，往往是心头百感交集，无数往事，片断呈现，令她觉得此曲不应天上有，实在是人间方能闻——这些音符，让人到头来憬悟到，最美的还是朴素生活、醇厚人情。

我曾问晓歌，你那时候觉不觉得张权很洋气？她说没觉得很洋气。晓歌坦承，当时她和我一样，内心深处，是很希望知道些西洋事物的。她说那时候无量大人胡同里尽是些好四合院，还有些中西合璧的，带两三层爬满长春藤小楼的院落。她家那个小院，是比较小也比较简单的。那时候梅兰芳一家也住在无量大人胡同里。还有若干名流也住在里面。她记得有一回得机会进入了一个大四合院，绿荫森森，曲径通幽，忽然花木掩映的堂屋里落地大座钟报时了，那具有特殊韵味的声音缓缓飘来，令她小小的心里，充满了欢喜与憧憬……她说父母告诉她，那院里当时住着西洋人，她觉得那外表是中国式的院落里，氤氲出的是浓酽的洋味儿。后来那个院里的西洋人回西洋去了，她也就再无缘进入了。记忆里让晓歌想起张权是从美国回来的，只有一个细节，就是有一天张权从一个漂亮的铁听里取出糖果，分给她的两个女儿，见到晓歌从门外走过，就叫住晓歌，走出屋，笑眯眯地往晓歌手里塞了两块糖果。那糖果确实很洋气。糖纸很漂亮，印着英文，晓歌拍平了夹在书里，保存了很久。不过那糖的味道有些怪，后来知道，那是薰衣草的气息。

张权一家成为晓歌家房客后第三年，莫桂新和张权又生下了一个女儿。这位从美国归国的歌唱家的生活更增添了喜兴。晓歌记得有次她敲门进入来交房费，穿着云南蜡染土布缝制的衣裳，跟晓歌母亲拉了一阵家常，说起北京小吃，说豆汁还不能接受，但炒肝是最爱，只是那炒肝里虽然有几片猪肝，其实主料是猪肥肠，做法也并不是炒而是烩，可见老北京人好面子，凡事总往好了夸，说着呵呵地笑……

张权小女儿三岁那年，提出了“百花齐放，百家争鸣”的口号。后来就提倡了一阵大鸣大放。说是可以给领导提意见，帮助整风。转眼到了1957年。是那一年的哪一天？北京人民艺术剧院南边的一栋灰楼，当时是中国文联大楼，从里面走出来一位女士，正是我小哥口中的所谓阿姚，她作为《文艺报》的记者，出发去采访张权。那一天中午，我是不是去北京人艺售票处买吴祖光编剧的《风雪夜归人》的戏票了呢？正在王府井小学上学的吕晓歌，是不是在教室里跟着音乐老师唱那首《让我们荡起双桨》呢？而《文艺报》编辑部里，作为编辑部主任的唐因，是在二审谁的稿件呢？他的副手唐达成，是否正在为自己以唐挚的笔名写出了敢与周扬争鸣的《烦琐的公式可以指导创作吗？》一文，而暗中得意？……

人生的剧本早已写好。就是不能事先偷看以改换剧情。

6

姚滢澄对张权的采访，经她整理，以张权署名方式发表，题目定为《关于我》。张权确实发了一些牢骚。当年我就读过那篇“鸣放”文章。嵌在记忆里的，是张权说起一次她公开演唱后，一位领导这样表达异议：“像张权这样的美国妇女，若是站在人民的舞台上，简直是不能容许的。”这深深刺痛了张权的心。对于这种不给人立锥之地的蛮横指责，难道还不能发牢骚吗？

后来我知道，张权早在抗日战争时期，就在重庆演出过歌剧《秋子》。那时候周恩来作为共产党驻重庆办事处主任，很看重进步的文艺团体和相关人士。1949年建国以后，周恩来作为总理，在文艺方面常常亲自过问，想起重庆时期所熟悉的那些文艺人才，有的还漂流在国外，就让有关部门通过各种渠道动员其回国，参与新中国的文艺建设。他真是心细，像话剧演员赵韫如，抗战后嫁给了美国空军人士，去了美国，赵在重庆剧坛并非一线红星，周恩来却也记得她，她被动员回国后，成为北京人民艺术剧院的骨干演员。周恩来也记得 1947 年赴美深造的张权，跟有关部门有关人士提到她，张权遂在 1951 年获音乐硕士学位后回到中国，第一处住所，就租住在无量大人胡同 15 号吕晓歌父母家。

万没想到，《关于我》刊出后酿成弥天大祸。莫桂新张权夫妇都划成右派分子。据说《关于我》这篇文章里很多成问题的话都是莫桂新道出的，再加上认为他有历史问题，因此，被划为极右，送去劳动教养，先在北京郊区，后发配到黑龙江劳改农场。1958 年夏天，莫桂新死在劳改农场，时年 41 岁。他的具体死因和死亡过程，当时跟他在一起的杜高有回忆文字，网上可以查到，这里不引。但 1993 年左右，我跟吴祖光交往时，有一次他提起来，在细节上跟杜高所述有些差异，构成另一版本，应予披露。吴祖光当年也在同一农场劳改，只是没有跟莫桂新编入一个小队。吴先生说，那时候每天劳动强度非常大，人会出很多汗，但却并不充分供应饮水。一次干完重活排队归来，路上莫桂新实在渴得难耐，见路上车辙里还有些雨后积水，就不管不顾地蹲下去用手掌掬起喝入肚中，回到宿舍就开始腹中绞痛，后来就上吐下泻，发高烧不省人事，拉去急救已经不中用，当夜就死掉了。吴先生跟我说起这事时表情和语气都很平静，也没加什么议论感叹。他们那一辈人经的见的多了。吴先生虽是编剧圣手，却深知冥冥中更有君临每一生命之上的存在，为我们每一个生命准备的剧本，其诡谲奥妙，是永远无法企及的。

因为采访了莫桂新张权并炮制成了《关于我》一文，当然还有其他若干“放毒”行为，姚滢澄划为了右派。她夫君唐因更被认为罪孽深重——作为《文艺报》中层领导，为多少牛鬼蛇神的恶攻言论开了绿灯啊！当然划右。两口子最后下放到东北。唐达成呢，别的都先甭说了，敢写文章跟领导文艺界反右斗争的周扬叫板，划右！后来下放山西，马中行虽然没划右，但随他下放，本是电影学校（后改学院）表演专业外形气质最佳的女生，其星途也就从此葬送。

张权被赶下了台，被安排去洗涤补缀演出服装。

我问晓歌，可记得莫桂新和张权一家沉沦的景象？她说印象很模糊。只记得从那边房客住的屋里传来的不再是琴声歌声而是拼命忍却又忍不住的哭声。丈夫劳改去了，上有一老下有三小，张权自己工资待遇也降了级，但还按时来交房租。那两个大晓歌一岁和小晓歌一岁的莫姓姑娘，本来是晓歌跳猴皮筋的玩伴，那以后很少出屋了。后来张权一家搬走了。再后来晓歌父母把无量大人胡同的院子以很低的价格卖掉了，搬到西北城东官房一处院落租屋居住了。

告别了无量大人胡同，晓歌也就告别了她的少女时期。而那以后，我从北京师范专科学校毕业后，被分配到北京十三中任教。我问分配我工作的教育局人士：十三中怎么个去法？他告诉我，坐十三路公共汽车，从起点站算第十三站下车，那一站叫做东官房。于是，我去十三中报到时，就会路过东官房南口的一个小院，那时候，我万没想到，那个小院里，就住着我未来的妻子。（关于姚滢澄采访张权、被划右派、“文革”中遭迫害自杀，参考姚小平《不应该遗忘的音乐家莫桂新》一文，见山东画报出版社《老照片》第三十七辑，并刊于《扬子晚报》2008 年 10 月 14 日。）

7

1962 年，我从《北京晚报》上看到一个很不起眼的演出广告：哈尔滨歌舞剧院张权独唱音乐会。这个张权应该就是六年前我和大表姐在天桥剧场看到的那位扮演《茶花女》女主角薇奥列塔的张权吧？我跑去买票，没有买到。她的独唱音乐会很低调地举行，但显然当年喜欢她的观众跟我一样，并没有忘记她，形成一票难求的局面。

后来就到了 1966 年。发生了许多很难预测到的事情。在东北，唐因的妻子姚滢澄，本来其历史问题就压得人透不过气，又被指认为“现行反革命”，于是上吊自杀了。大约四十年后，她的女儿姚晓晴来到我家，跟我约稿，我与她淡然相对。但我心里忍不住说，我是见过你母亲的啊，在钱粮胡同我家，小哥让我叫她阿姚，我没叫，因为不知道该叫成“阿姚姐姐”还是“阿姚阿姨”，但我一直记得阿姚那特殊的嗓音……其实 1988 年唐因就搬到了安定门那栋中国作协和中国文联合盖的宿舍楼里，他家住在 2 层，我住在 14 层，但我们没有什么来往。只记得有一回在门口遇上，打过招呼后，他说看了我的《私人照相簿》，发现那用文字和旧照片构成的文本里，有关于罗衡和张邦珍的内容，他说引起了他一些回忆，“那时候罗衡总是女扮男妆，非常有个性”……我到现在也并不清楚唐因是在他生命的哪个时段，在什么地方，根据上苍精心编写的剧本，跟罗衡和张邦珍那两位国民党女性，在同一幕中有过什么样的角色关系；她们应该都是他老师辈的人物吧。这两位女士 1949 年以后都在台湾继续她们的人生戏剧，也都在那里谢幕离世。

1978 年，从报纸上看到一条消息，张权回到北京，她的“右派”问题得到改正。我想她会回到当年排演《茶花女》的原单位，再跟男高音歌唱家李光羲配戏吧，说不定会再演一把《茶花女》。但没有那样的后续新闻出现。她没有回原单位。她后来加入了新成立的北京歌舞团，再后到中国音乐学院任教。估计她也不会再去由无量大人胡同改称的红星胡同里徜徉。她应该是尽量远离伤心地，去融入改革开放后的新剧情。

我在 1980 年成为北京市文联的专业作家。大约在 1982 年，跟两位写作上的熟人，路过沙滩，顺便进到中国作家协会暂时安身的简易房里，遇到了二唐，即唐因和唐达成，他们当时正奉命联袂完成了批《苦恋》的大块文章，是春风得意马蹄疾的意态。真是所谓咸鱼翻身。他们不但“右派”问题获得改正，而且，跟张权的选择不同，他们不是远离昔日伤心地，而是偏要“在哪里跌倒在哪里爬起”，并且不仅是爬起来，更挺直腰杆再上层楼了——他们不仅回到《文艺报》，先获得了原有的位置，再进一步获得擢升。那几年动静很大的电影《苦恋》事件，不要说如今的“80 后”“90 后”多半茫然无知，就是“60 后”“70 后”的许多生命，明明曾经知道，现在也多半淡忘。根据白桦剧本由彭宁执导的电影《苦恋》被某些非一般人士认为问题很大，闹出风波，以至不得不由高层决策，责令中国作家协会的《文艺报》撰写一篇“使争论各方都能满意的批评文章”。这重任最后就落在了二唐身上，而他们也就居然不负期望，改了不知多少稿，终于定稿隆重地在《人民日报》和《文艺报》同时刊出。这应该是他们作为官方评论家的事业顶峰。记得那天二唐谈锋都很健，唐达成说：“整个文章的写作、修改和刊发过程，就构成了非常精彩的一部长篇小说！”

二唐二唐，是一是二？合二为一？难怪连我小哥也把唐因唐挚混为一谈。唐因比唐达成即唐挚大三岁，唐达成自己跟我说过：“我是一直把唐因视为兄长的啊。”

但是命运的剧本编写得出人意料，却又自有逻辑。

1985 年年末到 1986 年初，中国作家协会召开第四次代表大会，领导机构大改组。唐达成一下子被任命为中国作家协会党组书记，即货真价实的一把手。正部级待遇啊。而且马上成为全国人民代表大会的代表，并且是人大法制委员会委员，记得有回他见到我笑呵呵地说：“要打官司来找我啊。”搬进安定门那栋新楼，他住 12 层，是四室一厅再加一个相连接的独单元。

从来二唐联袂，都是唐因、唐达成（或唐挚）的排序。好比一起储蓄政治资本，唐因所占份额似乎还要大些，但最后提款，连本带利全被唐达成一人独占。四次作代会一开完，只见唐达成飞黄腾达，唐因呢？据说是年纪大了（他刚好过六十），不好安排，二唐没有联袂升腾，唐因最后只被安排为作协下属的鲁迅文学院的负责人。作协是个官场，论官阶最高的是党组书记，其次是党组副书记，再其次是党组成员，再再其次是书记处书记。当然，另有虚衔系列，即作协主席、副主席、主席团成员等等。唐因既然上述职位头衔无论实的虚的全落空，你想该是怎样的心情？

唐因也住进了同一栋楼，住房面积比唐达成差多了。说实在的，我对二唐的情断谊绝的最真实的原因至今不明，这里所说的应属以小人之心度君子之腹。后来我也曾当面问过唐达成：当年情如手足，何以如今闹成这样？唐达成没有正面回答，只说他们最后一次谈话，是他从 12 楼下到 2 层去拜访唐因，唐因先是不让他进门，后来勉强让他进去，说了非常刻薄的话，最后等于把他轰了出来，并且声色俱厉地说：你以后再不要在我跟前露面！说完进屋，把门砰地关拢。“我站在他门外，心如刀割！”唐达成跟我说到这里，不愿再置一词。

三年后唐达成被清查处分下台。我也免去了《人民文学》杂志主编的职务。我们本来很少来往。都赋闲后我偶尔下两层楼去他那里聊聊。有次去了他说夜里做了恶梦，是被往一辆大卡车上赶，“唉呀，怎么又要下放呀？”他说梦里就喊出了声来。

再后来唐达成查出了肺癌。先手术，再化疗，再放疗，然后是人生最后的谢幕。据说唐达成下台时唐因说过很快意的话。但唐因也终于谢幕，并且比唐达成早两年。安定门那栋楼里有的人没活到七十，不少活过七十的没达到八十，活过八十的没达到九十，近些年几乎年年甚至季季有人去世，几乎每层楼都有剧终而去的角色。挨整的固然多有逝者，整人的也未必长寿。1993 年，我又从报纸上看到一条不怎么起眼的消息，张权去世，享年 74 岁。

唐达成遗孀马中行有次见到我说，她很后悔——他们反右运动落难后下放山西时，唐达成因苦闷大抽劣质纸烟，她不但没有劝阻，还跟他比着对抽，因为那似乎是消除郁闷的最有效方式，她认为唐达成肺癌的祸根，就是那时候酿成的。我听了觉得未必，但无需跟她讨论。她想跟我那么说，说了，我听了，她心里也许就宽松一点吧。有回她从街上回楼，走到大铁门那里，觉得很憋屈，就站住了。恰巧晓歌也从街上回来，见她站在那里，也就站在那里，两个人没有说什么话，但事后马中行跟别的人说，她非常感激晓歌，因为能那样陪她站着，是赛过万千话语的。

后来马中行在家里因心肌梗塞仙去。她曾跟我说过，她唯一一次拍电影，是在伊文斯的一部纪录片里，扮演一个回娘家的农村新娘，其中有一个长镜头，表现她骑驴在很高的花丛里趱行，放映出来那画面美极了，更美的是拍摄时的那个时空，那种心灵感受……我就问她，纪录片应该讲究真实，为什么要摆拍呢？为什么要拿演员扮村妇呢？她想了想说，那是伊文斯的一种风格吧。其实，回想人生，几分是真？几分是假？在与他人同场共演的人生戏剧里，作为一个角色，我们“摆拍”得难道还少吗？反正，一幕幕，流过去的，就那么流过去了……

是呀，一幕幕的，全流过去了。现在连晓歌也仙去了。

只觉得有歌声，来自幽深处，令我的灵魂，莫可名状地陷于深深的惆怅……

谁在唱？

8

为自己的一篇小说《谁在喊》，用彩色油性笔画过一幅插图。注意，那篇小说是《谁在喊》而非《谁在唱》。那篇小说试图揭示一个生命在自我身份认同上陷于困境时，应该勇于面对现实，并且寻求一个恰切的人生定位。从无量大人胡同引出的种种回忆及思绪，使我觉得这幅《谁在喊》其实也可以改题《谁在唱》。张权和莫桂新都信仰基督。他们在教堂里举行的婚礼。1993 年 6 月 16 日，在北京西什库天主教北堂，为他们夫妇举行了隆重的追思弥撒。我画的这幅画，那生命是在喊还是哭，是在歌还是呼？可作多种理解，而那背景，恰是一座基督教的教堂，用来配合这篇以回忆张权为主的文章，似也对榫。

逝者的歌哭固然令人怀想，我们仍在人生剧本的演出中走向下一幕并迎向剧终幕落的角色，是否也该聆听自我心音，为自己的错失忏悔，为自己的甘苦而悲欣交集呢？

我们确实无法偷看人生剧本的下一页，但我们可以尽量演好这活剧中的眼下这一场。把玩自己画出的这幅画，灵魂的声带似已在振动……

2009 年 7 月 21 日写完于绿叶居

第十一幅：守候吉日

1

1983年，在从北京飞往巴黎的航班上，我问挨我坐着的法语翻译："为什么去法国的是我？"她笑笑说："我哪里知道。难道你不想去吗？"

我当然非常向往法国。但是把我列为中国电影代表团的成员，去参加法国南特电影节的活动，不仅我自己感到意外，一些文学界和电影界的人士也多少觉得诧异。

到写这篇文章为止，我仅有一部小说被改编拍摄为电影，那就是1982年北京电影制片厂出品，黄建中导演的《如意》。中篇小说《如意》发表在1980年的《十月》双月刊上，主体内容是表现一个中学校工和一位满清皇族后裔——格格——之间隐秘的爱情，是个有情人终未能成眷属的悲剧故事。在次年中国作家协会首届优秀中篇小说评奖活动中名落孙山。据说在评奖委员会讨论到《如意》时，有位著名的文艺批评家严厉地指出，小说主人公——中学里的老校工，为"文革"中被红卫兵拉到操场上活活打死的资本家尸体，去盖上塑料布；又在红卫兵批斗党支部书记时，走上台去取下挂在书记脖子上的大铁饼；还在惩罚性劳动中，给焦渴的"牛鬼蛇神"送去绿豆汤……这些行为都属于人道主义范畴，但作家不能跟老校工站在一个水平线上，应该懂得人道主义属于资产阶级的情怀，作家应该注意批判人道主义的局限性。有人把这样的批评转达给我以后，我明白了自己这个中篇小说不能获奖的最根本的原因。

不过，中篇小说《如意》刊出后，也有喜欢的人士。1981年，戴宗安女

吉日
L·X·W

士在前辈电影艺术家成荫的鼓励下，将《如意》改编为电影文学剧本，并刊发在了《电影创作》杂志上。当时黄建中刚执导完《小花》,好评如潮。但《小花》字幕上的导演是张铮，黄建中只是副导演。因小花的成功，北影厂允许黄建中作为名正言顺的导演拍片,他选中了《如意》,请我再重写电影剧本,我本不愿“触电”，经不住他的动员，就接了这个活儿。影片完成后在字幕上与戴宗安联属编剧，戴女士毕竟提供了一个电影剧本的基础。这是我迄今为止唯一一次“触电”，后来我的长篇小说《钟鼓楼》《风过耳》、中篇小说《小墩子》等改编录制成电视连续剧，剧本都是别人写的。

电影拍摄过程中，陈荒煤、冯牧两位前辈十分关注，给予了强有力的支持。陈荒煤“文革”前就是管电影的，在“文革”正式爆发前，他就因为《早春二月》《舞台姐妹》《北国江南》《林家铺子》等影片，跟夏衍一起遭到批判，批判他们的罪名之一，就是“宣扬资产阶级人道主义”。“四人帮”垮台后，陈荒煤先是在中国社会科学院文学研究所担任负责人，他是在我的短篇小说《班主任》引出“这是解冻文学”“不是歌德而是缺德”的非议后，站出来鲜明支持《班主任》的前辈之一。不过《班主任》毕竟获得了 1978 年全国优秀短篇小说奖头名。他后来重返管理电影生产的岗位。他明知《如意》在中篇小说评奖中落败，也清楚批评者的尖锐意见，却不仅支持北影改编拍摄为电影，更作为他的工作重点之一，多次找到导演黄建中和我谈话，指导影片的改编拍摄。

陈荒煤总是那么严肃。以至后来跟他熟了，我有一次冒昧地问他：“您会笑吗？”他才露出一种勉强可以称作笑容的表情，一贯低沉的语音里加进一种嗤嗤的勉强可以理解成笑意的成分。他在跟我们讨论《如意》的改编时，并不进入人道主义的理论范畴去形而上一番，但我能清楚地感觉到他是不跟那种把人道主义一股脑划归资产阶级的见解认同的，也不以为作者必须站在小说与电影中的主人公石大爷之上，引导读者与观众去俯看这个淳朴的劳动者并批判其情怀的局限性。人道主义究竟是否只能姓资而不能姓社？肯定讴歌人性中的同情心、怜悯心，主张“要把人当人待”，是否就“局限于淳朴”而丧失了某种至高的原则？这些理论问题我从那时到现在还一直在思考。但是，无论是我的小说、剧本，还是陈荒煤对改编拍摄影片的关注，恐怕都首先并不是基于概念，而是出于深切的人生体验。记得有一次只有我和陈荒煤两个人在一起的时候，因为谈得比较投机，也建立起了互信，我就问起他“文革”中关入监狱时的情况，他说：“你知道他们怎么折磨我吗？”我期待他往下说，他却沉默了。我也不好敦促。良久，他才又开口：“我不说了。”我觉得真是此时不说胜痛说。我心里默默地想，那时候他若遇见《如意》里老校工那样的淳朴存在，该是怎样的一种反应？会因为其人道主义的救援安抚具有理论上的“局限性”而排拒吗？

冯牧是中国作家协会那时期主持文学评奖的负责人之一。《如意》获得优秀中篇小说提名而落榜，他最清楚不过。但他很关注电影《如意》的拍摄。黄建中剪接出了声画双片第一稿，在北影内部放映，陈荒煤去了，冯牧也去了。放映完了，他们各自提出了很具体的修改意见。黄建中的风格趋向唯美。当叙事与抒情产生冲突时，黄建中往往宁愿牺牲叙事的清晰与流畅，而迷恋那些光影画面的美丽，纵容纯抒情甚至是要弄技巧的那些镜头舍不得精简。冯牧和陈荒煤对此都提出批评。比如那种逆光拍摄而形成七彩“糖葫芦”的镜头，他们就都很不以然。但是完成片里“糖葫芦”还是没有剪掉。当然这还不是大问题。大问题是老校工与格格的含蓄而又深切的情爱看下来还缺乏浓度。后来陈荒煤建议加一场戏，我听了觉得甚有道理，就补写了一场戏，黄建中进行了补拍，效果很好。

电影完成后，先在北影内部审查。影片映完后，参与审查的一位老同志率先表达了惊诧：“我们北影怎么拍出这么一部片子来？最后让主人公死掉，太残酷了！”的确，这样的结局令人心酸。这又牵扯到一个我们体制下的文艺能否容纳悲剧的问题。而且，再往深想，中国传统文艺作品，即使被称为大悲剧的《窦娥冤》，到最后也还是感天动地获得昭雪。中国民众的传统审美心理是一边揩眼泪一边期待着大团圆的。《如意》不仅毫无遮拦地弘扬了人道主义，又酣畅淋漓地表现了一出人间悲剧，它也确实值得狐疑：这样行吗？那位资深的老同志出于本能的惊诧，话语不多，却是强烈的否定意见。当时气氛紧张起来，黄建中后来告诉我，他心脏顿时加快了跳动频率，手心捏出一把汗来。于是我作了一个发言。我心平气和地讲述了自己的创作初衷。我说这个作品并没有把一切归结为残酷，恰恰相反，这个作品对“文革”前的社会生活是基本肯定的，主人公石大爷对新中国的缔造者是充满感激之情的，在新社会中终于走上自食其力之路的格格也是化忧郁为喜悦的，残酷的是“文革”以及导致“文革”的不断膨胀的极左因素，讲述这样一个悲剧故事的目的，意在引出人们的反思，养好伤痕，恢复健康，使社会生活朝更好的方向发展。这应该是符合当下改革开放的总精神的。另外，我们年轻的文学艺术工作者，尝试一下悲剧的创作，也许还存在诸多不足，却是应该得到理解甚至鼓励的，我们已经有那么多的正剧、喜剧，适当有一点悲剧，把美好的东西被撕裂的情况展现出来，让人们更加懂得珍惜真善美，这不是残酷，而是善意的引导。我的发言起到扭转现场气氛的作用。后来，几位人士的发言都基本上对影片持肯定或容纳的态度。

当然，由于《如意》在电影主管部门有后台，也就是说陈荒煤从一开始就支持了它的拍摄，到头来通过审查，在全国发行放映。由于是黄昏恋的冷题材和抒情性的雅格调，发行的拷贝不足一百个，放映的范围也就有限，但报刊上影评不少，且多是赞赏之词。

记得在正式公映之前，在北京全国政协礼堂的一个文艺界的大型春节团拜会上，先放映了一部西德娱乐片《英俊少年》，然后放映了《如意》。那时候文艺界大体上还维系着“渡过劫波兄弟在，相逢一笑泯恩仇”的氛围。记得《如意》映完后有掌声，那天周扬和我握手后有鼓励的话，并且让我把青年作家们介绍给他，我很不懂事，闹出笑话。周扬其实早认识了一些新冒头的作家，对于五十年代曾风光过的青年作家（那时他们多半已经接近五十岁，但仍被称为青年作家）当然更加熟悉，他那样跟我说，不过是通过对我的亲切信任表达出一种新的领导风范，我初上台盘，不懂深浅，其实我选两三位比我年龄小的新作家介绍给他也就行了，却傻乎乎地跟着他逐桌巡游，我当然知道王蒙、刘绍棠等本是他的熟人，还不至于需要我唱名，可是当他走到宗璞那桌时，我却跟他介绍起来：“这是《弦上的梦》的作者宗璞……”宗璞忍不住笑了，跟周扬握完手，对我说：“他是我老领导啊。”原来宗璞五十年代曾在中国作协工作，跟周扬经常见面，周扬知道她乃冯友兰之女，早就更加注意，何需我这直到 1979 年才加入作协的晚进者介绍！但周扬看完《如意》确实是肯定的神态，几年后他写出那篇惹出轩然大波的关于人道主义和异化问题的论文，就我个人而言，是毫不惊讶的，那应该是他内心真实想法的外化。

《如意》的拷贝不知是如何到了台湾的。1984年我在西德访问时，一位台湾文化人跟我说，台湾电影界的精英看完《如意》以后，像侯孝贤等，都感到震惊，他们没想到大陆能拍出如此纯粹的人道主义影片来。对黄建中的导演水平也大表敬意。后来台湾一些音像出版机构出版发行了一套世界电影参考资料，里面就收入了《如意》，跟《罗生门》《野草莓》《去年在玛里昂巴得》等放在一起。这套资料影碟一度流行于大陆，有人送我一摞，令我不快的是封套上竟在《如意·根据刘心武原著改编·黄建中导演》等字样后面，将产地列为"台湾"。

《如意》的正版影碟有是有，很难找到。但是到了2004年，中国青年出版社决定出版一套附影碟的《电影伴读中国文学文库》，却找到我，说头批就要收入《如意》，我说有那么多获得过金鸡、百花奖的影片，《如意》并未获得那样的荣誉，怎么你们要收入它？回答是小说和电影《如意》都具有长久的欣赏价值，其可读性不因时间的推移和世道的嬗变而衰减。又说尽管黄建中后来又执导了许多影片，并且还执导了根据金庸小说改编的电视连续剧，也都各有长处，但他最好的作品，到头来还是《如意》。他们的话于我是溢美之词，但我当然乐得他们把书和影碟合在一起出版。这书出来后虽然也重印过，却并不畅销。

前些时在互联网上看到一位网友的言论，他自称是"80后"一代的，非常偶然地对电影《如意》进行了在线观赏，本来他以为自己看不下去，没想到却一口气看到最后，他的感受是"原来我们也拍过这样的电影，非常干净，却又非常动人"。我想，就算只有这么一位年轻人能欣赏《如意》，我也该知足了。在这个似乎以迅捷淘汰为家常便饭的世道中，《如意》尚能留在"无情之筛"上，可以说是非常之幸运。

只有一部小说被改编拍摄为了一部电影，却给我带来了偌多的怡悦，这是我命运中的亮点。当然，《如意》给我带来的最大快乐，还是1983年因它而成为中国电影代表团的一员，去法国参加了南特三大洲电影节。

2

在西德法兰克福机场转机赴巴黎，等候登机的时候，我还在跟团里的翻译絮叨，说实在应该让黄建中来。毕竟电影是导演的艺术。我也不是叶楠那样的职业编剧，只不过是据以改编的小说的原著者，以编剧身份跻身中国电影代表团出国，真的很不好意思。那时候中国大陆文化人出国的机会还不多。黄建中就还没有出过国。作为我们代表团团长的名导演谢晋，也还是头一次到一个西方国家去。我又说要么应该让李仁堂来。李仁堂在“文革”前就主演过电影《青松岭》,在“文革”中《青松岭》又获得重拍机会,他还在引发出事件的《创业》中扮演了油田领导，将人物塑造得真实可信，“文革”结束后他出演了《泪痕》,成为恢复评选的电影百花奖的新科影帝，在《如意》中他驾轻驭熟地出演了男一号石大爷，《如意》到法参加电影节，他随团出访应是顺理成章之事。可是也没派他去。我本来还想议论到郑振瑶。她在《如意》中出演女一号格格，其演技之成熟，达到无痕的程度，有篇影评提到，有场戏，表现格格在什刹海畔跟石大爷终于心心相映，黄建中给了她一个大约半分钟的特写，她在那个没有切换的镜头里，五官并没有什么变化，却通过内心的情绪调整，使脸上的毛细血管渐渐泛红，传达出一个迟暮生命获得真情的幸福感，那斯坦拉夫斯基“体验派”的演技，臻于化境，令人惊叹。到法国参加电影节活动，她当然也比我更有资格。但我没把为郑振瑶抱屈的话说出口，因为我身边还有另一位女士，她就是陶玉玲。

陶玉玲是我们那一代人所熟悉的女演员。她以电影《柳堡的故事》里清纯的女民兵二妹子形象一炮走红，后来又以话剧和电影《霓虹灯下的哨兵》里高尚的农村媳妇春妮而巩固了其在那个时代的艺术成就。她是在“文革”结束后最早重返银幕的女演员之一。她在电影里多是演女一号，而且几乎全是工农兵的形象。在《如意》里她却只是女配角，演的是格格当年的丫头，后来沦为城市贫民，这个角色不但没有什么革命色彩，更通过穿越政权变迁而始终忠于格格，表达出一种中国传统文化中所肯定的义气。据说黄建中找到她时，她听说是这么个角色，很犹豫了一阵，黄建中给了她一个考虑的期限，她在即将到期的前一天给黄建中打电话，说她来演这个叫秋芸的角色。

《如意》里出演女配角，当然只是陶玉玲从影生涯中的一个小插曲。但这个角色却使得她在1983年就去了法国，不仅到法国西北部布列塔尼半岛的南特市去参加了电影节活动，更在巴黎大开了眼界，应该是她人生中的一大幸运。为什么《如意》参加电影节不让出演女一号的郑振瑶去，而让只不过是女配角的陶玉玲去？一个解释是郑振瑶前不久刚因《城南旧事》出访过菲律宾。那时候文学艺术家出国都必须通过官方安排派遣的唯一管道，在机会名额的分配上要保持均衡。这一解释是说得通的。

我们电影代表团从法兰克福飞往巴黎时，在巴黎上空遇到大雾，飞机最后“盲降”在巴黎奥利机场。那时候戴高乐机场还没有修好。奥利机场在戴高乐机场造好后才改为法国国内航班的机场。后来乘飞机多了，才知道“盲降”是不予鼓励相当危险的。但那时候我还是“傻小子坐飞机”，只觉有趣毫无畏惧。

在巴黎我们被安排到离城区很远的一个属于中国大使馆的，由公寓楼改装成的招待所里。住进去时已经天黑。那里一位热心的司机读过我的小说对我很表亲热，说虽然晚了却仍可以开车带我去逛巴黎城。我们第二天就要赴南特，参加完电影节活动回巴黎也许不让停留就安排回国，因此，我觉得必须抓紧看“西洋景”的机会。我问谢晋去不去，他说要睡觉倒换时差。我跑到陶玉玲和女翻译合住的房间外，冒昧地往里喊话，陶玉玲回应“等着我”，原来她已经躺到床上，她穿戴好出屋，告诉我翻译本是在法国留学的，不稀奇，但她很愿意见识一下夜巴黎。我们就跟司机进入巴黎城，在夜色中把凯旋门、香榭丽舍大街、圣母院、铁塔全浏览了。

从那晚以后，在法国一周多的时间里，除了正式活动，陶玉玲总是笑嘻嘻地跟谢晋说：“团长，我又要跟刘心武满处跑去啦！”论年龄她是姊辈，但我却如同兄长般，神气活现地领着她各处观览。因为她是头一回出国，我之前已经访问过罗马尼亚和日本，总算能说几句蹩脚的英语。其实在法国一般法国人是很不喜欢你用英语去寒暄问路的，不过我领陶玉玲去的地方都是旅游点，工作人员是接受英语的。比如我领着陶玉玲参观罗浮宫，那里面展品太多，必须抓重点，我就用英语询问："米罗的维纳斯在哪里？往左？往右？往上？往下？一直？拐弯？"人家简单回答，我听明白了就顺利地把陶玉玲领到了维纳斯断臂雕像跟前，她高兴极了，尽情欣赏起来。后来，她回国，应邀到东北一游，在一家出版社人家请她讲讲法国风情，她竟说在法国观览全凭刘心武英语好，那家出版社过些时有编辑来跟我组稿，说："您要是一时没有新小说，给我们翻译部小说也行。"弄得我羞红了脸。但我并不责备陶玉玲。她没有故意夸张的恶意。她是部队里成长起来的。她有一种淳朴的气质。她能接受西餐，但说最喜欢吃的还是中国的茶叶蛋，而且她自己会制作茶叶蛋，以后演不动了，她还可以卖茶叶蛋去。我们在法国期间相处得很好，那真是些良辰吉日，是国家进入改革开放阶段，给我们这样的生命存在带来的福祉。

3

《如意》安排在南特电影节开幕式上放映。我一直盼《如意》能获奖。确实不是为我自己着想,而是想让黄建中扬眉吐气。但是闭幕式上宣布获奖名单,《如意》并不在榜单中。我颇沮丧。其实早该知道，各国各处电影节，凡安排在开幕式上放映的影片，均意味着给予了尊重却不再参评，那时候我对这一约定俗成的游戏规则还不明白。

电影节当中，安排了一次乘中型游轮穿河入海的游览活动。在船上，电影节的两位主席——他们也是一对兄弟——特意找到我,说他们前期到中国选片,看了不下十部片子，最后一致看好《如意》，觉得是难得的纯文艺片，文学基础特别好，所以他们提出要请小说原作者来参加电影节活动，以期提高大家对电影的文学基础的重视，他们没想到这一提议得到了中国电影局局长石方禹的积极回应。原来我之能跻身中国电影代表团成员赴法，是这么一个原因。我直到回国后，参加电影局的出访总结会，才见到石方禹。我很早就知道他的名字，他上世纪五十年代初的长诗《和平的最强音》曾引起轰动。我始终记得他在诗中谴责杜鲁门、艾森豪威尔时，有这样的句子："你们的先人 / 在地下哭泣"，这就是说他还是肯定杰斐逊、华盛顿、林肯他们的，不完全否定美国的历史。我感谢石方禹拍板让我参加了中国电影代表团的活动。他说这种让文学家更多参与电影界活动的做法，将进一步坚持下去。

但是，后来事态的发展，似乎并没有呈现那样的局面。作为小说家因原著被改编拍摄为电影而应邀到电影节去做嘉宾的，无例可举。即使是专业的电影编剧，写原创电影剧本的，也很少在电影节上得到充分的重视。已故作家李準，他既将自己的小说改编为电影，更进行了不少电影剧本的原创，曾以电影编剧的身份到日本参加电影节，我亲耳听他讲到，在那里作为电影编剧，跟电影导演和著名演员的待遇竟难平等，只把他安排在一个角落里，而且给他的座位标识是“脚本”，令他十分不快。

我写小说时，并不去考虑“这样写是否适合改编为影视作品”。我认为小说首先要恪守小说自身的“骨气”。我的长篇小说《四牌楼》里有一章，作为独立的中篇小说《蓝夜叉》，应该说是文学性很强，也很适合于拍摄为文艺片的，也有相当有名气的中年导演表示有执导将其搬上银幕的强烈冲动，但是却久久找不到投资者。有的投资者听了表述后说：“东西是好东西。但这样的电影可能只是到国际电影节上去获一个奖，却难收回投资。”其实他就是认为文艺片是“票房毒药”。过去我总觉得自己的写作受到来自意识形态方面的压抑，近十几年却更深切地感受到资本对创作的辖制。有人劝我去写赚钱为主的电视剧剧本，写小说，动笔前也先考虑如何适应改编为影视的可能，我却宁愿保持“只有一部《如意》上过银幕”的落伍记录，不去追求“一的突破”。

4

我和谢晋在参加南特电影节期间有过亲密交往。南特电影节的正式名称是“三大洲电影节”，“三大洲”指亚、非、拉三个洲，电影节的宗旨在破除一贯由美国好来坞和西欧“说了算”的电影评奖，试图闯出一片新的电影天地。这个电影节至今仍在举办，不过看来影响还是敌不过戛纳、威尼斯、柏林电影节和美国奥斯卡奖，我们国家携片参加的消息越来越少。

那次主办方是以中国电影为“焦点”，除安排《如意》在开幕式放映外，还安排了声势浩大的“谢晋电影回顾展”。我记得主办方印制了精美的画册，为谢晋开列了详尽的创作年表，那时候谢晋还没有拍《芙蓉镇》，《牧马人》刚拍完还不为外面所知，年表上最后的一部是《天云山传奇》，作为整个回顾展的压轴戏，放映完了全场观众起立鼓掌足有五六分钟。

在南特我们每天马不停蹄地参加电影节各项活动，回到巴黎，我和谢晋住在酒店的一个大套间里，我恨不能游遍巴黎，兴致很高，每天和陶玉玲结伴去观光，谢晋却除了铁塔等几个主要景点，其他地方都懒得去，宁愿留在酒店房间里喝酒遐思。我回到酒店房间，总有一股酒气袭入我的鼻息。“心武老弟，又逛了哪儿？”从那以后，他见了我或偶尔通电话，总以“心武老弟”为引领语。我当然马上向他报告比如参观罗丹博物馆的心得，他却笑眯眯地似乎心不在焉，后来我知道他一只耳朵失聪，往往听不见我在说什么，我特别想让他听见时，就坐到或走在他那只好耳朵一边去说，他听见了，会非常诚恳地作出坦率的回应。

我问他，南特电影节的主席抱怨，说中国方面不愿出借《春苗》《青春》的拷贝到他的回顾展上放映，他自己究竟作何感想？他反问我：“心武老弟，你觉得呢？”我说，其实应该把他执导的所有影片都大大方方地借给主办方，回顾得越全面，越具有学术价值。《春苗》是“文革”中拍摄的歌颂“赤脚医生”的一部故事片，通过这部影片推出了一度大受中国观众喜爱的女演员李秀明，我说我特别记得影片中李秀明饰演的女主角为救治患病的贫农，不辞辛苦从山野采药回村，在朝阳驱散雾霭时光腿从水塘里走出的那一组镜头，把“赤脚医生”升华为超时代超地域的爱心天使，真的非常动人。当然，影片在丑化其对立面农村卫生院“走资派”方面，则情节不合理，角色脸谱化。谢晋笑说：“你以为那时候导演说了就算？有‘三结合’领导小组哩！”所谓“三结合”就是由“革命干部、工人宣传队、群众代表”组成的班子。《青春》拍摄公映在1977年，影片推出了至今仍活跃影坛的女星陈冲。这部影片既表现了粉碎“四人帮”却又仍歌颂“文化大革命”，是短暂的华国锋时期“两个凡是”的意识形态的产物。我说主办方其实很有水平，他们懂得中国电影导演的艺术才能只能在特定的框架里去发挥，比如在研讨会上，一位法国影评人说，《舞台姐妹》固然有浓烈的意识形态内涵，但开片的一组长镜头处理之妙之巧之气派之流畅，是放诸世界电影之林而令人赞叹的审美极致，这评价还是公正的。

我也曾冒昧地问过他，是否因为嗜酒导致了儿子智障？他说绝对不是，他婚前就嗜酒，长子谢衍聪明过人呢！又说“文革”中“造反派”抄他家，下楼时他小二小四两个儿子跑到楼梯口往下面愤怒地啐唾沫，“哪里弱智？”言谈间充满对其他儿女一样的挚爱。

那回在南特电影节上，看到了不少有大胆性爱表现的电影，都是些主题很严肃甚至很深沉的文艺片，绝非一味色情的展示，我觉得眼界大开。法国记者采访我时问，你那《如意》虽然是黄昏恋的主题，里面的男女主角怎么连拥抱接吻的镜头都没有？我说许多中国人就是这样克制，特别是在婚前，记者很不理解。我问谢晋，他以后会在他的电影里安排床戏吗？他说不会，他老实承认在性的问题上他是真诚地保守。因为谢晋一贯善于在自己的新片子里推出新女星，就有传言说他搞“潜规则”，以我和他的接触，我觉得他是个好酒不好色的艺术家，不要再对他如此误解和污蔑下去。

谢晋已被定位为中国第三代电影导演翘楚。这一代电影导演那悲苦与欢欣交织的创作历程需要后辈有更多的理解、尊重与崇敬。现在一些年轻人对他们那一代及他们前后的两代文学艺术工作者往往会有“不洁的作品”而鄙夷，所谓“不洁的作品”，主要指当年紧贴式配合政治运动的那些作品，谢晋 1958 年就自编自导过表现“反右运动”的《疾风劲草》，是一部短片，与其他人拍摄的另两部短片组合为《大风浪里的小故事》，这部电影我始终没有能看到，如今从网上搜索也只有简单的文字资料而无图像资料。据当年看过的人告诉我，《疾风劲草》表现的是大学里有“右派分子”反对大学毕业生“国家统一分配”，有趣的是饰演“右派分子”的是杨在葆，而这位演员在 1964 年拍摄的《年青的一代》里却出演了坚决服从国家分配到最艰苦地区去的先进大学生；故事里的“右派分子”取名为秦兆龙，这显然是因为 1957 年《人民文学》杂志的一位因发表《现实主义——广阔的道路》而划右的副主编叫秦兆阳。《疾风劲草》镜头的推拉摇移十分别致，给观众强烈的视觉冲击力，展现出导演的才华。如今的“80 后”听了这个短片的故事可能大惑不解，国家不包分配、自己到招聘会上去求职，这不已成了社会惯例了吗？影片里是非对垒的两方，怎么“右”得倒显得颇有“先见之明”呢？我也曾听到个别人因有过《疾风劲草》，就对谢晋二十几年后拍摄的《天云山传奇》啧有烦言，怎么女主人公拉着板车上的“右派分子”在风雪中前行的一组煽情镜头，又成了“疾风劲草”呢？我以为，《天云山传奇》的激情才是谢晋内心深处本真的东西，作为一个虽然比谢晋老哥小十九岁却也经历了多个政治运动的过来人，我呼吁生活在可以游离于政治之外的新一代弄文学艺术的年轻生命，多一点精微的历史考察，多一点人性的感悟，多一点体谅与宽容，而实际上，敢问一句：如今自诩为“洁净”的人士，待时空转移后，又真能被更后来的年轻人视为“美丽的不沾锅”吗？个体生命，从本质上说，是被时空捕捉的人质，无论什么时候竭力保持独立思考善其言行都是高尚的，但只要不是主动害人甘心附恶，因轻信迷信而被大潮裹胁一度失却自我，都应以大悲悯的情怀予以理解与谅解。

自 1984 年《黄土地》《红高粱》出现以后，中国电影逐渐多元化了，导演也已经衍进到第六代、第七代，但谢晋一脉的政治抒情电影，仍有后继，我觉得尹力的《云水谣》就是这个流派的新发展。

2001 年，久未联系的谢晋老哥来北京开政协会，从住地给我来电话，说他打算拍新的《桃花扇》，问一起开会的王蒙：“请谁编剧合适？”王蒙竟说非我莫属。“心武老弟，听说你研究《红楼梦》走火入魔，《桃花扇》《红楼梦》是相通的啊！”我问：“古装文艺片，很费钱的，谁来给你投资呢？”作为民营影视公司的法人，他不必再受什么“三结合”小组之类的羁绊，却又遇到了资本的桎梏，他叹口气说：“找到钱我再找你！”过一年，2002 年夏天，他又忽然风风火火地来电话约我到京广中心见面，我去了。他近八十岁高龄，谈吐却像个大儿童，兴奋地说，不拍《桃花扇》，要拍一部表现当下乡村教师生活的影片，“我们公司自己就能投资”，他说已找陈道明、赵薇谈过，都欣然同意出演，现在只欠剧本，他要“心武老弟”来编剧，“这是多么强大的阵容啊！”他甚至提出来过几天就带我去上虞他老家一带“下生活”搜集素材。我干脆利落地拒绝了这个约请。谢晋老哥大出意料，愣在沙发上半天说不出话。

2008年10月18日谢晋老哥在老家上虞仙去。消息传来，我百感交集。我对不起他。但是现在说什么做什么都晚了。静夜里，我憬悟：其实任何从事文学艺术创作的人士，其才能都是镶嵌在特定的时空里的，问题只在于能不能将其艺术良知与良能在特定的范畴里推到极致。

找出自己一幅油性笔画《吉日》。是我一篇荒诞小说的插图。人生既真实又荒诞，既往往出乎预料，又都在历史的轨道之中。无论取何种站位的人，总希望自己的日子都是吉利的。追逐吉日，守候吉日，一旦丧失了吉日，便再追逐，再守候，这便是我们人生的共同点吧。

2009年8月27日午夜完稿于绿叶居中

第十二幅：心灵深处

1

我正在家里心情大畅地准备行装，忽然有人敲门，打开门一看，不免吃惊——门外站着我们单位的一位负责人。

那是 1983 年初冬。我被安排参加中国电影代表团到法国参加南特电影节。中国电影代表团的名单是由当时的电影局长石方禹拍板的。当然，电影局还必须征得我那时所属单位——北京市文联的同意。很爽快，甚至可以说是很高兴地同意了。第二天就要出发了。北京市文联的负责人老宋却忽然到我家来，是不是发生了什么变化呢?

我把老宋让进屋，他也不坐，看看周围，我告诉他爱人孩子还没回家，他知道家里只有我一个，就跟我说:“有个事要嘱咐你一下。”

老宋为人一贯温厚随和，但他话一出口，我不禁有些紧张了。明明头两天他见着我还提起去法国的事，只表示为我又能增加见闻高兴。他有事要嘱咐我，怎么早不说，现在风风火火地跑来说?

老宋个子高，真所谓虎背熊腰，我站在他面前，仰望着他。他十分严肃地嘱咐我:“到了法国，如果有人问到时佩璞，你要证实，他是北京市文联的专业创作人员。”

原来是这么句话。我说:“那当然。他就是嘛。”

宋老又叮嘱一句:“你记住啦?”我点头。他就蔼然可亲地说:“那好。不耽搁你收拾行装了。祝你们一路顺风!”接着就告辞。

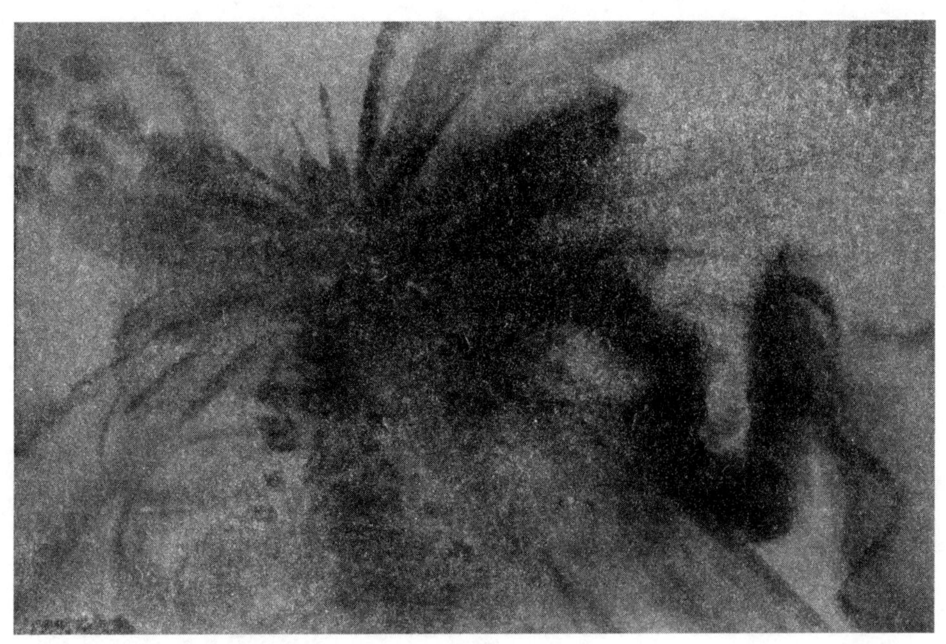

老宋走了。我暂无心收拾东西，坐下来细细琢磨。

2

我意识到，老宋突访我家，一定不是他个人心血来潮。

到了法国，我应该在有人问起时，证实时佩璞属于我们北京市文联的专业创作人员。

我能证实。

想到这一点，我心安。我害怕撒谎。哪怕是为正义的事业撒谎。老宋不是嘱咐我撒谎而是强调我应该说实话。我很乐于跟任何人陈诉真实情况。

我是1980年从北京出版社调到北京市文联任专业创作人员的。直到我1986年又从那里调到中国作家协会《人民文学》杂志工作，并没有为专业创作人员评为什么一级、二级……专业作家的做法。后来时兴那样的做法，我已经从事编辑工作，未能参评，那以后到现在，我已没有专业作家的身份。但

1980年至1986年之间在北京市文联任专业创作人员（也可以说成专业作家）那几年的情形，回忆起来还是花团锦簇、满心欢喜的。

那时候的北京市文联专业作家群真是老少几辈济济一堂，蔚为大观。老一辈的，有萧军、端木蕻良、骆宾基、阮章竞、雷加、张志民、古立高、李方立、李克……壮年的，有管桦、林斤澜、杲向真、杨沫、浩然、李学鳌、刘厚明……归队的，有王蒙、从维熙、刘绍棠等……新加入的，有张洁、谌容、理由等……因为人多，每次组织学习，必分组进行。我所分到的那一组，除了上面提到的某些大名家外，还有一位资历极深的老诗人柳倩，他曾是“创造社”的成员；另一位呢，跟我友善的兄长辈作家附耳嘱咐：“千万别在他跟前提到艾青！”原来艾青于他有“夺妻之痛”；再一位呢，就是时佩璞。

开始我也没怎么注意他。有一天又去学习，他恰巧坐在我旁边。他堪称美男子，头发乌黑，脸庞丰腴，给人印象最深的是脸庞和脖颈皮肤超常地细腻，我估计他那时怎么也有四十岁了，心中暗想，他就没经历过下放劳动吗？怎么能保持着这样的容颜？更引起我好奇的是，他里面的衣裤和皮鞋都非很洋气，可是身上却披着一件土气的军绿棉大衣，那时候可是只能从军队里得到的啊。

学习会休息期间，我们有对话。我跟他说，真不好意思，还不知道您是写什么的，是诗人吗？他就说是写剧本的。我就问他写过什么剧本？他说写过《苗青娘》，我就“啊呀”了一声。

我敢说王蒙他们可能直到今天都不知道何谓《苗青娘》，那真是太偏僻的作品了！可我偏偏知道！

当然，我以前只知道有出京剧是《苗青娘》，并不知道编剧是谁。于是我不得不再自我惊叹，我的祖辈、父辈、兄姊辈，怎么会牵出那么多七穿八达的社会关系，竟一直影响到我，有的甚至延续到今天。父亲曾和一位赵大夫有密切交往，而那位赵大夫的弟弟，便是京剧界鼎鼎大名的程派青衣赵荣琛，因而，我们家的人，在以往的程派青衣里，也就特别关注赵荣琛。也就因此知道些赵荣琛的秘辛。比如，上世纪六十年代初，忽然有关部门夤夜造访赵荣琛家，说是对不起打搅，毛主席想听您唱戏。赵荣琛登上接他的汽车去了中南海。下车的时候，发现另有一辆车，接的是侯宝林。原来毛主席把夜里当白天过，白天是要睡觉的。进去后发现那是一个跳交际舞的大厅。毛主席跳舞间隙，再听段相声，来段京剧清唱。毛主席很亲切地接见了赵荣琛，让他坐到自己那架大沙发的阔扶手上，说你今天能不能唱段新鲜的？赵荣琛就说，那我唱段《苗青娘》里的二黄慢板吧。毛主席那时候也不知道何谓《苗青娘》，说生戏生词听了不懂，赵荣琛就扼要地介绍了剧情：此剧又名《羚羊锁》，剧中的苗青娘因金兵入侵与丈夫儿子离散，丈夫投入敌营，苗青娘后来也被掳去，在敌营她私下劝丈夫杀敌归汉，丈夫不从，还要加害于她，她就在儿子帮助下刺死丈夫，以明爱国之志。毛主席听了剧情，十分赞赏，说表现大义灭亲啊，好！又让秘书拿来纸笔，赵荣琛当场挥毫，毛主席直夸其书法漂亮，后来赵荣琛唱那段二黄慢板，毛主席就边看写出的唱词边叩掌细品。

我跟时佩璞说知道《苗青娘》，他长眉微挑，道："真的么？"我略说了几句，他发现我非吹牛，十分高兴。我问他是否自己也上台演唱？他说当然，只是次数不多。他说曾拜在姜妙香门下，在北京大学礼堂唱过《奇双会》。哎呀，天下巧事到了我这儿真是一箩筐！我就跟他说，我哥哥刘心化是北京大学京剧社的台柱子啊，唱的是梅派青衣。他说那回他们在北大演出，前头就有北大京剧社的成员唱"帽戏"，我说指不定就是我哥哥唱《女起解》哩……我们聊得就更热乎了。

后来又有一次，学习时我们又坐一块。休息的时候又闲聊。他问我住哪儿，我告诉他在劲松小区。那时侯只有给落实政策的人士和极少数加以特殊奖掖的人士，才能分到新小区里的单元房。我告诉他时不无得意之色。我分到一个五楼的两室单元。四楼有一套三室的分给了赵荣琛，刚听到那个消息时我兴奋不已。但由于赵荣琛那时年事已高，又有腿疾，拿那四楼的单元跟别的人调换到另外地方的一楼去了，我也因此不能一睹赵荣琛便装的风采。不过我们那个楼里住进了荀派传人孙毓敏，还有著名武旦叶红珠……时佩璞很为我是个京剧迷高兴，他说，原以为你只知道几出"样板戏"。散会时我顺便问他住在哪儿，他说在和平里，欢迎我有空去坐坐。他问我喜欢喝茶还是咖啡？我说当然是茶，咖啡喝不惯。他说那真可惜——他那里有上好的咖啡。他给我留下了电话号码，又说，你要来一定先打电话，因为我也许在城里的住处。他家里有电话？

那时候我们住在劲松的中青年文化人几乎家里都没有安装电话，打电话接电话都是利用公用传呼电话，所谓“劲松三刘”——刘再复、刘湛秋和我，都是到楼下那个大自行车棚里去，那里有一台宝贵的传呼电话，我记得有一次因为都在那里等着别的邻居把老长的电话打完，站得腿酸，湛秋就一再问我，怎么才能申请到家里的个人电话？但是时佩璞家里却有私人电话。更让我妒火中烧的是,他居然除了和平里的住处,在城里还另有住处！当时阴暗心理油然而生:《苗青娘》的影响，怎么也没法子跟《班主任》相比啊……（那时候因为和平里在二环路以北，被视为“城外”，现是四环以外才算郊区了。后来知道，他城里住处在新鲜胡同，是一所宅院，那住所里不仅有电话，更有当时一般人家都还没使用上的冰箱等电器。）

我当然没有给时佩璞的和平里居所打电话，也没有去拜访他打扰他构思写作新剧本的想法，我只盼望下一次学习时能再跟他插空聊上几句。

但是那以后时佩璞再没有出现。我也没太在意。那种专业作家的学习会常会缺三少四，我自己也请过几次假。

当我已经差不多把时佩璞忘记的时候，在去法国前夕，老宋却突然来我家，特别就他的身份问题嘱咐于我。没得说，我一定照办。

3

到了法国，在巴黎住了一晚，第二天就乘火车去了南特。那是一座典型的西欧富裕城市，整个儿活像一块甜腻腻的奶油蛋糕。在那里每天要参加许多电影节的活动，我的神经高度兴奋，兴奋点几乎全跟电影有关，因此，我几乎把时佩璞忘得一干二净。在南特期间没有任何人跟我问起过时佩璞。

从南特返回巴黎，第一夜，我就想起了老宋，他那嘱咐我的身姿神态宛在眼前，我就提醒自己：若有人问，一定要如实回答。当然，我也懂，如果没有人问起，我一定不要跟任何人提起这个名字来。

在巴黎停留的几天，我多半是约上陶玉玲，用当时堪称大胆、如今已很时兴的“自由行”的方式，乘地铁加步行，到各个名胜点观光，没有任何人认识我们，当然也就不可能有任何人跟我们提出任何问题。巴黎的华侨领袖请谢晋和我们一行去看“红磨房”的演出、参观新奇有趣的蜡像馆、到华侨开的旅游纪念品商店购物、到有红柱头和龙图案的中餐馆吃饭……其间也没有任何人提起过时佩璞。在巴黎还有几位专门研究中国电影的人士跟我们聚谈，他们谈的都是中国电影，不涉及京剧，当然更没有什么跟《苗青娘》相牵扯的内容。

那是在巴黎最后一晚了。我跟陶玉玲逛完了回到旅店，谢晋见到我就跟我说，有位叫于儒伯的汉学家把电话打到我们俩住的房间，说晚上想约我出去吃个饭，聊聊天。谢晋告诉他我可能会吃过东西再回旅馆，于儒伯就让谢晋转告我，多晚都不要紧，吃过饭也没有关系，他还会打电话来，一直到我接听为止，如果我吃过晚饭，他会带我去酒吧聊天。

于儒伯是那时候法国汉学家里关注当代中国作家创作的一位。他多次访问中国，跟几辈中国作家都有交往。他在北京见过我，在法国报纸上介绍过《班主任》和“伤痕文学”。我既然人在巴黎，他来约会，没有理由拒绝。但谢晋发现我面有难色，以为我是逛累了，就劝我说：“人家是好意。你累了先躺一躺，到酒吧喝点鸡尾酒，你就有精神了。”他哪里知道，我是怕终于由于儒伯来问时佩璞。

于儒伯是个中国通。但他有时候“通”得有些可怕。记得有一次我应邀到外地参加一个活动，住在一个我自己连名字都还记不清的旅馆里，刚进房间不久，电话铃响了，一接听，竟是于儒伯打来。我吃惊不小，忙问他怎么知道我到了哪个城市而且还知道我住的旅馆更知道我住进了几号房间，什么事跟侦探似的追着我来电话？于儒伯却只在电话那边呵呵笑。其实听下来，他找我也并没有什么特别要紧的事。

那晚在巴黎，我还并不知道，时佩璞从我们北京市文联专业作家学习活动中消失，是应一个文化活动的邀请到了法国，而就在我们中国电影代表团去参加南特电影节前数月，在法国以间谍嫌疑被捕，将面临起诉审判。但绝不愚钝的我，已经敏感到，无论是有法国人跟我问起时佩璞，还是我答曰他跟我一样是北京市文联的专业作家，都绝非一桩可以轻描淡写的事情。

我紧张了，甚至问谢晋要了点他所喜爱的威士忌来喝。我希望于儒伯不再来电话。毕竟，我是戴过红领巾和共青团徽章的人，我的成长过程决定了那时的我绝不适应夜生活，哪怕是很雅皮的酒吧夜生活。那个时间段我应该是上床睡觉了。

然而电话铃响了。谢晋提醒："找你的。"我去接。是于儒伯。他第一句话就是："我的车就停在你们旅馆门口……"

我就出去上了于儒伯的车。他驾车，我坐在他旁边。问好之外，且说些淡话。他开车太快，拐弯太猛，而且，妈呀，怎么要跑那么远？什么鬼咖啡馆，非去那儿吗？

终于到了。是一间很雅致，甚至可以说是相当朴素的酒吧。显然于儒伯是那里的常客，柜台里外的服务人员都跟他亲热地打招呼。于儒伯把我引到一个车厢座，哎呀，那里怎么另有两位法国人？于儒伯给我介绍，人家也就礼貌地跟我握手。我只听清其中一位是一家什么报纸的编辑。另一位没听清是什么身份。我是否该再追问一下呢？心里这么想，却也没追问。于儒伯给我推荐了一种淡味的鸡尾酒。后来又要了些小点心。他谈兴很浓。他向我问到一些人，记得问到巴金，问到王蒙，问到毕朔望（当时是中国作家协会外联部主任）……我心上的弦绷得很紧，随时打算回答他那重要的一问："是的，时佩璞是我们北京市文联的专业作家之一，他是位剧作家，写过一部剧本叫《苗青娘》……"但是，直到后来我说实在很疲惫，明天一早就要去机场赶飞机了，他乐呵呵地送我回到旅馆门口，跟我挥手告别，祝我一路顺风，又说北京再见，也并没有一句话涉及到时佩璞。

睡下以后，我在被窝里重温与于儒伯的会面，他应该不负有向我询问时佩璞的任务。他跟我交谈中，不时穿插着用法语跟那两位不懂中文的法国人翻译我的部分话意，又仿佛略讨论几句。我仔细回忆推敲，其中一位确实是报纸编辑，另一位则应该是出版社的人士，于儒伯跟我探讨的主要是当下中国哪些文学作品适合介绍翻译到法国。

回到北京，我很快选择了一个只有我和老宋在场的机会，跟他简单地汇报："整个在法期间，没有任何人跟我问到过时佩璞。"

老宋听了只说了两个字："那好。"

说完我就离开了。

1984 年，我又接到当时西德方面一个邀请，去了那里。在法兰克福，一位德国汉学家说刚从巴黎回来，我就问他是否见到于儒伯。西欧汉学家是个小圈子，一般都有来往，若是汉学界方面的活动，一定会熟脸汇集。没想到他说："你不知道吗？于儒伯死了。前些时候他开车去奥利机场赶飞机，半路上跟人撞车，死了。"我一惊，跟着一咋："是一般车祸吗？会不会是……"对方说："就是一般车祸。谁会谋杀一个搞汉学研究的人呢？"虽然道理确实如此，我还是发了半天愣。

4

后来我跟小哥刘心化说起时佩璞，他还记得当年时佩璞在北大礼堂演出《奇双会》的盛况。他说时佩璞还跟关肃霜配过戏。时佩璞不仅能唱小生，也能演旦角，扮相极好，嗓音也甜，只是音量太小，"跟蚊子叫似的，若不坐头几排，根本听不清，那时候也不兴带麦"。但是，他对我说时佩璞是《苗青娘》编剧，却大撇嘴。他强调那是老早一位叫金味桐的先生专为程砚秋编的本子，但是程本人并没有将这出戏排演出来，后来赵荣琛演了，但统共也没演几场，是极冷的一出戏。

出于好奇心，我到图书馆去查，找到了薄薄的一册《苗青娘》，是 1964 年北京出版社出版的，那个戏曲剧本署了两位编剧的名字，第一位是薛恩厚，第二位是时佩璞。再后来又打听到，时佩璞曾在云南大学学过法语和西班牙语，他与薛恩厚合编《苗青娘》剧本的时候，编制在北京青年京剧团。关于苗姓女子杀夫殉国的故事，不知究竟源于何典，但闽剧里早有相关的剧目，只是女主角姓苗而不叫青娘。1952 年金味桐编写的本子叫《羚羊锁》，羚羊锁是戴在女主角儿子脖颈上的具有标志性的佩件，是贯穿全剧的一个道具。这个儿子长大后与父母重逢，在父母发生去留争议时站在母亲一边，最后跟母亲一起大义灭亲。将同样的故事改编成有所区别的本子，在戏曲中是常见的事。薛、时的本子究竟与金味桐的本子差别何在，因为没见到过金本，我无从知道。但有一点是可以肯定的，就是薛、时的本子在弘扬爱国这一主题上，特别地用力。

随着时间的流逝，我对时佩璞的好奇心渐渐淡漠。

1988 年我再次踏上法兰西土地，这回是参加一个中国作家代表团去的。在巴黎，有一天聚餐时，我忽然听见几位巴黎的中国华侨议论起时佩璞来，他们议论的内容是：时佩璞 1983 年被捕，轰动一时，但很快人们就又被新的轰动事件吸引，几乎全把他忘记了，可是，三年过去，1986 年忽然法院进行了宣判，判时佩璞间谍罪，判他的情人，法国原外交官布尔西科叛国罪，顿时又引发了轰动。

细听那几位华侨讲述，事情也真该轰动。太耸听了啊！

原来，布尔西科先在法国驻北京大使馆工作，是身份很低的外交官。他在一次酒会上见到了时佩璞，当时被邀去表演京剧唱段，是彩扮演唱，扮出来的不是小生而是小旦。布尔西科为之倾倒。两个人后来私下就往来起来。布尔西科一直以为时佩璞是个女人。两个人的关系最后发展到肉体接触，多次做爱。后来布尔西科奉调回国，但两人情深意绵，剪不断理还乱。再后布尔西科又谋到了法国驻蒙古国大使馆里的职务，利用出差北京的机会，跟时佩璞再续前缘。有一次布尔西科到北京找时佩璞时，发现时佩璞身后有个怯生生的小男孩，是中国人与西洋人混血的模样，时佩璞就让那孩子叫他爸爸。布尔西科没有怀疑，接受了这个意外的惊喜。后来时佩璞带着这个孩子来到巴黎，跟布尔西科团圆。但好梦难续，法国反间谍部门称掌握了确凿的材料，布尔西科跟时佩璞交往期间，不断把大使馆里的机密文件带给时佩璞……

最令法国舆论大哗的是，布尔西科直到 1986 年宣判时，才知道时佩璞竟是个男子！而时佩璞虽然不承认是间谍，却对自己的男子性别直供不讳！法庭更呈现了 DNA 检测结果，那个男孩与布尔西科了无血缘关系，根本就是一个从中国西北部找来的貌似中西混血儿的中国儿童！布尔西科当场精神崩溃。这究竟是怎么回事？难道一起做爱还不能辨别性别吗？后来媒体根据分别采访向公众解释，说时佩璞主要是使用了两个方法来迷惑布尔西科，一是他能巧妙地隐蔽自己的性器官；二是他强调自己是东方人，东方人不习惯在光照下做爱，必须在黑暗中进行。这样，布尔希科竟一直以为自己在和女子做爱……

华侨的议论还有更多的内容。说是法国的审判结果出来，在中国外交部例行新闻发布会上，有记者提问时，中国外交部发言人称，时佩璞不是间谍，他是办理了正当手续被法国当局批准进入法国的。中国在任何时候也不会施用“美人计”以获取情报。时佩璞间谍案对中法两国的关系似乎并没有产生什么负面影响。更有意思的是，宣判才过一年，1987年，密特朗总统就宣布了赦免令，既赦免了时佩璞，也赦免了布尔西科。那么，他们出狱后，还会再在一起生活吗？当然不会。到1988年我们中国作家代表团来巴黎访问的时候，据说时佩璞已然流落街头，他到中国领事馆要求回到中国，领事馆以他没有了中国护照并且已然入了法国籍加以拒绝。

他们议论时，我一直默默地听着。我身边一位不住在北京的同行问我：“这个时佩璞是个什么人啊？”我就回答说：“他原是北京市文联的专业作家，他写剧本，京剧剧本《苗青娘》就是他跟另一位剧作家合写的。”

就这样，在巴黎，我终于回答了关于时佩璞身份的问题。

5

我曾画过一幅抽象画，命意是《心灵深处》。那正是我从“不惑”朝“知天命”跋涉的生命阶段。在那一阶段里，我不仅画水彩画，也画油画。有时更在材料、颜料和画纸的使用上“乱来”，我完成后一般会在画题后注明“综合材料”。《心灵深处》就是一幅“综合材料”的制作。经过近半个世纪的生命历程，我开始醒悟，其实，无论政治、经济、文化、时尚……在表象之下，有很深很深的，难以探究却又必须孜孜不倦地加以探究的东西，那就是人性。在人，那活生生的躯体里，存在着一个神秘的心灵，在心灵的深处，时时涌动着的，究竟都是些什么因素？

时佩璞和布尔西科间谍案，确实没有搅乱中法关系。从官方来说，中国方面虽然坚决否认时佩璞是间谍，认为法方以间谍罪审判时佩璞令人震惊和遗憾，但表完态也就算了，不仅政治、经济方面的中法关系继续友好推进，文化交往也有增无减，刚判了时佩璞六年监禁，包括我们中国电影代表团在内的若干文化团体与个别文化人，仍前往法国参与各项文化活动，就是明证。

时佩璞确实爱布尔西科。布尔西科也确实曾把时佩璞当作东方美女爱得死去活来。这应该不算典型的“同志之爱”。时佩璞后来证实生理上并非双性人，也没有做过变性手术。时佩璞在法庭审判时说，他虽然任由布尔西科当作女子来爱，但他自己从未跟布尔西科宣称自己是个女性。这申明对于法官确认他是间谍毫无动摇之力，但时佩璞说这话时眼泛泪光，使不少旁听的人士感到，他对布尔西科确有某种超越政治的情感的忠诚。据说两个人同被赦免后，布尔西科对时佩璞转爱为恨，不愿再跟他来往，但到了两个人都越过了“耳顺之年”，时佩璞主动找到因中风住进疗养院的布尔西科，在他榻前真诚地表白：“我还是深深地爱着你。”这应该绝对不是为完成某种使命才使用的“伎俩”，而是发自心灵深处的幽咽之声。

布尔西科难以原谅时佩璞。他比时佩璞小六岁。当他被时佩璞激起情欲拥吻做爱时，才刚满二十岁。据说他们头一次做爱后，时佩璞去浴室洗浴，布尔西科在朦胧的光影下，看到时佩璞下体上有鲜血，就激动地冲过去紧搂他，连喊“我的女人”。由此布尔西科对时佩璞给他生下儿子深信不疑。他们给那个孩子取的法国名字叫贝特朗，中国名字则叫时度度。时佩璞当然是欺骗了布尔西科，但直到法庭审判，布尔西科仍坚称他向时佩璞提供使馆文件绝不是为了金钱，而只是出于感情，那感情不仅是爱情，更有亲子之情。当时佩璞自己承认并非女子不可能生育后，布尔西科一定感觉陷入了地狱。审判结束他们被作为一对男犯关进同一监室，对于布尔西科来说那就是地狱的最深一层。他质问时佩璞究竟是男是女，时佩璞拉开裤子的文明链让他看，又再拉拢。这比魔鬼的拷打更疼痛。监狱出于人道考虑，很快将时佩璞移往别处。布尔西科用剃刀自杀未遂。

法国总统为什么赦免布尔西科？据说布尔西科先后提供给时佩璞的那些使馆文件都是保密级别最低或次低的，当然，作为法国大使馆成员，哪怕只将一份最低级别的保密文件拿去给人都属叛国行为，但布尔西科给法国带来的损失确实不足道，他的浪漫痴情却颇令人同情，这也许是赦免他的一个重要原因吧。

尽管布尔希科从那以后一直不能原谅时佩璞，但有人在他家中发现了一段写在纸上的话，大意是时佩璞毁了他的一切，但到头来被人欺骗总比欺骗人好，他仍然宁愿时真是一个女子，贝特朗真是他的儿子……

至于法国总统赦免时佩璞，那可能是出于向中国示好。既然这个引出轰动的间谍案，社会舆论热点并不在政治、外交方面，那么，乐得施恩。一般人都认为时佩璞被赦后找到中国领事馆要求回国被拒，于是带着时度度隐居巴黎。但有细心的人士在1999年发现了一份《北京市卫生局统战处先进事迹》的打印件，其中列举的一桩“先进事迹”是：“旅法华侨时佩璞教授回京，他患有心脏病、糖尿病，我们安排同仁医院给予细心的治疗，他非常满意。”当然，那也许只是姓名相同的另一位时先生。

[本节部分内容参考了2009年《南都周刊》第27期由括囊根据Joyce Wadler撰述编译的文章。]

6

1994年初，我到台北参加了《中国时报》主办的“两岸三地文学研讨会”。除了会议的正式活动，也和一些台湾文化人一起到茶寮酒吧聊天。有一次在茶寮里，是和几位很年轻的台湾文化人在一起，有的还在大学里学戏剧或电影，尚未正式进入文化圈，但他们思想很活跃，心气很高，话题也就都很前卫。不知怎么就聊到了“同志电影”。有的说到底还是台湾走在了前头，八年前（1986年）虞戡平就把白先勇的《孽子》搬上了银幕；有的就说还是大陆后来居上嘛，陈凯歌的《霸王别姬》去年（1993年）不是在戛纳夺得金棕榈了吗？于是就有一位提到了最新的好莱坞电影《蝴蝶君》，说是根据一个中国大陆男扮女装的间谍的真人真事改编的，那间谍案在法国刚刚尘埃落地，纽约百老汇就编演了歌舞剧《蝴蝶君》，编剧叫黄哲伦，是个ABC（在美国出生长大的中国裔人士），这剧一演就火了，去年（1993年），华纳公司请澳大利亚导演柯南伯格把《蝴蝶君》拍成了电影，本来是非常出色的，可真是“既生瑜，何生亮”，谁想到去年国际上同性恋的电影扎堆儿出现，陈凯歌的《霸王别姬》拍得有霸气，那光芒硬是把《蝴蝶君》给掩下去了！有的就说，柯南伯格特别请到尊龙来演蝴蝶君，尊龙也真出彩，但是怎么又想得到人家张国荣出演程蝶衣，“此蝶更比那蝶狂”，张国荣又把尊龙给比下去了……他们在那里对“同志电影”品头论足、嘻笑怒骂，独我一旁沉思，于是对面一位女士就问我：“刘先生，您听说过‘蝴蝶君’的事情吗？”我答：“岂止是听说过。不过，我觉得，那个法国外交官和他之间，似乎还并非‘同志之恋’……”席间有位人士就说，他有刚翻录来的《蝴蝶君》录像带，非常难得，如果我想看，他可以请大家陪我去他家欣赏。在座先就有女士尖叫起来，催着快走。有人建议他回家把录像带取来，在茶寮的电视机上放，他说：“那就犯法了啊！”他问我想不想去他家看《蝴蝶君》的录像带，我的回答不仅出乎他的意外，更令几位想跟他去看带子的人士失望，我说：“算了。以后总有机会看到的吧。”

那时，我对“蝴蝶君”时佩璞及其风流艳事，已经完全没有了兴趣。黄哲伦也好，柯南伯格也好，尊龙也好，他们通过电影能诠释出什么来呢？

又过了十年，2004 年，我才得到一张电影《蝴蝶君》的光盘。本来就没抱什么期望，放完光盘更是大失所望。其中只有一段涉及什刹海银锭桥畔的镜头，引出了我若干伤感情绪，但那与电影中人物的命运无关，而是因为我自己在那镜头展现的空间附近生活过十八年，我的反应属于“接受美学”范畴里的“借酒浇愁”。

当然，看完《蝴蝶君》的光盘，也不禁沉思。究竟时佩璞的心灵深处，涌动的是些什么东西？他还在巴黎吗？

7

今年，即 2009 年 6 月 30 日，时佩璞病逝于巴黎，享年 70 岁。法新社马上予以报导。中国新闻社及国内一些传媒也有所报导，《南都周刊》还作为“封面故事”，给读者提供了图文并茂的信息。存在过的肉体将在棺木里渐渐腐烂。心灵呢？是马上消亡，还是也有一个慢慢腐烂的过程？

记者们当然不能放过肉体和心灵都还存在的布尔西科，他们到疗养院找到了风瘫的他，出乎他们的意料，布尔西科对时佩璞死去的反应十分冷淡。他只是用游丝般的语气说：“四十年过去了。现在盘子清空了。我自由了。”谁能充分阐释他说这几句话时，心灵深处究竟是什么状态？

从网络上寻觅到一段京剧《苗青娘》里的二黄慢板，是赵荣琛生前留下的宝贵录音资料，这一唱段，正是近半个世纪前，他深夜在中南海里幽咽婉转地唱出来给毛主席听的：

骤然间禁不住泪湿襟袖，
悲切切想起了国恨家仇，
叹此身逢乱世我嫁夫非偶，
母子们咫尺天涯难诉从头，
我好比在荆棘里挣扎行走，
我好比巨浪中失舵的扁舟，
到如今断肠事不堪回首，
对孤灯闻夜漏痛彻心头！

这段戏词究竟是出自金味桐，还是薛恩厚，抑或就是时佩璞的手笔？不管是谁所撰，总之，细细体味吧，搁在“蝴蝶君”自己身上，不是很有宿命意味吗？

2009年9月23日完稿于绿叶居

人生有信

冰心・母亲・红豆

前些日住在远郊的朋友R君来电话，笑言他“发了笔财”，我以为他是买彩票中奖了，只听他笑嘻嘻地卖关子：“我找到一大箱东西，要拿到潘家园去换现！”潘家园是北京东南一处著名的旧货市场，那么想必他是找到了家传的一箱古玩。但他又怪腔怪调地跟我说：“跟你有关系呢！咱们三一三十一，如何？”这真让我丈二和尚摸不着头脑。

说笑完了，R君又叠声向我道歉。越发地扑朔迷离了！

R君终于抖出了“包袱”，原来，是这么回事：五年前，我安定门寓所二次装修，为腾挪开屋子，把藏书杂物等装了几十个纸箱，运到R君的农家小院暂存，装修完工后，又雇车去把暂存的纸箱运回来，重新开箱放置。因是老友，绝对可靠，运去时也没有清点数量，运回来取物重置也没觉得有什么短少，双方都很坦然。没曾想，前些时R君也重新装修他那农家小院，意外地在他平时并不使用的一间客房床下，发现了我寄存在他那里的一个纸箱，当时那间小屋堆满了我运去的东西，往回搬时以为全拿出来了，谁都没有跪到地上朝床下深处探望，就一直遗留在那里。R君发现那个纸箱时，箱体已被老鼠啃过，所以他赶忙找了个新纸箱来腾挪里面的东西，结果他就发现，纸箱里有我二三十年前的一些日记本，还有一些别人寄给我的信函，其中有若干封信皮上注明“西郊谢绒”的，起初他没有在意，因为他懂得别人的日记和私信不能翻阅，他的任务只是把本册信函等物品垛齐装妥，但装箱过程里有张纸片落在了地上，捡起来一看，一面是个古瓶图画，另一面写的是：

心武：

好久不见了，只看见你的小说。得自制贺卡十分高兴。

我只能给你一只古瓶。祝你新年平安如意。

冰心十二，廿二，一九九一

他才恍悟，信皮上有“西郊谢缄”字样的都是冰心历年寄给我的信函。

R君绝非财迷，但他知道现在名人墨迹全都商品化了。就连我的信函，他也在一家网站上，发现有封我二十六年前从南京写给成都兄嫂的信在拍卖，我照他指示去点击过，那封一页纸的信起拍价一千零八十，附信封（但剪去了邮票），信纸用的是南京双门楼宾馆的，我放大检视，确是我写的信，虽说信的内容是些太平话语，毕竟也有隐私成分，令我很不愉快。估计是二哥二嫂再次装修住房时，处理旧物卖废品，把我写给他们的信都弃置在内了，人生到了老年，就该不断地做减法，兄嫂本无错，奇怪的是到处有“潘家园”，有“淘宝控”，善于化废为宝，变弃物为金钱。R君打趣我说：“还写什么新文章？每天写一页纸就净挣千元！”我听了哭笑不得。但就有真正的“淘宝控”正告我：这种东西的价值，一看品相，二看时间久远，离现在越远价越高，三看存世量，就是你搞得太多了，价就跌下来了，最好其人作古，那么，收藏者手中的“货”就自动升值……听得我毛骨悚然。

R君“完璧归赵”。我腾出工夫把那箱物品加以清理。不仅有往昔的日记，还有往昔的照片，信函也很丰富，不仅有冰心写来的，还有另外的文艺大家写来的，也有无社会名声但于我更需珍惜的至爱亲朋的若干来信。我面对的是我三十多岁至五十多岁的那段人生。日记信函牵动出我丝丝缕缕五味杂陈的心绪。

这个纸箱里保存的冰心来信，有十二封，其中一封是明信片，三封信写在贺卡上，其余的都是写在信纸上的。最早的一封，是1978年，写在那时候于我而言非常眼生的圣诞卡上的——那样的以蜡烛、玫瑰、文竹叶为图案的圣诞卡，那时候我们国家还没有印制，估计要么是从国外得到的，要么是从友谊商店那种一般人进不去的地方买到的——“心武同志：感谢你的贺年片。你为什么还不来？什么时候搬家？冰心拜年十二、廿六、一九七八”。我寄给她的贺年片上什么图案呢？已无法想象。我自绘贺卡寄给她，是上世纪九十年代后的事了。

检视这些几乎被老鼠啃掉的信件，我确信，冰心是喜欢我，看重我的。她几乎把我那时候发表的作品全读了。“感谢您送我的《大眼猫》，我一天就把它看完了。有几篇很不错，如《大眼猫》和《月亮对着月亮》等。我觉得您现在写作的题材更宽了，是个很好的尝试。”（1981 年 11 月 12 日信）“《如意》收到，感谢之至！那三篇小说我都在刊物上看过，最好的是《立体交叉桥》，既深刻又细腻。”（1983 年 1 月 4 日信）“看见报上有介绍你的新作《钟鼓楼》的文章，正想向你要书，你的短篇小说集就来了，我用一天工夫把它从头又看了一遍，不错！”（1984 年 11 月 18 日信）1982 年我把一摞拟编散文集的剪报拿给她，求她写序，她读完果然为我的第一本散文集《垂柳集》写了序，提出散文应该“天然去雕饰”，切忌弄成“镀了金的莲花”，是其自身的经验之谈，也是对我那以后写作的谆谆告诫。上世纪九十年代后我继续送书、寄书给她，她都看，都有回应。

大概是 1984 年左右，有天我去看望她，之前刚好有位外国记者采访了她，她告诉我，那位外国记者问她：中国年轻作家里，谁最有发展前途？她的回答是：刘心武吧。我当时听了，心内感激，口中无语，且跟老人家聊些别的。此事我多年来除了跟家人没跟外界道出过，写文章现在才是第一次提及。当年为什么不提？因为这种事有一定的敏感性。那时候尽管“50 后”作家已开始露出锋芒，毕竟还气势有限，但“30 后”“40 后”的作家（那时社会上认为还属“青年作家”）势头正猛、海内外影响大者为数不少，我虽忝列其中，哪里能说是“最有发展前途”呢？我心想，也许是因为，上世纪初的冰心，是以写“问题小说”走上文坛的，因此他对我这样的也是以“问题小说”走上文坛的晚辈，有一种特殊的关照吧。其实，那时候的冰心已经过八望九，人们对她，就人而言是尊敬有余，就言而论是未必看重。采访她的那位外国记者，好像事后也没有公布她对我的厚爱。那时候国外的汉学家、记者，已经对“伤痕文学”及其他现实主义的作品失却热情，多半看重能跟西方现代主义、后现代主义接轨的新锐作家和作品。而在引导文坛创作方向方面，冰心的话语权极其有限，中国作家协会领导层的几位著名评论家那时具有一言九鼎的威望。比如冯牧。他在我发表《班主任》《我爱每一片绿叶》后对我热情支持寄予厚望，但是在我发表出《立体交叉桥》后就开始对我摇头了。正是那时候，林斤澜大哥告诉我，从《立体交叉桥》开始，我才算写出了像样的小说，冰心则赞扬曰“既深刻又细腻”，但是他们的肯定都属于边缘话语。在那种情况下，我如果公开冰心对我的看好，会惹出“拉大旗做虎皮”的鄙夷。只把她的话当作一种私享的勉励吧。

现在时过境迁。冰心已经进入上世纪的历史。虽然如今的“80后”“90后”也还知道她，她的若干篇什还保留在中小学教材里嘛，但她已经绝非“大旗”更非“虎皮”。一个“90后”这样问过我：“冰心不就是《小橘灯》吗？”句子不通，但可以意会。有“80后”新锐作家更直截了当地评议说，冰心“文笔差”，那么，现在我可以安安心心地公布出，一位八十多岁的“文笔差”的老作家，认为一位那时已经四十出头的中年作家会有发展，确有其事。

冰心给我的来信里偶尔会有抒情议论。如：“……这封信本想早写，因为那两天阴天，我什么不想做。我最恨连阴天！但今天下了雪，才知道天公是在酿雪，也就原谅他了。我这里太偏僻，阻止了杂客，但是我要见的人也不容易来了，天下事往往如此。”（1984年11月18日信）显然，我是她想见的客人。1990年12月9日她来信：“心武：感谢你自己画的拜年片！我很好。只是很想见你。你是我的朋友中最年轻的一个，我想和你面谈。可惜我不能去你那里，我的电话……有空打电话约一个时间如何？你过年好！”如今我捧读这封信，手不禁微微发抖，心不禁丝丝苦涩。事实是，我上世纪九十年代后去看望她的次数大大减少，特别是她住进北京医院的最后几年，我只去看望过她一次，那时坐在轮椅上的她能认出人却说不出话。那期间有一次偶然遇上吴青，她嗔怪我：“你为什么不去看望我娘呢？”当时我含糊其词。在这篇文章后面，我会做出交代。

我去看望冰心，总愿自己一个人去，有人约我同往，我就找藉口推脱。有时去了，开始只有我一位客，没多久络绎有客来，我与其他客人略坐片刻，就告辞而退。我愿意跟冰心老人单独对谈。她似乎也很喜欢我这个比她小四十二岁的谈伴。真怀念那些美好的时光，我去了，到离开，始终只有我一个客，吴青和陈恕（冰心的女儿女婿）稍微跟我聊几句后，就管自去忙自己的，于是，阳光斜照进来，只冰心老人，我，还有她的爱猫，沐浴在一派温馨中。

常常跟冰心，谈到我母亲。母亲王永桃出生于 1904 年，比冰心小四岁。一个作家的“粉丝”（这当然是现在才流行的语汇），或者说固定的读者群，追踪阅读者，大体而言，都是其同代人，年龄在比作家小五岁或大五岁之间。1919 年 5 月 4 日那天，冰心（那时学名谢婉莹）所就读的贝满女子中学，母亲所就读的女子师范大学附属中学，有许多学生涌上街头，投入时代的洪流。母亲说，那天很累，很兴奋，但人在事件中，却并未预见到，后来成为中国近代史上的“五四运动”。那时母亲由我爷爷抚养，爷爷是新派人物，当然放任子女参与社会活动。但是母亲的同学里，就有因家庭羁绊不得投入社会，而苦闷的。冰心那以后接连发表出“问题小说”，其中一篇《斯人独憔悴》把因家庭羁绊而不得抒发个性投入新潮的青年人的苦闷，鲜明生动地表述出来，一大批同代人读者深受感动。那时候母亲随我爷爷居住在安定门内净土寺胡同，母亲和同窗好友在我爷爷居所花园里讨论完《斯人独憔悴》，心旌摇曳，当时有同窗探听到冰心家在中剪子巷，离净土寺不远，提议前往拜访。后来终于没有去成。母亲 1981 年至 1984 年跟我住在北京劲松小区，听说我去海淀拜访冰心，笑道：“倘若我们那时候结伙找到剪子巷，那我就比你见到冰心，要早六十几年哩！”我后来读了《斯人独憔悴》，没有一点共鸣，很惊异那样的文笔当时怎么会引出那样的阅读效果。母亲还跟我谈到那段岁月里读过的其他作家作品，她不止一次说到叶圣陶有篇《低能儿》，显然那是她青春阅读中最深刻的记忆之一。我直到现在也还没有读过叶圣陶的这个短篇小说。一位“80 后”算得“文艺青年”，他当然知道叶圣陶，也是因为曾在语文课本里接触过，但离开了课文，他就只知道“叶圣陶那不是叶兆言他爷爷嘛”。在时光流逝中，许多作家作品就这样逐渐被淡忘。

自从冰心知道母亲是她的热心读者以后，每次我去了，都会问起我母亲，并且回忆起她们曾共同经历过的那些时代的一些大大小小的事情。我告别的时候，冰心首先让我给我母亲问好，其次才问我妻子和儿子好。回到家里，我会在饭后茶余，向母亲诉说跟冰心见面时聊到的种种。冰心赠予的签名书，母亲常常翻阅。记不得是在哪篇文章里，反正是冰心在美国写出的散文，里面抒发她的乡愁，有一句是怀念北京秋天的万丈沙尘。母亲说这才是至性至情之文，非经过人道不出的。现在人写文章，恐怕会先有个环境保护的大前提，这样的句子出不来的。冰心写这一句时应该是在美国威尔斯利女子大学，或附近的疗养院，那里从来都是湖水如镜绿树成荫。

1983 年 9 月 17 日冰心的来信："心武同志：你那封信写的太长了。简直是红豆短篇。请告诉您母亲千万别总惦着那包红豆了，也不必再买来。你忙是我意中事。怎么能责怪你呢？你也太把我看小了。现在你们全家都好吧？孩子一定又上学了？你母亲身体也可以吧？月前给你从邮局（未挂号）寄上散文集一本，不知收到否？吴青现在在英国参观，十月下旬可以回来。问候你母亲！"事情过去二十七年了，我现在读着这封信只是发愣。红豆是怎么回事？从这信来看，应该是母亲让我把一包红豆给冰心送去，而我忙来忙去（那时候我写作欲望正浓酽，大量时间在稿纸上爬格子码字，要么到外地参加"笔会"，那一年还去了趟法国），竟未送去，于是只好写信给冰心解释，结果写得很长，害得她看着很累，她说成短篇小说了，恐怕是很差的那种短篇小说。红豆，一种就是可以煮粥、做豆沙馅的杂粮，另一种呢，则是不能吃而寄托思念的乔木上结出的艳红的豆子，多用来表达恋人间的爱情，也可以推而广之用来表达友人间的情谊。母亲嘱我给冰心送去的，究竟是用来食补的一大包红小豆，还是用来表达一个读者对作者敬意的生于南国的一小包纪念豆（我那一年去过海南岛似乎带回过装在小口袋里的红豆）？除非吴青那里还存有历年人们写给冰心的信函，从中搜检出我那"红豆短篇"，才能真相大白，我自己是完全失忆了。但无论如何，冰心这封回信是一位作家和她同代读者之间牢不可破的文字缘的见证。

母亲最后的岁月是在祖籍四川度过的。1988 年冬她仙逝于成都。1989 年 2 月 17 日冰心来信："心武同志：得信痛悉令慈逝世！你的心情我十分理解！尽力工作，是节哀最好的方法。《人民文学》散文专号我准备写关于散文的文字，自荐我最有感情的有篇长散文《南归》，不知你那里有没有我的《冰心文集》三卷？那是三卷 305–322 页上的，正是我丧母时之作。不知你看过没有？请节哀并请把你家的住址和电话告诉我。"

1987 年年初我遭遇到"舌苔事件"。1990 年我被正式免去《人民文学》杂志主编职务。我被"挂起来"，直到 1996 年才通知我"免挂"。冰心当然知道我陷窘境。上引 1990 年年底那封信，所体现出的不止是所谓老作家对晚辈作家的关怀，实际上她是怕我出事情。我那时被机构里一些有权有势的人视为异类，在发表作品、应邀出国访问等事项上屡屡受阻。他们排斥我，我也排斥他们。我再不出席任何他们把持的会议和活动。即使后来机构改换了班子，对我不再打压，我也出于惯性，不再参与任何与机构相关的事宜。我在民间开拓出一片天地。我为自己创造了一种边缘生存、边缘写作、边缘观察的存在方式。上世纪九十年代初，我只能尽量避开那些把我视作异类甚至往死里整的得意人物，事先打好电话，确定冰心那边没有别人去拜望，才插空去看望她一下。冰心也很珍惜那些我们独处的时间。记得有一回她非常详尽地问到我妻子和儿子的状态，我告诉她以后，她甚表欣慰，她告诉我，只要家庭这个小空间没有乱方寸，家人间的相濡以沫，是让人得以渡过难关的最强有力的支撑，有的人到头来捱不过，就是因为连这个空间也崩溃了。但是，到后来，我很难找到避开他人单独与冰心面晤的机会。我只是给她寄自绘贺卡、发表在境外的文章剪报。我把发表在台湾《中时晚报》上的《兔儿灯》剪报寄给她，那篇文章里写到她童年时拖着兔儿灯过年的情景，她收到马上来信："心武：你寄来的剪报收到了，里面倒没有唐突我的地方，倒是你对于自己，太颓唐了！说什么'年过半百，风过叶落'，'青春期已翩然远去'，又自命为'落翎鸟'，这不像我的小朋友刘心武的话，你这些话说我这九十一岁的人感到早该盖棺了！我这一辈子比你经受的忧患也不知多多少！一定要挺起身来，谁都不能压倒你！你像关汉卿那样做一颗响当当的铁豆……”（1991 年 4 月 6 日信）重读这封来信，我心潮起伏而无法形容那恒久的感动。敢问什么叫做好的文笔？在我挨整时，多少人吝于最简单的慰词，而冰心却给我写来这样的文字！

吴青不清楚我的情况。我跟她妈妈说的一些感到窒息的事一些大苦闷的话她没听到。整我的人却把冰心奉为招牌，他们频繁看望，既满足他们的虚荣心，也显示他们的地位。冰心住进北京医院后，1995 年，为表彰她在中国译介纪伯伦诗文的功绩，黎巴嫩共和国总统签署了授予她黎巴嫩国家级雪杉勋章的命令，黎巴嫩驻中国使馆决定在北京医院病房为冰心授勋。吴青代她母亲开列了希望能出席这一隆重仪式的人员名单，把我列了进去。有关机构给我寄来通知，上面有那天出席该项活动的人员的完整名单，还特别注明有的是冰心本人指定的。我一看，那些整我的人，几乎全开列在名单前面，他们是相关部门头头，是负责外事活动的，出席那个活动顺理成章，当然名单里也有一些翻译界名流和知名作家，有的对我一直友善。我的名字列在后面显得非常突兀。我实在不愿意到那个场合跟那些整我（他们也整了另外一些人）的家伙站到一起。在维护自尊心及行为的纯洁性，和满足冰心老人对我的邀请这二者之间，我毅然选择了前者。我没有去。吴青后来见到我有所嗔怪，非常自然。到现在我也并不后悔自己的抉择。其实正是冰心教会了我，在这个世道里，坚决捍卫自我尊严该是多么重要！

2010 年 9 月 25 日温榆斋

神会立交桥

1

记得是在北京天安门对面马路西南角松树下，刚从人民大会堂参加完一个活动，我和一位当时举足轻重的文学评论家站在一起。那是1981年，我们在那里等候公共汽车。我问他看没看过我的中篇小说《立体交叉桥》，他说看过。我问他有什么意见，他说调子太灰暗了。这已经是我第N次听到“调子灰暗”的批评。评论家见我神情沮丧，就安慰我说：“创作中偶尔走点弯路是难免的，迷途知返就好。”又说：“作家要站在生活之上，而不能自然主义地去表现生活。作家可以刻画小人物，但作品里不能全是小人物，更不能一味地同情小人物，作家应当塑造出先进人物把读者往光明的方向引导。”他确实语重心长，但我听了却冥顽不化。

2

后来是悟透了，作家凭良知良能和兴趣情绪管自去写就是了，何必那么看重文学理论家和文学批评家的宏论。但那时的我，对文坛上的主流批评家的意见，却非常地看重。我在1977年发表出短篇小说《班主任》以后，当时文坛的主流批评家几乎是一致予以肯定和鼓励。但是，自从我1980年发表出第一个中篇小说《如意》以后，文坛的主流批评家的态度和意见就开始分化了。冯牧，他当时是中国作家协会的领导人之一，兼《文艺报》主编（当时《文艺报》

让我们架设起心灵的立体交叉桥 L·X·W

是双主编，另一主编是孔罗荪），又负责那时一年一度的短篇小说和中篇小说评奖，他的话语权是非常强大的。他支持《如意》所弘扬的人道主义，但是在第一届中篇小说评奖活动中,《如意》虽然被提名,也有冯牧等评论大腕的支持,却遭到了强有力的反对，持反对意见的人士也属于那时的批评大家，他们在评奖讨论中对《如意》的尖锐批评传到我耳中以后不久，批评文章也就正式出现在报刊上。他们的批评应该说是善意的，文章也是以语重心长的调式写出，大体的意思是，人道主义是资产阶级的意识形态，尽管在资产阶级反对封建主义的阶段有一定的进步意义，但是马克思主义出现以后，人道主义就成为一种落后的东西了。《如意》里面刻画的石大爷是个憨厚的劳动人民，他的人道主义情怀可以表现，但是作者不应该和石大爷站在一个水平线上，正确的写法应该是对他的人道主义情怀既包容又批判，引导读者认识到人道主义的局限性。那届评奖中《如意》名落孙山。

3

那时候我没把名利看透，得奖的欲望很强烈。那时候有的作家年年得奖，不同品种的作品全都得奖，有的笑称自己是“得奖专业户”。我虽然在 1978 年度的短篇小说评奖中拔得头筹，1979 年度也还得了短篇小说奖，但是中篇小说始终没有得奖。想得奖，却又没有往得奖的方向努力。按说再写中篇小说，就不要像《如意》那么写了，不要跟小说里的小人物平起平坐，把平视的角度换成俯视的角度，那么，再参选，就可能不仅冯牧会赞赏，那些批判人道主义的批评大家也能容纳。

1981 年，我开始了又一个中篇小说的写作，写成一算有七万五千字，小说题目是《立体交叉桥》。

名缰利索羁绊着我，但我毕竟还不是名利熏心的状态。影响我创作的固然有文坛的主流人物，也还有边缘的人物。

文坛的边缘人物之一，林斤澜大哥，是我永远要忆念的。1978 年我在《十月》丛刊当编辑时，开始跟他接触。究竟何谓文学？何谓小说？何谓文笔？何谓韵味？林大哥对我是心授言传。心受，是他给我拿去编辑的文稿和所刊发出的作品；言传，是他在跟我两个人独处时，那些直截了当不拐弯的批评指点。《如意》刊发以后我很得意，问他读后感想。他摇头。我信服他的摇头。林大哥的意见一定要洗耳恭听。他跟那种批判人道主义的人士的出发点完全不同。他指出《如意》仍未彻底摆脱主题先行的窠臼。林大哥是个睿智而通达的人。他说，主题先行，也不失为一种写法，比如茅盾写《子夜》，开篇就是农村老太爷进城后一命呜呼，体现出“封建势力日暮途穷”的主题，然后展开民族资产阶级和买办资产阶级的矛盾冲突，以体现“中国正处于社会发展中的子夜阶段”的中心思想。后来我看到茅盾为其《霜叶红于二月花》所拟出的详尽的写作提纲，那确实堪称主题先行的典范。林大哥说，他对茅盾还是佩服的，而且非常感念，他在1956年左右，把两个短篇小说投给《人民文学》杂志，编辑说看不懂，也不便随意退稿，那时茅盾是主编，编辑把稿子上交请茅盾定夺，茅盾看完后表态：两篇都发。于是在那时的某期《人民文学》上就出现了林斤澜两篇小说，真叫别开生面。茅盾自己按主题先行的路数写作，却大度容纳林斤澜那种主题模糊的作品，这样的编辑作风应该世代相传。虽然茅盾对林大哥有恩，但林大哥始终不入茅盾的那种写作路数，寂寞地沿着自己的“怪味”一直写到生命终了，这种创作骨气也应该世代提倡。

冯牧对我有公开的影响。林大哥对我有私下的影响。最后林大哥的影响超过了冯牧。写《立体交叉桥》，我就完全摆脱了主题先行。《立体交叉桥》当然有主题，作品前面的题记就可视为主题，但作品本身却是原生态的，一片生活，一群活人。

写《立体交叉桥》的时候我已经离开了《十月》，和林大哥一样，是北京市文联的专业作家。写完这部稿子，碍于文坛主流理论家批评家的强大气场，我有好一阵把它放在抽屉里，无将其刊发的勇气。是《十月》的老同事章仲锷跑到我家，在我不在家的情况下，获取了我母亲的信任，将我抽屉中的稿子拿去到《十月》发表了，详情在别的文章里讲过，此处不赘。

《立体交叉桥》的刊出使得冯牧对我失望。“调子灰暗”成了若干评论家在公开文章和私下议论里的常用考语。如果说《如意》的“错误”是作者没有比小说主人公站得高，那么《立体交叉桥》的“错误”则更加严重——作者简直就把自己跟作品里的那些小人物打成一片了！有批评家写出了很长的文章，出发点当然还是为我好，希望我不要在不健康的路子上走得太远。现在想起来确实有点好笑，那样的批评有什么不得了呢？但是当时的我却心烦意乱起来。

林大哥很快通读了《立体交叉桥》，他对我说：“这回，你写的是小说了。”

4

那天从人民大会堂出来，是刚参加完纪念鲁迅百年诞辰的大会。大会非常隆重，有中央领导人出席，周扬发表了讲话。那次纪念活动定了个主席团名单，据说是报请中央批准的，名单里的人都能坐到主席台上。我的名字被列在了名单里，因此得以坐上主席台。这是一种政治文化，或者说是文化政治。那时北京市文联的专业作家里有若干资深作家当年是接触过鲁迅或至少是跟鲁迅共过时空的，却并没有列入主席团名单没上主席台。事后，又是林大哥，对我入名单上台盘嗤之以鼻，说：“好笑！”令我有醍醐灌顶之感，生遍体清凉之效。林大哥 2008 年仙去，我痛失一个以真率待我、以诤言警我的兄辈！

作为一个这样时空中的写作者，嵌入政治文化福祸相倚，即使久享政治文化的甜头，终究无大意趣，不如把作品写好，使其多少具有长久些的阅读价值，才是人生大义。

因此，那天虽然上了趟主席台，我还是兴奋不起来。《立体交叉桥》是我非常用功的一个作品。这个作品究竟站不站得住脚？我应该如何持续我的写作？批评我的那边，鼓励我的林大哥这边，两边的影响力拔河，我一时难以定位，非常焦虑。

5

事后有人说，正当刘心武的《立体交叉桥》被定性为“调子灰暗”的时刻，忽然“半路里杀出一个程咬金”。

1982 年《上海文学》第 5 期，刊发出了蒋孔阳的长篇评论《立体的和交叉的——读刘心武〈立体交叉桥〉有感》，对《立体交叉桥》予以充分肯定。

蒋孔阳！这名字于我如雷贯耳。

我在上世纪五十年代，十几岁的时候，就是一个文学青年。大约在 1958 年，我买到一册由中国青年出版社出版的《文学的基本知识》，就是蒋孔阳写的。那已是在许多知识分子“落马”的大运动之后，“落马”的那些人的著作，不敢公然捧读了，但蒋孔阳的这本书是大运动之后还在发行的，我觉得当然可以带到学校堂而皇之地当作入文学之门的开蒙书，自己读不算，还推荐给同样爱好文学尝试写作的同窗。没想到大运动过后，还时不时有小运动，后来酿成更大的运动。1960 年，我那时是《读书》杂志的热心读者，而且 1958 年还曾给它投稿蒙其刊发，忽然发现上面刊出了一篇文章，题目赫然是《蒋孔阳的修正主义文艺思想批判》。后来更发现，那以后一年多里面，《解放日报》《文汇报》《上海文学》《学术月刊》《复旦》等报刊接二连三地批判蒋孔阳，差不多同时期，还集中火力批判钱谷融，钱的“修正主义”观点是“文学是人学”，蒋的“修正主义”观点被引用得最多的是：“在阶级社会里文学除了作为上层建筑从思想和感情上来为不同的阶级服务外，还有只是反映生活不为任何阶级服务的。”

改革开放以后，蒋孔阳致力于美学研究，特别是德国古典美学。他从来都只是一个文艺理论家，没有就当代文学的作家作品写过单篇评论，但是，却忽然写出了这样一篇大文，刊发在具有影响力的《上海文学》上。

那时候我和冯牧之间在文学思维上出现了裂痕，但个人关系还是好的。我去拜访他，他留我吃晚饭，一起喝葡萄酒。提及蒋孔阳的“斜次里杀出”，他呵呵地笑，感叹：“他以前从不涉足当代作品评论的啊，你这《立交桥》踩了他哪根筋？”我想再进一步深谈，冯牧就回避了。后来我意识到，似乎北京方面的文学理论家、批评家，既然占了上风，对上海那边的也就以礼相待，尽量避免龃龉。

我看到蒋孔阳的文章后，非常激动，立即给他写信、寄书，他在 1982 年

5月20日给我回了信。

啊呀！二十几年过去，当时的文学青年已经到了不惑之年，却仍在惶惑中，而素昧平生的蒋孔阳先生，却写来了颇长的信！二十几年前他告诉我“文学的基本知识”，二十几年后他再次启发我如何进入文学真谛。

他的来信如下：

心武同志：

您好。大函和寄来的两本大著，均已收到，谢谢。

我谈尊作的文章，能够很快地得到您的反应，非常高兴。这两天，我重新翻读了您寄来的两个集子，加深了我这样一个印象，那就是《立体交叉桥》在您创作的道路上，的确是一个较大的突破。不知您自己认为然否？创作最富有个性，其中得失甘苦，往往只有作者自己最清楚，因此我希望能够知道您自己对《立体交叉桥》的看法。

我很少写文学作品的评论文章。大作是我去年在日本时，一个偶然的机会看到的。我和我爱人都认为写得好，觉得在我国当前小说创作上是一个突破。但是，回国后，却听不到对大作有任何的反应。我和一些同志谈起来，向他们推荐您的这篇作品，他们也同意写得好，但据说是被认为“调子低沉”的作品，所以未能得到评介。后来我和《上海文学》的编辑同志谈起来，他们鼓励我写一篇评论。我虽然不是搞这方面工作的，但觉得为了给在艺术上作出辛勤的探索并取得了一定成绩的作者，以一些鼓励和安慰，使他能继续向前探索，因此，我不揣冒昧，写了这么一篇东西。由于我对当前小说创作的不够熟悉，以及自己理论水平的限制，我怀疑我是否达到了我的这一目的。

希望今后能够读到您更多更好的作品。

三月底我到广州开会，摔了一跤，至今尚在修养中，因此不多写了，祝撰安！

蒋孔阳

5月20日

6

都成如烟往事了。如今谁还会找出我那《立体交叉桥》来读？因此我少不得对阅读到这篇文章的诸君将那小说略作说明。那个中篇小说是写北京普通市民因居住空间狭窄而生发出的人际冲突，特别是心理冲撞。三十年过去，不仅北京，到处还都在上演与居住空间紧密相连的人生戏剧，悲喜正闹依然风风火火，人性也依然是那么深奥诡谲。我自己觉得这个作品到如今依然有其生命力，因为三十年虽然由“河东”到了“河西”，城市住房问题仍是最大的民生问题，形态不同了，而实质无异。

蒋孔阳先生在《立体的和交叉的》一文里这样评价我的这个中篇小说：“刘心武的《立体交叉桥》的特色，在于把生活写得细，写得深，写得具体和真实，尤其难能可贵的是，他没有停留在平面地描写生活，而是把生活立体地加以描写；他没有单线地描写生活，而是把生活交叉起来描写。”“形成一个立体的交叉的生活的网。”“加起来总共不过十几个人物左右，但一齐汇集到十六个平方米的房屋之中，于是兄弟姊妹的关系，婆媳的关系，叔嫂的关系，等等的关系，就像无数互相冲突的电子和原子构成了庞杂的物质世界一样，构成了一幅虽然小却十分丰富的生活画面。在这个生活画面中，既没有第一号人物，也没有第二号人物；既没有英雄，也没有坏蛋……作者所写的都是这样一些我们所熟悉的，在实际生活中经常可以碰到的人物……他们没有一个凌驾在另一个之上，因此，他们就平行地交叉地相互一道过生活。你的生活插入我的生活之中，我的生活又插入你的生活之中。你的生活刚刚这样开始，我的生活或他的生活又使你的生活变成了另一个样子……”他也指出小说所写出的“一张五味俱全的网”，“写出了对过去的失望和对将来的向往，但因为着重点是写对于过去的失落，因此，这篇作品的调了的确比较低沉”，但随即就辩解道：“但是，前进的起点不是满足于已有的成就，更不是满足于用高音喇叭来自我吹嘘，而是踏踏实实地正视现实……”他认为我在小说里对人物心理进行开掘时，几句点睛的“我们要努力冲破灰溜溜，我们要顽强地开辟通向幸福的道路”，就足够是启发读者的光明基调了，不必再去额外地涂抹亮色。按我的理解，蒋孔阳先生是以我的这个中篇小说为例，说明尽管现代主义、后现代主义有某些超越性的魅力，但严格的现实主义作品仍具有鲜活的生命力。

7

得到蒋孔阳先生来信，我很快回信，半个多月后他又写来信，这封信写得长，足写满三页信纸，不全文引用实在可惜：

心武同志：

五月二十七日来信收到了，谢谢。你告诉了我很多情况，但一则因为病，二则因为你叫我谈的问题我感到很难谈，所以迟至今天才回信，请谅。

来信中谈的情况，我原来也有一些风闻。一些领导同志批评了你的《立体交叉桥》，认为“调子低沉”;而一些普通青年、工人、干部，却赞扬你的作品，认为写得好。你认为这“都是百家争鸣中的一种好现象”,我完全同意你的看法。我自己,也是在这“百家争鸣”中鸣了一下。我到现在还是坚持我原来的看法，也就是认为《立体交叉桥》是一篇难得的好作品。从来信中说的一些情况来看，可能有的同志看了我的评论，会很不以为然，但那也只好由他们去了。我只是作为一个读者，讲了一些应当讲的真心话。

你问我:“所谓‘调子’是一种什么美学标准?”老实说，就我这点水平，实在回答不出。美学书中，似乎也没有“调子”这样一种标准。如果拿音调的高低当成“调子”，那么五八年和“文化大革命”时期，调子最高，可是，那种高调能对国家有什么好处呢？六〇年的调整和七八年的调整，都讲求实事求是，调子都不高，可是它们都给国家带来了巨大的利益。因此，调子的高低，并不等于社会效果的好坏。文学作品，也是如此。大跃进民歌和样板戏，可谓调子高矣，然而无非是一些大话和假话。

文学作品，应当讲求社会效果，但怎样才算有社会效果呢？是像过去的奸臣一样，专门讲些假话，粉饰太平，就有社会效果呢？还是像过去的忠臣一样，讲一点真话,使人们警觉起来,感奋起来,因而“帮着群众推动历史的前进”呢?我认为社会效果,应当是表现在后一点上面。正因为这样,我们提倡现实主义,我们要求文艺立足现实,真实地描写现实的关系,从而帮助人们认清现实,共同前进!你的《立体交叉桥》,做到了这一点,因此,我觉得好。

收到《读书》杂志,当中有一篇你的大作:《在“新、奇、怪”面前》,我拜读了,觉得很好。从这里,我认识到你对于你的创作,完全是自觉地有理论的认识的,正因为这样,所以你能开掘到旁人所开掘不到的程度。作为一个艺术家,热爱自己的艺术,忠实于自己的艺术,把自己的作品当作艺术一样来创造,这样,你不仅会攀登艺术的高峰,而且会找到真正为人民服务、为社会主义服务的光明道路!

另邮奉上拙作两本:《德国古典美学》和《美和美的创造》,请指教。尤其是《美和美的创造》一文,更希望能够听到你的意见。

如果你来上海,十分欢迎你到我家做客。如果我到北京去,也一定来看你。

祝

撰安!

蒋孔阳

6 月 16 日

不消说,接到这封信后,我就一直盼望能和蒋孔阳教授见面。

8

1982 年年底蒋孔阳先生来北京开会,他预告我会议结束后会按我提供的地址来我家聚谈,我就痴痴地等着他。我知道蒋先生是四川万县人(那时侯重庆还没有脱离四川成为直辖市,现在万县划归重庆),我童年在重庆度过,说得一口重庆话,万县口音与重庆接近,我们用家乡话对谈,该是多么有趣啊!但是他的身影一直没有出现。跑去问邻居刘再复,他也不得要领。那时候不但绝无手机,就是私人座机也还很少,我家就没有安装上,打电话都是到楼下自行车存车棚设置的公用电话那里，而我又并不掌握蒋先生下榻的宾馆的电话，无法及时与他沟通。

1983 年元旦前我接到他从上海写来的信，他告诉我:“昨天从北京归来，捧读所惠大著及来函，真后悔前天晚上（12 月 21 日）没有坚持去看你。我这次是到京参加大百科全书哲学卷的规划会议。会议结束，原拟同美学研究所聂振斌同志一道，前往劲松去看你和刘再复同志，聂已应约到我住处，但因有的同志认为路远，而且时间已不太早，他们出于好心，劝我以后有机会再去，这次不必去了，就这样，给耽误了一次早日会见你的机会！”

残酷的事实是，我们后来，直到他 1999 年谢世，始终缘悭一面。我们只是曾经神会于立交桥。我为什么就不能专门去上海一趟，拜见他一次呢？翻阅着发黄发脆的信纸，我痛切地意识到，在流逝的岁月里，由于我的性格弱点，失掉了太多不该失掉的东西！

9

2009 年 9 月，上海文艺出版社出版了《中国新文学大系》，在 1976—2000 年的中篇小说卷里，收录了我的《立体交叉桥》；而文学理论卷里，收录了蒋孔阳教授的那篇《立体的和交叉的——读刘心武〈立体交叉桥〉有感》。作为一篇在上世纪八十年代被北京主流文学理论家和评论家定性为“调子低沉”，在中篇小说评奖中被排斥的作品，《立体交叉桥》在二十八年后被收入“大系”，“系”住它的最强有力的支撑，应该就是蒋孔阳先生那篇大文。我感到欣慰。对蒋先生当年的鼎力扶持，更觉得难能可贵。

从网上查到，2010 年 7 月，上海东方出版中心出版了蒋先生遗著《真诚的追求》，其中收入了他的一百余封书信，可惜目录中没有呈现他给我的来信，想想也不奇怪，他给我的信都没有留底稿，那时候也不会复印。如果编者有意，此书再版时，我愿提供蒋先生给我的三封手书的复印件，补充进去。我以为那是他出色的行为写作。

10

此文写完请一位年轻人过目，他说，蒋孔阳第二封信里有句话似乎不通，我问他是哪句，他说是这句：“把自己的作品当作艺术一样来创造。”我和他讨论。我说这句太重要了。我另造几个句子给他听：“把自己的作品当作宣传品来创造。”“把自己的作品当作领导喜欢的东西来创造。”“把自己的作品当作摇钱树来创造。”“把自己的作品瞄准文学大奖来创造。”“把自己的作品去迎合潮流而创造。”“把自己的作品当作杂要来创造。”再让他咀嚼蒋先生那句“似乎不通”的话，他沉吟了一会儿，颔首说：“通了。懂了。”

2010年10月31日温榆斋中

从卍的奥秘说起

1

有人以为，我对卍字的兴趣，源于《红楼梦》，因为《红楼梦》有个丫头叫卍儿，写大观园室内隔板装饰时也出现了卍字，表示那板上雕花有“万福万寿”的吉祥含义。其实，卍字引起我特别关注，源于一篇现代白话短篇小说，那就是吴组缃的《卍字金银花》。后来我还特别去观察所遇到的金银花，可惜始终没见着花瓣呈卍字形的。再后来到佛寺去，见佛像胸前有卍字，建筑部件上也会有卍字，请教通人，告诉我这个符号出现得很早，在佛教形成前古印度、波斯、希腊等处就出现了，是太阳与火焰的象征，梵文读作“室利瓦磋”，后佛教认为是释迦牟尼胸部出现的瑞相，乃“万德吉祥”的标志，到唐朝，武则天定其读作“万”，后来佛寺将其画到墙上，则又有“法轮常转”的意思。如果观察得更仔细，则会发现有的佛寺，特别是喇嘛寺，所出现的同一符号则是卐的形状。那么，它究竟应该是作逆时针旋转状，还是应该呈顺时针旋转状呢？唐朝慧琳法师编有《一切经音义》，他认为顺时针的卐为正宗，但你现在到中土佛寺去，所看到的绝大多数都是逆时针的卍——当然，顺时针逆时针是按现代钟表指针旋转方式来表述，唐朝并无此种计时器——现代人大概都会觉得卍的形状比较顺眼，因为卐这个符号，将其斜置，就是上世纪给人类带来莫大灾难的德国纳粹的党徽。

隐私是人生命中最真实最珍贵之所在 L·X·W

2

《卍字金银花》是吴组缃 1933 年写的一个短篇小说。作为小说家，他最出色的作品都集中出现在上世纪三十年代，虽然他在上世纪四十年代发表了长篇小说《山洪》，但我和不少人——包括我的上一辈和下一辈——谈论起来，都觉得他在上世纪三十年代的那些短篇小说，就足以令他在中国白话小说史上不朽。

《卍字金银花》讲述了一个凄婉的故事。美丽的青春女性纵有再多的聪慧才情，只因顺应生命本原的律动偷尝了禁果，便被宗族不容，终于惨死在废墟之中。在这个文本里，卍字金银花既是贯穿始终的意识兴奋点，更是一个巨大的隐喻。卍是中国人心目中意味着长久不衰的吉祥符号，金银不消说了，代表着财富，而这卍字和金银又都集中在盛开的花朵上。然而在礼教桎梏下，卍字金银花却意味着正当人性的缺位。这篇小说直到今天仍可引出鲜活的现实联想与对人生意义的深思。那天看电视里的一档相亲节目，出场的女嘉宾多有一再追问求偶的男青年"你的长远目标是什么？"以至具体到："你自主创业的公司什么时候可以上市？"非常看重卍和金银，也非常看重色相："你怎这样单薄？""你眼睛怎那么小？""你不够帅！"也就是说，要有卍和金银，还要开成花。这当然也无可厚非，然而却可以略加薄非吧——罗密欧与朱丽叶、卖油郎与花魁、白马王子与灰姑娘……一直到吴祖缃笔下的那位因自主支配了自己感情与身体而被驱赶到废墟中面临死亡，虽痛苦而并无悔意的女子，他们那超越卍与金银的生命之花，难道就一点也打动不了你们的心肠吗？

对于现在的某些青春生命来说，远离了高尚、高雅、高洁，从身体到灵魂皆可以为实际利益一丝不挂，那确实已经是铁石心肠，刀枪不入，甘霖不接。也是在电视上，一位化浓妆的姑娘以愤怒而鄙夷的声气大声宣布："少跟我提书！我最讨厌书了！"编导竟未剪掉，大概是可以用来形成刺激、提升收视率吧（此档节目后来已无继续）。她连如今最时髦、最畅销的书也弃若敝屣，你能指望她去翻阅吴组缃的小说，去领会一下《卍字金银花》的意蕴么？

3

然而我并未灰心。一位迷恋哈利·波特系列的“90后”，到我书房帮我修理完电脑，一起闲聊，我跟他推荐了吴组缃的短篇小说《菉竹山房》，那篇小说很短，他坐在沙发上很快读完了，我问他：“怎么样？”他说：“不错。破除迷信，对吧？”我初读这篇小说时，比他还小，刚上初中，十四岁左右。那时候人民文学出版社陆续出版了一套绿封皮的，“五四运动”以来的老作家的小说选。我始终记得那纯绿的单色封皮，除了书名“XX小说选”外，再无任何装饰，真是表里一致的纯文学。记得其中也有一本沈从文的，也买来读过，没什么触动，三十年后再读新出的沈从文小说，才知道那时候他迫于形势，艺术上最精彩的或者不选，或者大加改动。如今网上有专售旧书的网站，我多次搜索，始终没有发现那种绿皮书（记得还是竖排往右翻的版式）。那个绿皮书系列里，就有《吴组缃短篇小说选》，我那时读完《菉竹山房》，开头也觉得是个写得很抓人的“闹鬼”故事，直到呈现出欧·亨利式的戛然而止的结尾，才知不是鬼是人，确实，其“中心意思”，岂非“破除迷信”乎？后来，随着生理上心理上的成熟，再读，才懂得所写的是正当人欲被极度压抑后所形成的大苦闷，小说里的姑姑和她的丫头兰花，一个是老寡妇，一个是老处女，住在一栋充溢着传统文化气息的雅宅里，“我”和妻子的到来，使得她们压抑多年的大苦闷终于有了一个宣泄口，她们夜里就跑到那对年轻夫妻居室的窗外“窥阴”去了！

我和那“90后”小朋友由这篇小说讨论起性心理。小说里还有段文字，看似不经意，却是预设出来为读者回味结尾时反刍的。他写到“我”的大伯娘，见到“我”的妻子即侄儿媳妇阿圆，就亲热到极点：“她老人家就最喜欢搂阿圆在膝上喊宝宝，亲她的脸，咬她的肉，摩挲她的臂膊，又要我和她接吻给她老人家看。一得闲空，就托只水烟袋到我们屋里来，盯着眼看守着我们做迷迷笑脸。”

吴组缃的这篇《菉竹山房》，刺进人性最深处。倒不是说要去皈依弗洛依德的那一套，把人的一切行为都装进性意识的筐里去进行诠释，但忽略了人的生命是一个极其复杂的存在，生命活动中性意识的勃动确实是绝不能忽略的因素，成年人在这方面的理性自控、随缘宣泄、自觉不自觉地寻求代偿，在一定范畴内属于个体隐私，但若始终混沌汹涌而又不能良性化解，却又难免溢出个人隐私边界而酿成社会问题。

那“90后”小朋友就讲起他侄儿的事。哥哥嫂子侄儿在老家，他放假回去看望，发现仅有四岁的侄儿，却会发出一声大人般的叹息：“唉，真烦恼！”为什么呢？因为嫂子的姐姐，大姨妈，每次来了，都要看他的小鸡鸡，原来穿开裆裤，也不懂事，随便看，还用手拨弄，他哭，大姨妈也开怀大笑；如今他不穿开裆裤了，大姨妈来了，还要坚持看鸡鸡，他妈就总让他给看，他竟不知怎地就自发说出了一句“真烦恼”，烦恼归烦恼，还是褪下裤子，让大姨妈看，到最近，裤子也不褪，只朝前边撑开，让那大姨妈从上往下有限度地看；侄子在一天天长大，究竟那“真烦恼”几时会导致严辞拒绝，酿出几方的不快，亦未可知。我就问他那侄子的大姨父情况，他说是在北京建筑工地干活，常年住集体工棚，只有年底领到工资后，才回乡跟家里人团聚。

“90后”小朋友跟我说，他是读了《菉竹山房》，跟我讨论中，才忽然想起小侄儿的“真烦恼”的，原来他只觉得有趣罢了，现在忽然憬悟，其中竟有惊心动魄的因素。我们闲聊到最后，他竟发出这样的宏论：“今后是不是应该有供建筑工人带妻子来一起住的工棚呢？那些妻子还可以组成一支娘子军，在大的建筑项目里发挥女性优势，起到作用？”我心里热乎起来。更符合正当人性的社会，正期待这些“90后”在吮吸了包括吴组缃小说在内的文明积累后，开创出来！

4

吴组缃先生生于1908年，大我三十四岁；逝世于1994年，那时帮我修电脑的小朋友才四岁。小朋友问我：“您见过他吗？”

吴先生在1949年以后，就再没写小说了，他从1952年以后一直是北京大学中文系的教授，在研究古典文学包括《红楼梦》方面有所建树。我曾想进入北京大学中文系，去听那些包括吴先生在内的名教授讲授。但是命运没有给我安排这样的机会。后来我了解到，即使在古典文学研究领域，吴先生后来也被边缘化了。曾看到一个资料，上世纪中国的文化活动还受苏联影响的时候，常举行国际文化名人的纪念活动，那被纪念的对象由苏联方面主导决定。在中国这边开纪念会，循例要有一位专家出面作一个颇长的报告，不仅会在《人民日报》发表，并会译成几种文字输出。某一年，所纪念的文化名人中，有中国的古典作家，具体是谁资料不在手边，我记不清了，可能是曹雪芹或者吴敬梓，有关方面让吴先生准备那个报告，他非常认真地写出来了，送去审查，也没发现问题，且告诉他非常精彩，但到举行报告会前夜，却忽然通知他不用他的文稿了，改由一位党内有职务的人物去作报告。之所以不让吴先生出面，据说是因为他一非党员二无行政职务，“规格不够”。据我从旁观察，他直到去世，一直缺乏“规格”。但他的小说，他的讲授，他的古典文学研究，那里面的“卍字金银花”所喷发出的芬芳，岂是外在的“规格”所能够限定的？有的曾经“规格”非常显赫的人，早已失去价值或者大贬值，但是现在不说别的，光是重读《卍字金银花》和《菉竹山房》这两个短篇，就会感觉到，吴先生的价值，是会永存的。

5

我虽然跟吴组缃先生未谋过面，我们却通过信。原来我也早忘记了有这回事。也是从村居朋友那里，重获一个装旧物的纸箱，才发现了不少旧信，还有三十年前的日记。记忆力是一张网，它会漏下一些东西，留住一些东西，至于究竟为什么有的就漏了，有的其实并非重要的珍贵的却偏粘在网上？殊不可解。前些天读杨天石研究蒋介石日记的大作，心想如果能认识这位先生当面讨教该多好啊。一翻三十年前日记，里面竟分明记下了他当年到寒舍做客，“言谈颇欢”的记载。那时候我们都在中学教书，都没在文化界“成事儿”，难道是因为大家都“不够规格”，事过境迁后就“忽略不计”了？我确实应该好好反省一下自己人性中的劣质。既如此，则人家现在已是研究蒋介石的专家，蜚声中外，我也就别去“趁热灶火”罢。然而这样的想法就不是人性的暗区吗？

从那朋友送回来的旧纸箱里，清理出若干名人来信，冰心的最多，吴先生的却只有一封，他是用石竹斋的信封信纸写来的，显得十分清雅，内容却是用钢笔写成，如下：

心武同志：

惠示奉悉。说得太客气了，益教我汗颜！每日打杂，应付着过日子，心里实在歉疚。

久不捧读大作了，但想必已忙于新稿。溽暑蒸人，千祈珍卫！

顺祝

近祺！

吴组缃八三、七月

信是用繁体字竖写的，有一个字我现在仍不能断定究竟，就是“千祈珍”后面的那个字，他写的分明是“行”当中有些笔画，不应是“重”或“摄”，可能是繁体的“衛”，但我实在不习惯“珍卫”的说法。这封信写在1983年，那时候我是北京市文联的专业作家，已经发表了一些中篇小说和短篇小说，正在构思写作我的第一个长篇小说《钟鼓楼》。这封信前面一定还有一封他写给我的信，所以我给他回了信，这封信是对我去信的回应。仔细回忆，应该是他读了我那时刊发的某篇作品，来信提出指教，我回信鸣谢，他再回复。可惜那至关重要的第一封信，却偏偏找不出来，只剩这封。那是改革开放初期，文化界、文学界风气一新，像吴先生那样的老作家，不但阅读我这样的比他小三十四岁的晚辈作家的作品，还主动写信来指点。吴先生自己的小说，不仅在立意上、叙述文本节奏把握上、人物刻画、细节铺排上殚精竭虑、精益求精，就是对每一个词语的选用，也十分讲究，他那《卍字金银花》和《菉竹山房》两篇，就十分精致，如苏绣般针针出彩，可谓字字珠玑。老一辈作家留下的作品，固然是可贵的文学遗产，他们对晚辈写作者的关怀指教，以及那时新老作家的和谐相处、切磋共进，也构成美好的，卍字连环不到头的文学记忆。

只盼哪一天，能从旧物品里，找出吴组缃前辈给我的头一封信来。

2010 年 12 月 20 日温榆斋

相忆于江湖

有封信是这样开头的：

心武：

我猜想，你该从兰州返京了。

选择在北戴河给你写信，说明即使美丽的海滨浴场有多么迷人，我仍然没有忘记你……

不要误会，这不是情书。这封信写在1981年8月10日。这封信用了一个《中国文学》杂志的信封，现在已经没有《中国文学》这个杂志了。那时候，有一个外文局，出版外文的《中国文学》杂志，开头只有英文版，后来我知道增加了法文版，里面选译出一些中国作家的作品，还有印制得非常精美的彩色插页，刊登中国画家、雕塑家、摄影家的作品。那时候的中国作家，作品能在《中国文学》上译刊，是春风得意的事情，似乎意味着自己走向世界了。如果《中国文学》能给你搞个专辑，那就更是“春风得意马蹄疾”了。后来外文局又将《中国文学》刊发过的译文编成多人合集，再进一步出“熊猫丛书”，推出个人作品集与中篇小说、长篇小说的单行本。但是，花很多钱，找很多人（请了不少外国专家），翻译出版的这些杂志、书籍，似乎在国外并不怎么讨好。我就亲耳听到不止一位西方的汉学家郑重其事地跟我说：“译得不好。”有的更说：“选得不好。”因我不通外文，因此，那时外文局组织翻译出版的中国文学作品究竟选得好不好、译得棒不棒，以及那些跟我说选得译得都不好的西方人

在误解与谣诼中前行，乃人生之常态
L·X·W

说得对不对，我只能对双方都存疑。1981 年写信人用《中国文学》的信封（想来并非刻意而是当时顺手使用），劈头又提到北戴河海滩，里面又提到我去了兰州——那次西北之行还去了嘉峪关、酒泉、敦煌——这些符码，都显示出那时如我们这样的中国作家总体处境相当不错。

那是改革开放初期。一些被当作“牛鬼蛇神”的老作家获得解放；一些 1957 年遭难的作家不仅将他们那时的“毒草”以《重放的鲜花》出版，更不吝篇幅刊发出他们的新作；一些“知识青年”从插队的农村、“囤恳戍边”的“兵团”返城，并迅速成为文学新人；一些原来属于“地下文学”的作品，也开始在“官方刊物”上作为“搭配”亮相；有些作家开始走出国门到西方访问……但是，对于中国文学究竟应该如何向前发展，作家应当如何写作，对陆续冒出来的那些新、奇、怪的“眼生”文字如何评价，却看法分歧。本来分歧是再自然不过的事情，文艺上的分歧，美学观上的分歧，就让它一万年甚至更久地分歧下去，不但是正常的事，也是有趣的事，先贤蔡元培先生就说：“多歧为贵，不取苟同。”百花应当齐放，百家争鸣中有几家也可以不参与争鸣，自说自话，如果人类到某一天，美学观念划一了，作品全都“正确”了，“好”得一致了，那么，究竟是人类的进步，还是末日的征兆？但是，当时就有那么一些人，总把美学观念政治化，对于热情支持新的文学潮流的人士，从政治上去“上纲上线”，于是，便在改革开放的阳光下，铺展开乌云，在处境好转的文化人心灵上，投下阴影。

那 1981 年 8 月 11 日从北戴河写信来的人士，就遇到这种情况。他且不去倾诉他的苦恼，而是对我那时的遭遇予以声援抚慰：

> ……在读《立体交叉桥》时，我就想给你写信，我要郑重地告诉你：你写出了一部好的作品。……在 1981 年可以预期的文学淡季中，“立交桥”上升起了一颗明星！有人谴责它“格调不高”，你完全可以不用理睬。
>
> 这些一贯的“高格调”的说教，我以为现在可以套用一个曾经被人用烂了的公式——被某些偏见所反对，恰恰说明你是正确的。

关于《立体交叉桥》我在《神会立交桥》一文里已经回忆得很充分，这里不再赘述。但是，显然写信的人的那个预期并不灵验，《立体交叉桥》这个作品没有成为"明星"，三十年过去，于我更无非敝帚自珍罢了。写信的人接下去提到的作品，则即使在三十年前，也未曾引起过更多的人注意，然而他却很有感慨：

> 至于《最后一只玉鸟》，我首先要告诉你的，是我的惊奇。我没有和你深谈过，我也忘了是否在玉女峰下、九曲溪畔，和你谈过一只鸟的消失所给予我的心灵的沉重的打击，只是在《北京文学》新年漫语中，偶尔述及，你竟从这透露出来的一线微光中，探索了，而且捕捉了我的全部的内心世界……从偶尔触及的"一"中，作家可以准确地把握到"万"，这是作家的特殊本领。《玉鸟》当然是你"瞎"编的，但是你获得了我的灵魂……

《最后一只玉鸟》这个短篇小说，写一位诗歌评论家每天在宿舍附近的树林里散步，不时会遇到一只鸣啭的玉鸟，但是，有一天，他目睹两个青年人拿着猎枪，只是因为烦闷无聊，就将那只玉鸟打死了，从此再无类似的玉鸟到那片林子里去。小说的叙述文本主要由诗评家的心理活动构成，全篇笼罩一种忧伤的调式，并且当中嵌入了若干舒婷的诗句。1981年春天，我，写信人，孔捷生，李陀，由那时《福建青年》杂志的负责人陈佐洱邀请安排，到福建"采风"，其实就是游山逛水，从闽北一直游到闽南，在厦门鼓浪屿与舒婷会合，大家相处得很好，收获也很大。对于作家来说，游山逛水也没有什么好惭愧的，也是开阔眼界、滋养心灵、激活灵感的一种方式，当然，不能总是游山逛水，深入各行各业的生活，特别是走到劳动者之间，体味民间疾苦，探索心灵秘密，更加必要。《最后一只玉鸟》就是福建行回京后的作品，另外还有以鼓浪屿为背景的短篇小说《她有一头披肩发》。从福建回来以后，又随冯牧去了兰州那边，同行的有公刘、宗璞、谌容，从兰州回来我写出了短篇小说《相逢在兰州》。

来信者接着向我倾诉他的遭遇及心理状态：

> 我仍然受到肆无忌惮的攻击和毁谤，登峰造极的恶劣文字，是发表在最近的《泉城文艺》的一篇，海内学人读此莫有不气愤的——包括不同意我的观点的人在内（为了不让这种丑恶的文字破坏了我的宁静的工作环境，我至今还不愿意读它），我对此坦然，我准备看看这类丑剧演到什么时候、什么程度才收场。

然后，他再回到对《最后一只玉鸟》的读后感上：

> 你的支持——一种运用文学形象的特殊手段的支持——给了我信心。
>
> 同样，我也会全力支持你近来所作的一切探索……我觉得你的创作正挺进在一条宽广的大路上……

三十年过去，如今新一代作家，可能很难理解那时我们的心情。那时的“攻击和毁谤”，基本上都是政治性的，那时候还没有形成如今这样多的社会空隙，如今人家不把你收进社会的主体结构，不把你当成砖瓦，你有很多的机会成为“社会填充物”，在“正经砖瓦”的缝隙里成为“粘合剂”甚至“共生物”，那时候就还不是这样，如果哪怕是一篇公开发表的文章宣布你“反动”，无论你原来已经拥有了怎样的社会影响，都存在着立即被抛出主体结构之外，陷于无话语空间的可能。写到这里，我想许多读者应该能够猜出这封信是谁写给我的了。对了，是北京大学中文系教授、著名的诗歌评论家谢冕。那时候《诗刊》退回他的稿子。作为一个《诗刊》的老作者，一个资深的诗歌评论家，在那时候不仅对谢冕本人是个刺激，对我这样的与诗界不相干的写作者来说，也深受刺激。记得那时候我在一个会上有作过这样的发言：“《诗刊》当然可以退任何作者的稿件，任何作者不能以为自己的稿件是必须刊发的。任何其他的刊物也是一样。但是，现在我有两个问题，第一个问题是：退回这位作者的这篇稿件，是因为这篇文章写得不好，没达到发表水平吗？据《诗刊》内部的人士告诉我，文章写得很有水平，也有文采，也没有'问题'（指政治问题），之所以退稿，是因为作者别的文章被认为有'严重问题'，因此，这个人的任何文章，就都不宜发表了。这种动辄给人从政治上定性，剥夺其发表权的作法，难道是合理的吗？第二个问题，被退稿的人，能另办一个公开出版的诗歌刊物吗？又不能。有人说《诗刊》是党办的，那么，就意味着它是公器，不是党内一派的私器，现在党确定了改革开放的路线，有的人的观点，我以为属于极左，你固然可以发表你们的观点，别的支持文学新观念、新尝试的人的观点，应该也可以发表——我还不说是应该优先发表，因为那是与改革开放配套的！"我那发言，也不过是发发牢骚罢了，起不了作用的。后来谢冕又可以在《诗刊》上亮相，是大的政治、社会格局的推进决定的。

谢冕的这封信，反映出三十年前，改革开放初期，文学发展中，新观念、新尝试所遇到的阻力，以及所形成的文化人的心理状态与文化生态。那时诗歌的观念创新与新诗潮的涌动，格外引人瞩目，先后有三位诗评家及时写了文章，因文章题目里都有"崛起"字样，故后来被称为"三个崛起"，构成所谓"三个崛起事件"，其中一篇《崛起》的作者就是谢冕。可能因为在"三个崛起"的文章作者里，谢冕有着革命军人的历史，又是共产党员、大学教授，是资深文化人、著名诗评家，因此某些自认为是"正确而坚定的布尔什维克"的文化官员和文化人就特别痛恨他的"丧失立场"吧，使他在那时候很在风口浪尖上煎熬了一阵。

这封信，也反映出，那时候的一些文化人，如我，如谢冕，我们并没有深谈过，但是同气相求，当时代浪涛的相激相荡将我们抛到同一种困境中时，能够相濡以沫，互相激励，互相声援。三十年前那些雨丝风片，如今回想起来，有若许亮光，若许暖意，也有若许混沌，若许惆怅。

那以后我和谢冕再无来往。我们同在一个江湖。相忘于江湖，是我们各自的幸运。说明我们都能游到自己喜欢的水域，尚能从水中获得氧气，不必在一个近乎干涸的小坑里互相以吐出的泡沫苟活。我们又经历过若干风浪，乃至大风大浪，各自又都存在了下来，继续在江湖里游动，寻找意义，享受乐趣。

2010 年 4 月，应台湾新地文学社邀请，我们同往台湾去参加一个文学活动，在台北的开幕式上，马英九去了，还发表了讲话。开幕式是在台湾大学里举行的。参加会议的华文作家来自世界各地，我不善交际，见到老朋友不知从何说起，见到新面孔愿微笑了事，我虽保留了谢冕这样一封信，你看我敢使用朋友二字吗？我们只能算是老熟人吧。我们在台湾不要说没有深谈，浅谈都没有。开幕式进行完，大家吃完盒饭（台湾叫“便当”），凑巧台湾大学文学院前院长齐益寿先生招呼谢冕和我，一起去浏览台大校园。如是我们三个一起在那校园漫步。每到一处，齐先生就介绍那楼、那树、那湖的名称及相关趣事，其间也有他不说话的时候，按说在那样的情形下，我与谢冕应该可以有些交流，但是，没有，他没有特别注意我，我也没特别提醒他：我们三十年前曾经颇为亲密，我还专门以他为模特写了小说，我们还通过信。

人不仅是社会存在，更是家庭存在，更是个体存在。那次台湾方面邀请大陆作家，皆是邀请夫妇同往，唯独我是一个人去的，我 2009 年丧妻成了鳏夫；我去后，有人告诉我，谢冕夫妇前几年有丧子之痛；我原来以为在去的人当中，自己在个人生活上最苦，这才知道有更比我苦的，丧子之痛，何况是事业正在精进中的英年，竟然一旦夭折，那父母心中的痛是任何文字也无法形容的吧，也不该去形容。我理解了谢冕一路上的若有所失和若有所思。

直到在岛上转了一圈，整个活动结束，在台北桃园机场等候乘飞机返回北京，我才和谢冕夫妇有了交谈。我们互相询问又各自谈及生活中的一些琐事。这种对另外生命的真实而细致的关切，乃是人际交往中最可宝贵的，我感到如丝丝阳光照射到自己生命的叶片，正形成光合效应。

记得我在少年时代，觉得十几年简直是不可想象的漫长岁月。也是，十几年足以发生惊天动地的变化。红军长征开始于 1935 年，那是共产党革命的最低潮，到 1949 年就夺取到了政权，统共不过十四年。现在从农村朋友送回的纸箱子里发现的谢冕这封信，却弹指已是三十年前的旧物了！“三十年河东，三十年河西”，原以为不过是夸张的修辞，现在却觉得只不过是一种白描。原来不少文化人觉得有“政治上纲上线”的精神压力，现在有的人可能还有，但现在许多文化人感受更深的是市场的压力，这种压力既是物资的也是精神的，“你写的这个叫座吗？”“你的书能畅销吗？”“你能引来高点击率吗？”“你能登上作家富豪榜吗？”我和谢冕既然仍在这个江湖里，也必须面对这种新的压力，当然，他的压力主要是如何在评论工作中应对以上一类“前提”，我的压力主要是如何摆脱“销量”“榜单”的诱惑。因为一封旧信的发现，我意识到，既要相忘于江湖，也要相忆于江湖。忘记有时是必要的减法，而记忆更多的时候是“从一知万”。

2011 年 1 月 23 日温榆斋

挖煤·小高·胡宅

大约是1964年春节过后，毛泽东继1963年对文艺界作了批评性批示后，又作了更严厉的毁灭性的批示，指出文联及下属各协会已经滑到了“裴多菲俱乐部”的边缘。“裴多菲俱乐部”是1956年“匈牙利事件”中被定性为反革命的组织，裴多菲（1823—1849）是匈牙利诗人，他有几句诗汉译为：“生命诚可贵，爱情价更高，若为自由故，二者皆可抛。”在中国流传了几十年。那时中国文联不得不进行更深入的文艺整风，同时对各个文艺领域的“毒草”的批判也就如火如荼地开展起来，当时被点名批判的“毒草”电影极多，如《早春二月》《林家铺子》《北国江南》《舞台姐妹》等等，电影界的问题，被认为是“夏、陈修正主义路线”的产物，夏指夏衍，陈指陈荒煤。那时中宣部负责文艺方面领导工作的是周扬，他还能到毛泽东跟前去汇报，毛泽东听到陈荒煤这个名字，先是问：“他不是写小说的吗？”陈荒煤二十岁出头的时候，确实是写小说，且影响颇大的。他1934年陆续发表了《忧郁的歌》《长江上》等名篇，因此他后来到了延安，就在鲁迅文艺学院教授写作，连毛泽东也记住了他的这一段“名声”，但1949年以后陈荒煤成为文化部领导干部，长期在副部长夏衍下面从事电影的生产管理工作，毛泽东并不清楚；及至知道出来那么多“毒草”陈荒煤罪孽深重，毛泽东就说：“怎么还不让他去挖煤？”毛泽东惯于从见到的人名上即兴表达他的情绪思绪，听到陈荒煤犯错误就即兴要发配他去煤矿挖煤，同张玉凤顶撞他后，他让张滚，张拂袖而去，他便即兴发议论说，玉凤是张飞的后代，一触即跳，那是同样的一种思维话语方式。

对比于传说、谣言乃至报导、分析，
真相往往简单乏味
L·X·W

毛泽东在延安时和当时去延安的文艺界人士几乎都熟，许多人被他请到所住的窑洞里吃饭，比如严文井那时候就被请到过。严文井和陈荒煤一样，去延安前已经发表过作品，有一定名气，到了鲁艺不是当学员而是当教师。1966年上半年，还有一种叫“亚非作家紧急会议”的活动在展开，那主要是针对“苏修”的一种文学政治运作，严文井有幸陪同参加“亚非作家紧急会议”的外宾到中南海由毛泽东接见，把外宾们都介绍完了以后，毛泽东盯着严文井问：“你是哪国的？”严文井很尴尬，只好说：“我是中国作家协会的工作人员。”那时毛泽东已经完全不记得在他住的窑洞里请去吃过饭的严文井了，也怪严文井自己，1966年的时候他已完全谢顶，而他的肤色面容实在很像是北非的人士。这是严文井晚年亲自告诉我的。1980年以后，我和严文井、陈荒煤等若干延安出来的老革命老作家有所交往。他们道及、写到的一些鳞爪，常令我产生一种历史的纵深感。

在我失而复得的一批旧信函里，有几封是陈荒煤写给我的。现在捡出一封，信封、信纸用的都是中国社会科学院文学研究所的，留下他命运的轨迹。据陈荒煤自己告诉我，当毛泽东表示他应该去挖煤的时候，他已经被先期处理了，是下放到重庆日报社，报社不敢让他当编辑，就派他到库房里去搬运历年的旧报纸，为什么要把那一摞摞的报纸合订本从这边倒腾到那边？他也不敢问，大概就是为了通过体力劳动来进行惩罚吧。比起挖煤，那苦头当然还是要轻些。倘若毛泽东责问为什么还不让他去挖煤的话出口时，他还没有被发配，那很可能就真把他弄到煤矿去了，那时候他已经年过半百，若下井挖煤怕是撑不住的。其实他原来的名字是陈光美，我对他说，他若一直用陈光美的名字，那天毛泽东是否又会即兴地说：“怎么还不让他去美国呢？”他就无声地笑了笑，笑得很忧郁。陈荒煤确实是个具有忧郁气质的人，第一篇小说题目是《忧郁的歌》，殊非偶然。他最后一篇小说写在到达延安前后，题目是《在教堂里唱歌的人》，但那篇小说里既没有宗教更没有人对主的敬畏，教堂只是一个可供使用的空间，就如同延安鲁艺使用一所天主教堂来排演革命歌剧《白毛女》一样。他和严文井，包括鲁艺院长周扬一样，当年是毛泽东的座上客，在毛的晚年却都成了罪人，周扬在动了肺癌手术后仍被揪出游斗，夏衍在被批斗中打断了腿，陈荒煤从重庆揪回北京，经过多次批斗后也关进了秦城监狱，一关就是七年，后来终于放出，进入改革开放时期，他恢复工作，第一个职务就是中国社科院文学所的副所长（所长我记得是沙汀），后来又重回文化部，再次负责中国电影的生产、管理工作，不过他一定留下了若干文学所的信封信笺，到了文化部，是为文化部节省？他仍用文学所的信笺给人写信。我保留的这封写于 1982 年 9 月 22 日的信，就是如此：

心武同志：

……我看了你和蒋孔阳的通讯，你和冯骥才、李陀的通讯，有些意见我同意，也有些不同意，如笼统地说《立体交叉桥》是你最好的小说，最深刻。

从你们三人谈现代派问题的信来看，就我们文学可否借鉴现代派某些手法与技巧来说，这没有什么可非议的。特别是不主张模仿、硬搬，这是对的。从内容和形式的关系来讲，也还要看到二者之间既有区别，又有联系。总之，提出问题争议一下，都是可以的。但也没有必要硬要打出“中国需要现代派”这样故作惊人的旗子。

我也收到小高的书和信，还没有仔细拜读。对现代派并无研究，所以不能表示什么意见。

随着时代的发展，现代文学、艺术可以向国外借鉴一切值得学习、参考的东西。但纯形式的搬用，不承认某些形式是和内容相适应的，也不行。例如“看不懂”的抽象派的画在社会主义文艺中要不要占有一定位置，是否值得提倡，我也怀疑。

你们几位，在青年读者中有一定影响，进行探讨某些问题，甚至争论当然完全可以，容许的。我现在也还没有听到什么反应（我在文化部方面听不到什么文学界的反应），不过你们也应注意一些方式和方法，不要给有些僵化思想的人一听，这些人在中国搞现代派了，大惊小怪，何必如此？

对《如意》的支持，是我分内应做的事，也是经常做的事，实在没有什么可说感谢的问题。其实我也有支持错的时候，这也难免。但不管怎样，得到许多同志称赞，我还是高兴的。文联国庆茶话会，就要给大家放《如意》。

回京后再谈。

祝好

陈荒煤

九月廿二日晚

这封信里所提到的“小高”，自然是个中国人，那时候他写了一本小册子《现代小说技巧初探》，在文学界反响不俗。王蒙在《读书》杂志上发表了一篇评论，引用“小高”一个论断以后，赞曰“妙极”。这体现出王蒙天性中率真的一面。王蒙那时的政治身份正在提升，我不记得是否已经当上了中共中央候补委员，但他那时肯定是中国作家协会党组副书记、常务副主席，他竟然不先进行算计量好尺寸拿捏好腔调说话，对一位在中国文坛上并无地位的“小高”的谈“小说技巧”的小册子“怪声叫好”起来，难怪有的“同僚”对他侧目，“有些僵化思想的”一般文化人也不免大惊小怪，对他多有訾议。那时我和“小高”过从甚密，也写了篇文章给《读书》，跟王蒙的文章前后脚发表出来，题目叫《在“新、奇、怪”面前》，好在如今有《读书三十年光盘版（1979—2009）》，很容易查阅，这里不赘言。当时的《上海文学》杂志就来跟我联系，希望找几个我们这一代的作家在他们杂志上就“小高”的小册子展开讨论，于是我约了冯骥才和李陀，他们很快将写出的文章汇集到我处，二人对“小高”的观点一致赞同，并多有发挥，我便写了一篇跟他们有所差别的文章，既是我的真实想法，也是为了让三篇文章放到一起多少有点“讨论”的意味。这组文章很快被《上海文学》刊登了出来，2009年上海文艺出版社编辑出版的《中国新文学大系》的文学理论卷加以收入，也不难查到。这三篇文章，加上王蒙的文章，出现后被称为“四只小风筝”，被认为是为“小高”所倡导的“现代派”文学鼓与吹的。《上海文学》由我打总寄去的三篇文章刊发后，冯骥才见到我对我啧有烦言，他质问：“咱们不是说好了一块儿声援的吗？”他嫌我那只“风筝”有点飘忽不定，我跟他解释是为了跟他和李陀的文章“花插开”，为的别显得太刺激，他还是耿耿于怀，“小高”却在我家跟我喝酒时，表示完全理解我的做法，认为不必“一个喉咙”。这就说明，当时比较年轻的一代，多与如陈荒煤那样的算得开明的文化前辈，在想法上仍存在距离，当然与那些“有些僵化思想”甚至“十分僵化”的文化领导、文学前辈，就更有“难与夏虫语冰”的隔阂了。

“小高”其实绝非一个纯形式主义者，他在那以后，先是从戏剧入手，探索以新的形式表达一些新的理念，后来，他跑到神农架去，深入到最蛮荒的领域，采风中搜集到汉族最古老的口传史诗《黑暗传》，回到北京又到我家喝酒欢谈，道出正构思一部涵括古今的，以九九八十一章，我你他三种人称构成文本的长篇小说。初稿出来以后，他让我先睹为快。

“小高”的笔迹不好认，但是跟陈荒煤的笔迹比较起来，还不那么费眼力。陈荒煤的字绝不能说是潦草，恰恰相反，就他写给我的信而言，是一个字一个字分开，绣花般写出来的，说实在的，不像是男子汉的笔迹，竟可用“娟秀”来形容。读着他的信，我不禁胡思乱想，当年他就是用这样的字迹来写检查、交代、揭发、认罪的那些材料的吗？办他案的那些专案组的成员，当时能顺利地认出他写的是些什么吗？心理学家能从人的笔迹分析出人的性格，以我与陈荒煤接触的体会，觉得真是“文如其人”，这里说的“文”先不论内容，但就形式而言，就是有这样笔迹的人，会是感情丰富细腻，却又藏匿很深，并且在表达感情方面，会是优柔寡断的。前两年读到严平写的关于陈荒煤他们那一代人的寻访录，才知道他在去往延安以前，长期和张瑞芳、张欣姐妹在一起，他们在革命的剧团里同甘共苦，辗转各地，他是爱张瑞芳的，却怯于表达，终于只好放弃，最后，他和天真烂漫的张欣在延安结为连理。

陈荒煤对根据我的同名中篇小说改编拍摄的电影《如意》大力支持，那时他的同代人，同由延安出来的一些老革命、老文化人，对《如意》那样无遮拦地弘扬人道主义，是持否定态度的。但陈荒煤力排众议，使得这部电影得以“出笼”，并利用他的权限，将其安排在1982年的文联茶话会上放映。这说明那时的他，在吸收西方文明中的古典精华如人道主义方面，已达到义无反顾的程度。但是对于西方现代派的东西，他还持十分慎重的态度。他是真诚的。他和“小高”也熟，“小高”把《现代小说技巧初探》寄给他，并写去请他指正的信，他实事求是地承认自己发言权有限，对“小高”却并无反感。

但是以后几年里，关于“现代派”的问题越来越敏感，以至大约是1983年，

《文艺报》上刊登出一篇对“现代派”从政治上予以抨击的“读者来信”。我虽然比陈荒煤那一代文化人晚生了二三十年，究竟也经历了些风浪，深知有时候政治的运作始于所谓“读者来信”,1990 年以后王蒙所遭受的关于《坚硬的稀粥》风波，就是先以“读者来信”方式发难的，表面是“一读者”就具体的文学作品表态，实际是某些人欲从此发动起一场政治声讨。1983 年《文艺报》发表出那样的“读者来信”以后，有一天我遇到当时《文艺报》的双主编之一孔罗荪，我就跟他发牢骚，说怎么又要把关于“现代派”的讨论往政治上拉扯，这不又成了“以阶级斗争为纲”吗？孔罗荪一贯笑眯眯，那天他仍飨我以招牌微笑，安慰我说：“那是一个读者的看法嘛。”我却仍然悻悻。

后来，有一个机会，说胡乔木愿意跟青年作家随便谈谈，一个晚上我就和李陀应邀去了胡宅。那是中南海边上的一栋年代久远的小洋楼。胡乔木从楼上下来，在楼下客厅里接见了我们。我见了他就告《文艺报》的状，说想不通为什么要把“现代派”的问题往政治上去上纲上线？胡乔木表现得很耐心，倾听了我和李陀的意见和想法。他没有就《文艺报》刊登那样的“读者来信”表态，也许他没有时间翻阅《文艺报》。他侃侃而谈，谈到乔伊斯，他用英语发音说出爱尔兰那位作家的名字和《尤利西斯》那部作品的名称。我实在听不明白他究竟想表达一个什么意思。他跟我们交谈了很久，总体印象，是他只想向我们展示他的博学多识和礼贤下士。从他家告别出来以后，街上一般的公共汽车都已开过末班，我和李陀步行良久，才遇到一种夜班车，那车只到李陀家那边，我那晚就在李陀家凑合了一夜。

忆往事，总不禁发呆。当年那些参加“亚非作家会议”的外宾，有的是被我们养起来的，他们后来都回自己国家去了吗？又写出了一些什么作品？有又来中国的吗？后来有作品翻译成中文吗？当年主持其事的中国作家协会外联部的负责人杨朔，1966 年运动一起来，就自杀了，另一他的副手韩北屏，后来也死在“五七干校”。活过来的严文井，后来成为北岛、“小高”进行文学探索的最早也最坚决的支持者。“小高”现在当然还在世，2010 年春天我和王蒙还在台北与他欢聚，但是直到半年前还总有年轻的记者要求我预测“什么时候中国作家能够获得诺贝尔文学奖”？有人跟我强调“小高”现在持有别国护照，可是《建国大业》那样的“献礼片”里，不是很有一些参演的人士持有别国护照，而都并不对他们“见外”吗？

陈荒煤于1996年去世，享年83岁，他直到去世前，神志清醒时，仍在关注“中国电影事业的发展”，记得有位年轻人听了顿脚：“行啦您的！您烦不烦人呀！”如果他如今仍在世并仍有观察思考能力，他对华谊兄弟这种私营电影机构的坐大，对冯小刚这样的导演及其作品，会生发出怎样的忧郁与感叹呢？

每个人到头来都会作古。眼下的事到头来都会成为往事。我的切身体验是，准确地表述往事，实在是十分艰难，而对往昔的自己和他人宽容，是十分必要的。

2011年2月22日温榆斋

陋于知人心

我写过的最多的一位作家应该是宗璞，长文短文，乃至于干脆连文带画一起拿去发表（2010 年《文汇报》《笔会》就刊发了我的《宗璞大姐噉饭图》），现在竟还要写她。我写大姐的文章她都看，都有回应，也曾提出意见，但总的来说，她读后都是高兴的。

捡出一封大姐 1982 年 12 月 19 日给我的来信，其中开头一段是：

心武贤弟：

长篇会上匆匆一会，现已过了快一个月，已是青阳逼岁除了。很愿你来谈谈，想来你也是忙极。令堂身体好些否？我过些时一定要来看望的。写得顺手吗？古人云：中国之君子明于礼仪，而陋于知人心，我觉得这话真中肯，所以我们该知人心，写人心呵。

信中所说的“长篇会”，指那年 11 月中国作家协会召开的“长篇小说创作座谈会”，那时茅盾还在世，他以作协主席身份主持了那个座谈会。那时候国家进入改革开放新时期，短篇小说、中篇小说相继繁荣起来，但是还缺乏新的长篇小说，因此开个会促进一下。那时候我和宗璞都还只尝试过短篇小说和中篇小说的创作，都还没有写出长篇小说。当然，宗璞大姐不但年龄比我大，写作资历也比我长而且早有建树，她 1956 年写出的短篇小说《红豆》是一朵奇葩，1957 年的时候遭到批判，不过还算幸运，没划为“毒草”而定性为“莠草”。

接到宗璞大姐这封信以后不久，我就幸运地从北京出版社文艺编辑室调到

大悲悯情怀是人类不可或缺的维生素 L.X.W

北京市文联，成了一个专业作家，直到1986年夏天又调到《人民文学》杂志社工作，才结束了专业作家的身份。北京市文联那时的负责人，要求专业作家报创作计划，对中青年作家要求比较严格，不但要求报出所拟创作的题材样式，还要求根据所报题材列出深入生活的具体打算。当然鼓励报长篇小说的创作计划。有的报了工业题材，有的报了农业题材，有的报了军事题材，当然都受到鼓励。文联领导就要求作家根据所报题材去“下生活”。我那时报的是“北京城市居民生活题材”，要求文联开介绍信给当时的东四人民市场（原来叫隆福寺百货商场），我好拿着去联系，在商场里体验生活，并试图再从商场辐射开，深入到售货员、仓库保管员等的家庭，去体验，去积累，以便能激活灵感，升华出艺术想象，写出一部有我个人特点的长篇小说来。

没想到我报出的创作计划令当时的文联主要领导不满。他绝对是个好人，完全是为了爱护我。他认为我那样年轻，不冲到工、农、兵第一线去，不去书写工厂、农村、战场的火热生活，却要去深入闹市的商场，未免太那个。他对我创作计划的訾议，使我有些个紧张。我在正式调入北京市文联之前，已经加入了中国作家协会，自然也是北京市作家协会成员，在创作上已经受到北京市文联领导，那时候正逢打响了对越的自卫反击战，中国作协和北京作协都组织作家特别是青年作家去前线，回来写出相关的作品，我也在被发动之中。那时候我和中国作家协会的领导成员之一的冯牧个人关系很好，有一天到他家去，我私下跟他说，这场战争从政治上说我是理解的，但是从情感上说，两个社会主义国家，前些年还是“同志加兄弟”，文艺工作者创作了许多作品歌颂这种“兄弟情谊”，从歌曲到舞台剧，从诗歌散文到报告文学，有的歌曲我现在还能随口哼出，现在却要去书写双方的浴血奋战，我觉得为难。我这“活思想”，在当时即使不算“反动”，也是十足的“落后”。但是冯牧听了竟没有批评我。由于冯牧的“庇护”，后来宣布的上前线的作家名单里，就没有把我列上，因此我也就没有写过相关内容的作品。冯牧仙去很久了，现在回想起来，我仍感谢他对我的宽容。但这件事情是否已令那时北京市文联的那位主要领导视为“前科”呢？我不得而知。不过他对我在报创作计划时竟然大模大样提出来不下厂不下乡也不下部队，而欲直奔花花绿绿的都市大商场，确实很劳了一番神。

好在那时王蒙不但兼着中国作家协会的领导职务，也在北京市文联兼着领导职务，那位北京市文联的主要领导便就商于王蒙，说你看刘心武报的竟是到百货商场去体验生活，希望他也能劝我还是改换计划，去工农兵一线为好。没想到王蒙的意见却是：城市市民生活也可以描写，百货商场也是社会生活的一个主要方面，心武既然有这样打算，就让他去尝试吧。这样我才拿到去往东四人民市场的介绍信，先由市场宣传科的人士接待，听取宏观介绍，再经他们牵线，结识了几位售货员、仓储员、司机，蒙他们不弃，得以逐步进入他们的家庭、邻里，积累了丰富的创作资源。在这个过程里，我跟宗璞大姐讲出我的初步构思，并告诉她已经开笔，所以她在来信里问："写得顺手吗？"

我那时开写的，就是我的第一部长篇小说《钟鼓楼》。我那时就问宗璞大姐：你构思的长篇小说是什么呢？何时开笔？她笑说并非专业作家，毋庸报什么创作计划。她是中国社会科学院外国文学研究所英语文学室的，她说室主任朱虹十分开明，允许她私下将小说创作当作主业。那时朱虹分配给她的任务是研究澳大利亚获得了诺贝尔文学奖的小说家怀特。她当然也就读了不少怀特的作品。那时我来不及读怀特小说的中译本，就问大姐怀特究竟写得如何？大姐道，自然是有特点的，获奖非侥幸，但是，说到这里大姐笑了笑，告诉我说："我没法子翻译，因为我总想给他改！"就是说，以英语写作而论，大姐私下觉得怀特的文字可商榷处甚多。一个自己能创作的人士，去翻译她觉得文字并非完善的作家的作品，翻译者的主观意识跟原著者的文学思维龃龉，你说怎么翻译得下去？后来大姐就连研究怀特的论文也未能交卷。但是大姐的小说创作却不断地开花结果，此外还有篇什甚丰的童话散文发表。

大姐这封信里勖勉我"知人心，写人心"，在我创作《钟鼓楼》的过程里，成为我的座右铭。《钟鼓楼》里出场人物甚多，我每刻画一个，就努力去进入其"心思"。小说接近完成时，已经是 1984 年春天。那时候我曾供职过的北京出版社《十月》杂志曾提供条件，让我到青岛参加一个与海军部队创作组联办的笔会，对《钟鼓楼》进行最后的润色，至今我还怀念着那些时日和所结识的海军作家，美好记忆，如不落的彩霞。但是在从青岛返回北京的路途中，负责那一年《十月》稿件终审的副主编张兴春告诉我，由于前几期的稿子已经排满，又由于我的《钟鼓楼》太长（约28万字），因此，他只能跨年度安排，即1984年第6期刊出前一半，1985年第1期刊出后一半。我当时没表示什么，心里却很别扭。因为那时候宣布，第二届茅盾文学奖的参评作品，必须是1984年内及以前所刊发的，倘若《钟鼓楼》后一半1985年初才刊出，那就只能等到四年后去参评第三届茅盾文学奖了。由于有这样的私心，回到北京以后，我就背叛了《十月》，把《钟鼓楼》给了人民文学出版社的《当代》杂志，《当代》允诺在1984年内给我发完，责任编辑之一的章仲谔又去找了名画家丁聪，为《钟鼓楼》的书设计封面和绘制插图，丁聪的画在《当代》杂志上也部分使用了，单行本还没有印出来，在1985年的第二届茅盾文学奖评选中，《钟鼓楼》竟获了奖。

第三届茅盾文学奖因故延迟评颁。本来呼声很高的王蒙的《活动变人形》落榜。也不奇怪。那以后见到宗璞大姐，说及此事，都知王蒙连一个短篇小说《坚硬的稀粥》都被揪住不放，欲对他"政治解决"，哪里还可能评他一个茅盾文学奖呢？展眼到了1994年，王蒙六十"大寿"（加引号是因为现在中国已进入老龄社会，七十绝非稀奇，八十还是小弟，九十过后仍活跃的大有人在），宗璞大姐就给我来电话，说应该为王蒙庆寿，大家聚聚，热闹一下，让我牵头，结果是"大懒支小懒，小懒支板凳，板凳支门槛"，到头来牵头张罗的是李辉。后来王蒙的情况又有些个回黄转绿，"稀粥"事已被经历者淡忘，未经历的需费许多唇舌才能弄个明白。到2004年王蒙七十华诞，我跟宗璞大姐通电话时就说"无贺不失理"。

宗璞大姐1988年出版她的长篇小说《野葫芦引》的第一部《南渡记》，2001年出版了第二部《东藏记》。《东藏记》出来以后，在北京大学召开了一个研讨会。那时候我已处于赋闲的边缘状态，主流是排斥我的，我也排斥他们，双向排斥，形成了我不参加任何会议的常态。但大姐给我来了电话，全然是没商量的语气："心武你要来啊！"我只好赴会。那个研讨会主流、非主流去了很多人，我发完言就离席走了，也没跟大姐握别。到后来，《东藏记》获得了第六届茅盾文学奖，我以为是实至名归。2009年，大姐又推出了第三部《西征记》，她寄书给我后，通电话时要我将读后感"据实道来"，我便无遮拦地报告一番，她嘱咐："你要写文章啊！"我很乐意，于是写出了文章发表。最近跟她通电话，问第四部《北归记》的进展，她目已眇，耳已背，更时时晕眩，却表示还在点滴推进。她虽然采取口授、助手打字的方式进行，但告诉我不能说成是在“口述小说”，还应该说是在写小说，因为思维完全是书卷式的，助手打完了，包括标点符号，她是要逐一细修细校的。她把《北归记》的主旨向我道出，令我震动。是大彻大悟的笔墨。

我和大姐都热爱《红楼梦》，但我们分歧甚大。大姐喜欢一百二十回的通行本，虽然也对高鹗所续的四十回啧有烦言，比如她手中的本子里，高鹗有一回写到凤姐抽水烟，她几次跟我说起，认为真是一处败笔毁了一个美好的形象，但她总体还是接受高续的。《红楼梦》里她最喜欢的人物是薛宝琴。大姐对我的“秦学”“揭秘”勉强可以接受，对我认同周汝昌先生那曹雪芹笔下黛玉结局为沉湖，却绝不苟同。但大姐对中国艺术研究院红楼梦研究所校注的那个一百二十回本子却又十分不满。那个本子前八十回是用一个叫庚辰本的古抄本作底本的，除非文字实在不通，比如说迎春是“政老爹前妻所出”，不得不加以改动外，大体对庚辰本照单全收，于是回目就令大姐一再败兴。红学所校注的一百二十回本子第三回回目后半句是“林黛玉抛父进京都”，大姐不止一次跟我议论说，黛玉对父母是十分孝顺的，怎么能忍心说她“抛父”呢？而且，她进京都，是父亲安排的，非要用“抛”字，也只能说是父亲将她抛往京都啊！她觉得还是根据程乙本印行的一百二十回通行本上，那“接外孙贾母惜孤女”的写法比较靠谱。人们都知道宗璞是大孝女，为维护父亲的名誉尊严，她曾不惜“硬碰硬”地去源头索求解释。一家出版社曾出她的小说选，慈父为她作序，我记得序里写到宗璞在清华求学时曾指挥歌队咏唱，头上戴顶法兰西帽，将手中小木棒一挥，歌声顿起，令为父的十分欣喜。但那家出版社却在付印前将那篇序紧急抽掉了，事前也不跟大姐打个招呼。后来汇寄稿费，却又并不寄到她所供职的外文所或她的居所，而是偏偏寄到北大哲学系写上她父亲名字再转她。这些做法对大姐的伤害是很深的，她曾跟我叹息：“出这本书从头到尾都令人不快。”经手人为什么要这样做？大姐和我谈起，我们都喟叹自己毕竟也还是“陋于知人心”。我续出《红楼梦》后二十八回，印出毛边“贵宾鉴藏本”以后，也寄了大姐一册，但到写这篇文章时，还未打电话去问她的感想。她现在自己已不能直接阅读，需靠助手朗读给她听。考虑到大姐目前时会晕眩，且还要点滴积累她自己的四部曲最后一部《北归记》，我觉得大姐真不必听读我的续书了，她能摩挲几下封面，笑她愚弟又惹出一场风波，我也就知足了。

跟宗璞大姐交往是可以完全不动脑筋，不设防，以童稚思维语言也无碍的。人性真的太深奥。以我个人的生命经验，遭遇人性善的几率，是大大低于人性恶的。我以前总试图让更多的人理解我谅解我，现在知道那是近乎妄想。我把“陋于知人心”作为这篇文章的题目，为的是激励自己在未尽生涯里继续修炼“知人心”这门艰深的功课。现在想想，有几个如宗璞这样的人，能包容我的错失、疏漏、失态，欣赏我的个性，这一世，也就不枉来过。

2011 年 3 月 16 日温榆斋

被春雪融尽了的足迹

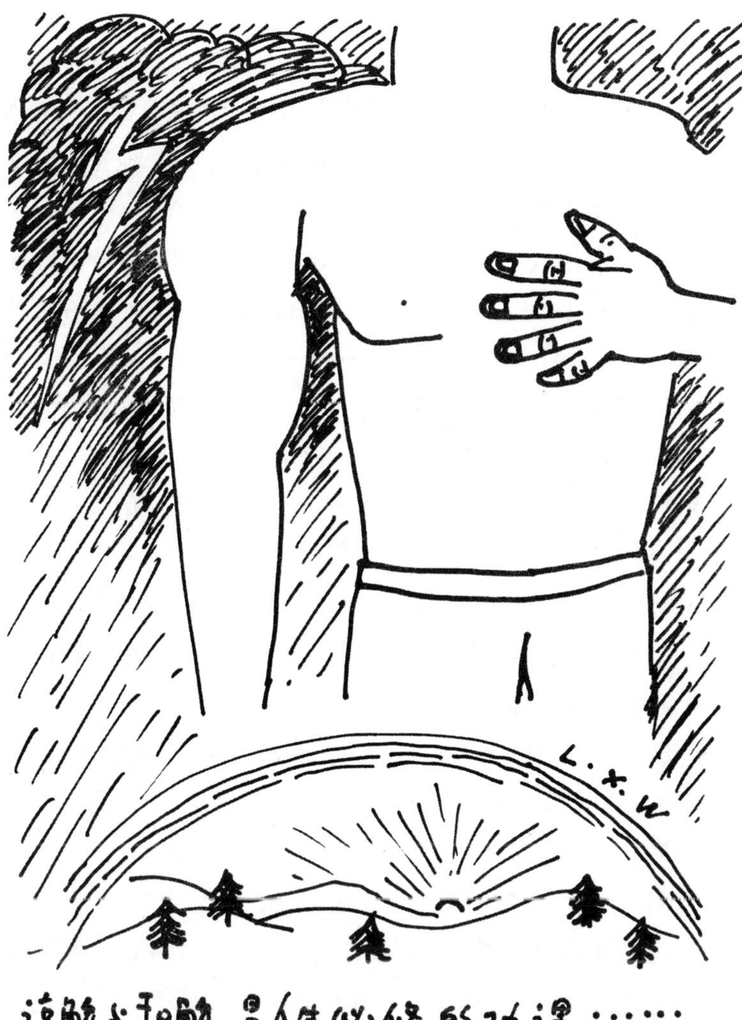

大约是 1985 年的夏天，我从琉璃厂海王村书店出来，顺人行道朝南走，忽然迎面的慢车道上，一个清瘦的中年男子骑自行车过来，他先认出我，到我跟前，便刹住了车，招呼我："心武！"

这一声招呼，事隔二十六年了，却似乎还在耳畔。是一种特别具有北京味儿的招呼，"武"字儿化得极其圆润。其实招呼我的人并非地道的北京人，他祖籍本是浙江萧山，大概因为全家迁京定居年头多了，因此说起话来全无江浙人的平舌音，倒满像旗人的后代，往往将一种亲切感，以豌豆黄似的滑腻甜美的卷舌音自然而然地表达出来。豌豆黄是一种北京美食，据说当年慈禧太后最爱，就如她将京剧调理得美仑美奂一样，豌豆黄也在满足她的嗜好中越来越悦目可口。

那天不过是一次偶然的邂逅。我去琉璃厂买书，他那时住在琉璃厂南边不远的虎坊桥，也许只是骑车遛遛。完全不记得他招呼完我以后，我们俩说了些什么话了。但是那一声"心武"，却在岁月的磨砺中仍不失其动听。

我是一个敏感的人。往往从别人并不明确的表情和简短的话音里，便能感受到所施与我的是虚伪敷衍还是真诚看重。我从那一声"心武"，感受到的是对我的友好善意。

那天招呼我的，是兄长辈的诗人邵燕祥。

早在 1955 年，也就是一声"心武"的招呼的再三十年前，邵燕祥于我就是一个熟悉的名字，我背诵过他的篇幅颇长的诗《到远方去》，那时候不仅他那一代的许多青年人，充满了建设自己祖国的激昂热情，就是还处在少年时代的我，以及我的许多同代人，也都向往着到远离北京的地方，去建设新的工厂和农庄。还记得那前后邵燕祥写了一首题目完全属于新闻报导的诗，抒发的是架设了高压输电线的喜悦豪情，现在的青少年倘若再读多半会怪讶吧——这也是诗？但那时的我，一个爱好文学的少年，读来却心旌摇曳，那就是我这个具体的生命所置身的地域与时代，其实每一个时空里的每一个具体生命，都无法逭逃于笼罩他或她的外部因素，其命运的不同，只不过是他或她的主观意识与外部因素相互作用所产生的效应不同罢了。

那时候看电影，苏联电影多半是莫斯科电影制片厂出品，开头总是其厂标，一个举铁锤的健硕工人和一个举镰刀的集体农庄女庄员，以马步将铁锤镰刀交叉在一起，形成一个极具冲击力的图腾。中国国产电影仿照其模式，片头在持铁锤镰刀的男工女农外，增添一个持冲锋枪的士兵，随着庄严的音乐徐徐从侧面转成正面。因为看电影多了，因此我和许多同代人都能随时将那片头厂标曲哼唱出来。后来就知道，那首曲子叫作《新民主主义进行曲》，是由老革命音乐家贺绿汀谱成的。新民主主义，至少在1955年以前是一个非常响亮的主义，毛泽东曾撰《新民主主义论》，记得那时我父亲——他是一个被新海关留下并予以重用的旧海关人员——每当捧读《新民主主义论》的时候都会一唱三叹，服膺不已，我那时候还小，不大懂得，却印象深刻。还记得那时候老师是这样给我们解释五星红旗的：大的那颗星星代表共产党，团结在其周围的四颗星，则分别代表着工人阶级、农民阶级、小资产阶级和民族资产阶级。

想到这些，不是无端的。与那时所有的人皆相关，包括邵燕祥。

邵燕祥少年时代就左倾，那时的左倾，就是倾向共产党，多半还不是领袖崇拜，而是服膺于新民主主义的纲领，在“新民主主义进行曲”的旋律下，建设一个光明的新中国。

但是没过多久，新民主主义的提法就式微了，要掀起社会主义革命的高潮，还要跑步进入共产主义。国产片片头的工农兵塑像还保留着，却取消了《新民主主义进行曲》的伴奏。到后来，老师跟学生解释国旗上五颗星的象征意义，也就不再是我儿时听到的那种版本。《社会主义好》的歌曲大流行，《新民主主义进行曲》被抛弃淘汰。

一首歌，抛弃淘汰也就罢了。但是人呢？活泼泼的生命呢？

建设当然也还在建设，与天斗，与地斗，却都还不是第一位的，提升到第一位的是人斗人。到我十五岁那一年，就有不少我原来熟悉的作家、诗人、艺术家，被从人民的队伍里抛弃淘汰掉了。在被批判的诗人名单里，赫然出现了艾青。紧跟着我被告知，还有一些诗人也成了社会主义革命的对象，其中就有邵燕祥。多年以后，我读了邵燕祥回忆那一段生命历程的《沉船》，有两个细节给我的印象最深，一个细节是当他刚参加中国新闻代表团访问苏联回来不久，本来似乎更要“直挂云帆济沧海”，却猛不丁地就遭遇“飓风”而“沉船”，他在自己的宿舍里闷坐，对面恰好是大立柜上的穿衣镜，他望着自己的镜像，头脑里不禁浮出“好头颅谁取之”的意识；还有就是他写到有一场对他的批判会是在乒乓球室召开的。我曾当面问他：“怎么会在乒乓球室里召开批判会？”他没想到我会有如此一问，说他那样记录不过是白描罢了。我的心却在阵痛，敢问人世间，自有乒乓球这项运动，设置了供人锻炼游嬉的专用乒乓球室后，在何处，有几多，将其用来人斗人？

生命是脆弱的。生存是艰难的。穿越劫难活下来是不容易的。

1975 年，我从任教的中学借调到当时的北京人民出版社文学室当编辑，当时在文学室的一位女士叫邵焱，她负责编诗歌稿件。我们相处半年以后，才有人跟我透露，她原名邵燕祯，是邵燕祥的妹妹。这让我想起了《到远方去》，想起了新民主主义时期的高压输电线，觉得自己有了接触邵燕祥的机会，暗中兴奋。但是我几次试图跟邵焱提起邵燕祥，她虽满脸微笑，却总是一两句话便岔开。1976 年 10 月以后，政治情势发生了变化，1978 年出版社同仁一起创办《十月》丛刊，我那时忝列《十月》“领导小组”，就跟邵焱交代，跟邵燕祥约稿，无论诗歌散文都欢迎。邵焱仍是满脸微笑，过几天我问起约稿的事，她的回答很含蓄，好像是“现在行吗”一类的疑问句。我隐隐觉得，是邵燕祥还要再观察观察，包括观察《十月》究竟是怎样的面貌。后来与他接触，证实他的确不是个急脾气，而是凡事深思熟虑，一贯气定神闲的性格。

后来进入改革开放时期。邵和我先后被调入中国作家协会，他在《诗刊》，我在《人民文学》，他忙他的，我忙我的，见面不多，谈得很少，但我总还感觉到他对我的善意。我记得他曾将邵荃麟女儿邵小琴一篇回忆亡父的文章刊发到《诗刊》上，我问他：邵荃麟是文学理论家、翻译家，并非诗人，而邵小琴写的也不是悼亡诗，你怎么不介绍到《人民文学》发而偏在《诗刊》发呢？他也不解释，只是告诉我："邵荃麟在1957年保护了人啊，要不那时中国作协的运动会更惨烈！"后来他又几次跟我说起邵荃麟"保人"的事。这说明邵燕祥对爱护人、保护人的行为深深崇敬。我心中不免暗想，倘若那一年邵燕祥是在邵荃麟够得着的范围里，是不是也有幸被保护下来，只"补船"而不至于"沉船"呢？人世间基于正直、仗义而冒风险保护别人不至沉沦的仁者，确实金贵啊！

到了上世纪九十年代，邵燕祥和我都赋闲了。后来通知他，还把他的名字保留在中国作协的主席团里，他坚决辞掉了。再后来又一届会议，我收到一份表格，是保留全国委员需填写的，我退了回去，注明应将此名额付予合适的人选，结果中国作协当时一把手通过从维熙兄打电话转达我：名单已上报无法更改，但我可以不填表不去开会。这样我们都自在了，就有几次结伴去外地旅游。2001年我们同去了奉化、宁波、普陀、杭州。回京后燕祥兄将几张照片寄我并附一信：

心武：

鄂力已将他的照片寄来。我们拍的也冲出加印四张奉上，效果尚可。

此行甚快，值得纪念。唯发现你平时欠体力活动，似宜注意。不必刻意"锻炼"，散步（接地气，活血脉）足矣。

绣春囊为宝钗藏物，亦"事出有因"之想，可启人思路，经兄之文，始知世间有人如此细读红书。顺祝双好

燕祥

九，一九，二00一

信中所提到的鄂力，是京城许多老一辈文化人都熟悉的民间篆刻家，我是从吴祖光、新凤霞那里认识他的，后来也成了忘年交，他以我私人助手的名义

帮助我十几年,那次南游他也是燕祥、文秀伉俪的好游伴(现在的网络语言称“驴友”)。燕祥自己坚持长距离散步已经很多年了，他很早就习惯在腰上挂一个计步器，严格要求自己完成预定的步数，这和他写杂文一样，在时间、地点、人物、事件的引述上一丝不苟，尤其是原来某人某文件是怎么说的，后来如何改口的，总凿凿有据，虽点到为止，必正中穴位，读来十分痛快。我老伴去世前，不怎么能欣赏燕祥的诗，却总对他发表在《新民晚报》《夜光杯》上的杂文赞叹,有时还念出几句或一段给我听,然后对我说:“看看人家!”意思是让我“学着点”，但我却总自愧弗如，学不到手，其中最关键的一点，是燕祥兄有积攒、查阅历史资料的超强意识与意志，所以能做到言必有据，他的反诘句，也就格外具有尖锐性与精确性。

这封信里提到的关于《红楼梦》研究的一个新奇怪的观点，并不是我提出的，我只不过是在一篇文章里引用，并表达了一番感慨罢了。在曹雪芹笔下，王夫人抄检大观园的起因，是傻大姐在大观园里的山石上拣到了一个绣春囊，所谓绣春囊就是绣有色情图画的香袋儿，富贵家庭的小姐按礼是绝不应拥有的，就是个别丫头行为不轨得到了，也该藏在身上不令旁人看到。在曹雪芹笔下，后来有个情节，就是从二小姐迎春丫头司棋的箱子里，搜出了她表哥给她的一封情书，里面提到了香袋，这应该是司棋拥有绣春囊的一个证据，但毕竟曹雪芹并没有很明确地交代出绣春囊究竟是何人不慎遗落到山石上的，因此后来就有研究者提出多种猜测，清末有位徐仅叟，他就发表了一番惊世骇俗的见解，认为那绣春囊是薛宝钗收藏的。燕祥兄写这封信前大概正看完我发表在报纸副刊上的相关文章，因此即兴提起，他并不认为绣春囊为薛宝钗所藏的说法荒唐，反而觉得“事出有因”、“启人思路”，我觉得他并非是在参与红学研讨，而是多年来阅世察人有所悟，深知人性的深奥莫测,世上就有那么一种表面上温良恭俭,而内里藏奸的人,也许就在你的身边,不可不知，不可不防。

燕祥兄几年前动了手术，心脏搭了四个桥。预后良好。现在他仍坚持每天按预定步数散步。我曾为《文汇报》撰写过《宗璞大姐[illegible]饭图》《维熙老哥乒乓图》《李黎小妹饮酒图》,都是随文附图,一直想再写一篇《燕祥仁兄计步图》,

成文不难，难的是如何画出他腰别计步器散步的那悠闲淡定的神态。前些时跟他通电话，他告诉我耳朵开始有些失聪了。在流逝的岁月里，有多少值得记忆的声音积淀在了他的心底里？相信还会化作诗句，以有形无形的乐音，浸润到读者的心灵。

燕祥兄从1990年4月到1991年6月，写成了组诗《五十弦》，前面题记里用了曹雪芹的话："忽忆及当年/所有之女子……" 可知是一组情诗，或者其中许多首都是献给过去、现在、未来岁月里，他始终深爱的谢文秀的。不过我读来却往往产生出超越男女爱情的思绪。其中第二首：

曾经少年时
全部不知珍惜
一次回眸一次凝睇
一阵沉默一次笑语
一回欢聚一回别离
当时说成是插曲

人生如歌
随早潮晚潮退去
最值得追忆的
是再也听不到的插曲
被风声吹散的断句
被星光点亮的秘密
还有渐行渐远的
被春雪融尽了的足迹

我已过了童年、少年、青年、中年，进入老年。我懂得珍惜生命中小小的插曲，即如那年在琉璃厂，燕祥兄迎面骑车而来，见到我亲热地唤我一声"心武"。他可能早忘怀了，我却仍回味着这小小的插曲。他现在在电话里仍然用同样的语气唤我“心武”。在共同旅游中他应该是看到我许多的缺点，他仍不拒弃我，总是尽量给我好的建议，对我释放善意，包容我。就有那么一位他的同代人，也跟他一样有过“沉船”的遭遇，后来我在《十月》也是积极地去约稿，后来也在一口锅里吃饭，二婚的时候我还为他画了一幅水彩画，他见了我故意叫我“大作家”，我那时也没听出其中的意味，后来，他竟指控我“不爱国”，甚至诬我要“叛逃”，若不是大形势未向他预期的那样发展，他怕是要将我送进班房，或戴帽子下放了吧。人生中此种插曲，虽也“随早潮晚潮退去”，许是我这人气性大吧，到如今，到底意难平。插曲比插曲，唯愿善曲多些恶曲少些。

人生的足迹，印在春雪上，融尽是必然的。但有一些路程，有些足迹，印在心灵里，却是永难泯灭的。于是想起来，我和燕祥兄，曾一起走过，长长的路，走到那头，又回到这头，那一次，他腰里没别计步器。

2011 年 4 月 15 日温榆斋

好一趟六合拳

推开抑郁的闸门，放自己到宽阔光明处去

1

我 1986 年 4 月，离开北京市文联，到中国作家协会《人民文学》杂志，先担任常务副主编，后担任主编。上任后，我给不少作家写信约稿。所约请赐稿的作家老、中、青都有，他们几乎都很快给我复信。其中山西省老作家马烽的回信如下：

刘心武同志：

信悉。祝贺你任《人民文学》常务副主编。对一个作家来说，创作上不可能不受影响，但为了整个文学事业，总得有些人作出一点牺牲，感谢你的牺牲精神。

我现在是秋后的蚂蚱，蹦不起来了。心有余而力不足。创作上不会有多大出息了。如果今后碰运气能写出篇把值得寄给《人民文学》的短篇来，当寄出求教。

西戎、孙谦同志处已告知。

敬礼!

马烽

四月廿五日

随着回信，也有一些作家寄来了稿子，我都交嘱编辑要认真阅读、安排刊发。

我从一个普通的写作者，一下子成为这样一家刊物的负责人，自知必须兢兢业业。为了使编辑部的同仁熟悉我，同时我也熟悉他们，以便精诚合作，上任前我挨家拜访。有的家里已安装电话，约定时间去自然两下里都方便，有的家里那时尚无电话，只好临时敲门试试。绝大多数同仁都对我热情接待，交谈甚欢。也遇到冷淡的。杂志社一位司机佟玉坤，住三元桥附近的一栋楼里，他家无电话，我去敲门，门里明明有动静，却半天不开门。想是我去的时间不合适，自知冒昧，便欲抽身，单元门却忽然大开，一个雄壮的身影逆光横在门框里，问我道："你找谁？"我说出他的名字，他又问："你是谁？"我说出我的名字，想来他是知道我即将上任，却又问："你来干什么？"我说："来看看你，以后我们要一起工作，希望能彼此熟悉起来。"他这才把我让进屋里。原来他在屋里正自制一扇防盗的铁门，尚未完工。

经过一段磨合，我跟编辑部的同仁大体上都熟悉了，感觉那时候编辑部是团结的，彼此相处是愉快的。那年秋天编辑部在山东办业余作者讲习班，借用济南郊区仲宫的一个部队招待所，我是开班后过几天一个人去的，下了火车却无人来接，急中生智，找到《大众日报》社副刊部，自报姓名身份，蒙他们帮助，派车送往了仲宫。原来是负责接我的编辑部人士记错了火车班次，我笑责他几句，也就撂开。晚饭后散步，我偶然遇到佟玉坤在小树林边练拳，才知他习武术，于是攀谈起来。渐渐地，佟玉坤不再对我冷淡，后来他接替老杨师傅开车接送我上下班及参加各种活动，我们更热络起来。

2

我给马烽写约稿信，马烽给我礼节性回复，这跟佟玉坤有什么关系？

马烽应该始终不清楚佟玉坤，佟玉坤后来却必定清楚马烽。

但是，还是要再说说佟玉坤的事儿。他出身贫寒，父亲病了十几年终于去世，母亲由他赡养。他二十多岁还没娶上媳妇。后来有人给他介绍了在服装厂当熨衣工的刘秀兰，他告诉我，"对"了几次"象"后，双方感觉都行，一次再见面，他就拿出一只花多时积蓄买的上海牌手表，那时候市价大概在六十元左右，送给刘秀兰作为定亲礼，刘秀兰有句话让他心里暖和了许久：“我嫁你为的不是东西，是你这个人。”佟玉坤给我讲述那情景时胸脯起伏明显，但我心里暗想，这种情景话语不知已在多少文艺作品中出现过已成滥觞，除了当事人，有谁还能为之动容呢？倒是他往下所转述的刘秀兰的情况，颇令我鼻酸。刘秀兰一家也是城市贫民，她下乡“插队”几年以后，“四人帮”倒台，上山下乡的“知识青年”掀起了“返城热潮”，刘秀兰所在的村子里的其他“知青”全都办妥手续返城了，她却被生生卡住，而掌握返城手续大权的干部，向她索要的不仅是钱财，她若不办手续回到城里，家里也无法接纳，首先粮票及副食供应就无着落，其间详情不忍细问。总之，是她在极度绝望中，先用剪子剪掉了自己一个乳头，然后跳入水井中，事情闹大了，这才被救出，允许办手续回到城里，待业不算久，分配到服装厂当工人。刘秀兰把自己的真情实况道出后，问佟玉坤：“我这么个人，你要么？”佟玉坤第一次搂住了一个女人，对她说：“你要我，我要你。”

婚后不久，刘家人告诉佟玉坤，刘秀兰回城待业期间，犯过病，是到安定医院治疗的。这就是说，刘秀兰曾是个精神病患者。婚后才道出，是否属于蓄意隐瞒病史？佟玉坤听后却不惊不躁，也道出自己家的隐私：他的哥哥，就一直在安定医院住院，也跟刘秀兰一样，不属于先天性的，是在工厂里，因为觉得领导处事不公，损害了他的利益，却又性格内向，不能据理力争，抑郁成疾，终于爆发，被关在安定医院病房再难出来。佟玉坤跟刘秀兰说，只有先天性精神病才会遗传，我们的后代是不会有问题的。婚后一年多他们生下一个女儿。我到杂志社时已经快上小学了。佟玉坤本希望生个儿子。单位里有人跟我反映，说他拒绝领独生子女证，说明他对计划生育政策有抵触情绪，我笑一笑不作指示。我到他家做客，觉得他老母亲身体硬朗，妻子刘秀兰大方勤快，女儿慈兆活泼可爱，是个美满的家庭。他管女儿叫“儿子”，“子”以重浊音喷出，我几次想提醒他将女儿当儿子来养，不利其成长期中的性别身份认同，今后或许会派生出麻烦，但是，那毕竟是他自家的事情，也就始终没有就此插嘴。

我们每个人的生命，其实都有卑微的一面，就是必定镶嵌在一个时期的大的社会政治经济格局中，无论趁势而兴，还是遇潮而退，概莫能免。那时许多国有的和集体所有制的企业开始改组、合资，对于一般工人来说，其实就是倒闭、裁撤。一天佟玉坤跟我说，刘秀兰他们那服装厂濒临倒闭，再说她年纪大了再提拎不动大熨斗，上班的距离也太远，现在咱们杂志社所在的文联大楼正缺电梯工，能不能把刘秀兰调来开电梯呢？我听了觉得是件予人方便的事儿，何乐而不为？就做主将刘秀兰调来，作为勤杂工，编制在杂志社，工作则是参与文联大楼电梯班工作，那时她心情舒畅，每当在一楼接纳登梯的人士，总乐呵呵地招呼："您好！"

后来，我刚从常务副主编转成主编，就发生了"舌苔事件"。这事件，当事者迷，旁观者清，还有待今后的文学史达人来揭橥分析。事发后一些文学界人士对我避而远之，想来也合情合理，趋利避害，我亦有之。但是佟玉坤突然宣布，他要在他家搞个"派对"——他学过一阵英语，竟将此词付诸实现——我是主客，谁想参与，各随其便。那晚去了好几位年轻的同仁，佟玉坤让刘秀兰准备了丰富的冷热菜肴，他自己购来整箱啤酒，还有多瓶白酒，大家在他家那间大屋里痛饮狂聊，他的母亲、妻女只好集中到隔壁小屋里待着。那晚大家都喝醉了，我醉得最厉害，以至于几位凌晨才爬起来的编辑踉跄道别后，还动弹不得，直到天光大亮，才从迷离恍惚中返回现实世界。那一刻我才注意到，在那屋子一角，挂着一个金质奖牌，被窗外射进的阳光激迸出耀眼的金线，我问："那是什么？"佟玉坤告诉我，那是他 1981 年请假到太原参加全国武术锦标赛，以六合拳赢得第一名的斩获。我原来只知道他是个业余武术爱好者，没想到他是正儿八经的全国武术冠军。后来他把其打小拜师习武的经历细讲给我听，他拜的可是六合拳的掌门人张国森师傅啊。

佟玉坤针对"舌苔事件"跟我说："就是把你撤了，开除了，也别担心，有我哩，我有一碗饭，半碗就是你的。"我真的很感动。戏曲舞台上的那种讲义气的壮士，活脱脱就在现实生活中我的眼前。

3

但是"舌苔事件"并没有导致我的撤职。那年秋天我被通知恢复原职，并获准到美国访问近两个月。从美国回来的那天，佟玉坤开车到天竺机场接我，还有另两位杂志社同仁，大家都很高兴。但是车子开在返城的路上时，忽然发出异响，佟玉坤忙将车停靠路边，一检查，原来是一只车轮的中心罩脱落飞走，夜色苍茫中，无法深入路边草丛中寻觅了。知道并非大事故后，我笑笑说："介于石，不终日，贞吉。"那时候我开始读《易》，才知道蒋介石的名字来源于《易》，而且又在北京恭王府花园，在小山的条石上看到这句卦词，可见晚清的恭亲王奕䜣的自我感觉，也是常被夹在两块石头里，好在到头来这种"夹板之苦"还是被消解掉，因此还算幸运儿。

那时佟玉坤开的那辆小轿车是早期的日本丰田原装车，那种车型现在似乎绝迹了，它的后视镜不在窗边而在车身前灯上方，它的四个轱辘轮胎里面的那部分全有密封的装饰性圆罩，实际上那种样式在我乘坐时期已经非常古典，几天后佟玉坤来对我说："到处配不到轱辘罩，现在四个轱辘缺一个罩，从旁看去破相。"我说："那就把其余三个轱辘罩也卸下来，不就全一样，顺眼了吗？"他却忧心忡忡地说："怕不是好兆头。我担心你还有一劫。"我责怪他："你又来了。我最烦你迷信。"佟玉坤信风水，信八字，信天象示警，当然更信气功，信隔山推牛之类的法力。人各有信，其奈他何。

我的下一劫难未到，佟玉坤自己的劫难来了。刘秀兰的精神病复发了。在我因"舌苔事件"被停职检查期间，不知是刘秀兰自己表现出情绪不稳定，还是有人反映我不该将一位有精神病史的妇女调来开电梯，她闻知后紧张，总之，她开电梯的工作被中止了，后来可能打扫过一段楼道卫生，再后来就在家病休，只领取很少的基本工资。我因自己烦恼甚多很长时间没有关注过刘秀兰，直到从美国回来，车轱辘罩子飞掉一个，又过了若干天，才听佟玉坤说，刘秀兰情况不妙，有一次突然说一直相处很好的婆婆是妖怪，要索她的命，有一次晚上忽然从床上站起，拿腿往窗户外迈，亏得他及时给拉住了，从那晚起他就用铅丝把家里所有的窗户绑死了，那时他家在居民楼的高层，实在是不能不防意外发生。

4

后来，中国作家协会改组。马烽从山西来履新，任党组书记。

那天马烽和党组副书记马拉沁夫约我去作协机关谈话，内容是免去我的杂志主编职务。

佟玉坤那天和往常一样，为我开车。我照例坐在副驾驶座上，对他说:“这是你最后一次给我开车了。”他很生气地回答:“为什么？就不许我自己买辆车，开给你坐？”千不该万不该那节骨眼上我脱口而出一句深深伤害了他的话:“你买得起？”他脸色铁青。

据说为了跟我谈这次话，二马很做了一番准备，怕的是我恋栈“跳起来”，为此马拉沁夫将我 1986 年 8 月所写的《片叶冥思录》放在桌上，将其中他觉得属于“自由化”甚至“反动”的句子段落划出重点，如果我敢“跳”，他就当场将我那些言论揭示出来。我的这篇文章 1993 年收入在了华艺出版社出版的《刘心武文集》中，感兴趣的读者可以去查阅，这里不“自首”了。

那天很大的办公室里，只有马烽和马拉二人等着我。马烽宣布免去我《人民文学》主编的职务，马拉紧张地注视着我，以应对我“跳”。

我却淡淡地说:“这主编原本就不是我自己谋求的，是中国作家协会把我从北京市文联调过来的，其间我几次推辞过。现在免掉我职务，换上你们认为合适的人选，很好。”

我不但没“跳”，还欣然接受，一定出乎他们的意料。我感觉马烽的表情是如释重负，而马拉有些愕然，并且似乎为未能尽享“与人奋斗其乐无穷”而多少有些失落。

他们本来可能预计要谈比较长的时间，没想到两句话我就自动弃权了。

这时候马烽就说:“你也不是都搞自由化嘛，你也给我写过约稿信嘛！”他一定也就想起，他给我回过信，如本文开头所引。

印象里，马烽是个淳朴的人，他其实并不适宜搞政治。而那时的作协改组具有强烈的政治意味。他是被“拉郎配”，给强安到那个敏感位置上的。我在二马无话可说的时候，也不便抽身就走，于是没话找话地说：“也许，柯岩来当主编吧，她合适。”按说不该接我这个话茬，尤其不应该跟我这样的“戴罪之身”泄露他们那派之间的歧见，马烽竟很憨厚地跟我说：“如果让柯岩来当，那也用不着把你换掉了。”这话事后让我琢磨了好久。果然，没多久马烽就“不堪重任”，抱病回山西休养，那几年中国作协实际上的“一把手”就成了马拉沁夫，马烽于2004年病逝于山西太原，享年82岁，是位因参与创建“山药蛋”文学流派而在中国新文学发展进程中留下明显痕迹的作家。

等候在办公室外面的佟玉坤没想到，大约二十分钟不到，我就谈完话出来了。我坐到车里副驾驶座上，他说：“没听到里头出高声啊。”我说：“为什么要嚷？我心平气和地下台了，现在你送我回家。”他说：“你现在就回家？便宜的你！”他开车驶出作协的那个院子，朝我意想不到的方向驶去。

车子驶到故宫东华门外的筒子河边。佟玉坤对我说：“我要练一套六合拳给你看。把1981年在太原得金牌的那个套路，又精雕细刻了一番，保你喜欢。”我跟他一起下了车。筒子河边，微风拂动绿柳，燕子在紫禁城墙堞间呢喃飞舞，当时河边车少人稀，佟玉坤立定，深呼吸，先做了几下准备动作，然后告诉我：“五秒后开始。”五秒也不知怎么过去的，绿柳下，他忽然化作一只苍鹰，展翅旋转，翻飞腾跃，忽缓忽疾，刚柔相济，一气呵成，戛然而止，完成了一套六合拳，他收势立定，我也不知鼓掌，也忘了喝彩，只痴痴地望着他，心里的感动，无法形容，哎，不形容也罢！

5

不久新主编到任了。实行聘任制。有的编辑和职工，因这样那样的原因，没被聘任，可以自己另找单位，也可以只领基本工资不用上班。有人给我打电话知会情况，说想不通为什么某某不聘？我不在其位，不谋其政，不发表意见，而且表示连这样的消息以后也不必告知我。我准备过好自己“挂起来”的赋闲生活。

然而还是有人给我打来电话，说还是要告诉你一个新闻。就是在编辑部的会议上，与会的都是被聘下的，佟玉坤却提出来，虽然聘他，他却不受聘，宁愿回家待着，只领取基本工资。他妻子刘秀兰那时候就在家只领取基本工资，他再也只领基本工资，那时候他们两个人的基本工资加起来大约八百多元，上有老下有小，日子怎么过？打电话的人对我说："佟师傅还不是为了你！"怎么是为了我？放下电话，我坐着思忖半天。义气这个讲究，早成社会绝响了，就是相关的戏曲剧目，也绝少在台上出现了。但是佟玉坤显然是为了我而拒绝给新主编开车。这何必呢？

我去佟玉坤家。他家装着那扇四年前我见他正制作的防盗门。其实那年头定做防盗门已经形成风气，也没有多贵，但为勤俭度日，他能自己解决问题就绝不"浪费"。他开门迎进我，我发现他正在屋里桌上摊开米袋，晾晒整袋大米，他说买整袋的可以比零买省好几块钱，我说你放久了必生米虫，何必呢？他就说只剔出极少的黑色虫子去，那些白色的肉虫没关系，都是高蛋白，吃了一样有营养。我还没问他不应聘的事，他先开了口："听说我不应聘啦？别那么想。跟你没关系。跟谁当主编也没关系。"那几天刘秀兰又住院了，但医院觉得她神智稍好，就会主动打电话让佟玉坤接她回家，精神病医院的医疗资源也紧张，"除非你们到级别有特殊待遇，随时可以去住院，想住多久住多久。"我就跟他抬杠："别总'你们''你们'的。我什么时候去住过院？"他留我吃饭，我说："我可不愿意吃肉虫。"他说："好。咱们再别一个桌上吃饭！"我说："偏还要一个桌上吃饭！我今天请你外头吃！"拉着他就走，他光着膀子，忙抻过圆领衫往身上套，我说要去隔壁屋跟伯母问声好再走，他拦住我："千万别！"我却已经推开那边门，发现他母亲也是光膀子，慌不迭退出，到门外才大声问好，说："玉坤跟我出去喝酒吃饭，他带菜带饭回来，那时候慈兆也下学了，您们一起吃！"我和佟玉坤在他家附近一家饭庄，点了一大桌菜，喝酒畅谈，我们的交情，更上一层楼。

我赋闲期间写了不少小说，长篇小说《风过耳》里，我以佟玉坤为原型，塑造出一个仲哥的形象。

佟玉坤虽然不承认他是为了我而拒绝新主编聘用的，我心里却总觉得是我陷他家于清贫，他又绝不接受我的现金资助，怎么办呢？恰好一位美籍华人，在北京任一家美国大企业的总裁，他也是位作家，我们有机缘结识，我就问他那里缺不缺司机，他说正好有一个司机的职位，我就推荐佟玉坤去。面试后，双方都满意，于是佟玉坤就有了份新工作，而原来杂志社的基本工资和医疗等待遇还都继续享受，那家美企跟他正式签约，月薪 2000 元，加班还有补助，这在二十年前是很不错的了，从此佟玉坤经济上不那么拮据了，但他的消费习惯仍是那么古朴。有人知道了我给佟玉坤另谋工作的事情后，猜测道："佟师傅不知怎么感谢刘心武呢！" 但从那时到他六十多岁与美企不再续约，虽然我们常见面，他从未跟我道过一声谢，我实在也不需要他道谢。

6

大约十二三年前，一天佟玉坤忽然打电话让我去他家，说有事情要跟我说。我去了，他告诉我，作协又在分房子，他已经申请了，将迁到城东南劲松附近的新楼去，答应分给他的虽然还是两居室，面积大了许多，也有了像样的厅，而更重要的，是可以分在二楼，这样对维护刘秀兰的安全大有好处。我听了对他说："应该搬过去。不过，以后我就再不能到你家了。你是知道我的，你说你是倔脾气，其实我有时候比你还倔。那楼里住了若干我不愿照脸的人。我不喜欢的人，和不喜欢我的人，最好永远不要照面。" 他默然。

佟玉坤从三元桥迁走后，我们的联系频率锐减。有时候我从三元桥那里经过，望见他曾住过的那栋楼，丝丝缕缕的感伤就旋起于心头。

2001 年，有个法国来的小伙子，想学武术，我就介绍佟玉坤教他。但我只是把他们双方约到劲松那边的餐馆认识，然后他们约时间在附近绿地进行教和学，也避免进入佟玉坤住的那栋楼。那法国小伙子现在是柏林欧盟总部的雇员，提起佟师傅来，仍是佩服到五体投地的口气。

又过了几年，一晚佟师傅来电话告诉我："刘秀兰还是跳楼了。" 尽管迁过去住二楼，家人觉得即使她犯病开窗往外跳，危险性也有限，但是那天她趁人不备，自己跑到高层，打开楼道窗户，以她独有的想象，迈出了窗户。这也是一个生命，和我们任何一个人，当然包括中国作家协会的任何一个成员一样，享有均等的尊严。我听到她自我陨灭的消息好久不能平静。我不记得接听电话时是怎么安慰佟玉坤的。

尽管来往联系越来越淡，心里头，我是一直怀念佟玉坤的。2009 年，遇上杂志社的一位老员工，我顺便问起佟玉坤，她说：“你怎么不知道？他去世了！”原来是在那年单位的例行体检时，医生发现他肛门里长了个东西，来回检查的结论是直肠癌，住院切除后，化疗，放疗，先脱光头发，再整个人脱形，由此不治而亡。

佟玉坤的母亲在迁出三元桥前已经去世。他的女儿慈兆接近三十岁了吧。

没曾想从郊区朋友送回的纸箱子里，搜检出一封曾任中国作协最高领导马烽的来信，却使我回想起关于中国作协一位最基层的司机的种种往事。

那年，佟玉坤在故宫筒子河边单为我打的那趟六合拳，多么精彩啊！值得以文字记录下来，不是吗？

2011 年 5 月 28 日温榆斋

斧凿音响，熊熊火光

1

那一年我十四岁，还在上中学，是一个狂妄的文学爱好者，并不以为自己只该阅读《中国少年报》《少年文艺》，我订阅着《文艺报》《人民文学》，大摇大摆地给各处投稿。但是若遇到打动我的文字，对那作家作品，我是谦卑的，感谢他或她不仅滋润了我的心灵，也教会我如何写作。记得那年暑假，我在《人民文学》杂志上读到了孙犁的中篇小说《铁木前传》，那开篇的文字就吸住了我："在人们的童年里，什么事物，留下的印象最深刻？……在谁家院里，叮叮当当的斧凿声音，吸引了他们……让那可爱的斧凿声音，响到墙外来吧，让那熊熊的火光，永远在眼前闪烁吧……"记得我是倚在家里床上的高枕，一口气把全篇读完的，作者在篇末又以这样的文字与开篇呼应："童年啊，你的整个经历，毫无疑问，像航行在春水涨满的河流里的一只小船，回忆起来，人们的心情永远是畅快活泼的。然而，在你那鼓胀的白帆上，就没有经过风雨冲击的痕迹？或是你那昂奋前进的船头，就没有遇到过逆流礁石的阻碍吗？有关你的回忆，就像你的负载一样，有时是轻松的，有时也是沉重的啊！……"我理解，这并非是一篇儿童文学作品，所谓"童年"，有超越年龄界定的宽泛含义，这样的作品这样的文风，给予我一种浓酽的命运感。我打那时侯就特别喜欢这种小资情调，叶圣陶有篇作品《潘先生在难中》，把小资在社会动荡中内心的惶惑描摹得活灵活现，我受小资家庭影响，特理解那种在大时代里感到自身脆弱的情怀。那时读苏联作家的作品，比如盖达尔的《鼓手的命运》，那是儿童文学作品，写一个

L·X·W
不在钟声中爱，便在钟声中恨，人应当在钟声中获得救赎

少先队员受坏人裹胁的一段酸辛经历，最后获救，记得小说末尾写到城市的万家灯火，写到那孩子悬想，那个他并不认识的看门人（可能是这样身份，记不清了），是否也有个女朋友呢？就那么两句，也令我动容。盖达尔在卫国战争中从军牺牲，但名气算是比较大吧，另有一本苏联小说《永远在一起》，是写卫国战争中一群远东贝加尔湖畔的中学生参战的故事，作者奥·哈夫金似始终未成名，但他写的那些远东偏远地区的小生命的喜乐忧伤，竟也让我心旌摇曳。

在读《铁木前传》以前，我并未读过孙犁其他作品。到 1959 年，我才读了他的《白洋淀纪事》和《风云初记》，他写的都是革命故事，小资应该是革命的争取对象吧，孙犁把革命写得有人情味，我读了后就想，如果革命果真是让人们更加真诚、善良，而且包容一些有缺陷有弱点的生命，构建一个更合理的社会，那真应该投入进去。

2

1977 年年底我在《人民文学》杂志发表了短篇小说《班主任》，引出轰动，1978 年我参与《十月》的创刊工作，得以在约稿中接触到一些前辈作家，1980 年我被北京市文联吸收为专业作家，于是给心仪已久的孙犁写去了求教的信，他很快给我回信：

心武同志：

十月二十日惠函奉悉。刊物亦收到。《江城》我也有，当时见到你的文章，曾函托绍棠同志，代致感谢之意，想已转达。

你的作品，除《班主任》外，还看过一些（去年《上海文学》登有一篇以业余作者访问你为题材的小说，我也看过，恕我忘记了题目）。我以为都是写得很好的。但先有概念，然后组织文章的说法，我不太赞同。等我看过《十月》及《新港》所登的，再和你讨论。我以为，风格是每人各异的，所谓艺术性，也不是划一的。每人有每人的起点，只能沿着起点前进，不必改变自己的基本东西。另约稿太多，也可适当推辞一些，我觉得你们的负荷太重，也于艺术不利。以上只是臆测之词，比较详细的意见，等我看过那两篇作品，再写信给你。我读书很慢，但读得比较认真，时间如果拖得长了，请你谅解。

我身体不好，今年又加上时常晕眩，已经不能从事认真的创作，所写杂文，有时兴之所至，也没有什么分寸，好在一些同志能够宽宏对待，还没有出什么大漏子。不过，以后就是写这种文章，也要慎重了。

你怎么不到天津来玩玩？

专此祝

撰安

孙犁
1980 年 10 月 27 日

信中提到的《江城》杂志上，有篇我以书信体写成的文章，里面讲到我对《铁木前传》的喜爱，特别是其中小满儿这个艺术形象的塑造，令我惊叹，有着文学启蒙的作用。《上海文学》所刊登的短篇小说是《这里有黄金》。我请他对我《十月》上刊发的《如意》和《新港》上刊发的《写在不谢的花瓣上》加以指正。后来他认真地看了，并且具体入微地进行了点评。

"你怎么不到天津玩玩？"这句话很打动我。我真的很想去天津拜见他。大约在 1981 年，恰巧林斤澜、刘绍棠、从维熙他们要去天津看望孙犁，我就要求他们把我带上。记得在车站集合时，我说自己此行是去"朝圣"，刘绍棠大为感动，感叹道："这话怎么说的，朝圣啊！"刘绍棠、从维熙、房树民上世纪五十年代都师法孙犁，和冉淮舟等被称为"荷花淀派"作家；林大哥的小说虽然并无"荷花淀"气息，但他那种特立独行的边缘写作姿态，与孙犁是相通的。那回随林大哥他们到了天津，孙犁在家中接待，他那时住在报社宿舍大院的平房里，房间不算小，格局却很不适宜待客，记得他准备了一桌茶果，大家围桌漫谈。从 1956 年十四岁景仰他，到 1981 年我三十九岁算是见到了真佛。那次的会面，于我而言，是终生难忘的。

1986 年我中止了专业作家身份，从北京市文联调到中国作协《人民文学》杂志先担任常务副主编，副主编崔道怡是杂志社资深人士，我那篇《班主任》

投去后他及时回信加以肯定告诉我已往上报，后来才得以发表；他对前辈作家都比较熟，工作经验丰富，他建议和我一起先往天津约稿，于是我第二次在孙犁家里见到了孙犁，那时他虽然身体不大好，仍表示愿支持我们杂志，我们回京不久，他就寄来一篇风格依旧独特的新散文，我们非常高兴，立即安排刊发。但是，那期杂志上同时也刊发了其他天津名作家的作品，编排时，从目录上看，孙犁作品排第一，翻开杂志看，头一篇却是另外作家的文章。为此孙犁很不满意，他写出短文，发表在《人民日报》副刊，对于杂志这种"平衡术"很不以为然，语含讥讽。虽然每期杂志的选稿、编排大都由其他轮值副主编担纲，我只在大样出来后审读，但目录与内文顺序的不统一，我看大样后并无异议，导致敏感的孙犁见后不满，是有责任的。我见了孙犁在《人民日报》的短文后，也写了一篇短文，意在为杂志社辩护，寄给了当时《人民日报》副刊的负责人袁鹰，希望也予发表，后来袁鹰劝我算了，也就风吹无痕。但这次与我所尊崇的孙犁发生龃龉，终究是桩遗憾的事。我本拟找机会再去天津拜望当面致谦，解释杂志社的苦衷，但 1987 年以后大形势的发展已经不给我这样的机会。2002 年，我六十岁时，得悉孙犁谢世消息，于是，十六岁时捧读《铁木前传》时的那种激动，又涌回心头。

这些年，我不断重读孙犁，积累了不少心得，现在录在下面，供感兴趣的人士参考。

3

孙犁是嵌在特定历史时期的作家，但他的作品不因历史的新进程而显得乏味，犹如窖藏老酒，越品越香。

在《白洋淀纪事》里，我特别喜欢他那篇《吴召儿》。孙犁的短篇作品，给我的感觉，文体上是小说、报告文学、散文、随笔、散文诗融为一炉的，《吴召儿》的文本最具这一"文武昆乱不挡"的特色。

孙犁的叙事大多带有自传性，他总是从自己投身抗日救国洪流的具体历程中的某一环节出发，写出他个人记忆里那些难以忘怀的人与事。从个人记忆出发，而不是充当全知全能的革命宣传者、以历史判决者的口气来叙事，这就使得他写下的文本对读者而言具有亲和力。我的青春期正镶嵌在一个越来越狂热的将文学完全纳入宣传的浪潮里，因此，读孙犁的作品，就有一种得以暂时从狂热与宣传中脱逸出来，嗅入文学真气息的舒畅感。

《吴召儿》和《白洋淀纪事》里其他篇什一样，没有宏大叙事，没有顶天立地的英雄人物，他只是勾勒出了那个时代一个普通的农村姑娘，将自己那活泼泼的生命，自觉地奉献于抗日救亡的民族伟业中。作品中的"我"应该就是孙犁本人，一度是民校识字班的教员，有一次他点名让吴召儿念书，吴召儿念得非常熟快动听，那认真的态度和声音，"不知怎的一下子就印进了我的记忆，下课回来，走过那条小河，我听见了只有在阜平才能听见的那紧张激动的水流的声响，听到在这山草衰白柿叶霜红的山地，还没有飞走的一只黄鹂的叫唤"。在孙犁的个人记忆里，他珍视那些草根生命与其生长的自然环境的契合性，他捕捉到那些一枣一瓜的小镜头，精心地记录下来。鬼子搞"扫荡"，抗日力量反"扫荡"，"我"担任了一支游击小组的组长，吴召儿被村长指派为这个小组的向导，她竟穿了件显眼的红棉袄跑来，在带领这个小组往神仙山埋伏的过程里，吴召儿一路吃山上的野红枣，望见前头树上挂着大红枣，"她飞起一块石头，那颗枣儿就落在前面地上了"。吴召儿带领这个小组攀登到神仙山顶峰，"钻过了扁豆架、倭瓜棚"，到了她姑家，她让姑煮倭瓜给他们吃，自己主动"从炕头上抱下一个大的来"，又"抓过把刀来把瓜剖开"，说："留着这瓜子炒着吃。"第二天，真是一寸山河一寸心啊，孙犁写到："这里种着像炕一样大的一块玉蜀黍，像锅台那样大的一块土豆，周围是扁豆，十几棵倭瓜蔓……在这样少见阳光、阴湿寒冷的地方，庄稼长得那样青翠，那样坚实。玉蜀黍很高，扁豆角又绿又大，绿得发黑，像说梅花调用的铁响板。"而就在这天下午，传来了日寇要实行搜山的消息。一日，敌人进逼，吴召儿从容应战，"我"提醒她"红棉袄不行啊"，她就将那棉袄反穿，棉袄里子是白的，但活像"一只聪明的、热情的、勇敢的小白山羊……她蹬在乱石尖上跳跃着前进，那翻在里面的红棉袄，还不断被风吹卷，像从她的身上撒出的一朵朵的火花，落在她的身后"。

搞政治的人士，热衷于立场路线；重经济的人士，看重财富排行；讲究娱乐的人士，只求花样翻新……他们往往使得评判的标准单一、绝对。但有志于搞真正的文学艺术创作的，应该最忌讳单一、绝对。记得大约1962年左右，那时候一部根据回忆录改编的电影《革命家庭》投入拍摄，但受到很大压力，因为影片里有地下党在上海街头搞“飞行集会”的镜头。从路线上说，那是左倾机会主义的产物，导致了白区共产党组织的重大损失，写党史要予以否定，但文学艺术对之怎么办？夏衍就表达了一个看法，意思是路线错误由党的高层负责，但底下的党员那样勇敢行动，仍是可歌可泣的，因此被敌人杀害的，仍应尊为烈士。我认同夏衍的观点。写作者不必为组织为群体去记忆，他笔下的文字应该是充分个人化的，一个大时代，固然有巨厦长桥，但一瓜一枣的细微存在，也是值得记录的。再读孙犁，愈加佩服他将个性融注进诗化的文本，从侧面、从细微处为时代剪影的功力。

4

不清楚孙犁究竟受到曹雪芹的《红楼梦》多大多深影响，只觉得他和曹雪芹一样，下笔多在女性上聚焦：《白洋淀纪事》里的短篇有许多篇干脆以女性名字命名；中篇小说《铁木前传》里“铁”方的九儿比“木”方的四儿着笔多，也更富心灵深度，更不消说还斜刺里杀出个小满儿，抢足了戏份，令读者回味无穷；长篇小说《风云初记》也是女性角色当家。

值得注意的是，孙犁常在作品里以复数来描摹女性。按说写小说这可是险笔，然而孙犁处理得极好，以至这些段落读来不亚于对作品中女主人公的刻画，摇曳多姿，形象鲜活。比如他那最著名的《荷花淀》，水生媳妇是女主角，听水生说第二天就要上前线，正编苇席的她“手指震动了一下，想是叫苇眉子划破了手，她把一个手指放在嘴里吮了一下”，但不动声色，保持着平静，以温柔的方式支持丈夫去参加可能会牺牲掉的战斗。全篇对水生媳妇刻画的成功处也无非这么一处。但是，他以复数描绘的白洋淀民兵媳妇，却不断跳脱出生动的细节。他写道：“女人们到底有些藕断丝连，过了两天，四个青年妇女集在水生家里，大家商量：‘听说他们还在这里没走。我不拖尾巴，可是忘了一件衣裳。’‘我有句要紧的话得和他说说。’……‘我本来不想去，可是俺婆婆非叫俺去看看他，有什么看头啊！’于是这几个女人偷偷坐在一只小船上，划到对面马庄去了。”小说后面维系着这样的写法，在写到她们遭遇鬼子的大船，拼力躲进荷花淀，意外发现她们的男人们埋伏在那里面，勇敢地将敌寇击败，并将战利品抛进她们的小船，之后，“几个青年妇女划着她们的小船赶紧回家，一个个像落水鸡似的，一路走着，因过于刺激和兴奋，她们又说笑起来……‘你看他们那个横样子，见了我们爱搭理不搭理的！’‘啊，好像我们给他们丢了什么人似的。’……‘刚当上兵就小看我们，过二年，更把我们看得一钱不值了，谁比谁落后多少呢！’”这些混在复数里描写的女性，并不比那刻意点明是水生的媳妇的女主角逊色。

《铁木前传》里写六儿“个儿适中，脸皮儿很白，脾气儿又好，他在街上成了姑娘们十分喜欢的对象”。六儿的女人缘，孙犁是通过“姑娘们”的复数群像来展现的，十分生动：“夜晚，村里只有他有一筒手电，在街上一晃一晃的，姑娘们嬉笑着围着他：‘看你，六儿，照坏了我的眼！’‘来，六儿，给我拿拿！’在雨天，他有一双钱牌胶鞋，故意穿上去串门儿，谁家的姑娘好看，谁家庭院里积的雨水深，他就特别到谁家去。那家的姑娘在窗户眼儿里看见他进来，就赶紧爬下炕来说：‘六儿，你来得正好，快脱下来给我穿穿，我正要到茅房里去！’……”六儿跟姑娘们讨好，说会替她们进城去买那样的胶鞋，姑娘们表示要先把钱给他，“不用。”六儿说，“买回来，再说吧。”然后孙犁以一句集合性交代结束这段情节：“等到买回来，姑娘们只称赞他买的货色好，尺寸合适，就再也不提钱的事了。”

很显然，这样的写法，就超越了笼罩于作品的意识形态，《荷花淀》里“藕断丝连”的女人们，不只是具有抗日情怀，她们对配偶的依恋，化为了主动性的追求，而与六儿套近乎的那些村姑的表现，无关阶级成分，更无关合作化运动，都只体现出普遍人性中的善美与弱点。考虑到孙犁所处的写作年代与环境，那时候主题先行越演越烈，小说中的人物往红黑两极推演，就是写点“弯弯绕”之类的中间角色，也只是为了演绎阶级斗争的“复杂性”而非探究人性的诡谲，因之，他的小说的柔曼笔调，笔下人物的多彩谱系，以及通过复数叙事来勾勒普遍人性的尝试，实在是弥足珍贵。

以复数来写女性，曹雪芹的《红楼梦》第二十九回有极好的示范，他写贾母带领荣国府众女眷去清虚观打醮，在府门外“乌压压的站了一街的车，贾母等已经坐轿去了多远，这门前尚未坐完车。这个说‘我不同你在一处。’那个说‘你压了我们奶奶的包袱。’那边车上又说‘蹭了我的花儿。’这边又说‘碰断了我的扇子。’咭咭呱呱,笑声不绝……”他写出了贵族家庭盛时出行的气派，也从中使读者意会到即使是那样的贵族府第，众女眷特别是婆子丫头们，平日也是难得出二门迈大门的，因此兴奋到那样的程度。向曹雪芹学习，从《红楼梦》偷艺，是二百多年来许多中国作家的自觉行为，孙犁是否也如是？构成一个学术课题。

5

茅盾曾指出，孙犁是用散文的笔法来写小说，比如他在长篇小说《风云初记》里，用了近千字，来从容地写瓜棚上一朵黄花如何静静地绽放。《铁木前传》的笔法则更上层楼，是用诗的意蕴来进行叙事。《铁木前传》完成于1956年初夏，可归入“反映农业合作化”的题材范畴，那时候一大批作家去写这一题材，光长篇小说就出了不少，但耐读的不多，长篇小说里也就柳青的《创业史》算得有较长的生命力，中篇小说里，则《铁木前传》到如今读起来仍觉麦香满纸。

《铁木前传》也有主题先行的痕迹。比如“铁”代表坚定，小说里的铁匠傅老刚和他的女儿九儿,是合作化运动的积极力量,“刚”有“刚强”之意,“九”谐“久”有“永不动摇”之意，这对父女写得相当真实可信，然而其生命的纯粹性，会让读者觉得有些高不可攀。“木”则意味着“可凿可变”，小说里的木匠黎老东和他的儿子六儿，则成为合作化运动的消极存在与争夺对象，这对落后父子写得活灵活现，其生命的混浊性，却并不会消弭读者对他们报以包容的微笑。

但是,《铁木前传》获得长久审美价值,我以为,还是他写到了“铁”与“木”

之外的，诡谲的生命现象，那就是小满儿。小满儿在作品中占据不小篇幅。犹如曹雪芹不写王熙凤绝不甘心，孙犁不写小满儿难以自许。

刻画出小满儿这么一个无法贴标签，绝对是概念之外的活脱脱的生命现象，在孙犁来说，真是一次艺术冒险。这个作品刊发不久，就有大的政治冲击波袭来，连写出了《在田野上，前进！》那样放声讴歌农业合作化运动的长篇小说的秦兆阳，仅仅因为发表了让现实主义的概念更包容更展拓的意见，也就划入了敌人行列，其实秦在自己的小说里还来不及将现实众生中的暧昧存在刻画出来。孙犁虽未在理论上“冒泡”，笔下却已经活跳出了一个将现实主义展拓开的小满儿形象，属于“社会主义现实主义”中的一条“可疑之鱼”，亏得那时候的“金棍子”可能因为需扫荡的“尘埃”甚多，其“火眼金睛”未及瞄到孙犁这个“角落”，《铁木前传》总算有惊无险，起码在1966年夏天以前，还属于虽不推荐，却可以喜爱者自赏的一个边缘作品。

小满儿这个艺术形象，应该在孙犁的心中孕育很久，一直在等待时机将其拎出。孙犁的《白洋淀纪事》1958年初版，1962年再版时，他在附记里说：“这次增加《张秋阁》等六篇……《张秋阁》一篇，是从旧稿中检出，这显然是一个断片，不知为什么过去我把它抛掷，现在却对它发生了一种强烈的感情，这也许是对于这样一个女孩子的回忆，现在越来越感觉珍重了吧。”1947年春写成的《张秋阁》，写一位张姓女子在得知其兄牺牲的消息后，忍住个人悲痛继续为革命奔忙，这类的故事在《白洋淀纪事》里屡见不鲜，然而，作者却非常原生态地写到，张秋阁“顺路到郭忠的小店里去……郭忠的老婆是个歪材。她原是街上一个赌棍的女儿，在旧年月，她父亲在街上开设一座大宝局……这个女孩子起了个名字叫大器。她从小在那个场合里长大，应酬人是第一，守家过日子顶差……”这个郭家小店“成了村里游手好闲的人们的聚处，整天价人满座满，说东道西，拉拉唱唱”。张秋阁去郭家小店，是为了动员大器的闺女大妮跟她一起给抗属家送粪肥。

在篇幅很短的《张秋阁》里，孙犁不忘写到纯净的张秋阁与混沌的大器家来往。这样的生命现象在《铁木前传》里被放大了，他写到黎六儿和村里一家懒人合伙卖牛肉包子，那合伙人黎大傻的老婆奇丑无比，却有个娘家妹子来帮忙，就是小满儿，“一年比一年出脱得好看，走动起来，真像招展的花枝”，她引得满村男青年围观。她勾引六儿，跑到住在姐夫家的干部跟前显示出其生命的神秘，那干部“望着这位青年女人，在这样夜深人静，男女相处，普通人会引为重大嫌疑的时候，她脸上的表情是纯洁的，眼睛是天真的，在她身上看不出一点儿邪恶。他想：了解一个人是困难的，至少现在，他就不能完全猜出这位女人的心情”。这个细节被画家张德育以油画表现出来，成为孙犁书里最抢眼的插图。很显然，小满儿这个艺术形象，大器即使不是唯一的原型，也必是原型之一。

孙犁承认“了解一个人是困难的”，在他的素材积累里，纯净的生命与混浊的生命具有同等的认识价值，而对后一种生命的探究，其实更是文学家不争的使命。

6

在孙犁留下的作品中，写于 1950 年 1 月的《秋千》似乎很少有人注意。他写的是农村工作组负责划成分的过程里，一个叫大绢的女孩子，她本来是跟一群贫下中农的姑娘共同成长的，小说里特别有意味地写到她们一起到集上卖线，要求买方要么照单全收要么一份别买，卖出好价钱后，她们买一色的红布做棉裤，“好像穿制服一样”，在上冬学时，她们挤坐到一条长板凳上，“使得那条板凳不得安闲，一会儿翘起这头，一会儿翘起那头，她们却哧哧地笑。”

但是，大绢却突然遭遇到了生命中的重大危机。有一个男青年刘二壮，并非出于私愤，而是根据当时公布的划分阶级成分的切割线，向工作组告发，指称大绢的爷爷曾开买卖，雇工剥削。那时政策的切割刀锋，从时间段上规定在“事变前三年到六年”，就是说，倘若在 1931 年至 1937 年间，大绢家有那种情况，她家的成分就要划为富农或地主，她也就成了阶级敌人的后代。听到揭发的工作组李同志，觉得坐在她面前的大绢立刻发生了变化：“好像有两盏灯刹地熄灭了，好像在天空流走了两颗星星”，大绢“连头发根都涨红了”。几天后李同志再见到大绢，“好像比平时矮了一头，浑身满脸要哭的样子”。其实，就算大绢的爷爷剥削过人，大绢也应无罪。但是，在那样的时空里，一个小生命的悲欢，就深重地系于他或她家里长辈的成分，他或她若家里成分不好，则构成其不可逭逃的“原罪”，必定备尝歧视艰辛，若苟活下来，要等至1978年后进入改革开放时期，才能终于被赦免，小说里的大绢到1980年的时候，应该是四十五岁左右。

小说里的工作组工作是认真细致的，划定阶级成分，别的先不说，事关大绢这样的活泼泼的个体生命的生死歌哭，岂能草草了事？经过调查研究，也允许大绢自辩，“工作组学习了1933年两个文件，读了任弼时同志的报告”，我虽然已经是个年届七十的读者了，却对“1933年两个文件”和“任弼时同志的报告”梦梦然，不过却从作者的笔触里能够意会到，那应该是共产党文件里和共产党领导人里，所制定的比较具有弹性的政策与比较柔和的声音。工作组采信了关于大绢爷爷在“事变”前就家道败落，而且“事变”中更遭日寇纵火沦为赤贫的说法，弹性处理，使大绢家的成分“软着陆”，没有划到剥削阶级一边，大绢因此也就仍能和那群贫农姑娘一起嬉戏。

孙犁在小说结尾安排了大绢和喜格儿等“阶级姐妹”一起荡秋千的情节。“她们争先跳上去，弓着腰用力一蹦，几下就能和大横梁取个平齐，在天空的红色云彩下面，两条红裤子翻上飞下，秋千吱呀作响，她们嬉笑着送走晚饭前这一刻时光。”

对比于产生于同时代的《太阳照在桑干河上》里面所着意刻画的贫农斗争地主时，一片将其打死的怒吼那样的描写——那更是真实的——孙犁的这个短篇非常怪异。他偏来写另类的真实。他写到临界切割中最平凡最渺小的生命的悲欢。重读这个作品，不禁悬想，小说里的人物，那以后又会遭遇到什么呢？那个李同志，也许十几年后会被扣上“走资派”的帽子惨遭批斗，而包庇大绢家使其成为“漏网地主”可能就是其罪状之一，大绢呢，则很可能不得不在社会秋千的大摆荡中延续她的惊恐与企盼……不过这些想象都可以推翻，有一桩事实却是无法抹去的，就是写出这篇作品的十七年之后，孙犁本人被指斥为“修正主义分子”而被批斗。

孙犁了不起。他置身在红色的时空里，他对红色是真诚皈依的，却始终在红浪里保持着一颗富有柔情的心。他知道社会变革往往无法避免对人群的切割，不是这一方按这样的标准下刀，就是那一方按那样的标准用刃，而处在临界位置附近的生命，对他们的“误切”，许多以社会变革大义为怀的达人是忽略不计的，孙犁作为一个具有人类大关怀大悲悯的作家，却十分敏感，以他的淡墨写意，触动着我们的心灵，使我们憬悟，确实存在着一种超越现实政治、社会、经济、文化功利的，笼罩于全人类的，至高的原则，而文学的切入点，就应该落笔于此。

7

《白洋淀纪事》是孙犁主要的作品集，1958 年 1 月由中国青年出版社出版，1962 年 1 月再版，1966 年下半年至 1976 年年底前，孙犁和他那个时代的绝大多数作家一样，人被批斗，作品禁印，到 1978 年 1 月，《白洋淀纪事》才又重版，作者写下极简短的后记：“此次重版，又校正一些错字，主要在书的后半部。增加一篇《女保管》。此外，遵照编辑部的建议，抽去《钟》《懒马的故事》《一别十年同口镇》共三篇。”

考察一位作家及其作品，需有“史”的眼光。作家作品是“史”的见证，“史”的进程又是作家的机缘或劫数。孙犁在 1978 年写下的这个不到六十个字的《重版后记》，最后一句用的是“史笔”。以他个人一贯“敝帚自珍”的性格，既然重版，只有增加篇什之权，断无“抽去三篇”之理。但是，那时出版社给你重版此书，有“落实政策”之意，作者当然首先要感激，不过，那次的“落实政策”，显然并不彻底，留下了小尾巴，实际上等于说，你孙犁的作品绝大多数是革命的、健康的，但至少有三篇，属于不够健康、不大得体，因此，建议“抽去”。那时出版社编辑部这样建议，从他们那方面来说，完全出于好心。但是就作者而言，抽文如同割肉，心里是难过的。孙犁特别在后记里申明抽去那三篇是“遵照编辑部建议”，既真诚，又无奈。

抽去的三篇作品，《懒马的故事》是篇小小说，全文分三节，却并不足一千字。写了一位大名马兰实际可称“懒马”的好吃懒做妇女，用一双制作粗糙得根本不能穿的鞋，交上去算是支援抗日，结果那双鞋没有任何战士要，只好让母耗子当作了下崽窝。这篇作品值得探究。作为革命阵营里的文学，从很早开始，就提倡写正面人物、英雄模范。这种写法发展到上世纪六十年代，已造成题材的狭窄、文学人物画廊的单调，那时就有邵荃麟站出来，提出文学可以写中间人物，谁知劈头盖脸挨了猛批，被指认为“修正主义主张”，那以后文学就只能以讴歌“高大全”的英雄人物为其唯一通道了。1978 年 1 月“四人帮”虽然倒台，他们对“写中间人物论”等“黑八论”的批判余威尚在——所谓“黑八论”的其余几论大约是：“写真实论”“现实主义广阔的路论”“现实主义深化论”“反题材决定论”“反火药味论”“时代精神汇合论”“离经叛道论”——《懒马的故事》放在这样的坐标系里看，即使不算“毒草”，也属于“不健康”的作品，所写的那位最后因一句激怒她的话而上吊的妇女，连“中间人物”都够不上，活脱脱是个落后人物，作家写她干什么呢？既写了，就该抛弃，收进集子又为哪般？编辑部建议抽去，在当时的普遍认知环境里，是顺理成章的。我们统观孙犁的作品，在他笔下，正面的、健康的妇女形象林林总总，令读者目不暇接，但是，孙犁不放弃对其他各类生命现象的观察、描摹，从“懒马”到大器到小满儿……这正是孙犁与人类其他各族群里的杰出作家相通之处。

抽去的另一篇《一别十年同口镇》写于 1947 年 5 月，是篇散文。所写的是作者所感受到的十年间同口镇的变化。这篇散文在《白洋淀纪事》初版里虽然收入，结尾却被无奈地改动。2000 年三版时抽掉的三篇全数回归，《一别十年同口镇》的结尾也恢复了原始面貌。当年为什么先硬改结尾，后干脆抽掉？原结尾的那段文字便成了我们研究中国新文学进程的宝贵个案。孙犁原发时写的是：“进步了的富农，则在尽力转变着生活方式，陈乔同志的父亲、母亲、妹妹在昼夜不息地卷着纸烟，还自己成立了一个烟社，有了牌号，我吸了几口，确实不错。他家没有劳动力，卖出了一块地，干起这个营生，生活很是富裕。我想这种家庭生活的进步，很可告慰我那在远方工作的友人。”作家以平实的文字真实地记录下见闻，抒发出自己真实的感情，究竟犯了什么天条？现在当然憬悟，孙犁当时的思想感情，是对新民主主义的认同与揄扬。新民主主义，现在回过头来看，不是很适合中国国情么？

当下的写作者，多有讲究“接轨”的，与市场接轨，与网络接轨，与动漫接轨，与各种文学奖项接轨，与西方文学潮流接轨……这些接轨，我以为都无可厚非。但是，再读孙犁，就觉得他那一辈作家里，像他那样，与真实的生命存在接轨，与真实的大地呼吸接轨，与内心真实的感受接轨，最后，无形中也就与人类总体文明接上了轨，其遗产，到今天，于我们后来人，仍有启迪作用。

8

1978 年 1 月重版《白洋淀纪事》时“遵照编辑部建议”抽去的三篇作品里，有篇幅颇长的小说《钟》。这篇在《白洋淀纪事》集子里非常出彩的小说，为什么编辑部那时候建议抽掉？他们的顾虑是什么？

孙犁 1956 年初夏完成《铁木前传》后，就抱病挂笔了。我们再也看不到《铁木后传》。身体有病，是实际情况，但面对阶级斗争的弦越绷越紧，写作的路子越来越窄，心里是否也不舒服？可以想见。到 1966 年夏天以后，好几年里，除了极个别的作家作品尚能孤零零地幸存，人们在相当长的时间里，文艺生活只能是看“革命样板戏”。“样板戏”开始是八个，后来陆续有所增添。到文革后三年，形势稍有松动，开始允许在江青直接指导审查之外，按“样板戏”的创作原则写小说、拍电影、排舞台剧，涌现出不少作品，因此，那种“文化大革命里只有八个样板戏一个作家”的说法，因为是“极而言之”，就并不精确，需要有人对“文革”后期的文学艺术创作作一番客观、理性的梳理。现在有一种倾向，拿文学史来说，往往把“文革”说成“一片空白”，或者单把《虹南作战史》那种极端化背离文学本性、扼杀写作个性的“集体创作”，作为彻底否定那一阶段所有文学事实的依据，我以为都非实事求是。“文革”后期的某些小说、电影，内容上还是有一定认识价值，艺术上也非一概粗糙卑陋，那时的文艺政策有罪，但只是因为喜欢写作而写出能以通过审查出版作品的普通作者，则是无辜的。

江青亲自挂帅抓出的“样板戏”，也是一个复杂的文化现象，不可简单评说。

但“样板戏”里不许表现爱情，甚至回避婚姻、夫妻关系，则是不争的事实。《红灯记》里的一家三代并无血缘关系，李奶奶是寡妇，铁梅尚小不谙情事还说得通，李玉和毫无个人情爱生活，真净化得可以。《沙家浜》里有沙奶奶无沙爷爷，有阿庆嫂出场却无阿庆身影，郭建光似无家室。《红色娘子军》在原来的电影里还多少有点男女主角的朦胧情爱，到芭蕾舞和京剧样板戏里被筛汰得干干净净。《白毛女》原歌剧和电影里，喜儿和大春都分明是一对“有情人终成眷属”的角色，到芭蕾舞样板戏里二人完全成了无性别意识的革命战友关系。《龙江颂》里的女主角不出现丈夫，虽然其住处门楣上有“光荣军属”标志，也大可理解为其父在部队里。《海港》里的女书记更是无丈夫无家室的纯粹的革命载体……

1976年10月“四人帮”倒台，1978年1月出版社为孙犁重印《白洋淀纪事》，编辑部审阅到《钟》，心生顾虑，建议作者忍痛“抽去”，可以理解。《钟》写的恰是一个爱情故事。《白洋淀纪事》里别的篇什也有写到情爱的，更不避讳夫妻关系，对比与“样板戏”的“净化”标准，编辑部对其余“涉爱”篇什全都容忍，已经是非常地思想解放。但是，《钟》所写的爱情，却发生在尼姑慧秀与革命战士大秋之间，更写到他们不仅两情相悦，还写到他们发生性关系，导致慧秀怀孕。那真是一个凄婉的爱情故事，慧秀在老尼和汉奸的双重迫害下，在庵里生下一个男婴，那刚呱呱落地的小生命，却被汉奸狠心地抛到庵外苇坑里……就在那一夜，庵里响起怪异的钟声，“钟发出了嗡嗡的要碎裂一样的吼叫，大地震动起来，风声却被淹没了”……这篇小说在孙犁所有的作品里，戏剧性最强，建议有兴趣的人士将其改编拍摄为影视剧，故事经过一番跌宕，最后大秋娶了慧秀，结局还是喜气满盈的。

遥想1978年，那年十月，我在《十月》创刊号上发表了短篇小说《爱情的位置》，竟引出了极大的轰动，光是这篇小说招来的读者来信，就有好几千封。爱情在文学中的位置，竟需要用这样的方式来恢复，是时代、民族、社会的喜剧还是悲剧？其实，再远不说，就以1949年前后的出自革命阵营作家之手的小说而言，写爱情，甚至写到性爱，写得好的，为数并不少，孙犁的《钟》就是其中之一。文学之河奔流至今，按结构主义的说法，写作再自由，出版再开放，风格再多元，其实都是在一些基本的母题里转悠：理想与颓废，信仰与怀疑，革命与守旧，忠实与背叛，救赎与逍遥，爱与死，暴力与性，原始生命力与文明推演，宗族与权力，恶之花与脏之美，变形与拼贴……

一度消失的钟声，又鸣响起来。全本原貌的《白洋淀纪事》2010 年第四版已是第 12 次印刷，累计印数达到 283000 册，不算畅销书，却是那些只称雄一时的畅销书难以比肩的常销书。斧凿声依旧响亮，熊熊火光不熄。再读孙犁，心香缭绕。

2011 年 6 月 26 日温榆斋

歌剧剧本《老舍之死》诞生记

1

北京东四牌楼北边的钱粮胡同，是我度过少年时代的空间。1950年，父母带着我和姐姐，住进钱粮胡同海关总署的宿舍大院，记得父亲告诉我和姐姐：“这胡同，是当年旗人领‘铁杆庄稼’的地方。”所谓“铁杆庄稼”，就是不用劳作，按身份就可获得的钱粮。因为住在那么一条胡同里，断断续续的，听父母讲了些关于满清八旗的事情。满族八旗兵入关的时候，说好听点是生气勃勃，说难听点是杀气腾腾，不管怎么说，总而言之，在旗的人多是彪悍自傲的。但是，定都北京，按地面分驻以后，皇帝对八旗成员采取包养起来的政策，钱粮胡同就是他们每月领取不劳而获的粮食及零用银子制钱的地方。这样一代代传下去，就有很大一部分旗人，成了游手好闲之徒，到辛亥革命之后，失去“铁杆庄稼”，又无一技之长，不少旗人只好变卖家产混日子，凡能变卖的全卖光了，就只好勉为其难地干苦力糊口，有的甚至沦为乞丐、冻饿而死。父亲说他青年时代所接触到的旗人，大多礼数周到、身体羸弱、怯懦自卑。不过父亲又一再对我们说，辛亥革命时，已经实现“五族共和”，五族即汉满蒙回藏，既然咸与维新，五族之间应无争斗歧视，大家要平等和睦地共同促进国家富强，你们同学里不管哪一族的小朋友，大家都要一起好好学习、欢乐游戏。更何况，那时我和姐姐都转入附近学校插班，学校里飘扬着五星红旗，老师告诉我们中国的民族不止五种，有五十六种之多。但是在学校里，光看服装，大家几乎全一样，分不出谁是哪个民族。

姐姐大我八岁，她到附近什锦花园胡同的一所中学插班，我则到隆福寺小学插班。我们插班的时候，学校还是私立的，没过多久，北京市的所有学校就全收归国有了，我那小学没有改名，姐姐那所中学，改叫北京市女十一中。有天姐姐放学回来，跟父母说，他们班上有个同学，是满族的，这个同学叫舒济。母亲听成了“书记”，颇感意外：“书记不是共产党干部里的领导吗？”经姐姐解释，才知道人家姓舒名济，因为是出生在济南，父亲这样给她取名。

又有一天，姐姐放学回来，宣布一条消息，就是舒济的父亲，是个作家，叫老舍，学校已经通过舒济，邀请老舍到校给同学们作报告，听完报告，要写作文的。父亲听了说：“原来她是老舍的女儿啊！老舍是大作家啊！”姐姐疑惑：“她爸爸姓老，她怎么姓舒呢？赶明儿我要叫她老济啦！”母亲就笑说：“别胡闹！她父亲原名舒舍予，老舍是笔名。咱们在重庆住的时候，有几年老舍一家也在重庆。老舍的小说写得可好啦，我就喜欢他写的《月牙儿》！”父亲说：“他最出色的恐怕还是《骆驼祥子》，只是你们还小，恐怕还不大适合来读。”听了这个话，我就千方百计找《骆驼祥子》，后来终于找到，背着父母读了，此是后话。

名作家到一所普通中学演讲，师生的兴奋可想而知。姐姐为把作文写好，“近水楼台先得月”，问了舒济好些问题，舒济只说：“听我爸讲吧。”讲完那天，姐姐满面红光回到家里，大家问她：“老舍讲得怎么样？”她说：“当然好啦。写作文不成问题啦。只是……老舍怎么拄个拐棍呢？”原来在她想象里，大作家，名人，应该从身体容颜上就完美无缺，因此当真实的老舍出现，表现出腿脚不利落，竟令她大出意外。我和姐姐一样，也是经过许多生活阅历之后，才懂得任何生命都不可能完美，即使是会被青史记载的名人，也总是将自身的善美，裹携着人性的弱点以及外貌的瑕疵，展示于特定的时空中。

姐姐在女十一中的初中学习结束，高中考的是河北北京中学，那所学校名气不小，师资一流，考取并不容易。舒济也考到那里，这样，姐姐就继续和舒济同学。她们学习成绩都很好，政治上也积极要求进步，都加入了青年团（那时候好像还叫新民主主义青年团，因此这里不简称“共青团”）。但是，那所中学虽然以北京命名，却隶属于河北省，学生高中毕业了，河北省倡导毕业生去河北师范专科学校入学，以快速提升河北省中学师资水平。这就引出了不少同学的思想斗争。姐姐那时就不想去上河北师专，那时候倒还没有多少“本科”“大专”差异的考虑，姐姐因为看了一部苏联电影《幸福的生活》（原名《库班哥萨克》），想当女拖拉机手、农机工程师，发誓要为祖国的农业机械化贡献青春，就拒绝了被保送到河北师专，参加了全国统考，志愿填的清一色农业机械专业，最后被东北农学院农机系录取，她攻读四年毕业后，又在苏联专家指导下读了两年“拖拉机总体运用”的研究生。姐姐不去河北师专，在当时是被视为“个人主义”的表现。那一届犯“个人主义”毛病的不在少数，同班一位男生崔道怡，也拒绝被保送到河北师专，结果考取了北京大学中文系，毕业后分配到中国作家协会《人民文学》杂志当编辑，从普通编辑做起最后成为副主编。1977 年夏末他收到一篇署名刘心武的自发来稿短篇小说《班主任》，读后上报，并给作者写信表态，后经当时杂志负责人张光年拍板，刊发于此年杂志第 11 期，那时崔道怡才知道，刘心武是他河北北京中学同班同学刘心莲的弟弟。

刘心莲、崔道怡当年不上河北师专的行为不足为训。但舒济却听组织的话，接受了保送到河北师专的安排，只上了一年就毕业，又无条件接受了组织分配，在北京以外工作。也曾有人议论过，以当时老舍的身份、名气，他的大女儿不去上只学一年的师专，不去外地工作，岂不是“一句话的事儿”？但很明显，老舍没跟任何领导去为舒济说一句通融的话。当然，他的儿子舒乙，那以后被派往苏联留学了，那也是当时组织上的安排，舒乙在苏联学的是将树木化为酒精的那么一种专业。老舍确实是一个忠心耿耿听共产党话、老老实实跟共产党走、兢兢业业歌颂共产党功德的人。

老舍 1949 年 12 月才从美国回到北京，1950 年就写出了话剧《龙须沟》，1951 年搬上舞台，1952 年拍成电影。我没看过《龙须沟》的舞台演出，但多次看过电影。少年时代看，关注点在喜欢小金鱼的小妞子身上，她陷进臭沟毙命，令我痛惜。青年时代看，懂得欣赏程疯子这个角色，这实际是个社会边缘人，弱者，但老舍从他身上挖掘出人性善美，超越意识形态，构成久远的审美价值。中年时看光盘，更加惊异“文革”老舍投湖自杀后，《北京日报》竟出一整版批判文章，狠批在剧里喊出“毛主席万岁”的《龙须沟》为大毒草。生命，从某种角度来看，是所处时空的人质。绑架你的力量要将你“撕票”，那就没有什么逻辑可循，或者可以任意编造“逻辑”；“文革”中有人被揪出打为“现行反革命”，是因为有人领呼“毛主席万万岁”的口号时，他旁边有人举报他喊成了“万岁”，从而将他揪出质问：“为什么减少一万倍？！”其实他即使喊了“万万岁”也还可以用别的“逻辑”将他“打翻在地，再踏上一万只脚”（“80后”“90后”注意：这是那十年里最常见的斗争用语）。

老舍剧作里的精品应属《茶馆》，1958年首演我就看了，如饮佳酿，醉中回味，有许多感慨却不能道出也不必道出。后来不知怎么的停演了。1963年，那时我已经在北京十三中任教，学校离中国京剧院所属的人民剧场很近，一日路过，忽然发现售票处在卖《茶馆》的票，一时以为是改为了京剧，过去询问，原来是北京人艺把话剧挪到这里来演，北京人艺自己的剧场则在演出反映“十三年”的歌颂性剧目。赶忙买了两张票，约当时在北京轻工业设计院的二哥一起来看。在人民剧场的这一版《茶馆》，跟过去版本比，有些改动，比如第二幕增加了学生在茶馆外游行，学生领袖站到茶馆门口板凳上激昂演讲的片断，当时也就理解，这剧里的三个主角恐怕都属于“中间人物”，全剧缺乏“亮色”，打点这样的“补丁”，可免“调子低沉”之嫌。那次在人民剧场的演出非常低调，报纸、杂志、广播、电视上都无报导评论，只演了几场，就偃旗息鼓。后来知道，1962年已经重提“千万不要忘记阶级斗争”，被称为“毛主席的好学生”的上海市委书记柯庆施，已经提出来文艺创作要“大写十三年”（即1949至1962的新政权下的成绩），那时连起初由周恩来总理亲自过问的电影《鲁迅传》也因非“十三年”里的题材而停拍，“十三年”外的《茶馆》的演出，真有些个“偷偷摸摸”的味道。

后来，1966年夏天，就爆发了“文革”，老舍不堪凌辱，投太平湖自尽。

2

1986年，是老舍投湖二十年祭。

真是“二十年河东，二十年河西”。1966 年，我还是一个在中学里被吓傻了的年轻教师（那时被划归为“旧学校培养的学生”、“修正主义教育路线的执行者”），1986 年，赶上了改革开放的好时期，竟成为了全国重要的文学杂志《人民文学》的常务副主编。当时《人民文学》杂志主编还是王蒙，他 1966 年的时候还窝在遥远的伊犁农村，1986 年时却已是中共中央候补委员，并到文化部任正部长，他几次到我家说服我，让我去接替他当主编，我终于答应后，1986 年主持工作但不在杂志上印为主编，1987 年再在杂志上以主编亮相。

我也算得“新官上任三把火”，说好听了是“初生牛犊不怕虎”，说难听了是“鸡毛封蛋不自量力”，想立刻让杂志呈现出一种新锐的开拓性面貌。我将北岛的长诗《白日梦》刊发在显著版面，将高行健的短篇小说《给我姥爷买鱼竿》作为头条推出，约刘绍棠写来风味独特的中篇小说《红肚兜儿》，又竭力推出广东青年女作家刘西鸿的短篇小说《你不可改变我》（当时她还是海关的工作人员）……我想到二十年前老舍的悲壮辞世，心潮难平，我知道约写相关的追怀散文不难，却刻意要组来关于老舍之死的小说。

我首先找到了汪曾祺。汪曾祺 1950 年到 1957 年左右曾在北京市文联老舍和赵树理联袂主编的《说说唱唱》当编辑，他当然熟悉老舍。1986 年的时候，人们已经淡忘汪曾祺是“样板戏”《沙家浜》剧本的执笔，他那时因连续发表出《受戒》《大淖纪事》等秉承沈从文风格的短篇小说而广被赞叹，他自己似乎也定位于小说家而非剧作家。我找到他的时候，他告诉我完成了京剧剧本《裘盛戎》，自己很得意，剧团却冷淡，根本没有排演的打算，“不如写小说，没那么多牵制”，我就告诉他我找他正是来约他的小说，但“有牵制，是命题作文”，他一听有点不快，我马上告诉他，今年是老舍辞世二十周年，《人民文学》无论如何要在今年夏秋祭悼一下，发点散文诗歌不难组稿，但我想请人写成小说，以小说形式来表现老舍之死，这样分量重一点，希望他无论如何支持一下。他听后眼睛发亮，表扬我说：“你的想法很好。《人民文学》能发小说来纪念老舍，非同一般。你把这题目交给我，我责无旁贷。我应该写。老舍之死值得写成小说。”但是，他稍停顿了一下，却说：“难。这个题目太难。”我说：“您别打退堂鼓啊。我们等着您哩！”他终于答应“试一试”，又说：“其实你们可以多发几篇。也不定要我写的。”

那时苏叔阳已经写成了多幕话剧《太平湖》，并由北京人艺搬上了舞台。我就又找到苏叔阳，跟他说：“你既然话剧剧本都写了，再写篇小说有甚难的？”1978、1979年间，我因短篇小说《班主任》，他因话剧《丹心谱》，成为引人瞩目的文艺新人，我们算是“同科出道”，一度来往较多，也很能同气相求，他对我的约稿热情允诺，表示一定写篇关于老舍之死的小说，以飨读者。

那时舒乙已经调到中国作家协会任现代文学馆馆长，有次遇上，我就告诉他《人民文学》杂志打算以小说形式来表现他父亲的辞世以为祭悼，他听了很兴奋、很期待。

汪曾祺和苏叔阳的小说稿陆续到达编辑部，我们编发了，但反响不如预期。苏叔阳的话剧《太平湖》也未能成为一个保留剧目。

老舍之死，应该以艺术形式呈现，既有的作品不甚成功，那么，期待将来会有新的尝试吧。这个题材，成为我的一块“心病”。

3

1988年，中国文联和中国作协合盖了一栋宿舍大楼，在安定门护城河边。我家搬了进去，舒乙一家搬了进去，他母亲胡絜青也搬了进去自住一个单元。舒济坚守在他们家的老四合院里，后来那里成了老舍故居博物馆，她就担当起馆长的职责。就我和舒乙而论，可谓君子之交淡如水，他没来过我住的单元，我也只去过他住的单元一次。但舒乙在我遭逢逆境时，能在一次关键的会议上，为我说上几句公道话，事后我听说了，很是感动。记得林斤澜大哥——他曾替老舍深入生活搜集素材——跟我说过，1960年，丁玲虽然几年前被打成“反党分子”发配北大荒劳动改造，因为并未取消她作协理事的身份，召开作协理事会时，还让她来北京出席，那时候在会上会下，许多人对她如避瘟神，是连招呼也不打的，独有老舍，见到她，便走过去，大声招呼，蔼然对话。有种评议，说老舍是故意放大声量，好让旁边耳尖的人听清，他无非是问丁玲北大荒气候如何，身体如何，全然不涉政治，不过是“尽旗人的老礼儿”罢了。但敢问此类评议者，你们对身处逆境的人视而不见、弃若敝屣，“守革命者的立场”，若能坚持到底也就罢了，却见有的在人家运转势还以后，又争着趋前谄笑，那是在尽什么“礼儿”？

我和舒乙虽然来往不多，我们两家的来往却是密切的。

我的岳母姓赫，比姓舒姓胡更具满族特色。确实，她是西安满城里出来的。她和胡絜青年龄相近，两位老太太在楼下小花园里遇上，常要拉一阵家常，也许都是满族吧，互相认同度大，相谈甚欢。那时胡絜青身体已经开始衰退，有一回撩起衣服让我岳母看她身上的非正常斑纹，岳母回到我们家叹息，说恐怕是里面有了毛病。那几年春节，胡絜青会让保姆把她为我家专作的贺年字画送过来，我的助手鄂力看到就说，都是精品，很珍贵的。后来胡絜青老人仙去，我和妻子去慰问舒乙夫妇，只见社会上自发送来的悼念花篮花束，一直从地下室楼梯口堆到胡老住的二楼单元门口。

老舍与胡絜青的小女儿舒立，与我妻子吕晓歌年龄相近，她家当初就住在我们街对面的楼里，她们一见如故，成为闺中密友，后来舒立家搬得远了些，来往不那么方便了，但她们会互相打电话，“煲电话粥”。其实她们是两个病人，而且开头看起来，舒立的病更加严重，那病的名字我始终记不住，也问过她的哥嫂，说替她到处求医觅药，还是只能稳住而不能治愈。但舒立十分乐观，我曾以她为原型写下一篇小小说：

苏俐电话

电话铃响，我拿起听筒，里面是一种漱口般的声音，找我爱人。

自然又是苏俐，她每天必打电话来，一个电话，打得很长，爱人对她的来电，有时极为欢迎，有时接起来勉为其难；比如前些时电视里正播《唐明皇》，爱人就很盼她来电话，她们在电话里絮絮不休地议论头天所看到的几集，并对晚报上的那些小豆腐块的评论文章或不以为然，或竟耿耿于怀；当然，还有许多的议论，是创作者和评论家听见，一定会认为乃匪夷所思的，如她们慨叹，林芳兵固然不错，但何不请日本的山口百惠来演杨贵妃？因为小报上曾有花絮文章，说山口女士乃杨贵妃的后代……爱人有时正在做饭，苏俐也挂来电话，爱人提着锅铲去接，苏俐会申明："就一句话……"但其实也不是一句：她刚从广播里听来，有一种新型的灭蚊器，叫什么什么，看来我们都应该去买……爱人慌慌地应着，直怕锅里的油燃开；爱人放下电话，我和儿子就说："她怎么这样不懂事？像这时候就不该来电话！"但如果她还不懂事，如在我们正用餐时来电，我和儿子先接听了，我们也还是作不出请她"过一会儿再来"的决断，少不得把听筒递给我爱人："苏俐！"爱人便使劲咽下一口饭，且跟她对话。

苏俐是个病人，她年龄比爱人还小一点，不到五十岁，却得了一种怪病，据说是一只耳朵后面的血管出了问题，医生无法给予解决，只能采取保守疗法，这样她就成了一个有行为障碍的人。有一回我们在街上遇见她，是她爱人陪她去医院看病回来，她那情景儿，真让人惨不忍睹——她不是一般偏瘫病人那样，移动时吃力，需别人从旁搀扶，她可以独立行走，但她的一只胳膊，却不能抑制地要来回狂舞，这样她也就不能保持直线前进，需得爱人帮助她把握"航向"；她打来电话时总是强烈的漱口声，也就不奇怪了。

苏俐不是我们的亲戚，她也不是爱人的同学或同事，她住在我们那个楼区，算是邻居吧。我也没闹清苏俐怎么跟爱人熟识的，苏俐病后自然无法来串门，爱人也难得去登门看她，她们就是通电话，一天起码一回，有时好几回。

她们通话的内容，大半是关于猫的。我家养了两只猫，苏俐家养了一只。爱人自病退回家后，喂养这两只猫的精神头大了，严格相比，对我和儿子的"饲养"，还不如对它们那样精心。苏俐的爱人白天还要上班，晚上才回来，他临出门前，要为苏俐准备好中午饭，就放在苏俐坐席前的桌上，桌上有个电烤箱，苏俐到时候自己给饭菜加热。一般也就用那饭拨出一些喂猫，但另外也准备了进口的猫饼干——苏俐和爱人都是"清水衙门"里的科技人员，苏俐又遭了这么个怪病，经济上自然拮据，但听说在国贸大厦、燕莎中心一类的超级市场里卖二十几元一盒的美国“伟奇”牌猫饼干，苏俐便一定要爱人去买，每天除了与猫共享正餐，抓一点猫饼干给猫吃，是她极大的快乐，往往那也就是她打电话过来的时候。她和我爱人絮絮地在电话两边介绍各自那猫的身体状况、食欲，特别是种种憨态乃至于抓破打坏东西的“可爱过失”，不时咯咯发笑，若是哪家的猫蔫了病了，那就会互致慰问，还提出许多的建议——有的听来亦匪夷所思，如给猫灌白萝卜汁等等。

“苏俐她活着，有什么意思啊！”对儿子有时随口发出的这种残酷之论，我虽同爱人一起厉声将其喝退，心里却也不免酸楚。

苏俐却有滋有味地继续打电话来，最近的一次电话，是告诉我爱人：“你说我多逗！今天我把碗掉地下了！我这手它连这点指挥都不听了！这不是闹无政府主义了吗？哈哈哈哈……”又说：“还有逗哏的啦，我坐到窗前，看咱们外头的那条护城河，你猜怎么着，大夏天的我看见有人在河上溜冰哩……”原来，她的眼睛，已经复视到了如此地步——她把在岸上行走的人，看成在河里溜冰了！我们听了都为她悲哀，而她给我爱人来电话，却实实在在只是当作一桩趣闻！

今天中午我一个人在家吃“康师傅”方便面，她又来电话，我告诉她我爱人不在，她说：“就一句话，我那块电子表，又走上了——昨天掉恭桶里，捡出来以为不能用了，没想到搁窗台上晾干了，它又好了……就这个事儿，她回来，你告诉她……”

她说话那漱口般的声音，更严重了，但为一块表的复活，充满了那样强烈的喜悦，没得说，这样一桩大事，爱人一到家，我便要对她郑重宣布！

记得王蒙看了我发表在报纸副刊上的这篇东西，通电话感慨道：“你哪儿来的素材啊！这苏俐真乐观，一般人病成那样哪里还笑得出来！”我没告诉他苏俐其实就是舒立的白描，就让他以为我是向壁虚构的吧！

2009年4月22日，我妻子去世了，几天后舒立来电话，我听到那熟悉的漱口音：“晓歌在不？”我只好告诉她，她停顿了一下，忽然既不结巴更无漱口音，对我说：“哎呀，这可怎么好啊！……”我不记得她又怎么说，我又怎么应。逝者已去，生者继续在世道中跋涉吧。

4

2000年我和妻子去了法国，住在巴黎朋友家，停留了颇长时间，还顺便访问游览了英国、意大利、瑞士等欧洲共十一国，非常开心。巴黎确是艺术之都。在那里，我们经历了满城歌声乐曲的立夏日音乐节，也进剧场看了演出，其中高行健特意请我和晓歌去巴士底歌剧院观看了古典歌剧《诺尔玛》，这是一个很少演出的剧目，其雄浑悲壮的风格令我耳目一新。

在巴黎，有机会接触到若干法国方面和中国侨居那边的文艺界人士。作曲家许舒亚那时侨居巴黎，他爱人在巴士底歌剧院合唱队里唱女低音，有天他们邀我们夫妇去他家做客，他说起一件事，就是巴黎每年都举办秋季艺术节，他已经连续几年为那艺术节创作作品，最近的一个创作是舞剧《马可孛罗的眼泪》，演出后非常成功，因此，艺术节的主席，一位女士，就再跟他“订货”，要求他为下一届的艺术节写个歌剧，而且是“命题作文”，就是以“老舍之死”为表现内容。歌剧与舞剧的音乐创作又有区别，排演起来也更加麻烦，尤其是在法国演出歌剧《老舍之死》，用什么语言演唱？如果请中国演员来演，一般只能唱中文，法国观众听起来就困难，如果用法国演员来表演，唱法文，则又难以表达出中国风韵，而且，倘若用上合唱，则制作成本奇高，而艺术节为这样一个节目所能投入的资金，则是有限的，许夫人也特别强调，她们巴士底歌剧院排演《诺尔玛》，台上出现的群众演员（其实就是合唱队）最多时达到五十余人，巴黎秋季艺术节资金支持的都是新锐的小制作，如果许舒亚揽这个活儿，势必要控制这出歌剧的规模，这就要求从脚本开始便“量体裁衣”。那天带我们夫妇去许家的定居法国的朋友，就鼓动我跟许舒亚合作，让我尝试着写个避免宏大场面便于演出的歌剧剧本《老舍之死》。倘是别的题材，我肯定一口回绝，但听说是《老舍之死》，我心动了。许舒亚听我的口气，是可以一试，很高兴。

我们相约就此进一步沟通联系。

2001年许舒亚带着他的舞剧《马可孛罗的眼泪》来北京演出，在21世纪剧场仅献演一场，他送了我好几张票，我和助手鄂力及编辑朋友一起去看了，感觉他的曲风介乎古典与先锋之间，十分曼妙，而舞蹈者的诠释也十分贴切。我们约在中轴线的华北饭店大堂吧见面，我把已经拟就的歌剧剧本提纲给了他，讨论了一番。我觉得他似乎对我的剧本构想不怎么共鸣，但他还是鼓励我照自己的想法将其写出来。

2002年我写出了歌剧剧本《老舍之死》。我投给一家文学双月刊，被退稿。后来拿去给《香港文学》刊发了。散文家祝勇听到相关情况，觉得应该支持我的尝试，又拿去发表在他当时主编的《布老虎散文》丛书里，还特为我这个文本设置了一个栏目，叫《非散文》，但《布老虎散文》印数不多，流布不广，许多人还是不知道我写了这么一个歌剧剧本。

2004年，许舒亚从傅光明编写的关于老舍之死的访谈录里，选取一些片断，谱写出了清唱剧《太平湖的记忆》，在荷兰阿姆斯特丹皇家音乐厅首演。法国虽然既没有演出许舒亚关于老舍题材的作品，也没有演出我写的《老舍之死》，但有关机构还是赞助了出版商，请汉学家将我的歌剧剧本译成了法文，出了单行本，在此年的巴黎书展上，和我另几种密集译为法文的作品《树与林同在》《护城河边的灰姑娘》《尘与汗》《人面鱼》《如意》等一齐亮相，我因此也又一次到了巴黎。

5

我的歌剧剧本究竟是怎么个面貌呢？展示如下，期望有方家批评指正。

老舍之死

剧中时间：1966年8月24日

剧中地点：太空·中国·北京·百花深处·太平湖

剧中人物（以出场为序）：

骆驼祥子——老舍小说《骆驼祥子》中的人物。男，约 30 岁。人力车夫。男中音。

月牙儿——老舍小说《月牙儿》中的人物。女，约 20 岁。妓女。女高音。

萨满神婆——既能在太空也能在人间游走的善良巫女。女中音。

老舍——作家。男，68 岁。男高音。

黑脚印——自称代表历史的巨人。男低音。

大字报——一头怪兽。男低音。可由扮演黑脚印的同一演员兼饰。

老舍之母——灵魂。呈现为青年少妇的面貌。女高音。

第一幕
从太空到地面·百花深处
天光大亮

骆驼祥子：［拉着人力车上］心中感到不祥。大地上发生了什么事情？

［月牙儿从舞台另一侧上］

月牙儿：为什么一股刺鼻的气味蹿进了我的鼻孔？

［两人相见］

骆驼祥子、月牙儿：［面面相觑，同语］好生面熟。原来我们本是同根生。同一位作家创造出了我们。我们因此获得了永恒的生命，得以在太空中遨游。

［骆驼祥子请月牙儿上车，拉着她转悠，暂忘烦忧，十分快活］

［大地上传来不祥之声］

［萨满神婆上。她腰系一圈铜铃铛。手举一面长柄扁圆的拍鼓，紧张地拍击。］

萨满神婆：［回答骆驼祥子和月牙儿的询问］大地上，在中国，在北京，一些手臂上戴着红袖章的青年人正在毁灭古迹文物，焚烧书籍。写你们的书全被搜出烧毁。而你们的创造者，作家老舍，他昨天被凌辱、拷打，现在，他已快要丧失继续活下去的力量，正朝城北走去。

骆驼祥子、月牙儿：求求您，救救他！

萨满神婆：我不是神，我没有控制生命诞生与陨灭的能力。

骆驼祥子、月牙儿：可是您能通神，您替我们求求神吧！

［萨满神婆作法，竭力通神。骆驼祥子、月牙儿紧张地围着她舞蹈，希望能有神力显现］

萨满神婆：［停下喘息，然后沮丧地宣布］神，死了！

骆驼祥子：怎么会？

月牙儿：我的心也碎了！

萨满神婆：我们必须振作。我们还要尽其所能。我腰上的这一圈铃铛，它们非同一般。

［骆驼祥子、月牙儿询问］

萨满神婆：这些铃铛里，有大约一半具有法力，能满足踢响它的人心中的愿望——死的愿望除外。注意，必须是把铃铛搁放到地下，而人在无意中踢响了它，才起作用。而我自己是不能解下铃铛搁放到地下的，必须由你们这样的，升入太空的艺术形象，从我腰上解下来，搁到地上，才能奏效。

骆驼祥子：啊，那太好了！我马上从您腰上摘一个铃铛，放在创造我们的作家老舍经过的路上——我想他一定会踢响它，而他摆脱痛苦的愿望，就会马上实现，那有多好啊！

萨满神婆：你不要轻举妄动！注意，为一个人，顶多只能摘三个铃铛。我已经说过，这些铃铛是很不一样的。有的铃铛具有法力，有的却不具备。

骆驼祥子：啊，神仙保佑，让我抓住具有法力的铃铛吧！

月牙儿：且慢！你这样一个鲁莽的人，如何能保证成功？而且萨满女士已经告诉过我们，神，已经死了！现在全得靠我们自己，靠我们的智慧……

骆驼祥子：还有运气！也许你比我有智慧，可是我坚信我比你有运气！让我来摘第一只铃铛吧！

萨满神婆：不要争执！望大地上看吧，老舍，他已经走到北京北城的百花深处了！

月牙儿：多么优美的地名！那里有许多鲜花在怒放吗？

骆驼祥子：我在那一带拉车的时候，那条小胡同就已经是光秃秃的了。

萨满神婆：那是老舍母亲生下他的地方。我们快降落到他面前吧！

［萨满神婆、骆驼祥子、月牙儿暂隐］

［老舍踉跄上］

老舍：我是谁？是什么？是牛鬼蛇神？妖魔鬼怪？敌人？狗屎堆？……

我在什么地方？我怎么逃到这里来的？啊，好熟悉……呀，让我想想……

这里有百花的香气，土茉莉、指甲花、玻璃翠、玉簪棒……你们单个儿都没什么气味，合起来可有多香啊……啊，还有蒸窝窝头的香味，有春饼卷鲜豆芽菜的气息，有月盛斋酱牛肉的清香……有嵩子灯那线香的甜味儿，有刚沏的香片茶的热腾气蹿鼻……

［传来粗暴的口号声］

啊，我究竟在哪里？我眼睛里全是血红的颜色，耳朵里全是狂暴的噪音，鼻子里没了日常生活的熟悉气息，全是没曾闻见过的腥气，我的舌头好像给挽了死结儿，我身上的伤痕阵阵刺痛……太阳明晃晃照着，我心里却黑黢黢……

［粗暴的声音更其强烈，如焦雷轰顶］

这里也不行，不能待……我还得逃、逃、逃……

人啊，我这人啊，一个可怜人啊，为什么活过了那么多日子，忽然赶上了这一劫？

心里乱麻堵，我有一肚子问题要问，问天，问地，问神，问人……

［萨满神婆、骆驼祥子、月牙儿从太空降下］

骆驼祥子、月牙儿：［迎向老舍］老舍先生！我们是您创造的……您是我们的父亲，也是我们的母亲呀！

萨满神婆：他看不见你们，也听不见你们。除非他踢响了从我腰上摘下的铃铛，而他的愿望恰恰是想见到你们时，你们才能交流……

［骆驼祥子、月牙儿争着要从萨满神婆腰上摘铃铛；萨满神婆躲避，警告他们不要摘到没有法力的铃铛。骆驼祥子和月牙儿又害怕起来，互相推让；三个角色的这场戏成为一段舞蹈］

［骆驼祥子终于从萨满女神腰上摘下一只铃铛，搁放在地下；他们都紧张地观察，看老舍是否会踢响那只铃铛；老舍踉跄前行，并没有踢到那只铃铛，

三位来自太空的角色都很着急；最后骆驼祥子手握铃铛，匍匐地上，迎着老舍的脚步挨上去；老舍踢响了铃铛］

老舍：啊，我要问，要问，要问——

［铃铛猛地膨胀起来，最后成为一个黑衣巨人——黑脚印］

黑脚印：我是黑脚印。我代表历史。我是权威解释者。你这渺小的生命，你想问什么？

老舍：为什么把好人当成坏人？把善良视为罪恶？把顺从当成反叛？把弱小看成狰狞？又为什么把歌颂说成是诅咒？把赞成认作是反对？把虔诚当作是虚伪？把颤抖看成是反抗？

难道为了除掉那真正的敌人，就一定得把我这样的明明是朋友的人饶在里头，受这莫大的冤屈吗？难道我追随了那么多年，到今天就一钱不值，可以忽略不计，甚至成为负数了吗？我真的是愿意随着历史的脚步前进的呀，为什么非要把我放到脚跟里碾死？……

［太空里来的三位认真倾听，不时穿插进他们的反应］

黑脚印：历史威严地前进，扩展着地球的文明，但历史不断地留下黑色的脚印……

这二十世纪刚刚过去一半，你们还没看清楚吗？我留下的那些大大小小的黑脚印……

［炮声，枪声］

以民族利益的名义，开战！

以革命的名义，枪毙！

［黑衣袍里抖出许多的纳粹符号］

以清洁种族的名义，消灭犹太人！

［黑衣后升起蘑菇云］

以胜利者的名义，爆炸原子弹！

［镣铐声声］

以纯洁社会的名义，建立古拉格群岛！

［黑衣袍里飘落许多的红袖章］

现在是以神圣而伟大的名义，扫荡一切牛鬼蛇神！

［狂笑］

在以后的岁月，你们还将经历更多的这一类事情！

为了消灭敌人，不可避免会伤及另外一些生命存在！朋友？为了取胜，交朋友只是手段，而为了神圣而伟大的目的，牺牲些朋友真算不得什么大事！个体生命太渺小！宏伟目标价值无限！

记住：如果你被历史的脚后跟碾死，成为黑脚印的一个组成部分，那是活该！

这是铁的规律：事实沉默在时间里，历史的脚步没有感情，为了目的没必要挑剔手段，个体生命只是历史巨脚下的蚂蚁！

老舍：啊！多么恐怖的回答！

在这巨大的黑脚印面前，难道我们弱者只能任其踩过去，难道我们善良人只能被忽略不计？

生命啊，悲苦！

弱者啊，悲惨！

善者啊，仰望苍天，苍天竟无言！

抛心泣血问，却只有这黑脚印来如此回答！

啊，还不如不问！［晕倒在地］

［黑脚印隐去；萨满神婆、骆驼祥子、月牙儿在老舍身边悲哀地舞蹈，为他招魂］

第二幕

北京·通往太平湖的小路上

夕阳西下

［骆驼祥子、月牙儿上］

骆驼祥子：我们一定要让老舍先生能看得见我们、听得见我们！

月牙儿：是呀！我们要一起安慰他。我们要告诉他，黑脚印的那些话绝不是真理。

骆驼祥子：是的。宇宙里，没有比弱小的个体生命更值得尊重的东西了。伟大的事业只有在尊重每一个个体生命的前提下才是真正的伟大。

月牙儿：老舍先生所创造出的我们，为什么能升入太空成为永恒？不是因为我们伟大而虚妄，正是因为我们渺小而真实！

骆驼祥子：他所创造的弱小而善良、平凡而朴实的小人物，还有许多许多。

月牙儿：特别是在那个茶馆里面……

骆驼祥子：要是我们能把他引到茶馆里，跟他创造的所有小人物欢聚一堂，他该多么高兴啊！

月牙儿：那他一定会鼓起勇气活下去的！

［萨满神婆上］

萨满神婆：人世的悲哀令我几乎站立不住了……

骆驼祥子：您不能休息，我们还要从您腰上摘下铃铛。您能指点我们该摘哪一只铃铛吗？

月牙儿：他现在心里一定想跟我们见面。这是他活下去的唯一理由了。您千万要让我们摘到有法力的铃铛。

萨满神婆：哎呀呀，我的想法跟你们一样，但这腰上的铃铛我却不能预先看出它们究竟是有法力还是没法力。悲哀啊，宇宙中就总是这样——你甚至并不能对身上的事物作出准确的判断。来来来，你们谁来摘？

［三位起舞；骆驼祥子、月牙儿都欲摘而罢、欲罢不能；这段舞蹈节奏比较快］

［老舍上］

老舍：这世界还有什么值得我眷顾？啊，想起了我的笔，和从笔下走出的那些人物……如果我能跟他们会合到一起，那该有多么好啊！就是只跟他们再聚一次，然后就永远永远地结束，沉入黑暗、灰飞烟灭，我也心甘情愿！

静下来，静下来，泣血的心啊，你要静下来……

算一算，尽管人世上有那么多喊着打我的声音，至少，从我笔下诞生的那些角色，包括那些我把他们当成有大毛病的人，甚至当成坏蛋的角色，他们总不会抛弃我吧？我要跟他们在一起，永远在一起！在那个特殊的世界里，没有黑脚印，有的只是最朴素的道理，属于弱者的，善者的，小人物的，胆小者的，谨谨慎慎过平凡日子的，我们的，一认到底的理儿啊！

啊，你们，你们在哪里？

骆驼祥子：啊，他有跟我们会面的愿望！让我们快些摘下有法力的铃铛吧！［但他犹豫起来］月牙儿，以你的智慧，去摘取吧！

月牙儿：［搓着手］我的心在剧烈颤抖，我一定要摘下有法力的铃铛！

［萨满神婆扭动腰肢，让月牙儿摘铃铛，两位都很紧张，生怕摘到没有法力的；构成一段慢节奏的双人舞；月牙儿终于摘下一个铃铛，放到地上］

老舍：［踢到了铃铛］啊，我看见了什么？是我所想念的吗？［看见了，惊喜］呀，骆驼祥子！呀，月牙儿！可想煞我啰！

骆驼祥子、月牙儿：老舍先生！父亲！母亲！杰出的创造者！［三人拉手起舞］

老舍：我流血的心不再那么疼痛，我身上鼓胀的伤痕不再那么刺烫，因为你们出现在了我的眼前！我知道你们是不会死去的生命，跟你们在一起我就有了希望！啊，尽管天色已经迷茫，我心里却忽然亮堂，仿佛有盏长明灯在我心头燃亮！

骆驼祥子：老舍先生，给您介绍一位新朋友！

月牙儿：她对您存有无限的善意与关怀！

老舍：谁？谁？在哪儿？除了你们二位我再看不到别的人呀！

萨满女神：［对骆驼祥子、月牙儿］这铃铛的法力只能让他看见他笔下所写出的人物，还有铃铛引出的角色，他是看不见我也听不见我的！你们尽情欢聚吧！［暂隐］

骆驼祥子：［对老舍］您应该看到更多的，由您创造出来的，获得了永恒的生命！

月牙儿：让铃铛显示法力，把我们带到您创造的茶馆里吧！在那里我们会有一个盛大的聚会！

老舍：啊，茶馆！有多少日子，我连想都不敢想它了！你们的话让我破裂的心跳得更加猛烈，啊，别担心，它是在高兴，每一跳动都仿佛使它的伤口在迅速愈合……啊，我的血把阵阵甜蜜传遍了我的全身，我身上的伤痕似乎也在迅速地平复……

骆驼祥子、月牙儿：［俯身对铃铛］老舍先生想去茶馆，你快显灵吧！

［舞台上出现一只像房屋那么大的中国茶壶，茶壶肚子上有扇双开门，门上写着“茶馆”字样］

骆驼祥子、月牙儿：［欢呼］多么神奇！多么美妙！

老舍：多么熟悉！多么亲切！

啊，弱者可以用生命体验创造出比生命更坚实的东西，

啊，善者能够让虚构的角色成为更加真实的生命！

一瞬间，我忘记了昨天到今天的那些狰狞场景、痛苦遭遇……

驻足张望，我激动得迈不开脚步，

骆驼祥子，月牙儿，你们先我一步迈进那高高的门槛，且莫惊动好久不见的王掌柜……

［茶馆门内传出奇怪的喧哗声］

骆驼祥子：谁在里头打架？这是什么关口？打什么架呀？

月牙儿：［对里面喊］别闹啦！你们瞧瞧谁来啦！

［茶馆门被粗暴地踹开］

骆驼祥子：让我先进去看看！［进去，很快慌张地跑出来］了不得啦！

月牙儿：［扶住老舍］怎么啦？怎么啦？

骆驼祥子：里头给砸得稀巴烂，所有老舍先生写出来的人物都被批判斗争，凌辱得不像人的模样啦！

［从茶馆大门冲出一只怪兽，狰狞地怪舞］

骆驼祥子、月牙儿：［扶持、保护着老舍］您别怕，有我们啦！

大字报：我的大名叫大字报！别光从字面上理解我！我可厉害啦！从语言暴力到文字暴力到肢体暴力到心灵暴力，我的强暴谁可阻挡？我能把芝麻变成西瓜甚至大象，能鸡蛋里挑出骨头，能颠倒黑白、无中生有、指鹿为马、强词夺理、蛮不讲理、胡搅蛮缠……我能充分地调动仇恨！充分地调动嫉妒！充分地调动虐待的狂热与被虐的狂热！充分地调动人性中一切的邪恶而压抑人性中

的所有善意与宽容！……哈哈哈……告诉你们吧，所有聚集在茶馆里那些角色，全都被打翻在地，踩在了脚下！你们……啊，认出来了，你们也不能逃过那样的命运！

骆驼祥子：告诉你，你要动老舍先生一根汗毛，我就跟你拼命！

月牙儿：我们拼死也要保护老舍先生！

大字报：老舍？他早被我猛咬过几口了！他的血好甜，肉好香啊！我的胃口还没有得到充分的满足，我还要吃他的肉、喝他的血！

老舍：怎么回事？怎么回事？怎么到头来还是逃不过去？怎么这样的恶魔无处不在、无孔不入？

大字报：［扑向老舍］哈哈哈……

骆驼祥子：［冲上前，以身体护卫老舍与月牙儿］你敢！

大字报：不是我敢不敢的问题，是你帮不帮我忙的问题！

骆驼祥子：我帮你？你做梦呢？我不把你灭了绝不甘休！

大字报：哈哈哈……你这样的角色我见得多了！你可知道我的厉害？我往什么人胸口喷一口烟雾，那人就会迷住心窍，不管他原来是怎么个立场、态度、情感、心理，一定会马上变成我的工具，去帮助我斗争我指定的对象……最后，我便能轻轻松松地把那斗争对象连皮带骨咔嚓咔嚓嚼碎了吞下……［说着朝骆驼祥子胸口喷出一股烟雾］

骆驼祥子：［先僵住，然后逐渐面目大变，最后转身逼近老舍，凶神恶煞地吼］老舍！你这个老混蛋！你为什么写下我来？我的阶级属性是劳动人民，你这样写我，是严重歪曲了劳动人民形象！你写的《骆驼祥子》是一株大毒草！你知罪吗？！

老舍：［惊诧莫名］呀！我心上仿佛又被猛扎了一刀！

月牙儿：［扶持着老舍］骆驼祥子，你怎么了？你犯什么糊涂呢？［上前欲与大字报拼命］都是你使的坏！你这丧尽天理天良的家伙！［大字报朝她胸口喷出一股烟雾，她先僵住，然后也逐渐改变面貌，成为一副泼妇无赖的面目，转身逼近老舍］老舍！你这老流氓！你写下我是想干什么？社会上那么多优秀的革命妇女你不去写，写我这么个妓女什么用心？还拿我当主角！你纯粹是故

意毒害读者、腐蚀青年！你罪大恶极！死有余辜！［与骆驼祥子一起批斗老舍，逼老舍跪下］

老舍：你们，你们……啊啊啊……我两眼又全漆黑，我的心灯彻底灭掉……

大字报：哈哈哈……多么动人的景象！我就喜欢看这个：亲人斗亲人，朋友斗朋友，受恩的斗施恩的，被创造的斗创造者……斗呀，斗呀，再猛烈些！火烧！油炸！清蒸！……

老舍：［震惊莫名，痛心疾首］啊，我最后的眷顾，终于轰毁！我的尊严与价值，被彻底践踏为零！甚至还绝对在零以下！这是怎样的世界！怎样的人生！

一个生命，即使在最悲惨的情况下，也总不愿含冤陨灭……急流的旋涡里，哪怕一根细细的稻草，也仿佛救命的神梯……我连最后一根稻草，刚到手也便折断——还变成一根粗棒，狠命地把我往旋涡深处打击——

天！如果你真的有眼，你为什么不睁开？你的眼为什么闭得那么紧？

我只求快快结束！

弱者毅然结束生存，也许比强者就更强！

善者果断了结尘缘，至少可以令恶魔因为失去了玩物而扫兴！

我要找到了结自己的最恰当的地方……

［大字报纵情狂笑，并翻滚狂舞］

［萨满神婆上］

萨满神婆：怎么回事？怎么会成了这样局面？啊，快快把那铃铛捡起，挂回我的腰上！

［萨满神婆挂回铃铛后，大字报跳进茶馆大门，大门关闭，同时巨大的茶壶消失；骆驼祥子与月牙儿先僵住，逐渐恢复到原来面貌，他们面面相觑，恍然大悟，后悔不迭］

骆驼祥子、月牙儿：天哪！我们做了什么事？［一起过去想扶起跪着的老舍］老舍先生！父亲！母亲！恩人！我们的创造者！您千万原谅我们！我们刚才被夺去了灵魂，迷失了本性……

萨满神婆：铃铛已经回到我的腰上，他现在看不见你们，也听不见你们了！

骆驼祥子、月牙儿：悲痛啊！

这世界上居然有种东西可以迷惑人的善良本性！

这人类居然会想出如此手段互相残害！

我们做出了多么可怕的事情！

我们的心也裂了，迸出殷红的血浆！

谁能告诉我们，这样的人间悲剧何时结束？

一旦结束，又如何能够避免重演？

老舍：［缓缓起步］我去往那僻静的地方，那里湖水在粼粼闪光……

士可杀不可辱！我必须结束这随时还会遭遇凌辱的局面！但我绝不接受黑脚印的逻辑，绝不向大字报那样的怪兽屈服！

弱者的尊严高过九重天，

善者的情怀通往永恒的境界，

没有天堂，没有地狱，但一定有容纳弱善谦卑生命的地方……

［老舍踽踽向太平湖边走去］

第三幕

太空——北京·太平湖畔

夜幕初垂

［老舍之母在太空中出现：清朝满族妇女的旗袍装束、梳两把头］

老舍之母：我是不朽的灵魂。不仅是因为我生下了一个杰出的作家，最主要的，是我一生善良。但今天我很不安。我腹中隐隐作痛。只有做过母亲的妇人才会有那样一种神秘的感觉。我隐隐约约感觉到，是我的儿子老舍在大地上呼唤我。我的儿啊，难道那真是你的声音么？为什么仿佛非常凄惨？［俯看大地］那边是我生下老舍的地方——百花深处。那里曾经有过美丽的鲜花，温馨的小家和普通人的细琐悲欢……这边是太平湖。它离百花深处不远。太平湖啊太平湖，为什么你周围的地面，总有那么多不太平的事情发生？

［老舍上，缓慢地前行］

老舍：士可杀不可辱。我不接受强权的逻辑。我不能任由大字报那样的怪兽凌辱折磨。但是我是一个善良的弱者，我只能从黑脚印与兽牙的威胁下逃亡。我逃向何方？如果离开这个世界，哪里是我的归宿？我不怕黑暗，不怕寂寞，不怕没有任何声音，不怕孤独地自处……但是我不能懵懵懂懂地灭绝！……啊，我想起来了，我曾走过的那条胡同，它叫百花深处，是母亲生下我的地方……在不知不觉中，我选择了最好的方向……那就是走向母亲！啊，眼前是哪里？我看见了什么？什么在我眼前粼粼闪光？是一片水，有片可以把我整个包裹起来的，温暖的，甜蜜的水啊！这水，这水，为什么那样熟悉？那是六十八年前，我曾被包裹在它当中……

母亲啊，母亲，你的儿子在绝望中把你呼唤……

母亲，在你黑暗的子宫里，我曾拼足力气积蓄光明……

温暖的子宫羊水啊，你滋润着我的生命……

生命的诞生、发育绝不是为了遭受凌辱亵渎；生命随尊严而临盆，尊严随生命而增长……

为了神圣的生命尊严，母亲啊，您再一次孕育我吧！

老舍之母：谁的脚步声，那样熟悉？谁的呼吸，那样亲切？我的腹部又在隐隐作痛……我仿佛又触摸到了一颗小小的、纯洁的心脏，在跳，在跳……

［萨满神婆上］

萨满神婆：啊，他们母子互相想念，却互相不能看见！骆驼祥子！月牙儿！你们还有一次摘铃铛的机会，你们快来促成他们的相见啊！

［骆驼祥子、月牙儿上］

骆驼祥子：我再不做摘铃铛的事！

月牙儿：上一回的教训还不惨痛吗？本以为是桩喜事，结果多么可怕、多么悲惨！

老舍之母：［仍在空中］啊，我有种感觉，我的儿，他来找我了！可是，我为什么看不见他？他在哪儿？哪儿？

老舍：啊，我有种感觉，我的母亲，她迎着我来了……母亲！母亲！您听见儿子的呼唤了吗？您在哪儿？哪儿？

［老舍之母降到地面，就在老舍面前，但是他们两人就是谁也看不见谁；两人形成一段贴近而不接触的双人舞］

萨满神婆：［对骆驼祥子、月牙儿］你们怎么还不来摘铃？你们就忍心看着他们母子两人这样咫尺天涯吗？

月牙儿：我怕再跳出会喷毒气的怪兽，使那母亲也迷失了本性！

骆驼祥子：呀，我再也不忍心袖手旁观——豁出去了，我来摘第三只铃铛！

萨满神婆：这就对了！要相信，人类中最难攻破的，是母亲的爱子之心！母爱是所有爱的情感里最伟大最神圣的！

［骆驼祥子摘下一只铃铛；月牙儿主动接过，弯腰放到老舍脚下；老舍之母与老舍仍在互相摸索，一时没有踢到那只铃铛；骆驼祥子拦腰举起月牙儿，月牙儿欠身再把铃铛搁到老舍脚尖前，老舍终于踢响了铃铛；骆驼祥子、月牙儿退到一侧跟萨满神婆站到一处，紧张地望着母子二人］

老舍之母：哪里有铃铛在响？

老舍：我又一次踢到了铃铛，可是这一回为什么我的愿望没有显现？

［母子二人仍然不能互相看见、听到］

萨满神婆：不幸啊！这回摘下的铃铛，是个没有法力的！

骆驼祥子：［顿脚捶胸］我是怎么回事儿？为什么摘下只没有法力的铃铛？

月牙儿：［双手交叉抱肩，后悔不迭］我为什么不主动去摘？我一定能摘到具有法力的啊！

萨满神婆：从人间到宇宙，无可奈何的事情总要频繁出现！

老舍：母亲啊，我感觉到您了！

母亲啊，我抚摩着自己，也就抚摩到了您……

母亲啊，您在无言中告诉我，生命的尊严，犹如九重高天，什么利刃也不能将其真正彻底地戳破！

老舍之母：我的儿啊，你为什么不在我面前出现？［悲哀地缓缓升起，回太空］我不知道我的儿子现在究竟如何，但是，我要借这清风明月告诉他，我

永远相信他是善良的，我随时准备迎接他，我们母子相聚时，一定是人间善良在向邪恶显示它的力量……［升高，隐去］

老舍：［面对太平湖］啊，我明白了，这是母亲的子宫，这闪烁着粼光的是母腹中的羊水……啊，这是我可以去，应该去的地方——回到生命的初始状态，回到母腹，回到母亲那黑暗而温暖、寂静而安全的子宫里去……黑脚印巨人啊，你以为已经踩死我了吗？大字报怪兽啊，你以为已经把我的尊严与价值化为了零，甚至化为了负数吗？哈哈哈……我逃亡了！不是逃往了虚无，不是逃往了无法再生的地方，我逃往了最能蔑视你们的所在——那就是孕育新生命的地方！

我将结束，我将再生！

我要从沉重的绝望中孕育出新的，鲜活的希望！

希望，希望，尊严伴你诞生、发育、临盆、生长、成熟！

我去了，义无反顾！

我来了，人间有灭不掉的百花深处、关不住斩不断的春光！［张开双臂，投向湖中］

骆驼祥子、月牙儿：老舍先生！老舍先生！［互相埋怨］你怎么没赶过去拉住他？［各自怨艾］怎么就没想到会是这样的结果？

［天空忽然降下细雨］

骆驼祥子、月牙儿：天哭了！

让我们的心也流出滚热的眼泪吧！

一个好人走了，

他还会再回来；

一时间世界黑沉沉，

光亮的好日子还会再来！

谁说必得是用黑脚印迈步子？

只是我们再不能让那些恶魔扭曲了我们善良诚实的本性！

天啊，你流泪，也就是睁开了睡眼，

有一天你明亮的眼睛里再不让揉进砂粒，

明媚的祥和之光，普照人间！

萨满神婆：最悲惨的事也就是最壮丽的事。人间最黑暗的时刻里也就孕育着最灿烂的明天。老舍先生没有死。他从母腹中来，又回到母腹中去，等待着再一次诞生。个体生命，以及伴随着生命发展的尊严，是永远不会灭绝的！

[萨满神婆带领骆驼祥子、月牙儿以庄严祈祷的舞姿下场]

全剧终

2001年8月24日，完成于老舍先生辞世三十五周年忌日

于北京东郊温榆斋

6

《老舍之死》在《香港文学》刊发后，我给住在同楼下面的舒乙送去。他第二天没有跟我通电话也没有上楼来见我，而是递来一封亲笔信：

心武兄：

连夜拜读了大作，感动落泪。

谢谢你！而且为你高兴，特向你祝贺，是一个成功的作品。

非常有新意，完全是一个浪漫主义的悲剧，构思奇巧。

对人性进行了深刻的挖掘，是个人道主义的张扬之作。

具有强烈的批判意识，这种批判已经不多见了，表现了你的勇敢和思考的锐厉，最主要的是这种批判意识的独立性和不衰性，极为难能可贵。

通篇对老舍先生充满敬意、同情和惋惜，引出我许多痛苦的追忆和共鸣，夜间醒来，久不能眠……

我说不出什么意见，只是觉得难演，是不是常规的舞台冲突，要求套不上，不知道一般的导演怎样去把握，好像朗诵更淋漓和痛快些。

知道你有早睡习惯，不便电话打扰，特在上班前写此短函，表示我的欣赏和敬意。

……

舒乙上

2002，1，11

问晓歌好！

我不知道是否能在某一天，我的这个歌剧剧本，能在舞台上呈现，哪怕演成话剧，或者仅是朗诵。

2011 年 8 月 2 日写于绿叶居

红故事

苔花如米小，也学牡丹开。　　L·X·W

1

2004年初，我开始写回忆录。一个人应该是在觉得自己一生中的重大事情都过去以后，才有写回忆录的心境。我提笔写下第一句“我开始回忆”时，就是那样的心境。但是没有想到,竟还有“新故事”在接下来的岁月里迎候我，一度弄得我心烦意乱，回忆录的写作不得不停顿下来。

一切都源于一个电话。大约在2004年夏末，案头电话铃响了，顺手拿起话筒，是现代文学馆的傅光明打来。他此前多次给我来过电话，邀我到他们馆里去讲研究《红楼梦》的心得。第一次邀请记得是在2002年，那时我写的《秦可卿之死》《贾元春之死》《妙玉之死》及其他涉红文章早已结集出版且在1999年修订为《红楼三钗之谜》推出，他因此觉得我可以到他们馆里给《红楼梦》爱好者讲讲。我一直拒绝。也没有什么特别的理由，我总是告诉他:“现在懒得去讲。”傅光明好脾气，他每次遭到我拒绝，回应的话音里总听不出丝毫的生气，总是说:“那好，现在就不讲吧。可是我还是希望你能来讲。我过些时候再打电话约你，好吗?”如此的好脾气，纵使我性格再乖僻，也难免被软化。那天我就彻底心软了:“好吧。难为你始终不嫌弃我，这回我去讲讲。”

大约是2004年秋天，我应邀去了现代文学馆，讲我从秦可卿入手揭秘《红楼梦》文本“真事隐、假语存”的研究心得。那天演讲厅爆棚。原有的椅子不够，又从另外的会议室里搬来些椅子。据说有的听众是看到预告后从天津赶过来的。

我没有讲稿，只有一纸提纲，就那么漫谈起来。讲时我发现有人录像，也没在意。我知道现代文学馆设备先进，“武装到牙齿”，想必是录下来作为馆藏资料罢了。后来才知道，那时现代文学馆是在与 CCTV-10（科教频道）的《百家讲坛》栏目组合作，绝大多数讲座经过剪辑后，就作为《百家讲坛》的节目安排播出。

过了些时日，忽然发现 CCTV-10 的《百家讲坛》播出了一组《〈红楼梦〉六人谈》的节目，我讲的编入其中，剪为了上下两集，按照预告时间看了，剪辑得很好，当中的串词也很得当，嵌入的图片、配上的音乐也颇精彩。《百家讲坛》没有就此提前通知我，并不离谱，找出跟现代文学馆签的协议，当时没有仔细看，那上面有一条是，演讲者同意馆里将所录资料用于文化传播（大意），《百家讲坛》既然跟现代文学馆另有合作协议，将去馆里演讲的录像资料加以利用，顺理成章。

原以为我那两集节目播过也就算了，我可以回过头静心再写回忆录，没想到那不但不是一件事的结束，竟是一场大风波的前奏。

2

《百家讲坛》那以后不再与现代文学馆合作，却主动来与我联系，说是《〈红楼梦〉六人谈》播出以后，我那两集收视率颇高，电视节目是制作给手持遥控器的观众看的，观众看了几分钟被吸引住，不拿遥控器将其点开，节目就算没有白做，为继续服务观众，给他们提供喜闻乐见的节目，他们节目组经过研究，决定邀请我将那两集的内容充分展开，制作成一个系列节目。

开始，我照例是拒绝。

我的形象不佳。我羞于抛头露面。我不需要依赖电视增大知名度。我知自己的红学研究心得离主流红学太远。我不想卷入高调的争论。我想做另外的自己喜欢做的事，比如写回忆录。归根结底，我懒得去他们那里录制什么系列节目。

糟糕的是，我的拒绝还不够强硬。我没有拒绝跟他们节目组的编导们见面。我想的是，电话拒绝可能确实显得不够与人为善，当面告诉他们我的性格就是这么放诞诡僻，我不录节目，并不是否定他们的辛勤劳作，实际上《百家讲坛》

有的节目我是看的，也觉得不错，希望他们理解我的性格，同时不要误会我对他们的尊重与善意。能不能大家见个面，当面说个明白，“一笑泯误解”之后，便“从今分两地，各自保平安”呢？

见面中，他们的“大道理”也好，“中道理”也好，都没有打动我。最后令我心软也不是“小道理”而是“小事情”。那几个编导大体都是“70后”，他们在CCTV工作，不再是原来那种享有“铁饭碗”的待遇，他们属于聘任，他们能不能在那个地方站稳，要看他们的工作成绩，而工作成绩的重要指标，就是所录制节目的收视率。台里实施着栏目的“末位淘汰制”，就是倘若你那个栏目连续一段时间在收视率上排在最末位，那么整个栏目就会被取消，“皮之不存，毛将焉附”？栏目取消了，制片人都得另谋出路，遑论一般编导？原来我对他们台里以收视率为圭臬，实行“末位淘汰”并不以为然，以为有的节目虽然收视率低，内容好形式也不错，应该尽量保留。而且听说他们据以判断收视率的“索福瑞”系统，布点量极其有限，未必就能准确体现广大观众的好恶。我曾接受过“收视率是万恶之源”的说法。但是那天我面对的是几个活泼泼的生命。他们需要制作出收视率较高的节目以确保他们的基本利益。我想起来曾到他们频道一个《博物》栏目里，参与录制过一期谈如意的节目，也曾播出，问起来，那栏目就因收视率垫底而撤消，其中的编导也都风来云散，“各自须寻各自门”。剪辑《〈红楼梦〉六人谈》我那两集的编导，我觉得她还是个小姑娘，她跟我闲聊，原来已经从外地来北京打拼好几年了，发狠在四环外买了商品楼的单元，首付不菲，每月更要还不老少的房贷……在我来说，收视率不过是个可以任意褒贬的“话题”，对她来说，收视率竟是安身立命的要素！我心既软，也就违背初衷，竟然冲动中一拍胸脯：“咱们就录！要讲得让观众爱听爱看，把收视率提上去！”

3

2005年初，我陆续录制了《刘心武揭秘〈红楼梦〉》系列节目23集，《百家讲坛》以每个周末播出一集的方式安排播出。后来有人写书，说《百家讲坛》

编导在录制中常常打断我的讲述，要求我重新按他们的要求再来讲述，形容那录制简直是把你放到魔鬼的床上，你若超长便将你锯短，若嫌你短便将你硬抻拉长。这不符合我录制的实际情况，我在录制前只有腹稿，写出来的只是一叠纸片，上面是简单的提纲，和需引用的《红楼梦》原文及相关文献资料摘录，到现场我往往又会漏掉提纲里列出的，灵机一动补入的不少，并且我做不到在规定的时间（45 分钟）里完成讲述，期期超时，有时竟超出一倍，但编导（包括现场导播）从来没有打断过我，总是履行他们事先的诺言："刘老师你随便讲，尽兴就好！"我虽即兴成分很高，又超时成性，但他们对我的录制事后多有褒扬鼓励："流畅自然，没有破碎句子，手势得宜，偶尔走台（如解释"草蛇灰线、伏延千里"时）十分生动，整个讲述内在逻辑严密，如层层剥笋，悬念叠出，让人听来上瘾……"我问超时是否造成他们剪辑时的麻烦，他们的回答是："喜欢剪您的节目，没有什么需要补缀的地方，只是有时候实在舍不得剪掉有的内容，总觉得剪掉可惜，可是由于节目时间的硬性规定，不得不下狠心剪掉，至于您的'大超时'，我们反而喜出望外，因为可以很便当地改变原来计划，原定一集变成两集……"这样下来，我和那个组的编导合作得很好，我每次讲完把那叠纸片交给他们，他们根据录像参照纸片上的提纲引文先形成节目文字版，其中有他们撰写的前言后语和串词，通过电子邮件传给我，我修订后再反馈他们，后来我出《刘心武揭秘〈红楼梦〉》的四部书，其中大部分文字就是以那节目修订稿为基础再加工而成的。

《刘心武揭秘〈红楼梦〉》系列节目播出后，收视率蹿高，据说总体平均的收视率成为那阶段栏目里最高的。那时候阎崇年的清史讲座收视率也蹿高，《百家讲坛》一时间成为观众喜闻乐见的栏目之一，制片人万卫名声大震，编导们也都扬眉吐气，不消说，他们在台里的脚跟，是站得稳稳的了。后来我和万卫有一次交流，形成了几点共识：电视节目属于通俗文化，虽然也要兼顾高级知识分子和文盲这两极，但它所服务的对象还是一般具有中等文化水平的俗众；《百家讲坛》不是把大学文学课堂的讲课搬到荧屏，它固然有传播文化的职责，但必须具有一定的娱乐性，即好懂、易明、有趣、抓人；有人批评《百家讲坛》变成了"书场"，当然要防止栏目里的讲座一味追求趣味而丧失了文化内涵，但汲取传统说书艺术亲近俗众的特点，将其作为“瓶”来装文化的“水”，有利于手持遥控器的观众觉得“解渴”而不将其马上点开，从而拴住观众，甚至培养出一批这个栏目的“粉丝”来。

“揭秘”系列每周播出一集，总的悬念走向是“《红楼梦》里的秦可卿这个艺术形象的原型究竟是谁？”可是观众听来听去，觉得就要点出谜底了，却又生出新的枝杈，还是没有最后的“大起底”，那期间据说总有热心的观众互相询问：“秦可卿的真实身份究竟是什么？是不是下一集就见分晓了？”有的急得生气，有的越听越疑，但越是气越是疑他们就越接着听，我讲的目的，《百家讲坛》录播这个系列节目的目的，都并不是要观众一定接受我的观点（这从编导的串词和我在讲座中一再宣布“我不一定对，仅供您参考”一类表述可以证明），而是起到刺激观众去翻开《红楼梦》原书阅读。这个目的果然达到，有资料显示，那一时期书店里各种版本的《红楼梦》销量大增。

《百家讲坛》那时若干题目的讲座都受到欢迎，后来更以易中天的三国讲座和于丹的《论语》讲座形成大高潮，《百家讲坛》成为 CCTV 的名牌栏目，万卫后来因此被提升，栏目的编导也大都成为频道的骨干。

然而，我的不愉快，却纷至沓来。

4

我早成为文坛的边缘存在。我火过，然而那已成悠悠往事。2004 年以后我给自己的定位十分清晰，就是一个“退休金领取者”。我习惯，并且乐于过不引人注意的生活。我还写作，年年也还在出书，那是我消费生命的方式。我把自己的写作形容为种“四棵树”，第一棵是“小说树”，第二棵是“散文随笔树”，第三棵是“建筑评论树”，第四棵才是“《红楼梦》研究树”。

然而，《百家讲坛》的“揭秘”系列讲座却陡然让我又火了起来。即使我拒绝接受采访，都市类报纸的版面上也还是要不吝篇幅地报导、评议我的讲红。网络上也很热闹。当然也有杂志上的文章，如《文艺研究》就刊发了抨击我讲座的专辑。我家的电话机一阵铃声接着一阵铃声，把电话线拔掉，却又错过了至亲好友与此事无关却很重要的来电。我要安静，却难以安静。烦恼与日俱增。

有的年轻人原来并不知道我，他们是因为我上《百家讲坛》才发现我的。有的成为我的“粉丝”，不过他们的拥趸方式有时令我瞠目。23集《揭秘》播完以后，我的《揭秘》书也出版发行了，出版社在王府井新华书店组织签售活动，忽见有小伙子背上贴着心形电光纸的标语：“我爱李宇春，更爱刘心武。”我倒还知道李宇春是“超女”（“超级女生歌咏比赛”）的冠军，却并未因这标语而受宠若惊，竟有些茫然无措。又忽见有小姑娘背上的标语是“刘心武骨灰级粉丝”，着实吓了一大跳。“骨灰”？是诅咒我么？亏得出版社的编辑及时进行现场指导，告诉我“骨灰级粉丝”意味着最高级别的崇拜，是颂词而非咒语。与这些崇拜者相反，有的网民对我极端反感、坚决抵制，他们在网上穿着“马甲”用最刻薄的语言讥讽甚至辱骂我。一种普遍的说法是，这个叫刘心武的人是在用这种办法谋求出名、谋求金钱。我不免觉得委屈。其实我算是出过名的人了，也早挣到一些稿费、版税，而且就是我的退休金，也足够我过一种体面的生活。我到《百家讲坛》去讲，本是“拉郎配”，非自己所谋求啊。

还有“逃避现实，钻进故纸堆”的指责，“写不出小说了，就跑到红学里去鬼混”，并以我为例，说什么“《红楼梦》是文化垃圾，一部颓废小说，里头除了谈情说爱还有什么？竟然养活了一群人！有人竟然去靠研究什么红学吃饭，可耻！可鄙！”……我当然更加委屈。我在发表涉红文章的同时，写出发表了不少反映民间疾苦、塑造农民工与城市下岗工人的中短篇小说，如《护城河边的灰姑娘》《尘与汗》《站冰》《泼妇鸡丁》等等，由人民文学出版社出版了书名《站冰》的小说集，这些作品有的在台湾发表，有的翻译成法文在法国出版，我怎么不写关注现实的小说了？只是我种的“小说树”和其他两棵树，在《百家讲坛》引发的事态中，让“《红楼梦》研究树”给生生遮蔽住了啊！

这些不愉快，只能在流逝的日子里慢慢消化。

不过在批评嘲讽乃至辱骂的声浪里，我也形成了一种新的觉悟，那就是《红楼梦》作为我们民族文化经典，远未形成全民共识，因此，不仅我，应该有更多的人士，站出来弘扬《红楼梦》，特别应该让年轻的一代懂得，每个民族都有自己引以自豪的经典文本：在印度，是迦梨陀娑的剧作如《沙恭达罗》；在英国，是莎士比亚的剧作和十四行诗；在阿拉伯世界，是《一千零一夜》；在意大利，是但丁的《神曲》；在西班牙，有《唐·吉诃德》；在法国，是雨果的《悲惨世界》，当然还可以举出更多；在俄罗斯，是列夫·托尔斯泰的《战争与和平》，也当然还可以举出更多；在日本，是紫氏部的《源氏物语》；在朝鲜和韩国，《春香传》作为他们民族的文化经典并不因政治的对抗而产生分歧；在美国，可以举出马克·吐温等的小说；在德语文学，歌德、席勒及其作品不消说了，还有卡夫卡的《变形记》等作品……我们中国的《红楼梦》里集中了自先秦文献到唐诗宋词到元明戏剧的文化精华，并且堪称中国传统社会的百科全书，其作者曹雪芹在作品中提出了“浮生着甚苦奔忙”的终极追问，更通过贾宝玉等艺术形象回应了这一追问，提出了“世法平等”的社会理想，激励读者去追求充满真情的诗意生存……许多人，特别是一些年轻人，他们对《红楼梦》的片面理解，大多是因为他们并没有阅读，或者说并没有仔细阅读《红楼梦》的文本，他们对《红楼梦》的印象大体上来自于戏曲舞台演出、电影、电视连续剧、连环画（“小人书”），甚至是道听途说。《红楼梦》绝对不能概括为一部“爱情小说”，不能称之为“颓废作品”，不能蔑视为“垃圾”，那是一种对民族传统文化所持的虚无主义的态度。一个民族养活一些人专门研究、推广他们民族的文化经典，是再正常不过的事情，怎么能视为可耻、可鄙呢？1977 年我写《班主任》的时候，心中有种焦虑，就是觉得“文革”造成了文化断裂，连被公认为品德优秀的团支书，也动辄指斥“文革”前和外国的文学作品是“黄书”，透过那篇作品，我发出了“救救孩子”的呐喊；那么三十多年过去，我仍有焦虑，不少年轻人不认《红楼梦》，不以为是民族的文化瑰宝，甚至蔑视为“一本破书”，和写《班主任》时一样，我依然出于社会责任感，以“退休金领取者”身份，为推广《红楼梦》奔走呼号，其实也还是“救救孩子”。

对于一般人士，包括年轻一代对我研红讲红的误解、嫌厌、抨击、讥讽，固然使我心情郁闷，但还不至于令我气愤。

而令我气愤以至失态的情况，终于出现。

5

我们国家是有专门的研究《红楼梦》的机构的。那就是文化部所属的艺术研究院里，有个《红楼梦》研究所，以此为依托，又派生出《红楼梦》学会，它们的领导人长期以来是兼任的。本来，向民众推广《红楼梦》，是红学所和红学会的本职工作。但长期以来，他们在这方面的工作乏善可陈。

有人以为我跑到CCTV-10《百家讲坛》里去讲《红楼梦》,是“鸦占鸾巢”。应该由专家教授们去讲呀！怎么轮得到你？你有什么资格？我自己确实觉得不够资格。前面交代了，傅光明请我去文学馆讲研红心得时，我开头根本不知道那演讲要剪辑后上《百家讲坛》。后来去录制那23集《揭秘》系列，也是先拒绝后经感化才勉为其难的。许多人不知道，我也是后来才弄明白，其实在我之前，文学馆和《百家讲坛》栏目已经几乎把所有能请到的研究《红楼梦》的专家学者一网打尽了，举凡长期担任红学所和红学会领导的冯其庸、李希凡以及所里会里的专家们，还有早已退出红学所的周汝昌，一些大学里的教授，还有王蒙等，都录制了节目，也都播出过，并且都由中国国际电视总公司制作为光盘向海内外发行，只是响动不大，据说有的红学所专家录播的节目，收视率极低，个别的收视率竟为零。我其实是在节目组资源殆尽的情况下，通过傅光明协助，找来填补的一位。万没想到我的讲座引来了蹿高的收视率。

红学所和红学会的专家们，对我的《揭秘》系列的录播极为不满。他们通过传媒，对我进行了后来媒体所称的“群殴”。其中一位专家说，我可以在自己书房里研究“秦学”，也可以发表文章、出书，但是我不能到电视台去讲自己那套观点。这样的说法令我不快。媒体想方设法找到我，问我对此作何回应？我就说自己是中华人民共和国公民，有应邀（我强调是电视台邀请我而非我自己强行要上电视）去电视台录制节目的公民权，至于录制出的节目他们播不播，自有他们的一套审查制度在那里，与我就没有关系了。媒体有了专家的说法和我的回应，就作出整版的报导，标题有时就在那专家和我之间加上大大的VS符号。我的“秦学”观点确实值得商榷，那阶段也有一些相关的批评是就具体的观点与我争鸣，但我有没有资格上《百家讲坛》，一时成了最大的话题。

那时万卫他们似乎也感受到了不寻常的压力。本来他们的节目内容是欢迎批评，更乐于引出争鸣的，但问题的症结变成他们是否请错了人、做错了事，这就超出学术范畴了。本来我录制完关于秦可卿、贾元春、妙玉的讲述后，他们还预定邀请我进一步满足热心观众的愿望，继续讲林黛玉、薛宝钗、史湘云等“金陵十二钗”里的女性形象，以及贾宝玉，我自己不愿再陷于舆论旋涡，他们也觉得事到如此地步还是谨慎为上，于是就没有再继续往下录制，这个情况后来被某些媒体称为“刘心武被‘群殴’后遭到‘腰斩’”，人们注意到,《百家讲坛》又专门请来周思源,请他录制了一个批驳我的系列讲座,及时安排播出。有记者紧盯着我问，你对周的批驳作何感想？我说我看了，觉得他很儒雅，他的观点也很可以供观众参考，底下话还没说完，记者已经失却了继续采访的兴趣，他表示，你竟然称赞批驳你的人儒雅，这我们报导出来还有什么意思？我们希望的是你跟他 PK！

事态如果到此为止，也就算了。但是，有人告诉我，红学所的《红楼梦学刊》2005 年第 6 辑，非同寻常地在头题发表了该刊记者对冯其庸和李希凡的长篇访谈录，对我在《百家讲坛》的讲座，从政治角度上纲上线，“你要小心”！

找来那辑《红楼梦学刊》翻开一看，我愤懑已极。

我的讲座当然可以批评，就是严厉批判，若是在学术前提下，我本也应该承受。但冯、李二位对我却进行了政治判决。被“编者按”称为“在红学界德高望重的红学家”的冯、李二位，冯其庸下断语说：“中央电视台播放这样的节目是对社会文化的混乱。刘心武的‘秦学’现在之所以能达到这样的状况，成为一种社会问题，跟中央电视台推波逐澜有很大关系……希望中央电视台重视这件事，希望他们对社会的文化建设要起积极作用，不要起混乱作用。我提醒中央电视台的领导，要认真考虑注意这个问题，如果都这样乱来，文化界就不成其为文化界了……不能看着他们这样胡闹下去。”按他的逻辑，不仅我的讲座应该禁播、消毒，《百家讲坛》的制片人应该撤职处分，CCTV-10 的频道负责人也应担责，CCTV 至少有一位副台长应该由于放任我的讲座录播形成了“对社会文化的混乱”而被撤职。李希凡则说我“扰乱了文学艺术的研究方向”，这也是一个很大的政治罪名。年轻一代没经历过几十年前那些“文化战线的阶级斗争”，我虽然在“反胡风反革命集团”“反丁（玲）陈（企霞）反党集团”以及“批判电影《武训传》”“批判俞平伯《红楼梦研究》”等“火热的斗争”时还是一个少年，但我的青年时期是经历了“文化大革命”全过程的，深知一个写作者如果被宣布“成为一种社会问题”、“扰乱了文学艺术的研究方向”，几乎就等同于死罪。“文革”前夕，邵荃麟不过是提出了“写中间人物”的主张，还谈不到全面“干扰了文学艺术的研究方向”，就被撤职批判，到“文革”里，先关在“牛棚”，后来送进监狱，并且瘐死其中，家属后来去领取遗物，在已经不成样子的裤子上，留有粪便和血渍！

都什么年月了，冯、李二位还保持如此这般的思维，并且不是只在自家客厅里或小范围会议上说说，而是利用“公器”，白纸黑字地刊印出来，向社会宣布。我看到真是怒发冲冠。我可不吃他们这一套！必须抗争！

或许，不理睬他们才是最佳对策。可是，就在那辑《红楼梦学刊》出来以后，海外朋友给我来电话，我接听，对方说：“你还在家里啊！”这话古怪，电话打到我家，我接听，自然在家里，而且他知我一贯深居简出，不在家里会在哪里？他就说，听到我的声音，放心了，他说看到那边有传媒报导，红学界大权威把我上告了，担心我会被划为“扰乱分子”……对他的关心，我领情，但这样的电话弄得我心烦意乱；后来有关心我的人告诉我：那所谓的“访谈录”，其实就是他们上书中共中央政治局的信函的一个变体，他们希望通过最高层，来对我进行“政治解决”！这更让我的愤怒升级。当然，关于他们上书高层政治家，可能只是一个谣言。我无从去证实，但也无从去证伪。事到如今，既然境外媒体有过报导，应该由冯、李二位来澄清，倘是谣言，他们应该至少在《红楼梦学刊》上郑重辟谣。

偏那时候，CCTV-1 频道的《东方之子》又来邀请我录制访谈。我不想录。出版社方面劝我还是去录。录这样一个节目对出版社出我的《揭秘》系列也是一种肯定，当然，也有利于书的销售。更有朋友劝我：“可见冯、李他们的霸道如今已经吃不开，你录这个节目，也就等于煞煞他们的极左气焰。”于是我答应了。但表示不想去电视台里录，希望他们在我居住地附近临时租个空间录。

他们就租了一个茶寮里的空间。录制方式是由主持人张羽跟我问答。开头倒也顺畅。忽然我听张羽问道:“有人指责您的讲座形成了社会文化混乱、扰乱了文学艺术的研究方向,您怎么回应?”我深受刺激,竟然失态,立刻站起来说:“我不录了!我听不得这个话!他们凭什么这么说我?为什么还来‘以阶级斗争为纲’那一套?为什么给我扣上政治罪名?岂有此理!”我拔脚就往茶寮门外走,张羽及摄像等工作人员大吃一惊,有的就赶紧拦住我,劝我回到原来位置上。张羽微笑着说:“刘老师,我是照采访提纲提问啊,我自己没有那样的观点啊。再说,您不愿意回答完全可以跳过这个问题,干吗生那么大的气呢?”我乃性情中人,是真的生了大气,当然气的是冯、李他们,以及由他们引起的,关于极左势力动辄将学术问题上纲为政治问题置人于死地的那个并未湮灭的“传统”的联想。我让助手赶紧给我速效救心丸,药效扩散后,胸闷稍缓,这才略为冷静,跟张羽他们道歉,接着往下录制。几天后那访谈播出了,总体而言,是肯定我在《百家讲坛》的讲红,起到了掀起新一波《红楼梦》阅读热的良性作用。

6

冯、李通过《红楼梦学刊》上的“访谈录”对我进行政治声讨不久,有一天,我的私人助手鄂力接到外交部办公厅的电话,邀我去外交部讲一次《红楼梦》。鄂力告诉我以后,我颇感诧异。我让鄂力进一步跟邀请方沟通。依我想来,应该是外交部的共青团、妇联系统,或老干部局,在业余时间,组织的一种丰富业余生活的讲座。但是,他们怎么不邀请红学所、红学会的专家们去讲《红楼梦》,却偏偏找我讲呢?鄂力进一步跟邀请方沟通后,传递给我的信息更让我诧异。人家告诉他,不是请去在晚上或双休日讲,是在上班时间讲,凡能暂时停下工作的部员都会去听,演讲地点安排在回答外国记者提问的那个新闻发布厅,而且,届时部长李肇星也要来听。我很为难。曹雪芹说“那宝玉本就懒与士大夫诸男人接谈,又最厌峨冠礼服贺吊往还等事”,我读红深受这一影响,怕见官,怕开会,怕礼仪,怕场面。但想来想去,人家邀请是好意,盛情难却,硬一硬头皮,去罢。

演讲时间定在 11 月 21 日，是个星期一，下午两点半讲，希望我提前半小时到。说要派车来接，我让鄂力坚辞，我们俩自己坐地铁去，真的很方便，出了地铁口，没几步就是外交部。办公厅的人在门口迎候，将我们先带往新闻发布厅旁边的贵宾室。去之前我对鄂力说："今天中午小布什回美国。李肇星必去送行。好好好，省得我还要跟他寒暄。"那些天李肇星应该是天天陪着国家主席接待美国总统，处于大忙状态。没想到刚在那贵宾室坐定，就只见李肇星穿着规范的夹克衫从门外飘然而进，他是把小布什送上"空军一号"以后，马上赶回来的，他满脸笑容地过来跟我握手，还让早守候一旁的摄影师拍照，握定我的手后，面朝镜头，停顿——这样的肢体造型我在电视新闻里已经看熟，但轮到自己也成为其中一景，却很不习惯。我去，没有带自己的书，但人家早准备了一摞书，让我为李部长及部里签名。李肇星请我坐到沙发上，拍着我那《揭秘》的书的封面说："群众欢迎，就是好的嘛！"一位陪同的部员问我："我们能不能录像？"我心里正嘀咕，李肇星说："录下来做成光盘，发往各驻外使领馆，作为我们外交官们的参考资料。现在要开展'文化外交'嘛，我们组织系列讲座，为的就是让外交人员提高传统文化的素养。"后来就去演讲。座无虚席。李肇星坐第一排，听时似乎还拿笔记点什么。

7

2006 年春天，我应美国华美协进社和哥伦比亚大学邀请，在哥大进行了关于《红楼梦》的演讲。

我在哥伦比亚大学弘红次日，几乎美国所有的华文报纸都立即予以报导，《星岛日报》的标题用了初号字《刘心武哥大妙语讲红楼》，提要中说："刘心武在哥大的'红楼揭密'，可谓千呼万唤始出来。他的风趣幽默，妙语连珠，连中国当代文学泰斗人物夏志清也特来捧场，更一边听一边连连点头，讲堂内座无虚席，听众们都随着刘心武的'红楼梦'在荣国府、宁国府中流连忘返。"

我第一次见夏志清先生，是在 1987 年，那次赴美到十数所著名大学演讲（讲题是中国文学现状及个人创作历程），首站正是哥大，那回夏先生没去听我演讲，也没参加纽约众多文化界人士欢迎我的聚会，但是他通过其研究生，邀我到唐人街一家餐馆单独晤面，体现出他那特立独行的性格。那次我赠他一件民俗工艺品，是江浙一带小镇居民挂在大门旁的避邪镜，用锡制作，雕有很细腻精巧的花纹图样，他一见就说："我最讨厌这些个迷信的东西。"我有点窘，他就又说："你既然拿来了，我也就收下吧。"他的率真给我留下了深刻的印象。

我2006年在哥大演讲那天上午，夏先生来听，坐在头排，正对着讲台。讲完后我趋前感谢他的支持，他说下午还要来听，我劝他不必来了，因为所有来听讲的人士，都可以只选一场来听，一般听众是要购票入场的，一场二十美元，有的就只选上一场，或只选下一场，两场全听，其实还是很累的。但下午夏先生还是来了，还坐头排，一直是全神贯注。

报导说"夏志清捧场"(用二号字在大标题上方作为导语),我以为并非夸张。这是实际情况。他不但专注地听我这样一个没有教授、研究员、专家、学者身份头衔的行外晚辈演讲，还几次大声地发表感想。一次是我讲到"双悬日月照乾坤"所影射的乾隆和弘皙两派政治力量的对峙，以及"乘槎待帝孙"所表达出的著书人的政治倾向时，他发出"啊，是这样！"的感叹。一次是我讲到太虚幻境四仙姑的命名，隐含着贾宝玉一生中对他影响最大的四位女性，特别是"度恨菩提"是暗指妙玉时，针对我的层层推理，他高声赞扬："精彩！"我最后强调，曹雪芹超越了政治情怀，没有把《红楼梦》写成一部政治小说，而是通过贾宝玉形象的塑造和对"情榜"的设计，把《红楼梦》的文本提升到了人文情怀的高度，这时夏老更高声地呼出了两个字："伟大！"我觉得他是认可了我的论点，在赞扬曹雪芹从政治层面升华到人类终极关怀层面的写作高度。

后来不止一位在场的人士跟我说，夏志清先生是从来不乱捧人的，甚至于可以说是一贯吝于赞词，他当众如此高声表态，是罕见的。夏先生并对采访的记者表示，听了我的两讲后，他会读我赠他的两册《揭秘》，并且，我以为那是更加重要的——他说他要"重温旧梦，恶补《红楼梦》"。

到哥大演讲，我本来的目的，只不过是唤起一般美国人对曹雪芹和《红楼梦》的初步兴趣，没想到来听的专家，尤其是夏老这样的硕儒，竟给予我如此坚定的支持，真是喜出望外。

当然，我只是一家之言，夏老的赞扬支持，也仅是他个人的一种反应。国内一般人大体都知道夏老曾用英文写成《中国现代小说史》，被译成中文传到我们这边后，产生出巨大的影响，沈从文和张爱玲这两位被我们这边一度从文学史中剔除的小说家，他们作品的价值，终于得到了普遍的承认；钱锺书一度只被认为是个外文优秀的学者，其写成于上世纪四十年代的长篇小说《围城》从五十年代到七十年代根本不被重印，在文学史中也只字不提，到九十年代后则成为了畅销小说。我知道国内现在仍有一些人对夏先生的《中国现代小说史》不以为然，他们可以继续对夏先生，包括沈从文、张爱玲以及《围城》不以为然或采取批判的态度，但有一点那是绝大多数人都承认的，就是谁也不能自以为真理独在自己手中，以霸主心态学阀作风对付别人。

8

2006年春天我在美国的活动结束回国前，纽约老友梅振才先生建议我把《刘心武揭秘〈红楼梦〉》一、二册寄给普林斯顿的余英时先生，余先生是学贯中西、著作等身的学术大师，我对他仰慕很久，但并无一面之缘。他的学术主攻方向虽然是历史学、文化学，但也一度深入红学领域，其《红楼梦的两个世界》论述影响尤大。我说自己一是学术外行，二是这样的写法未免过于通俗，实在难为情，再说并无他的具体地址。振才兄就说，地址他好打听，我把书留下，他会帮我寄去。偏那时我手头只剩两本自用的书了，更加犹豫起来。振才兄说就寄这两本去吧。那是我临上机场归国之前，也没找到像样的信纸，就拆开一个信封，写了几句话，大意是不敢奢望他能翻阅指教，只是藉此表达我对他的仰慕，夹到书里，交振才兄付寄。

我五月下旬回国，七月中旬忽然收到余先生亲笔来信，如下：

心武先生：

两周前收到梅振才先生转寄大作《揭秘》二册，喜出望外。先生近来为“红学”最受欢迎的作家，以周汝昌先生考证为始点，运用文学家的高远想象力，从“红学”“曹学”中开辟新园地，创造了前人所不知的“秦学”。全书思入微茫，处处引人入胜，钦佩之至。所赠两册为先生自用本，改正误字，更为可贵。英时自当珍藏之,时时入目,以重温旧梦也。英时早年亦酷好《红楼梦》,尝妄有论述，其实不值识者一笑。中岁以后，忙于本业，早已成“红学”之落伍逃兵矣。今后惟盼作一普通读者，尤盼先生能时时有新著，一新耳目。先生著述宏丰，今后倘有论著关于中国文化史、文学史者，尚乞见示，以便早日收购。至感至感。专此拜复，并致最深挚之谢忱。谅不一一敬问

撰安

余英时拜上
0六、六、廿九

余先生竟然百忙中翻看了我这样一个外行人写的两本书,这让我大喜过望。这边有的专家批判我，其实并没有去读我的书，只是远远一望，就觉得我大逆不道，必欲排除而后快。余先生耐下心读了我的书，他的肯定语是“全书思入微茫，处处引人入胜”，这不是随便夸奖的客气话，据了解余先生的人士告诉我，他是从不随意拿便宜话客气话敷衍人的，这说明他看出我使用的研究方法是“文本细读”，并且使用了通俗化的类似推理小说的文本策略。这边有人给我贴标签，说我是“新索隐派”，标签无妨贴，但恳请通读了我的书后再斟酌一个恰切的。余先生对我的论述一语道破:“以周汝昌先生考证为始点，运用文学家的高远想象力，从‘红学’‘曹学’中开辟新园地，创造了前人所不知的‘秦学’。”读过余先生的红学著作就能知道，他与周先生的观点不仅不同，相碰撞处还颇多，我“以周汝昌先生考证为始点”，哪能瞒过他的眼睛，而我使用的“原型研究”方法，“文学家的高远想象力”常常占了上风，也是事实，他绝不随便肯定我和否定我,给我准确定位后,他说我“创造了前人所不知的‘秦学’”，其实这是一种中性的判断语气——承认有独创性，但也有待人们的进一步检验——表达出一个学术大师对一个外行爱好者的尝试性研究的尊重、理解与宽容。他未必赞同，却鼓励我“开辟新园地”，这是多么博大的学术襟怀!

我通过在美国的朋友征得余先生的同意，将他给我的这封信在上海《文汇

报》刊出，也转去了报社的稿费，他收到了。有人说，余英时的信不过是表示客气罢了。坦率地说，就算仅仅是客气，我的心灵需要这种客气的滋润。愿我们所置身的人文环境中，今后能少些直至涤荡掉挟政治构陷的行帮霸气，多些容纳歧见与人为善的真诚客气。

从美国回来，又应邀去香港参加了书展活动。邀请方在西式宴请长桌边安排座位时，把我的座位正好对着金庸先生的座位。互相问好后，金庸先生对我说："刘心武，我同意你对秦可卿的分析。"我一时无语，他以为我没有听清，就提高声量又说了一遍。我心里暖暖的。金先生那样对我说应该不是客气吧？书展期间，有天我正往展厅里走，忽然对面一个人跑过来，身量比我矮，胖墩墩的，未开言，一把将我搂住，旁边的人忙给我介绍，原来是倪匡，他在书展上受读者欢迎的程度，那我简直不能相比的，他乐呵呵地说："刘心武，见到你好高兴！《红楼梦》我从小就读，只觉得秦可卿古怪，就没想到你那个思路上去！你的揭秘太好啦！我完全信服！完全信服！"这次邂逅当然也挺给我提气。

从香港回到北京，就又应《百家讲坛》邀请，去续录节目。

到2010年，原先《百家讲坛》的制片人聂丛丛女士，又和最早剪辑《〈红楼梦〉六人谈》的那个女编导——她已经结婚并且怀孕——找到我，录制了《〈红楼梦〉的真故事》系列，这样加起来，我总共在《百家讲坛》录制播出了六十一集讲《红楼梦》的节目。2011年年初，我又推出了《刘心武续〈红楼梦〉》二十八回。虽然就社会反响而言依然是沸沸扬扬，而且弹多赞少，但有人注意到，红学所的官员专家和红学会的领导没有人出来发声，只有个别的红学会会员和大学教授出来批判——我觉得他们的意见里有不少值得我认真考虑的——有人来问我："那二位为什么不继续抨击电视台和你形成社会文化混乱、扰乱了文学艺术的研究方向？"这问题我当然答不出来。

我想，我人生中关于《红楼梦》的风浪，应该是大体穿越过去了吧？2012年，我该可以静下心来，写回忆录了。

2011年9月22日绿叶居

附录

刘心武文学活动大事记

1942年

6月4日生于四川省成都市育婴堂街。

后在重庆度过童年。

父母兄姊均热爱文学艺术，深受家庭熏陶。

1950年

随父母迁居北京，从此定居北京。

在隆福寺小学上小学，在北京二十一中上初中。

1958年

在北京六十五中上高中。

给若干报刊投稿，屡被退稿。

8月，在《读书》杂志发表《谈〈第四十一〉》一文，是投稿第一次成功。

1959年

在《北京晚报》“五色土”副刊陆续发表一些儿童诗、小小说。

为中央人民广播电台少儿部《小喇叭》（对学龄前儿童广播）编写若干

节目；其中快板剧《咕咚》经编辑加工、录制后大受欢迎；“文革”中录音带被销毁；1991 年重新录制播出。

1961年

毕业于北京师范专科学校，分配到北京十三中任教。

至“文革”前，在《北京晚报》《中国青年报》《人民日报》《光明日报》《大公报》《北京日报》《体育报》《儿童时代》《大众电影》等报刊上发表了约 70 篇小小说、散文、杂文、评论等文章。

1966年—1976年

“文革”中，因 1964 年曾发表过一篇关于京剧的文章，被以“反江青”罪名冲击。

1974 年后再试写作，曾写一关于“教育革命”的长篇小说，由出版社联系获准脱产修改，但终未达到当时出版要求。

1976年

写出一个大院里孩子们同坏蛋斗争的中篇小说《睁大你的眼睛》并得以出版（北京人民出版社）。

按照当时政治要求写出一些短篇小说、散文，有的到次年才收入多人合集中出版。

调到北京人民出版社（后恢复“文革”前社名：北京出版社）文艺编辑室当编辑。

1977年

11 月，在《人民文学》杂志发表短篇小说《班主任》，产生重大影响——被认为是“伤痕文学”的开山作，也是“新时期文学”的发端；从此成名。

从《班主任》后，写作冲破懵懂，沿着认定的方向跋涉，穿越风云，锲而不舍。

1978年

参加《十月》杂志（开始以丛书名义出版）创刊工作，在创刊号上发表短篇小说《爱情的位置》，经转载和广播，影响巨大。

在《中国青年》杂志上发表短篇小说《醒来吧，弟弟》，反应亦极强烈。

《班主任》《爱情的位置》《醒来吧，弟弟》均被改编为广播剧，由中央人民广播电台多次广播，《醒来吧，弟弟》被搬上话剧舞台；此年发表的短篇小说《穿米黄色大衣的青年》亦由电台播出。

1979年

在首届全国优秀短篇小说评奖中《班主任》获第一名。颁奖会上，从茅盾先生手中接过奖状。

参加中国作家协会第三次全国代表大会，被选为中国作家协会理事。

成为中华全国青年联合会常务委员，至1993年卸任。

9月，参加中国作家代表团访问罗马尼亚，此系“文革”后第一个作家出访团。

在《人民文学》杂志发表短篇小说《我爱每一片绿叶》，写作技巧有长足进步。

1980年

调至北京市文联当专业作家。

《我爱每一片绿叶》获1979年全国优秀短篇小说奖。

《看不见的朋友》获1954—1979年第二届全国少年儿童文学创作奖。

在《十月》杂志发表中篇小说《如意》，其弘扬人道主义的追求引起争议。

出版《刘心武短篇小说选》（北京出版社）。

1981年

在《十月》杂志发表中篇小说《立体交叉桥》，引起更大争议，一些评论家认为“调子低沉”是步入了写作上的歧途，另有评论家则认为此作标志着刘心武的小说创作在反映现实、探索人性及艺术功力上均达到了新的水平。

5 月，应日本文艺春秋社邀请访问日本。

1982年

应导演黄建中之请，改编《如意》；北京电影制片厂拍成彩色艺术片《如意》。

1983年

11 月，参加中国电影代表团赴法国，在南特“三大洲电影节”上，《如意》在开幕式上放映，获好评；后陆续在法国、西德电视台播出。

1984年

冬，应邀访问西德，参加“中德大学生会见活动”，并在波恩大学、波鸿大学与威尔兹堡大学介绍中国当代文学。

年底，参加中国作家协会第四次全国代表大会，再次当选为理事。

在《当代》文学双月刊第 5、6 期连载长篇小说《钟鼓楼》。

1985年

出版长篇小说《钟鼓楼》（人民文学出版社），并获第二届茅盾文学奖。

因《钟鼓楼》获北京市政府嘉奖。

7 月，在《人民文学》杂志发表纪实小说《5·19 长镜头》，反响强烈。

11 月，又在《人民文学》杂志发表纪实小说《公共汽车咏叹调》，引起轰动。

1986年

年初，应当代文艺出版社邀请访问香港。

6 月，调中国作家协会《人民文学》杂志社，任常务副主编。

在《收获》杂志设《私人照相簿》专栏，进行图文交融的文本尝试。

散文集《垂柳集》出版，冰心为之作序。

1987年

1月，被任命为《人民文学》杂志主编。

2月，《人民文学》杂志1、2期合刊发表马建写的小说《亮出你的舌苔或空空荡荡》违反民族政策，承担责任，停职检查。

9月，复职。

冬，应邀赴美国访问。参观《美洲华侨日报》；在哥伦比亚大学，三一学院，哈佛大学，麻省理工学院，康奈尔大学，芝加哥大学，旧金山大学，史坦福大学，加州大学伯克利分校、洛杉矶分校、圣迭戈分校等处演讲，介绍中国当代文学，并参观耶鲁大学；参加爱荷华大学“作家写作中心”的纪念活动；游览华盛顿等地。

1988年

3月，应香港《大公报》邀请，赴香港参加五十周年报庆活动；在《大公报》安排的大型报告会上作关于改革开放与文学创作的报告。

5月，应法国文化部邀请，参加中国作家代表团访问法国，除在巴黎活动外，还访问了西部港口城市圣·拉扎尔。

《私人照相簿》在香港出版（南粤出版社）。

《我可不怕十三岁》获1980—1985年全国优秀儿童文学奖。

以上数年中，若干小说、散文还分别获得过《当代》《十月》《小说月报》《小说选刊》《中篇小说选刊》《儿童文学》《北方文学》等杂志，《人民日报》《文汇报》等报纸副刊的奖；拍成电视剧播出的有《没工夫叹息》《熄灭》（电视剧名《火苗》）《今夏流行明黄色》《到远处去发信》《非重点》《公共汽车咏叹调》和八集连续剧《钟鼓楼》；若干作品被英国、美国、西德、苏联、日本、法国、意大利、瑞士、瑞典等国翻译为英、德、俄、日、法、意、瑞典等文字出版；自1987年起被世界上有威望的英国欧罗巴出版社《世界名人录》收入辞条。

1989年

春，应香港中文大学翻译中心邀请，与妻子吕晓歌赴香港访问。

1990年

3月，以任届期满，免去《人民文学》杂志主编职务。

香港中文大学翻译中心编译的英文小说集《黑墙与其他故事》出版。

秋，以“鱼山”笔名在《钟山》杂志发表中篇小说《曹叔》。

1991年

出版小说集《一窗灯火》。

除小说外，开始发表大量散文、随笔。

1992年

长篇小说《风过耳》在内地（中国青年出版社）、香港（勤+缘出版社）分别出版，反响颇为强烈。

长篇小说《四牌楼》完稿，交上海文艺出版社出版。

《献给命运的紫罗兰——刘心武谈生存智慧》由上海人民出版社出版，受到读者欢迎。

在《收获》杂志发表中篇小说《小墩子》，后由中国电视剧制作中心改编拍摄为电视连续剧。

至该年，在海内外出版的个人专著按不同版本计已达43种。

在《红楼梦学刊》1992年第二辑上发表论文《秦可卿出身未必寒微》，在“红学”界和读者中均引起注意；另有若干《红楼梦》人物论和《红楼边角》专栏文章发表。

冬，应瑞典学院邀请（斯堪的纳维亚航空公司赞助）赴北欧访问；在挪威奥斯陆大学、瑞典斯德哥尔摩大学和隆德大学、丹麦哥本哈根大学和奥胡斯大学的东亚系汉学专业以《九十年代初的中国小说》为题作学术报告；12月7日，参加诺贝尔文学奖有关活动，听1992年得主德里克·沃尔科特发表受奖演说。

1993年

华艺出版社出版《刘心武文集》（1—8卷）。

出版长篇小说《四牌楼》。

1994年

1月，应台湾《中国时报》邀请赴台参加“两岸三地文学研讨会”。

《四牌楼》获上海优秀长篇小说大奖，到沪领奖。

1995年

出版随笔集《人生非梦总难醒》（上海人民出版社）。

出版小说集《仙人承露盘》（华艺出版社）。

1996年

出版长篇小说《栖凤楼》（人民文学出版社）。至此，由《钟鼓楼》《四牌楼》《栖凤楼》构成的“三楼”长篇小说系列竣工。

应《南洋商报》邀请赴马来西亚访问并顺访新加坡。

1997年

应日本国际交流基金会邀请，与妻子吕晓歌访问日本。长篇小说《钟鼓楼》、儿童文学作品《我是你的朋友》、短篇小说《王府井万花筒》等此前已相继译为日文在日本出版。

1998年

建筑评论集《我眼中的建筑与环境》由中国建筑工业出版社出版，在建筑界产生影响。

应美国科罗拉多大学邀请，赴美参加金庸作品国际研讨会，在会上提交关于《鹿鼎记》的论文《失父：一种生存困境》。

1999年

出版纪实性长篇小说《树与林同在》(山东画报出版社)。

出版《红楼三钗之谜》(华艺出版社)。

赴新加坡出席国际环境文学研讨会。

2000年

应邀访问法国，并应英中协会和伦敦大学邀请，从巴黎赴伦敦讲《红楼梦》。

至此年底在海内外出版的个人专著（不含文集）按不同版本计达101种。

2001年

出版包含建筑评论的随笔集《从忧郁中升华》(文汇出版社)。

在北京电视台录制播出《刘心武谈建筑》系列节目。

2002年

出版小说集《京漂女》(中国文联出版社)，自绘插图。

应澳大利亚雪梨华文写作协会邀请赴澳大利亚访问。

2003年

以马来西亚《星洲日报》世界华人文学“花踪奖”评委身份赴吉隆坡参加相关活动。

台湾联经出版社出版小说集《人面鱼》。此前台湾已出版过刘心武多种作品，如皇冠出版社出版了《钟鼓楼》，幼狮文化事业公司出版了《四牌楼》《为他人默默许愿》(散文集)。

2004年

赴法参加巴黎书展活动。书展上展出了译为法文的著作有小说《树与林同在》《护城河边的灰姑娘》《尘与汗》《人面鱼》《如意》与歌剧剧本《老舍之死》。

建筑评论集《材质之美》由中国建材工业出版社出版。

小说集《站冰》出版（人民文学出版社），自绘封面插图。

2005年

出版集历年研红成果的《红楼望月》（书海出版社）。

应CCTV-10（中央电视台科学教育频道）《百家讲坛》邀请，录制播出《刘心武揭秘〈红楼梦〉》系列节目23集，反响强烈，引起争议。

《刘心武揭秘〈红楼梦〉》第一、二部相继出版（东方出版社），畅销。

2006年

应美国华美协会邀请，赴纽约在哥伦比亚大学讲《红楼梦》。

应邀参加香港书展。

出版《刘心武揭秘古本〈红楼梦〉》（人民出版社）。

2007年

继续应邀到CCTV-10《百家讲坛》录制节目，并出版《刘心武揭秘〈红楼梦〉》第三部、第四部（东方出版社）。

访问俄罗斯。

2008年

出版随笔集《健康携梦人》（中国海关出版社）。

自1986年出版《垂柳集》，至此所出版的散文随笔集已逾三十种。

2009年

在《上海文学》杂志开《十二幅画》专栏，每期发表一篇写人物命运的大散文，并配发自己的画作。

4 月，妻子吕晓歌病逝，著长文《那边多美呀！》悼念。

2010年

再应 CCTV-10《百家讲坛》邀请，录制播出《〈红楼梦〉的真故事》系列节目。至此在《百家讲坛》录制播出关于《红楼梦》的个人系列讲座累计达 61 集。

出版《〈红楼梦〉的真故事》(凤凰联动 · 江苏人民出版社)，在争议声中畅销。

4 月，应台湾新地文学社邀请赴台参加“21 世纪世界华文文学高峰会议”。

出版《命中相遇——刘心武话里有画》(上海文艺出版社)。

加快《刘心武续〈红楼梦〉》的写作。

至本年底，在海内外出版的个人专著，《文集》不算在内，重印亦不算，按不同版本计达 182 种 (按不同书名计则为 141 种)。

年底，筹备编辑《刘心武文存》。

2011年

由江苏人民出版社出版《刘心武续〈红楼梦〉》。

至 2011 年底在海内外出版的个人专著以不同版本计达 193 种 (《刘心武文集》不计算在内)。

2012年

江苏人民出版社出版散文集《人生有信》。

漓江出版社出版《刘心武评点〈金瓶梅〉》。

法国伽里玛出版社出版《尘与汗》《护城河边的灰姑娘》法译版的袖珍本。

江苏人民出版社出版《刘心武文存》40 卷，收录 1958 年至 2010 年所能搜集到的全部公开发表过的作品。

2013年

漓江出版社出版散文集《空间感》。

2014年

漓江出版社出版长篇小说《飘窗》。

台湾学生书局出版宣纸线装本《刘心武评点全本金瓶梅词话》。

人民文学出版社出版“刘心武长篇小说系列”包括《钟鼓楼》《四牌楼》《栖凤楼》《风过耳》《刘心武续〈红楼梦〉》（修订版）五部作品。

2015年

漓江出版社出版《跨世纪的文化瞭望——刘心武张颐武对谈录》增订版。

至此年4月，不算《刘心武文集》《刘心武文存》，以单本著作计，已达227种，再剔除同一书名的不同版本，则有160种。

漓江出版社出版自2013年以来未入集的作品汇编《润》。

2016年

出版《刘心武文粹》26卷。

图书在版编目（CIP）数据

命中相遇 / 刘心武著．— 南京 ：译林出版社，2016.3
（刘心武文粹）
ISBN 978-7-5447-6094-2

Ⅰ．①命… Ⅱ．①刘… Ⅲ．①随笔－作品集－中国－当代
Ⅳ．① I267.1

中国版本图书馆 CIP 数据核字（2016）第 000462 号

书　　名　**命中相遇**
作　　者　刘心武
责任编辑　陆元昶
特约编辑　郭挚英
出版发行　凤凰出版传媒股份有限公司
　　　　　　译林出版社
出版社地址　南京市湖南路 1 号 A 楼，邮编：210009
电子邮箱　yilin@yilin.com
出版社网址　http://www.yilin.com
印　　刷　三河市冀华印务有限公司
开　　本　710×1000 毫米　1/16
印　　张　18.5
字　　数　281 千字
版　　次　2016 年 3 月第 1 版　2016 年 3 月第 1 次印刷
书　　号　ISBN 978-7-5447-6094-2
定　　价　28.80 元